SV

Josef Winkler
Der Leibeigene

Roman

Suhrkamp

Erste Auflage 1987

Druck: Thiele & Schwarz, Kassel
Printed in Germany

»Hätte man Christus gefragt, er hätte – dessen bin ich sicher – gesagt, in dem Augenblick, da der verlorene Sohn auf die Knie fiel und weinte, machte er aus der Vergeudung seines Vermögens mit den Dirnen, aus seinem Dasein als Schweinehirt, als er vor Hunger nach den Trebern gierte, schöne und heilige Begebnisse seines Lebens.«

Oscar Wilde, *De Profundis*

Rußgeschwärzte Heiligenbilder, die in den Schlafzimmern der Bauern über den Betten hingen, fielen brennend zu Boden. Der Speck des fettleibigen Jesukindes der Madonna sulla Seggiola von Raffael brutzelte. Die Flammen entrissen der Muttergottes das Kind. Die trockenen gelben Kukuruzkolben, die zur Zierde an den Balkonen der Heustädel hingen, gingen wie Zündhölzer in Flammen auf. Flammenzungen liefen die hölzernen Dachrinnen entlang. Die Ziegel donnerten vom Dach und blitzten, Funken verspritzend, auf dem Steinboden auf. In Sekundenschnelle schrumpften die staubigen Spinnweben und die Beine der Spinnerinnen zusammen. Ein halbverbranntes Pferd mit berußten gelben Zähnen lag zwischen zwei verkohlten Trambäumen. Die Nester der Schwalben unter den Dächern und in den Mauernischen gingen ebenfalls in Flammen auf. Die Schwalbenjungen verendeten mit offenen Schnäbeln. Die Schwalbenmütter zuckten schreiend über die Köpfe der Bauern hinweg. Die Fledermäuse retteten ihre Haut. Ein Bauer, der einen rußgeschwärzten, blutenden Stierkopf in seinen Händen hielt, kniete in einem warmen Aschehaufen nieder und schrie, Herr, erbarme dich unser! Christe, erbarme dich unser! Herr, erbarme dich unser! Das Holz der Heustadelbalkone knisterte. Krachend fielen die Trambäume, an denen sich Knechte und Mägde erhängt hatten, zu Boden. Millionen Feuerfunken stoben in die Höhe. Geschwärzte Rippen von Kälbern und Schafen lagen im Skelett eines Heustadels. Die überlebenden Dorftiere wurden in einen Anger getrieben. Schreiende Kinder liefen mit Peitschen und Haselnußruten die Stacheldrahtzäune entlang, an denen die Haarbüschel der Tiere hingen, und versuchten, die auf und ab hetzenden Kälber, Schafe, Stiere, Kühe und Pferde am Ausbrechen zu hindern. Unter den Rändern der Kinderzehennägel hatte sich feuchte schwarzgewordene Asche festgesetzt. Der rotweißgekleidete Priester lief durch den Qualm auf den Altar zu, öffnete das Tabernakel und riß die Monstranz an sich, ehe die Flammen auf den Altar übergriffen und außer dem Heiligen Florian, dem Schutzpatron des Feuers, alle Statuen einäscherten. Mit der Monstranz, in deren Lunula die große Hostie eingeklemmt war, lief er, schweißgebadet, mit heftig schlagendem Herzen und Kyrie, eleison! Christe, eleison! Kyrie, eleison! rufend, über die Friedhofsgräber hinweg und brachte das Allerheiligste in Sicherheit. Die schwarzen Schleifen an den Totenkränzen eines Grabes verkohlten. Das brennende Grünzeug, das Immergrün und die Fichtenzweige verströmten einen weihnachtlichen Geruch. Die Holzkruzifixe über den Gräbern gingen in Flammen auf, und die rußgeschwärzten Eisenkruzifixe blieben zurück. Unter den Aschehügeln erhoben sich die Toten mit krebsroten Augen und gingen im Gänsemarsch ins Fegefeuer. Ihre taschenlosen Totenhemden brannten lichterloh. Die rußgeschwärzten Orgelpfeifen intonierten ein Requiem. Die Flammen züngelten in der Sakristei die Glockenstricke hoch. Hunderte Hostien verbrannten im Ministrantenkleiderkasten unter dem Saum der brennenden Ministrantenkittel. Die Flammen fraßen sich in die Priestersoutanen und entzündeten die herumstehenden Kerzen und Weihrauchkörner. In der Hitze schmolz die Kerze des Ewigen Lichts. Mit halbverbrannten Federn, Rad schlagend, stand der Pfau auf der Dorfbrücke und stieß den Schrei des Teufels aus. Die Forellen und Krebse verhielten sich ruhig unter der feuerfesten Oberfläche des Dorfbaches. Mit einem halbverbrannten und rauchenden Heiligenbild auf ihrem Schoß hockte pietàähnlich eine zahnlos heiße Erdäpfel kauende Bäuerin am Rande des Angers. Das Dorfkruzifix schwankte und fiel, Asche und Feuerfunken aufwirbelnd, auf den Boden und zerquetschte violette Veilchen. Die brennende Dornenkrone rollte einem Kind vor die Füße. Der Tod, der den Totenkopf eines Kindes gegen sein Becken drückte, ging mit hängendem Schädel, eine stiellose Sichel zwischen seinen Zähnen haltend, in die Fluten der Drau. Mohnköpfe platzten und verstreuten den Samen. Pferde mit Feuerwehrwagen hetzten unter den Peitschenhieben lederhelmtragender Männer die trockenen Feldwege entlang und fuhren ins brennende Dorf ein. Bloßfüßige Bäuerinnen und Bauern liefen in die heiße Asche und schütteten aus Eimern Wasser in die Flammen. Schwarze und braune Pferde, die schwere Verbrennungen erlitten hatten, wälzten sich, Todesschreie ausstoßend, zwischen den Aschehaufen und den brennenden Skeletten der Gebäude. Mit hocherhobenen Händen kniete eine dürre Frau betend in der lauwarmen Asche. Stiellose Sensen und Sicheln lagen zwischen Aschehaufen. Gebetsbücher brannten in leeren Kindergitterbetten. Die brennenden Strohpuppen schrieen mit den Mündern der weinenden Kinder. Die Würste und Speckstücke in den Räucherkammern zerrannen wie die Wachskerzen in der Sakristei. Mit brennender Mähne und wild ausschlagend lief eine braune Stute in den Fichtenwald hinein. Am nächsten Tag zelebrierte der schwarzgekleidete Priester, flankiert von seinen Ministranten und umgeben von den weinenden Bauern, die ihr Dach über dem Kopf verloren hatten, eine Messe. Während der Kommunion legte er halbverbrannte Hostien auf die angeschwollenen Zungen der Bäuerinnen und Bauern. Der Priester tauchte den Weihwasserwedel in den kupfernen Kessel, der von einem Ministranten gehalten wurde, und verspritzte, ein Gebet sprechend, das geweihte Wasser in alle vier Himmelsrichtungen. Die Weihwassertropfen zischten in der Asche. Der Weihrauch vermischte sich mit dem Aschenqualm.

Zweihundert Auferstandene trommelten mit ihren Totenschädeln gegen die Kameringer Kirchenmauer. Im Laufe der Jahrzehnte und Jahrhunderte haben sie die bittere Erfahrung gemacht, daß sie weder in den Himmel noch in die Hölle fahren, sondern einfach in der Kameringer Friedhofserde vermodern. Maulwürfe nisteten sich unter der Erde in ihre hohlen Totenköpfe ein. Käfer schlugen in den Nasenlöchern der Toten ihre Augen auf. Ameisenköniginnen aßen ihre Herzen auf. Fledermäuse nisteten in ihren Brustkörben und trugen Junge aus. Die Verstorbenen gingen weder mit glitzernden Kleidern stolz erhobenen Hauptes aufs leibhaftige Herzjesu zu, noch hockten sie in der Hölle und schürten mit ihren Schienbeinknochen das Feuer Luzifers. Die rebellierenden Totenschädel wollten sich an der Kirche, am Glauben und an den bunt und herrschaftlich gekleideten Bischöfen und Kardinä-

len rächen. Sie wollten mit ihren Schädeln die Kirchenmauer einrennen und die hölzernen Statuen zu Grabe tragen. Sie wollten den süßen Meßwein, den griechischen Samos, der in großen Kanistern abgefüllt in der Sakristei steht, zu Christi Blut verwandeln. Die zweihundert Totenschädel wollten rings um den Altar mit Jesus von Nazareth das allerletzte Abendmahl einnehmen und trommelten immer wieder mit ihren Stirnen an die Kirchenmauer. Mit ausgestreckter, zum Gruß erhobener Hand erschien Hitler von Nazareth, der König der Juden, am Kirchentor. Die Toten, die entlang der Kirchenmauer standen, hielten inne, verdrehten ihre Köpfe und starrten der Erscheinung ins Gesicht. Statt der langstieligen Weizenähren wuchsen am Rande der Friedhofsmauer tausende Sicheln aus dem Getreidefeld. Der Kirchturm war von einer blühenden Dornenkrone umflochten, und im Bauch des Blechhahns auf der Kirchturmspitze hockte ein blutender Krebsembryo, der eine Hostie in seinen Zangen hielt. Die heimgeholten, im Krieg gefallenen Soldaten schlugen weiter mit ihren Totenschädeln an die Kirchenmauer. Erschrocken fuhren die Bauern von Kamering aus ihrem Schlaf. Das pochende Herzjesu dröhnte über die Drau hinaus und in die Wälder hinein. Entlang der Kirchenmauer fanden am nächsten Morgen der Priester, die Pfarrermarie und der Meßdiener einen Streifen zerbröselter Hostien.

Die Totenmasken aller Dorftoten arbeiteten sich wie Maulwürfe aus der geweihten Erde und besetzten die Friedhofsmauer. In einer von Ringelnattern und Mäusen vorgewärmten Moosmulde zog ein Junge einen schneckenspurbreiten Spuckestreifen über den Bauch seines Freundes und hob erschrocken seinen Kopf. Ein russischer Zwiebelturm explodierte. Vom Hackbeil, mit dem die Bäuerin vier Hühnerköpfe von den Körpern trennte, rann ein Blutstropfen. Die vier kopflosen Hähne krochen flügelschlagend und blutverspritzend auf das Hackbeil zu. Der Knabe wölbte seine Hüften vor und stieß sein Glied tiefer in den Mund seines Freundes, während er die Pfauenschreie und die Totenglocken hörte, das Niederklatschen des Hanfstricks auf einem unbeschrifteten

Kindergrabstein sah und das zahnlose Grinsen eines Altbauernmundes. Ein Knecht schwang sich aufs Pferd und gab ihm die Sporen. Mit einem einzigen Handgriff holte sich der Gekreuzigte ein Kleinkind in den Herrgottswinkel und versteckte es hinter seinem Rücken. Im aufkommenden Ostwind fuhren die Getreideähren einander in die Haare. Ein Steinmetzger schlitzte einem Grabstein den Bauch auf, aus dem die Eingeweide eines Erhängten quollen. Während der Samen des Knaben auf der Zunge auseinanderrann, sah er seine Lungenflügel vor einen zweischarigen Pflug gespannt, der die eine Scholle nach der anderen überwälzte. Unweit hinter ihm, die Sämannshand ausgestreckt, schritt sein Peiniger.
Eine Kreuzotter, auf deren gespaltener Zunge eine Hostie lag, kroch unter den pendelnden Beinen der beiden erhängten Knaben hinweg. Die Väter der Toten schlugen Eiskeile in die Erde und zäunten Felder ein. Die Tiere standen mitten im Nebel und hoben ihre Köpfe. An den Stacheldrähten, die von Jahr zu Jahr rostiger wurden, hingen braune, schwarze und weiße Rinderhaarbüschel. Blutfäden verliefen auf der spiegelglatten Eisoberfläche in den Spuren der Schlittschuhläufer und zeichneten die Gesichtszüge der Toten. Die Heiligenbilder hüpften aus ihren Rahmen. Die Auenfrösche verschluckten kleine milchspendende Plastikmuttergotteszitzen, die von Kindern in die Auen getragen worden waren. An einem kleinen Plastiktraktor lehnte die Sense des Todes. Die Sicheln rochen nach dem Schweiß der Schnitter und nach dem Getreide des Spätsommers. Margeritenbekränzte Kinder liefen aus dem offenen Tor eines Heustadels. Eine Muttersau drückte zehn rosarote Ferkel aus ihrem Leib. Es dauerte keine zwanzig Sekunden, und die zahnlosen Neugeborenen verkrochen sich zwischen den roten, aufgeblähten und wunden Zitzen ihrer Gebärerin. Dreimal hallte der Pfauenschrei durch die Bretterritzen der Dorfheustadel. Auf einem Heiligenbild hob der Erzengel Gabriel sein Schwert und enthauptete den Gekreuzigten. Der enthauptete Jesus von Nazareth wand sich wie eine Ringelnatter, die von einer Astgabel in den Boden gedrückt wird. Der Jesukopf rollte zu Füßen der beiden Liebenden und murmelte, ehe er den Geist aufgab, Mein Gott,

mein Gott, warum hast du mich verlassen? In einem Wasserglas, das im Tabernakel stand, tobten sich zwei rote Zierfische aus, während ein kleines Kruzifix am Grund des Wasserglases von der Unruhe der beiden Fische immer wieder aufgetrieben wurde, auf den Grund fiel und sich wieder aufbäumte, bis sich die beiden Fische für ein paar Minuten ruhig verhielten. Auf der Öffnung des Wasserglases lag eine geweihte handtellergroße Hostie. Der Priester öffnete das Tabernakel, nahm das Wasserglas, in dem sich die Zierfische und das Kruzifix befanden, heraus, drehte sich zu den Gläubigen um und hob es im Zeichen des Kreuzes, Sehet an, das Lamm Gottes, das hinwegnimmt die Sünden der Welt! Das Kruzifix bäumte sich im Wasserglas auf und blieb eine Sekunde lang zwischen den beiden Zierfischen stehen. Während winzige Schneeflocken fielen, krochen auf den kotbespritzten Stallfensterscheiben Eisblumen übereinander hinweg. Maulkörbe gebärende Hunde hockten vor den Stalltoren. Die Hühner machten sich über ihre eigenen Eier her. Blutfontänen stiegen aus den Rauchfängen der Bauernhäuser. Unzählige rotgefärbte Gottesanbeterinnen umschwirrten im Stall vierzig grelle Glühbirnen, die auf die Euterzitzen der Milchkühe gepfropft waren. Links und rechts von meiner Schreibmaschine richteten sich zwei Klapperschlangen auf. Ein schreiender Menschenaffe verbarrikadierte sich in der Brust eines Heiligenknochengerüstes und rüttelte an den Brustkorbrippen. Der Körper eines schwarzhaarigen Knaben roch noch erdigen gelben Sumpfdotterblumen. Massenweise lagen auf dem Leintuch, in dem sich Motten und Läuse eingenistet hatten, taufeuchte Maiglöckchen, die ich in den Mund nahm, zerkaute und dem Knaben ins Gesicht spuckte. Vollgespritzt von gefrorenem Samen war das Himmelszelt, während unter meinen kotigen Stiefeln das Eis des Weihers klirrte. Die sensentragenden und sichelwetzenden Bauern verharrten still auf den Feldern, als sie von der Totenglocke des Dorfes, deren Klang jedes Kind kennt, zum Gebet für die beiden Erhängten aufgerufen wurden.

Die *Sommerfrischler* und *Fremden*, wie wir damals, als wir Kinder waren, die Urlaubsgäste nannten, wollen weder Badezimmer noch Fernsehapparate in den bäuerlichen Gästezimmern, sie wollen, daß in der Bauernstubenecke ein ausgestopfter Rehkopf oder ein ausgestopfter Geier an der Wand hängt, und ein ausgestopfter Fuchs soll im Flur mit hocherhobener Tatze auf das Badezimmer weisen, in dem unter der Dusche ein programmloser, aber immerzu rauschender Fernsehapparat steht. Sie wollen, daß eine handgeschnitzte Wiege in ihrem Zimmer steht, in der sie für die Zeit ihrer Urlaubsnächte ihren Städterfratz aufbewahren und mit Strohpuppen zudecken können. Und steht eine handgeschnitzte Wiege mit Erde vom Grab eines an Silogasen erstickten Bauernkindes in ihrem Zimmer, aus der Fleischblumen wachsen, so sind sie auch zufrieden.
Ihr wollt doch ein gutgebautes und rotbackiges Bauernkind auf euren Weiberschoß nehmen und es schnell wieder auf den Boden stellen, wenn dem Kind, aus Angst vor dem Fremden der nach Edelweiß riechende Urin aus der Kinderlederhose auf eure glitzernde Nylonstrumpfhose rinnt. Was ihr küßt, wollt ihr töten, und was ihr tötet, küßt ihr mit Gewalt. Ihr wollt doch frühmorgens aufstehen und mit den statt Dornenkronen Erntedankkronen auf ihren Häuptern tragenden Mägden und Knechten in den Stall gehen, die Zeitlupenflügelbewegungen atemloser Fledermäuse sehen und die Mägde auffordern, die Melkmaschinen abzustellen und wie vor dreißig Jahren bis zum Mitternachtsschrei der Kuckucksuhr die zehn Kühe mit bloßen Händen zu melken, bis die Hände voll blauer und roter Wunden sind.
Ihr wollt doch den Hühnern die Eier nachwerfen, damit sie von der Sonne noch im Flug gebraten werden und rechtzeitig auf dem Frühstückstisch landen. Natürlich wollt ihr das Gewehr – mit dem Kolben voran – auf das Tier richten und das Schwein erschießen. Zwischen zwei Hostien wollt ihr ein Marzipanschweinchen und ein Marzipanvierklee auf eure

Zungen legen. Ihr wollt dem Gekreuzigten ein schwarzes Cowboytuch um die Nase binden, eine Pistole um seinen gekreuzigten Finger kreisen lassen und auf die Mehlblatthostie zielen, auf der als Wasserzeichen eine Zielscheibe eingeprägt ist. Kommt her, wir zeigen euch, wie wir die großen Schokoladehufeisen auf die Sohlen der Pferde nageln. Ihr wollt, daß die alte Bäuerin zahnlos grinst und lustvoll auf ihre Schenkel klatscht, wenn ihr dürftige Städterwitzchen über eure gespaltenen Zungen rollen laßt. Rund um einen Heustadel, Leiter an Leiter, knapp unter dem Dachfirst stehen die Winterfrischler und lutschen an den mit Cola und Kohlensäure versetzten Eiszapfen.

Die Weizenähren wollt ihr mumifizieren, damit sie in den rustikalen Ecken euerer Stadtwohnung frischer bleiben als das tägliche Bauernbrot gib uns heute und vergib uns unsere Schuld, wie auch wir vergeben unseren Schuldigern, und führe uns nicht in Versuchung, sondern erlöse uns von den Winterfrischlern, den Sommerfrischlern und den Fremden. Die Dosen, in denen die Luft der Alpen eingefangen wurde, werden immer berühmter, aber auch die Dosen, aus denen die Luft des Meeres zischt, sind uns Bauern bekannt. Wir halten der Erde die Köpfe hin und winden einander die Dornenkrone der Getreideähren auf unsere Häupter. Während wir im Hochsommer in unserem Zweitstall auf Mallorca die Schafe füttern, tragen die Mägde und Knechte die Verantwortung für die Stalltiere auf unserem Kärntner Wohnsitz. Computer wiegen die Futtermittel ab, die Bauernhände haben aufgehört, die Waage zu halten. Statt Milch trinken wir Cocacola, statt Cocacola trinken wir Africola und statt Africola trinken wir die perlende Frische der Milch. Seit es in meinem Heimatdorf keine Pferde mehr gibt, hängt das riesengroße Werbeplakat der Mobil-Ölfirma an einer Heustadelwand, auf dem im Schatten einer überdimensionalen Öldose weiße Pferde über die Wildnis der von den Sommerfrischlern unberührten Landschaft galoppieren und die Pferdestärken des Mobil-Öls demonstrieren.

Nicht mehr Kruzifixe und Heiligenbilder in Seidenpapier, Dornenkronen aus Jerusalem und vergiftete Apfelhälften, die einst die böse Königin – Spieglein, Spieglein an der Wand, wer ist der schönste Spiegel im ganzen Land – Schneewittchen brachte, keine hölzernen Rotkäppchen, die ausgestopfte und vor Großmutterfleisch hungerheulende Wölfe in ihren Bäuchen tragen, bieten die Hausierer, die von Dorf zu Dorf und von Hof zu Hof gehen, den Bauern an, sondern nagelneue Miele-Staubsauger, Philips-Farbfernsehgeräte, Waschmaschinen, in denen die Schweinsrippen vom ätzenden Waschpulver abgenagt werden, und zu den Philips-Stereoanlagen bekommen die Käufer als Geschenk eine Schallplatte, auf der die kreuz und quer schlagenden Hakenkreuzzungen der Alpenjodler zu sehen und zu hören sind.

In die Berg bin i gern und do gfreit si mei Gmüat, wo die Olmröslen woxn und da Enzian blüaht. Und da Schnea gehat bold weg und es werd wieda schean und hiatz wer i bold wieda auf die Olm aufe geahn. Unhörbar für die Maltataltouristen, die an der zweihundert Meter hohen Staumauer der Kölnbreinsperre stehen, bei deren Bau vierundzwanzig Arbeiter tödlich verunglückt sind und manche zwischen den schnell erstarrenden Betonteilen ihr ewiges Grab gefunden haben, schlagen die Paddel der DDR-Ruderer, die für eine Weltmeisterschaft trainieren, ins grünliche Wasser des Stausees. Schnapsflaschen in Form eines bärtigen Almhirtenkopfes, Plastikedelweiß und Plastikenzian, kleine Plastikfernsehapparate, in denen man auf Knopfdruck die Skelette der einbetonierten Arbeiter sehen kann, und Heiligenbilder mit einem zufüßen der Muttergottes liegenden Edelweiß kaufen die Stauseetouristen im Souvenirladen.
Neugierig schauten der Kunstmaler Georg Rudesch und ich in jedes vor der Osnabrückerhütte parkende Auto hinein, um zu sehen, ob das erschossene Murmeltier, von dem auf der Hütte die Rede war, noch auf einem Rücksitz mit einem grünen Ast im Maul lag, aber nirgendwo fanden wir seinen Leichnam und gingen weiter, den Pfad des Bergtales entlang, ich mit dem *Fluß ohne Ufer* von Hans Henny Jahnn unter dem Arm, der Kunstmaler mit seiner Malermappe. *Jagdlust* nannte der Sohn der Hüttenwirtin den Trieb der Jäger, ihren Gewehrlauf auf den Kopf eines dieser seltenen Tiere zu rich-

ten, als ich ihn fragte, warum das Murmeltier erschossen wurde. *Mordlust!* flüsterte ich ihm zu und zwinkerte mit meinem linken Augenlid. Nachdem sie ein Tier getötet haben, gießen die Jäger, laut und lustvoll schreiend, das eine nach dem anderen Stamperl Kräuterschnaps unter ihren glasigen Augen ins Maul hinein. Der Kunstmaler und ich stießen auf einen auf der Brücke eines Bergbaches stehenden leeren Kinderwagen. Tausende Puppen sah ich den Bergbach entlang schwimmen, während ich die Vorstellung hatte, den Kinderwagen über den Wasserfall hinunterzustürzen.
Als ich kürzlich, so der Kunstmaler Georg Rudesch, in einem Film sah, wie einer, wenn er unzufrieden mit sich selber war, in der Nacht aufstand und in die Holzhütte ging, um Holz zu hacken, habe ich an die Gespenster in der Osnabrückerhütte im Maltatal denken müssen. Stundenlang hob in der Nacht jemand immer wieder die Hacke und zielte auf ein Holzscheit, obwohl der Almhüttenbesitzer und seine Gäste längst schliefen und niemand in der Holzhütte war. Ich zog in meiner kleinen Kammer, im Bett hockend, meine Beine an, umgürtete mit meinen Händen meine Ober- und Unterschenkel und zitterte am ganzen Körper. Auf dem Fensterbrett standen ein kleines Kruzifix und ein Medizinfläschchen mit Weihwasser, das mir die Geister vom Leib halten sollte. Wenn ich mit meinem Malerwerkzeug und mit meiner Malermappe unterwegs bin, habe ich auch jedesmal das Kruzifix und das Weihwasser bei mir. Wie begrüßt mich die Almwirtin, wenn ich in den Schulferien mit meinem Rucksack an der Tür der Osnabrückerhütte auftauche? Grüß Gott, Herr Doktor, was machen die Gespenster? Grüß Gott, sagt sie, weil sie weiß, daß ich religiös bin. Herr Doktor, sagt sie, weil ich promoviert bin. Vom Gespenst spricht sie, weil sie weiß, daß ich nicht nur Geister sehe, sondern auch an Geister glaube. Mit einem Satz fangen die Leute meine ganze Existenz ein, Grüß Gott, Herr Doktor, was machen die Gespenster?
Die Sommerfrischler gehen, wie sie sagen, in die Berge frische Luft schnappen, und in der frischen Luft schnappen sie über. Der Leichnam eines abgestürzten Sommerfrischlers wurde in der Nacht vor der Osnabrückerhütte mit einer Zeltplane

abgedeckt – die Hüttenwirtin *erträgt* keine Toten in ihrem Haus! –, ehe am nächsten Vormittag ein Leichenwagen, geschmückt mit Enzian, Almrausch und Edelweiß kam und den Verunglückten abholte. Wie ein Spielball kollerte unweit von mir ein junger Ochse, der auf einer glitschigen Steinplatte ausgerutscht war, über einen Berghang und brach sich die Beine. Ich starrte auf seine schmerzhaft nach außen gedrückten Augen und auf seinen entsetzten Blick. Blut schäumte aus seinem Mund. Auf seinem braunweißen Fell hatte er grüne Grasflecken. Ich holte sofort Hilfe, aber das verletzte Tier mußte an Ort und Stelle *geschlagen* werden. Manchmal kommt es vor, daß ich mit tränenerfüllten Augen vor einem toten Murmeltier stehe, wenn ich daran denke, daß es sterben mußte, nur damit ein paar Menschen, die grüne Kleidung tragen, ihre Mordlust für ein paar Stunden befriedigen konnten. Sie erinnern sich, Menschikow, kürzlich sagte meine fünfundachtzigjährige Tante zu Ihnen, Schrecklich wäre es, wenn die Tiere über die Menschen Gericht halten könnten, schreckliche Dinge würden die Tiere über die Menschen erzählen! Seien wir froh, daß die Tiere nicht reden können!
Einen ganzen Sommer lang trieb ein toter Stier im Stausee, ehe er mit einem Fischernetz, an das zwei Ochsen gespannt waren, aus dem Wasser gezogen wurde. Der Leichnam des Stiers wurde im naheliegenden *Wild-* und *Tierpark* »Diana« den Aasgeiern, Mönchsgeiern und einem Kondor zum Fraß vorgeworfen. »Die Natur hautnah erleben«, steht im Werbeprospekt dieses Wild- und Tierparks, und: *»Sehr geehrte Damen und Herren, liebe Kinder und Freunde aus nah und fern. Wir heißen Sie in unserem Tal herzlichst willkommen und wünschen eine gute Fahrt und schönen Aufenthalt bei der gewaltigen Staumauer Kölnbreinsperre. Das Maltatal ist eines der schönsten und erlebnisreichsten Ausflugtäler Österreichs. Wir empfehlen daher bei Ihrer Rückfahrt beim Wild- und Tierpark ›Diana‹ einzukehren. Dieser liegt am schönsten Aussichtsplatz des Tales. Von seiner herrlichen Tierwelt werden auch Sie begeistert sein. Neben sibirischen und indischen Tigern, Prachtlöwen sowie zahlreichen schönen Tieren aus dem In- und Ausland sehen Sie bei dem Rothirschrudel den*

kapitalsten Geweihträger der Welt, derzeit sechs Jahre alt, 32-Ender mit 23 kg Geweihgewicht, ein Anblick, den Sie sich nicht entgehen lassen sollten. Alle seine Abwurfstangen sind als Lehrschau ausgestellt. Unser Gastbetrieb mit der bekannten und beliebten Forellenstation ist ganztägig geöffnet. Sportfischen sowie Kinderspielplatz im Park, große Sitzterrasse, ruhige Lage und schönste Aussicht, eigene Landwirtschaft, daher unübertroffene Brettljause und fast täglich frische Buttermilch. Große Auswahl an Wildtrophäen. Viel mehr kann kaum noch geboten werden, und wir hoffen, daß wir auch Sie in Zukunft zu unseren zahlreichen Stammgästen zählen dürfen.«
Mit meiner Malermappe, die schon voller Ölfarbe ist, gehe ich in den Kärntner Bergen herum. Ein Ölpatzen fiel da-, einer dorthin, und auf diese Art und Weise hat sich auf meiner Malerhose eine eigene Landschaft gebildet. Einmal, ich hatte gerade im Maltatal nahe der Osnabrückerhütte ein Bild gemalt, goß es in Strömen. Sie erinnern sich, Menschikow, Sie waren damals auch dabei und lasen *Miracle de la Rose* von Jean Genet. Bis es zu regnen aufhörte, stellten wir uns in eine halbzerfallene Sennerhütte, in der wir vermoderte Matratzen, zusammengebrochene Stühle und eine Anzahl von Konservendosen sahen, Almlieslkondensmilch, zerbeulte Coladosen, Fischkonserven, spanische und jugoslawische Ölsardinen. Papier von der Deutschen Bildzeitung und der Frankfurter Allgemeinen lag herum. Ich drängte mit meinem Stock alles auf einen Haufen zusammen und betrachtete den Abfall. Es interessiert mich ungemein, was die Leute in welchem Zustand wegwerfen.
Während wir den Stausee entlanggingen und an einer kleinen Kapelle vorbeikamen, in der auf mehreren Bronzetafeln die Namen der vierundzwanzig beim Bau der Kölnbreinsperre verunglückten Arbeiter aufgelistet sind, erzählte er mir, daß im Bergdorf, in dem Warwara Wassiljewna wohnt, eine Sommerfrischlerin, die gerade eine Operation hinter sich hatte und sich in den Kärntner Bergen erholen wollte, auf eine abgesperrte, mit einem Verbotsschild versehene Wiese ging und von einem Widder niedergestoßen und getötet wurde. Während der Widder mit seinen Hörnern in den Eingeweiden

der Frau wühlte, umringte die Schafsherde die Sterbende und ließ die herbeieilenden Helfer erst zur Frau, als sie schon tot war und ihre Augen sich starr auf die blutigen Hörner des Widders richteten. Die Bauern hoben den schrecklich zugerichteten Leichnam aus dem blutbeschmierten Klee auf einen Milchwagen, an dem ein Pferd angespannt war, und brachten die sterblichen Überreste ins Bergdorf.
»Jeder Urlaub verlangt nach neuen Karten – die Trümpfe finden Sie bei uns in der Malta-Hochalmregion. Romantische Bergstraße, schweißtreibende oder, wenns beliebt, bequeme Pfade zum Gletscher, gemütliche Rast im Bergrestaurant Malta mit Blick auf die 200 Meter hohe Kölnbreinsperre. – 18 Kilometer lang ist der Weg ins Hochgebirge, wo die Natur mit dem Menschen Freundschaft schloß. Sie stets zu erneuern, dazu sind Sie eingeladen.« Mit diesem Fremdenverkehrsprospekt in ihren Rucksäcken, mit ledernen Knickerbockerhosen, roten Bergstrümpfen, Gummihosenleitern, auf denen senkrecht Enzian und Edelweiß eingenäht sind, den Totenmasken der Verunglückten auf ihren Gesichtslarven und eine brennende Kerze haltend betreten die Stauseetouristen die Totenkapelle, lesen zuerst auf einer Bronzetafel »Den Toten des Kraftwerkbaues 1971–1979 zum Gedenken« und dann auf weiteren vier Bronzetafeln die Namen der von den Österreichischen Draukraftwerken ermordeten Arbeitern:

Traar Georg
Krall Friedrich
Poposchek Alois
Hofer Johann
Schader Hubert
Delfabro Gerhard

Trampusch Friedrich
Einetter Michael
Wechselberger Roman
Bstieler Johann
Gosdić Božidar
Berger Johann

Heinrich Max
Skruba Vinzenz
Schiefer Kurt
Sucher Meinhard
Moser Otto
Willibald Werner

Raschun Martin
Wolligger Herbert
Pöllinger Josef
Stögermayer D. I. Friedrich
Fojan Jakob
Krapfl Johann

Der Kunstmaler erzählte mir, daß er die Bonbonniere, die er einem Mädchen schenken wollte, in eine Mülltonne warf, nachdem sie bereits drei Jahre lang in seinem Keller herumgelegen war. Ein paar Tage später, sagte er, habe ich es bereut, die Bonbonniere weggeworfen zu haben. Ich bin wieder zur Mülltonne gegangen und habe geschaut, ob sie noch da ist. Tatsächlich lag die Bonbonniere noch völlig unversehrt in der Tonne. Ich habe sie herausgenommen und bewahre sie jetzt endgültig auf, nie mehr werde ich diese Bonbonniere wegwerfen!
Tausende Bilder habe ich schon gemalt, aber kaum jemand kümmert sich darum, deshalb sagte ich vor gar nicht so langer Zeit zu Ihnen, als Sie in Not waren, wir durch die Wälder gingen und Sie vollkommen entkräftet vor dem Haus Ihres Kinderarztes auf einem Grabhügel lagen und mir bekanntgaben, daß Sie sich töten werden, Menschikow! Sie sind der einzige, der sich um meine Bilder kümmert. Sie dürfen sich alleine schon deswegen nicht umbringen, weil ich ohne Ihre Hilfe mein Lebtag ein völlig unbekannter Maler bliebe! Sie wollten an der Tür Ihres Kinderarztes läuten und ihn mit einem Messer bedrohen, sollte er Ihnen nicht ein paar Schachteln Schlaftabletten herausgeben. Kurze Zeit später erschoß sich in Salzburg, in seinem Studienort, der fünfundzwanzigjährige Sohn dieses Arztes. Zu einem Mädchen sagte der junge Mann

einmal, Die einzige Beziehung, die ich zu meinem Vater habe, ist der Dauerauftrag bei der Bank!
Meinen Silvesterabend, so der Kunstmaler, habe ich mit Leonardo da Vinci verbracht. Ich hockte im Bett und betrachtete die Kunstkarten, auf denen Motive von da Vinci abgebildet sind, hätte mir aber dabei *ums Leben* gerne die Neunte Sinfonie von Ludwig van angehört, aber ich wagte es nicht, sie zu spielen, so gewaltig ist sie, und so großen Respekt habe ich vor ihr.
Zur selben Zeit saß ich aufrecht im Totenbett meines Onkels und las die Aufzeichnungen aus einem Totenhaus, bis ich, niedergedrückt vor Müdigkeit, immer weiter zwischen die Bettlaken rutschte und mit dem aufgeschlagenen Buch einschlief. Als ich die Silvesterknallkörper hörte, wachte ich erschrocken auf, zitterte am ganzen Körper und schlief erst wieder ein, als ich den Ackermann aufstehen und in den Stall gehen hörte.

»Dieses Dorf ist voller Echos. Es ist so, als ob sie in dem Hohlraum zwischen den Wänden oder unter den Steinen eingeschlossen wären. Wenn man geht, hat man das Gefühl, daß jemand hinter einem hergeht. Es knirscht. Und man hört Gelächter, sehr altes Gelächter, das schon müde vom Lachen ist. Und Stimmen, die schon abgenutzt sind. All das hört man. Es wird einmal ein Tag kommen, denke ich immer, da werden all diese Geräusche verstummen.«

Bloßfüßig liefen wir am Heiligen Abend auf den Kirchhof und bewarfen den Gekreuzigten in einer Nische der Kirchenmauer mit Schneebällen. Da ich es auf seine Stirn abgesehen hatte, warf er sein dornengekröntes Haupt immer wieder nach links und rechts. Wie hat es mich geekelt vor den kurzen grauen Barthaaren, die auf den immer rostiger werdenden Rasierklingen meines Vaters zurückgeblieben sind! Bevor wir Kinder einander schlugen, bemächtigten wir uns dieses Kraftausdruckes, Numerier deine Knochen, damit du dich, wenn ich dich zerlegt habe, wieder zusammenfügen kannst. Weck nur auf deine Kindheit, du wirst sie neuerlich auf deiner Brust tragen müssen, aber diese Last erleichtert dir den Weg zum Grab. Rasch zog ich im Spätsommer einem schwarzhaarigen Knaben das Hemd aus der Unterhose und gab mich ihm am Geheimplatz bei der verwachsenen Friedhofsmauer hin, bis wir erschöpft in die Knie gingen und uns für eine halbe Stunde unter einem faulenden Totenkranz verkrochen. Mit verwelkten Lilien und Nelken auf Köpfen und Schultern und graugewordenen Lorbeerblättern zwischen den Zähnen verließen wir das Kirchhofsgelände. In letzter Zeit habe ich manchmal Angst, mein Herz könnte wie eine von einem Stein getroffene Glasscheibe zerspringen, besonders dann, wenn ich nachts ausgestreckt im Bett liege und mich der immer lauter werdenden Schläge erwehren muß. Manchmal schlägt mein Herz so laut, daß ich meine Ohren zuhalten und meine Zähne zusammenbeißen muß. Höre ich es dann immer noch, beginne ich um mich zu schlagen und zu schreien, bis ich erschöpft zurücksinke. Langsam, aber immer schneller und lauter werdend beginnen die Hammerschläge von vorne. Die Noten eines Totenvogelgesanges sind in mein Trommelfell eingraviert. Ob im Angesicht meines Todes Blut und Samen eines nordafrikanischen Knaben aus meiner Nase rinnen werden? Natürlich wird der Totenvogel ein weißes Hochzeitskleid tragen, wenn er vom Wipfel einer beschneiten Fichte aus die schwarze Schlange meines Leichenbegängnisses beobachten wird. Die Kirchenmauer wird mit blutigen Engelsflügeln und unzähligen Jesukindzungen austapeziert sein. Bis heute habe ich noch jedem, dem ich die Zunge gereckt habe, die Möglichkeit gegeben, meine Zungenspitze in seine rechte und die behaarte Rasierklinge in seine linke Hand zu nehmen. Bis ich müde wurde, watete ich im Dorfbach, an jeder Zehenspitze einen Krebs, zwischen den nassen Sumpfdotterblumen. Jeden Tag habe ich Zeitungspapier zerknüllt, um einzuheizen, alle paar Tage habe ich Zeitungspapier zerschnitten, um es aufs eiskalte Plumpsklo zu tragen, aber niemals wagte ich es, einen schwarz gerahmten Partezettel zu zerknüllen oder gar zu zerschneiden. Du mußt nur wissen, wo der Anfang eines neuen Fadens ist, wenn dir die Luft ausgeht, schrie ich auf den Ertrinkenden zu und lief von dannen. Das Spiel der Orgel muß aufhören, wenn die Klöppel der Totenglocken zu schwingen beginnen. Für jede traumlose Nacht bestrafe ich mich, indem ich am nächsten Morgen mit meinem Kopf voran auf ein Bild zurenne. Zwei ausgestopfte Handschuhe an langen Stäben trage ich immer bei mir. Wenn mir etwas gefällt, während ich tagelang durch die Straßen Roms gehe, halte ich die Stäbe und applaudiere. Faß, oh Gottesgebärerin, dein Kind am rechten Fuß, halt es in die Höh und zeig das zappelnde, urinverspritzende Ding dem Volk, das geil ist auf Könige, die mit Dornenkronen aus mütterlichen Schößen kriechen. Tast mich ab, wirst sehn, ich singe, wie eine Orgel zur Totenmesse spielt, sagte einmal eine Hure zu mir. Der Balkon übt heute den Absturz und wartet nur mehr darauf, bis ich einmal hinaustrete, aber ob ich ihm diesen Gefallen mache, werde ich den fragen, dem ich auf den Kopf fallen und das Genick brechen soll.

Während die Spreu vom Weizen getrennt wurde und ein Kalb auf die Welt kam, über ein Pfauenfederauge das Augenlid einer Eidechse wuchs und am Wäschestrick von einem frischgewaschenen Totenhemd die Wassertropfen auf die Erde fielen, lief der Simonbauer mit einem Kalbstrick hinter Jakob her, um seinem Sohn die Schmerzen der eigenen Kindheit aus dem Körper zu schlagen. Wenige Jahre später erhängte sich

Jakob gemeinsam mit Robert an einem Strick. Die Schreie der Mütter waren weit über den Schornsteinen, auf denen neugeborene Störche hockten, zu hören, als von vier Knabenschultern ein blauer Jünglingssarg über die Dorfstraße zum Friedhof getragen wurde. Statt um die Waden einer Kalbsgeburt legten die Knaben die Stricke um ihren Hals und fielen ruckzuck vom Trambaum. Wenn sie nur zehn Zentimeter tiefer gefallen wären, hätten ihre Fußsohlen den Boden berührt.
Mit der größten Anstrengung, die man an seiner hervortretenden Bauchader, den quellenden Augen, dem offenen, grünlichen Geifer verspritzenden Maul und der Angst, die ihm im Gesicht geschrieben stand, sehen konnte, zog das schwarze Pferd, umringt von Fliegen und Bremsen und angetrieben von der Peitsche Hanspeters, einen gefüllten Heuwagen über die steile Scheunenauffahrt in den Heustadel hinein. Wenige Jahre nachdem sich Hanspeter erhängt hatte, wurde das Stadeltor zugemauert. Kein Mensch wird mehr in Andacht durch dieses Tor schreiten, durch das ein sechzehnjähriger Junge ging, um seinem Leben den Garaus zu machen. Wenige Jahre nachdem sich Hanspeter weggeräumt hatte, brachte sich auch sein Vater um. Am Ufer der Drau ließ er mit einem Gartenschlauch die tödlichen Auspuffgase ins Innere seines Autos strömen.

Als ich aufs Feld, in die Auen und auf den Friedhof gehen wollte, um mit den sterblichen Überresten Jakobs ein paar Worte zu wechseln, ging ich beim Sichlhofer vorbei, den Zaun des Gartens entlang und sah den alten Bauern auf einem Schemel sitzen und Blüten von den abgebrochenen Lindenästen zupfen. Ich sah von weitem auf die abgearbeiteten Hände des Bauern, auf sein mit den Messerschnitten des Alters verziertes Gesicht, ich sah, wie er gedankenverloren die Lindenblüten vom Ast zupfte. Ich wollte die Dorfstraße hinuntergehen, aber als ich die Tanteherta von weitem in ihrem Gemüsegarten sah, an dem ich vorübergehen mußte, kehrte ich um. Mein Herz schlug in meiner Halsschlagader. Ich wollte meiner Tante, in deren Haus ich als Kind täglich aus und ein lief, den Gruß ersparen. Seit ich meine Romane

veröffentlicht habe, grüßt sie mich, als wäre ich ein Fremder, und vertieft sich weiter in das Unkraut ihres Gartens. Ich schlug einen Bogen ums Dorf und ging erst auf den Friedhof, als es schon dunkel war, damit mich die Eltern Jakobs nicht am Grab ihres Sohnes stehen sahen. Ich hatte Angst, daß mich ihr Bernhardiner vor dem Grab Jakobs zerreißen würde.
Zwischen den Zähnen von Jakobs Totenkopf sah ich ein paar Fetzen seines faulenden Zahnfleisches. Augenlicht schwamm in seinen tiefen Totenkopfaugenhöhlen. Sein Herz, das in ihm schlug, während er durch die Wälder und Sonnenblumenfelder ging, ist verfault. Noch vor zwei Jahren konnten sich die Käfer in seine Herzkammern einnisten und Eier legen, heute nicht mehr, heute ist sein Herz Friedhofserde geworden. Ob sein nun erwachsener Bruder seine Hemden trägt, die Jakob in seine Jeans über seine mit blassen Urinflecken besprenkelte Unterhose steckte? Während seine Kleider in seinem Kleiderkasten hängen geblieben sind, hat man seinen leblosen Körper vom Strick genommen. Man hätte seine Kleider von den Haken nehmen und Jakob am Strick lassen sollen. Ich hätte im Pfarrhofstadel mein Lager aufgeschlagen und dort geschrieben, bis der eine Fleischfetzen nach dem anderen auf meine Schulter und auf mein Haupt gefallen wären, bis er mich, nachdem seine Lippen verfault wären, jahrelang mit seinem Totenkopf angelacht hätte. Wäre ihm ein Zahn ausgefallen, hätte ich den Zahnarzt gerufen. Wöchentlich hätte ich ihn frisieren lassen. Seine immerzu wachsenden Zehen- und Fingernägel hätte ich weiterwachsen lassen, bis sie so lang geworden wären wie die Schneiden der Sensen. Ich hätte diese rasiermesserscharfen Zehennägel auf einen Sensenträger gebunden und wäre, links und rechts zumähend, mit einem Totenvogel auf meiner linken Schulter durchs Dorf und über die saftigen Kleewiesen gegangen. Mit Rosenöl hätte ich seine roten Brustwarzen parfümiert, bis ich Stunden später zum Ritual der Einbalsamierung übergegangen wäre. Splitternackt hätte ich ihn ausgezogen und mit wohlduftenden Salben eingerieben. Einen Schimpansen hätte ich geholt, um mit ihm gemeinsam die Läuse aus Jakobs Schamhaaren und Achseln zu zupfen und aufzuessen.

Am Ufer der Drau, im Dickicht der Erlen flossen die heißen Schneeflocken seines Samens in meiner rotausgepinselten Mundhöhle auseinander. Mit einer Nabelschnur umwickelte ich seine Augäpfel und band sie mit Nadel und Zwirn an meinen Brustwarzen fest. Die Kaulquappen in den Tümpeln der Drau wickelten sich mit ihren Schwänzen um die Schamhaare seiner wassergefüllten Lenden, damit sie nicht abstürzten über die Felsbrocken seiner Oberschenkel. Wie eine Panflöte nahm ich seine Zehen in den Mund und kaute daran. Reihenweise standen die Schilfkolben. Der Wind brachte ihre scharfkantigen Blätter in Bewegung. Manchmal kam es vor, daß ein Schilfblatt einem der Kolben eine Schnittwunde zufügte. Jakob warf, nackt auf der bloßen Erde liegend, seine Arme nach hinten und hob seine Hüften hoch. Ich klopfte zuerst die Erde von seinen Hinterbacken, ehe ich sie mit meinen Händen auseinanderpreßte und meine Zunge in sein Bronzeauge steckte, ehe ich mein Glied hineinstieß und mich in seinem Körper entfaltete und davonflog. Das rotweiße Kleid eines Ministranten tragend stand er auf den Häuptern zweier Maulwürfe und segnete nichts anderes als die abrupte Bewegung eines Hechts im Tümpel der Drau. Pferdeembryos liefen über den Hof. Die Engel klatschten in ihre blutlosen, seidenweichen Hände. Der Knochenmann versucht die Sense auf seine Schulter zu heben, aber sie rutscht ihm immer wieder ab. Er schaut sich nach Hilfe um, geht in die Knie, hebt seine Sense, die aus purem Gold ist, auf seine Schulter, versucht aufzustehen, bricht aber wieder zusammen.
Schwertlilienblätter fliegen durch die Luft, den Liebenden auf die nackte Schulter. Das Stroh im Heustadel formiert sich zu unzähligen russischen Strohpuppen. Der Kamin raucht seine Pfeife. Die Hähne köpfen violette Engel, rupfen ihre Federn aus, schneiden ihnen die Flügel ab und stecken sie in siedend heißes Wasser. Ein invalides Reh, dessen Fußstelze aus dem Lauf eines Gewehres besteht, verdreht im Schneetreiben seinen Kopf. Die Königin von England enthauptet ihre Krone. Maria Stuart fängt das Blut auf. Tannenwurzeln umkrallen die Särge der Holzknechte. Am Auferstehungstag wärmt sich der Gekreuzigte an einem Haufen brennender Kruzifixe seine

Hände. Geigenspieler verwandeln sich in Radios. Franz Schubert spielt im Fichtenwald im Schneetreiben auf einem Flügel die Winterreise. Der Tod ißt Lebkuchen. Der Stumme schlägt seiner Mutter ein Wörterbuch um den Schädel. Aus Hygienegründen dürfen die Menschen nur mehr in Raumkapseln im All gezeugt werden. Die Gläubigen beten immer das Tote, nie das Lebendige an. Bald nachdem das Wort Fleisch geworden war, flehte das Wort das Fleisch an, ob es sich wieder zu Wort zurückverwandeln dürfe. Hitlertotenmaskentragende österreichische Offiziere essen uniformierte, in Reih und Glied wartende Frösche auf. Die Hirten zerbrechen ihre Stäbe. Der Donner blitzt ab. Nutten erhängen sich an Nabelschnüren. Der Tod und die Tödin spielen die letzte Partie Schach mit erblindeten Bauern und ferngläsertragenden Königen. Die beiden Schachköniginnen tragen die Eingeweide Elisabeths der Zweiten von England und ihrer Majestät der Königin von Spanien. Kindersärgegroße Bienenwachskerzen leuchten dem Ewigen Licht, das sich durch die dunklen Straßen dieser Welt einen Weg schlagen will. Sterne klauben Steine auf. Die Erde erbricht Sargbretter und Kinderskelette. Den Toten hängen Wurzelfäden aus dem Mund. Frühverstorbene Kinder ziehen Nabelschnüre um den Erdball und mumifizieren ihn. Eine Kreuzotter kriecht über eine Hostie. Fernsehantennen wehren die Programme ab. Gott ist größenwahnsinnig geworden, denn er ist allmächtig.
Ich grub meine Zunge in Jakobs Nabel, bis er aufstöhnte. Ringsum starrten die Augen der Gottesanbeterinnen, die auf den Schilfgräsern hockten, auf unsere Körper. An seiner linken Brustwarze hielten sich zwei dünnbeinige Insekten fest. Er zog seine Füße an, legte seine Unterschenkel links und rechts über meine Schulter, während sein Eiszapfen in meinem Mund stak. Vom anderen Ufer der Drau hörten wir die Tag und Nacht laufenden Maschinen des Heraklitwerks. Schweißgebadete dunkle Arbeitergesichter wurden um diese Stunde von den Nachtschichtarbeitern abgelöst. Ein feiner, in der untergehenden Sonne schimmernder Sandfilm blieb an Jakobs Lenden und Oberschenkeln haften, als er den Gummi seiner Unterhose weitend, auf einem Bein balancierend hin-

einschlüpfte. Sein Haar und seine Gesichtshaut rochen nach den Wassern der Drau. Am anderen Ufer der Drau machte sich ein Fischer bereit, die Angel über seinen Kopf zu schwingen. Gerne hätte ich gesehen, wie er den Plastikfaden mit dem kleinen Blechfisch am Widerhaken wie ein Hammerwerfer über seinem Kopf zum Kreisen bringt und geschickterweise in seinen eigenen Mund wirft. Wie die Delphine wären die Hechte und Karpfen, Huchen und Forellen aus dem Wasser gekommen und hätten, sich mit ihren Hinterflossen an der Wasseroberfläche festhaltend, zusehen können, wie sich der Fischer mit der Angel im Mund in den Fluß hineinzieht und ertränkt. Die Vogelscheuchen, die in neugekauften schwarzen Ballanzügen mit Fliegenkrawatten unter ihren Hälsen auf den Äckern stehen, setzen sich die Totenmasken der Bauern auf und suchen die Äcker nach Sicheln und Sensen ab. Eine *Sicherheits*nadel hält die beiden Enden der rotweißroten Ministerschleife zusammen, die Brust und Rücken der Vogelscheuche umspannt. Mit den ausgezogenen Adern eines Ministranten bündelt eine Totenvogelscheuche die niedergesichelten Roggenähren zusammen. Am Morgen liegt vor jedem Bauernhaus ein Bündel Roggenähren. Die Bauern öffnen die Türen. Frische Morgenluft schlägt ihnen entgegen. Sie tragen die Roggenbündel in die Speisekammer. Die Ratten bewegen ihre feuchten Nasenspitzen. In die Brüste der Hähne wurden Omega-Wecker eingebaut. Um fünf Uhr, wenn der Hahn schreit, löst er die Klingel des Weckers in seiner Brust aus. Die Milchkühe und Stuten erheben sich. Die Toten auf dem Dorffriedhof berauschen sich an ihrem Leichengift und torkeln von Grabstein zu Grabstein. Ein eingekleideter Priester rollt das Herzjesu über den Friedhof. Die Grabsteine fallen wie die Kegel. In einem Sarg tummeln sich tausende junge, gerade erst ausgeschlüpfte Bachkrebse. Bin öfter im Traum auf einen Menschen zugelaufen und habe ihm das Hemd auseinandergerissen, so daß links und rechts die Knöpfe spritzten, um das Schlagen seines Herzens im gläsernen Brustkorb sehen zu können.

Während ein Bauernkind eine rote Nelke vom Totenkranz brach, der Priester die handtellergroße Hostie aus der Lunula der Monstranz nahm und zur Konsekration teilte, ein Geier über dem Mohnblumenfeld kreiste und nach Fasanen Ausschau hielt, Schwertfische gegen die Strömung der Drau kämpften, ein Kind aus dem Heiligenbild trat, auf dem es, begleitet von einem Schutzengel, über eine Brücke ging, das Bild von der Wand nahm und auf den Boden schmetterte, die Dorffrauen zu Antidepressiva griffen, die Hähne schrieen, ein Bauer auf den Lichtschalter drückte und zuallererst eine blutende Erntedankkrone sah, die in der Bauernstube auf dem Tisch stand, starb die siebzigjährige Steinacherberta, die ihr Lebtag unter Wahnsinnigen, Gnomen und Trinkern gelebt hatte. Ihr Mann kam wahnsinnig vom Rußlandkrieg zurück und starb an der Trunksucht. Einer ihrer Söhne fiel im Krieg, der zweite war schwachsinnig, trank maßlos und starb bei einem Unfall. In der Nähe des Friedhofs überschlug er sich mit seinem Moped in einem Straßengraben. Die Steinacherberta legte schreiend seinen blutenden Kopf auf ihren Schoß. Sie hätte ihn sofort auf den Friedhof tragen können, aber sie ließ ihn nach Hause bringen und zerrte ihn aufs Totenbett, obwohl der Friedhof in der Nähe der Unglücksstelle war. Ihre glatzköpfige älteste Tochter lebt von der Rente ihres jungverstorbenen Mannes, der Alkoholiker war. Ihre jüngste, gnomhaft aussehende Tochter lebt jetzt, wahnsinnig geworden nach dem Tod ihrer Mutter, in einem Pflegeheim.

Die Faschinglydia unterzog sich einer Kaiserschnittoperation, in der ihre anderthalbkiloschwere Frühgeburt aus ihrem Körper gehoben wurde. Sechs Tage nach der Geburt starb das Kind an einer Lungenentzündung. Im Villacher Krankenhaus ist es üblich, daß Kinder, die ein paar Tage nach der Geburt sterben, nicht gesondert begraben, sondern von den Leichenbestattern im Krankenhaus in den Sarg eines verstorbenen alten Menschen gelegt werden. Die Faschinglydia wollte nicht, daß ihr Kind zu einem fremden Toten gelegt und weißgottwo begraben wird. Ein paar Tage später, das Kind war bis zur Genesung der Mutter im Kühlschrank des Villacher

Krankenhauses gelegen, wurde der kleine weiße Sarg mit den sterblichen Überresten des Neugeborenen in ein Loch des Kameringer Friedhofs versenkt. Kein Zügenläuten war zu hören, als das Kind im Krankenhaus starb. Selbst beim Begräbnis läutete keine Aussegnungsglocke. Der Zeitpunkt der Trauerfeierlichkeiten wurde nicht bekanntgegeben. Nicht einmal die engsten Verwandten wurden zum Begräbnis geladen. Es gab keinen Totenschmaus, kein Gulasch mit Semmel, kein Bier und keinen Wein dazu. Die Muttergottes warf die lange Nabelschnur, an der einst Jesus hing, herunter und hievte das sechs Tage alte Kind in den Himmel. Der Totengräber ging an sein Werk und schaufelte feuchte Erdpatzen über die Blumensträuße und über den weißen Sarg.

Auf den üppigen Feldern, wo das Vieh von Mai bis Allerseelen Tag und Nacht unter freiem Himmel ausharren muß, werden alte mit Wasser gefüllte Jauchefässer aufgestellt. Unter den Öffnungen der Jauchefässer stehen die ausrangierten Badewannen der Bauern, aus denen die Tiere Wasser trinken. Abends, wenn es dämmerte, ging ich in den Spitzanger hinaus und öffnete den Verschluß des Jauchefasses, bis die Blechbadewanne gefüllt war, und sah den Tieren zu, wie sie nacheinander ihre feuchten, verbrauchte Luft ausstoßenden Schnauzen ins Wasser steckten. Nebel schwebte über den zwei Meter hohen Kukuruzfeldern. Federartige rote Wolkenfetzen waren am Berghorizont zu sehen. Die Tiere wühlten mit ihren Hörnern im Nebel. Als ich vor dem eingezäunten Feld von Jakobs Vater stand, stellte ich mir vor, wie Jakob am Samstagabend in dieser Badewanne saß, aus der nun die Almtiere Wasser tranken, und die glitschige Terpentinseife, auf die ein Hirschkopf geprägt war, in seinen behaarten Achseln versteckte. Der Dampf des warmen Wassers stieg von seinen Hüften auf. Kurze Zeit später lag er, nachdem er mit Robert vom Strick geschnitten worden war, in einer Wanne aus Holz, in einem Sarg, aus dem er sich nicht mehr erheben konnte, um sich abzutrocknen.

Erstaunt hob ich von einer Getreidegarbe, die ich in den Händen hielt, meinen Kopf und hörte, daß der siebzehnjährige Sohn des Christebauern, nachdem er den Auftrag erhalten hatte, den Ladewagen an den Traktor zu hängen und aufs Feld zu fahren, seinem Vater zurief, Du kannst die Arbeit selber machen, du kannst mich am Arsch lecken, ich geh jetzt baden! Vom Fenster meiner Kammer aus beobachtete ich mit einem Fernglas den aufmüpfigen Knaben, der sich während eines Regengusses im Hof seines Vaters splitternackt unter die Dachtraufe des Heustadels stellte. Als ich einmal die gelbschimmernden Roggenähren entlangging, sah ich den Buben mit seiner Kawasaki über den holprigen Feldweg fahren. Er stellte die Maschine ab, öffnete den Stacheldrahtzaun, schwang sich wieder auf sein Fahrzeug und trieb, auf den breiten harten Gummirädern über den Klee fahrend, die schwarzweißgefleckten Kühe aus dem Anger. Langsam, während die eine nach der anderen Kuh vorwärtstrampelnd einen Fladen fallen ließ, auf den sich sofort die Fliegen und Bremsen setzten, fuhr der blonde Junge mit seiner Kawasaki hinter den fünfundzwanzig den Weiherbichl hinauf und über den asphaltierten lotrechten Balken des Dorfkruzifixes gehenden Kühen her. Wo sich der waagrechte und lotrechte Balken treffen, trieb er die Tiere in den Stall.

Noch heute lebt die siebzigjährige Nußbaumerstine mit ihrem Bruder ohne Strom in einer alten Holzkeusche, wo die Hühner und Ziegen aus und ein laufen. Eine Petroleumlampe beleuchtet ihre kärgliche, uralte Küche. Sie liest nur die Bibel, das Kärntner Kirchenblatt und die katholische Monatszeitschrift *Stadt Gottes*. Ihre Zahnprothese ist gelb und ihre Augen flackern ständig. Vor kurzem saß ich im Omnibus neben ihr. Eine sexuelle Not ist auch eine Not, den jungen Menschen sieht man diese Not regelrecht an, sie sind ja ganz gierig! flüsterte sie mir mit nickendem Kopf und flackernden Augenlidern ins Ohr. Ihr Mund roch nach frischen Kräutern. Sonntags sitzt sie mit ständig nickendem Kopf, flackernden Augenlidern und ununterbrochen betend in einem Kirchenwinkel. Um ihre abgearbeiteten Männerhände schlingt sie einen Rosenkranz. Im Winter, wenn ihre Wasserleitung zufriert, schleicht nach Mitternacht ihr Bruder mit einem Blecheimer den waagrechten Balken des kruzifixartig gebauten Dorfes entlang und nimmt heimlich Frischwasser aus unserem immerzu plätschernden Brunnen.

Wie soll ich es ausdrücken, sagte der achtzigjährige Sichlbauer und zuckte mit seinen Schultern, aber nach dem Krieg ist es uns Bauern besser gegangen als den Arbeitern. Der Krieg ist natürlich schrecklich und furchtbar, ich möchte keinen mehr erleben, ich habe auch den Ersten Weltkrieg miterlebt, aber nach jedem Krieg wurde der Bauer höher eingeschätzt als der Arbeiter. Was ist denn heute der Bauer in diesem Land? Ein Schinder, der für einen Hungerlohn arbeitet! Heute muß ich mich in einem Amt regelrecht schämen, wenn ich sagen muß, daß ich ein *Altbauer* bin... Als Zehnjähriger, beim Ausbruch des Ersten Weltkriegs, habe ich von den Soldaten ein Gewehr und eine Kiste Munition gestohlen. Ich ging auf den Dachboden und wollte eine Krähe vom Nußbaum schießen, verfehlte aber mein Ziel. Die Kugel streifte den alten Kronhofer, der gerade den Hang mähte. *Um ein Haar* wäre ich, zehnjähriger Lausbub, zu einem Mörder geworden!... Ich bereue es, daß ich mir nicht mehr Wald und Gut zurückbehalten, daß ich alles vererbt habe. Ich habe nichts mehr zu geben, deshalb haben sie auch keinen Respekt vor mir. Meine Schwiegertochter kommandiert mich herum und läßt mich nicht mehr in den Stall hinaus, obwohl ich gerne noch ein bißchen mithelfen würde. Wenn ich meine Freunde im Dorf anrufen möchte, um einen Treffpunkt für ein Kartenspiel auszumachen, sieht sie mich giftig an. Diesen Telefonschilling bin ich offenbar nicht mehr wert. Gierig schaut sie mir auf den Mund, wenn ich mein kleines Schnapsfläschchen aus meiner Rocktasche ziehe und einen Schluck nehme. Ich getraue mich nicht mehr, neben ihr einen Schluck aus einem Fläschchen vom Selbstgebrannten zu nehmen. Nur über meine Leiche lasse ich mir die Bienen wegnehmen. Die Schwiegertochter hat schon versucht, mir auch die Bienen wegzunehmen, aber ich möchte wenigstens als Besitzer und

Verwalter meiner Bienen sterben. Die Bienen werden hinter meinem Leichenzug in Vierer- und Fünferreihen mit Blütenstaub an ihren Beinen daherfliegen, sich zu Abertausenden auf meinen Sarg setzen und sich mit mir begraben lassen.

Ich blickte über die Friedhofsmauer und sah Jakob in seinem offenen Sarg liegen. Schnee fiel auf sein gelbes, wächsernes Totenantlitz und zerrann auf den ellenlangen Fingernägeln seiner gefalteten Hände. Schneeflocken fielen in die ausgefressenen Augenhöhlen seines Totenkopfes und auf die zusammengeschrumpfte, verstümmelte Zunge seines Mundes. Zwei schwarzgekleidete, trauerschleiertragende Maulwürfe trugen, ein Totenlied summend, den Deckel seines Sarges zwischen den beschneiten Gräbern hin und her. Die Friedhofsmauer verlassend, sah ich einen geflügelten Leichenwagen mit aufgeblendetem Scheinwerfer den lotrechten Balken des Dorfkruzifixes hinunter auf den Friedhof zu fahren. Der Leichenbestatter stieg mit einem Totenkranz aus seinem Begräbnisvehikel und lehnte ihn an das beschneite Friedhofsgatter. Mit heftig schlagendem Herzen versteckte ich mich hinter der Säule des Heustadels, in dem sich Hanspeter aufgehängt hatte, und trat erst wieder auf die beschneite Dorfstraße, als der schwarze geflügelte Leichenwagen verschwunden war. Atemlose, an ihren Flügeln leichtbeschneite Fledermäuse flogen über meinen Kopf hinweg.

»Ich betrachtete das vor mir liegende Gebäude mit seiner einfachen landschaftlichen Umgebung – die frostigen Mauern, die leeren Fensterhöhlen, die wie erloschene Augen starrten, ein paar Büschel steifer Binsen, ein paar weißlich schimmernde Stämme verdorrender Bäume – mit einem Gefühl so tiefer Niedergeschlagenheit, daß ich sie mit keiner anderen Stimmung auf dieser Welt vergleichen könnte als mit dem trostlosen Erwachen des Opiumessers aus seinem Rausch, mit dem scheußlichen Augenblick, wenn der schimmernde Schleier langsam zerreißt und die Alltagswelt wieder grau und frostig dasteht.«

Wenn manchmal – wie mein Blut durch mein Fleisch – eine grauenhafte Angst vor meinen Totenmasken durch die Adern meiner Seele rinnt, verlasse ich meine Kammer, tripple bloßfüßig über die sechzehnstufige Stiege, hole eine Decke aus der schimmeligen und verwahrlosten Bauernstube und lege mich in der Küche auf dem Diwan schlafen, auf dem sich der Ackermann abendlich ausstreckt, während sich vor seinen Augen auf der Mattscheibe die Zeichentrickweltkugel dreht und die Katastrophenmeldungen ankündigt. Stundenlang schlaflos, blicke ich auf den dunklen Küchenplafond und sehe, da sich das elterliche Schlafzimmer direkt über der Küche befindet, auf die nebeneinanderliegenden Wirbelsäulen Motrias und des Ackermanns und auf ihre schwarz- und weißbehaarten Hinterköpfe. Motrias Froschaugen machen über ihrer Stirn einen fliegenden Wechsel und verflüchtigen sich wieder in ihre Augenhöhlen. Am nächsten Morgen wird sie, statt auf dem linken, auf dem rechten Auge schlechter sehen. Umgekippt und voller Strohhalme liegen die Schuhe des Ackermanns neben dem Nachttisch. Seine Fersen sind schmutzig, und ein paar kotbespritzte Strohhalme stecken zwischen seinen Zehen. Aber er trägt keine Hufeisen mehr und galoppiert nachts nicht mehr über meinen dürren, weißen Kindskörper hinweg, sinkt nicht mehr mit seinem Hufeisenfuß in meinen Brustkorb ein und bleibt in meinen Eingeweiden nicht mehr stecken. Während längst schon rote Blutfäden aus meinen Mundwinkeln rannen und wie brennende Zündschnüre über meinen Körper liefen, blieb ich wie gelähmt liegen und hatte mit meinen gefalteten Pfoten längst schon alle möglichen Engel und Teufel zu Hilfe gerufen, ehe es dem Ackermann gelungen war, seinen hufbeschlagenen Fuß aus meinen Eingeweiden zu ziehen, über meinen Schädel hinwegzueilen, nicht ohne mit der blitzenden Hufe meine Schläfe zu streifen, denn sonst wäre ich nicht so schnell wieder eingeschlafen. Niemals sagte meine Mutter zu mir, Träum schön oder häßlich, schlaf gut oder schlecht. Mit leiser Stimme sagte sie, Guete Nocht!, während blutige Wattebäusche um die matt glühende Zimmerlampe herumschwirrten. Der Uhrzeiger schnürte, im Kreis gehend, die Zeit zusammen. Nach dem Würgegeräusch platzte die erste Stunde eines neuen Datums auf. Flügelschlagen kopfloser Totenvögel nahte aus der Ferne.

Nicht in der kalten Hundehütte hockt der Hund, sondern auf dem Kohlehaufen im alten Haartrog, in dem die frischgeschlachteten Schweine lagen und mit heißem Wasser, Kolophon und schweren rostigen Ketten enthaart wurden, bevor ihnen der Ackermann den Bauch aufschlitzte und die Eingeweide herausquollen. Da Motria und Natalija täglich haufenweise Kohlen in den alten in der Küche stehenden Herd schütten müssen, damit er überhaupt noch Wärme von sich gibt, und außerdem abends ihre Kranken- und Sterbezimmer einheizen, sinkt der Steinkohlehaufen im Enthaarungstrog von Tag zu Tag, und mit ihm sinkt auch der auf den Kohlen hockende Hund, bis er von der Haustür aus nicht mehr gesehen werden kann, es sei denn, er hebt gerade seinen Kopf, um zu sehen, wer die Tür öffnet. Abends, wenn ihm Motria eine Katzenschüssel voll warme, frische Milch vor die Hundshütte stellt, hüpft der Angekettete und von den Kohlen Geschwärzte aus dem Enthaarungstrog und tritt mißtrauisch an die Milchschüssel heran. Natalija hebt ihren Trauerschleier nicht, wenn sie mit den Essensresten des Mittags über den schneebedeckten Hof geht und den Fraß in die Hundeschüssel kippt. Wenn sie sich bückt und die Schüssel füllt, hebt der Hund seinen Kopf und schnüffelt am Trauerschleier. Mit ein paar Tropfen Hundespeichel auf ihrem Schleier, der schnell wieder trocknet, geht sie über den knirschenden Schnee ins Haus zurück. Die lange Eisenkette ist voller Neuschnee. Dicke Eiszapfen, die an ihren Enden zu dünnen farblosen Bleistiften verlaufen, hängen fünf Meter über dem jaulenden, sich in einem Schneehaufen wälzenden Hund am Dach. Der Hund wurde angekettet, nachdem er ein paar Nachbarhühner massakriert hatte. Mit blutiger Schnauze und blutigen Pfoten zog er sich nach der Tat in seine Hundehütte zurück, ehe er nach zwei Tagen wieder über die Dorfstraße auf einen Hühnerstall zulief.

Mit bloßem Oberkörper, eine Waschschüssel in den Händen, kam der Ackermann aus der Sauküche und schöpfte in der Küche warmes Wasser aus dem Kupferkessel, der in den alten Sparherd eingelassen ist. Kreuzweise pendelten die Hosenträger über seine Oberschenkel. Motria, die die eine Zwiebelscheibe nach der anderen von der Frucht schnitt, verdrehte weiterschneidend ihren Kopf, blickte dem Ackermann auf seinen nackten Rücken und sagte, Warum gehst du nicht in den ersten Stock ins Badezimmer? Im Badezimmer liegen Seife und Handtücher, warum mußt du immer hier in der Küche herumpritscheln, wozu haben wir eigentlich das Bad eingerichtet! Der Ackermann, der Motria keine Antwort gab, wühlte nach ihren Worten lauter im Wasser der Waschschüssel, so daß sich die Wasserblasen übereinander türmten und zersprangen. Die glitschige Terpentinseife, auf die der Hirschkopf geprägt ist, schäumte an seinen Armen und an seinen haarlos gewordenen Achseln. Die Haut seines Oberkörpers ist faltig und schwabbelig. Seine kleinen Brüste, deren Warzen von ein paar Haaren eingerahmt sind, hängen schlaff hinunter. Sein Bauch hat sensenschneidartige Falten. Seine Unterarme sind voller Haare und braun gebrannt, seine Oberarme vollkommen weiß und haarlos. Sommers geht er mit zurückgekrempelten Hemdsärmeln über seine Äcker. Sein Gesicht ist ebenfalls gebräunt und faltig, eingefallen sind seine Wangen. Sprungbereit, listig und melancholisch hocken seine Fuchsaugen in den tiefen, rundum faltigen Höhlen. Sonntags, bevor er sich bereit macht, in die Kirche zu gehen, ist sein Gesicht glattrasiert, die übrige Zeit igeln den unteren Teil seiner Larve kurze weiße Bartstoppeln ein. Seine Fingernägel säubert er nie. Sie sind immerzu voller Ackererde. Wenn sie ihm zu lang werden, nimmt er die Schere und schneidet seine harten Nägel ab, die wie Eiszapfensplitter in der Küche herumspritzen. Dort und da steige ich über einen schmutzigen Fingernagelsplitter, gehe in die Sauküche, hole den Besen und kehre sie in eine Ecke, damit ich in der Küche auf und ab gehen kann, ohne über die Sprossen der Fingernägelsplitter springen zu müssen. Um zu urinieren geht er nie aufs Plumpsklo, geschweige denn aufs Spülklosett. Bevor er im

Stall den Schlitz seiner blauen geflickten Arbeitshose aufknöpft, sieht er sich um. Im Winter wäscht er sich wochenlang nicht den Jauchegeruch von seinem Unterleib. Wasser trinkt er aus der Stallwasserleitung wie aus der Küchenwasserleitung. Er dreht unter der – immer noch – kotbespritzten Lampe die Wasserleitung auf, bückt sich, hält seinen offenen Mund an den Wasserstrahl und zieht schlürfend das Wasser zwischen seine dünnen rotblauen Lippen. Trinkst du nie Wasser? fragt er mich. Wasser ist gesund! sagte er altklug. Damals, als wir Kinder waren, ging er im Winter mit einer Hacke zum Brunnen, schlug ein kopfgroßes Loch ins Eis, steckte seine Hände hinein und wusch sein Gesicht. Wassertropfen fielen von seiner Gesichtslarve und von seinem kahlen Kopf, während er, seinen speckigen und abgegriffenen Hut in der Hand haltend, mit offenem Mund und zusammengekniffenen Augenlidern aufs Haus zuging, um sich in der Küche an einem groben weißen Leinenhandtuch abzutrocknen.

Manchmal habe ich Angst, daß der Stall oder das Haus einstürzen könnte. Panikartig verlasse ich das Gebäude und laufe auf die Felder hinaus. Nach zwei Stunden kehre ich wieder und bin vollkommen verstockt, kein Wort ist aus mir herauszukriegen. In der Küche gegenüber dem Herrgottswinkel steht der Fernsehapparat. Will der von Nazareth fernsehn, streckt er seine verlängerbaren Arme aus, drückt auf den Einschaltknopf und sieht sich in einem Privatsender ein österliches Passionsspiel an. Wüßte ich nicht, daß der Fernsehapparat explodieren und ich dabei umkommen könnte, wäre ich längst schon einmal, wenn ich nach Mitternacht die österreichische Fahne auf dem Bildschirm sah und die Bundeshymne hörte, mit einem Schlegel gekommen, den der Ackermann zum Einschlagen der Pfähle verwendet, wenn er die rostigen und schiefen alten Zäune auf den Feldern repariert, hätte mich breitbeinig vor dem Fernsehschirm aufgestellt und ausgeholt, um die rotweißrote Fahne in Scherben zu schlagen. Ich kaufe keinen Farbfernsehapparat, so der Ackermann, mir genügt ein Schwarzweißgerät, denn wenn ich auf der Mattscheibe weidende Tiere sehe, so kann ich zwischen einer

Pinzgauer und einer Schwarzbuntkuh unterscheiden, ohne sie in Farbe zu sehen. Aber die Kuh, Vater Ackermann, die das Werbefernsehn auf saftigen Bergwiesen zeigt, ist nicht braunweiß oder schwarzweiß, sondern violett angemalt, und auf ihrem schwangeren Bauch ist der Name einer Schokoladenfirma aufgedruckt. Kommt der Ackermann am Abend nach der Stallarbeit rechtzeitig zu den Fernsehnachrichten, so hält ihn der Haß auf die Politiker noch eine Stunde lang wach. Versäumt er die Nachrichten, so schläft er oft innerhalb von wenigen Minuten auf dem Diwan vor dem laufenden Fernsehapparat ein, bis Motria laut *Nochblig!* ruft. Manchmal erhebt er sich schnell nach ihrem Aufruf vom Diwan, manchmal läßt er sich zwei-, dreimal rufen, ehe er aufsteht und sich ein wenig gebückt, gezeichnet von der schweren Bauernarbeit, an den Tisch setzt, zu Polenta und Milchkaffee. Das Mittagessen nimmt er unter dem Herrgottswinkel ein, Frühstück und Nachtmahl gegenüber dem Herrgottswinkel und die Jause, bevor er in den Stall geht, wieder unter dem Herrgottswinkel. Das Nachtmahl ißt er immer noch aus der jahrzehntealten Schüssel, deren Emailüberzug innen und außen an mehreren Stellen abgeplatzt ist.

In der *Schwarzen Küche*, links an der Wand, neben der erhöhten Tür der Räucherkammer, in der Würste und Speck an schwarzen verrußten Stangen befestigt werden, hängt das auseinandergenommene Geschirr der Melkmaschine. Die weißen Milchfilter liegen auf einem Brett, das über dem Melkgeschirr an der Wand angebracht ist. Hinter der Badewanne stehen die beiden Koschplkübel mit den Essensabfällen, die morgens und abends während der Fütterungszeit den Schweinen in die Tröge geworfen werden. Links von der Badewanne steht ein Wasserkessel, der in einen Ofen eingebaut ist, in den wir damals, als wir Kinder waren, um das Kaltwasser zu erhitzen, vor dem Baden den einen Holzprügel nach dem anderen hineinschoben. Die Flammen züngelten auf dem Fettbauch des Wasserkessels, aus dem wir mit der Waschschüssel, in der die Magd das Blut zappelnder Schweine auffing, das heiße Wasser in die hölzerne, von Eisenreifen zusammengehaltene Badewanne schütteten. Mit einem Plastikschlauch ließen wir kaltes Wasser nachlaufen. Neben dem Wasserkessel stand ein Ofen, in dem die Erdäpfel gesotten wurden. Körbeweise schütteten Gustav und Siegfried keimende oder auch frische Erdäpfel, die sie in Holzkörben aus dem Keller trugen, in den Kessel dieses Ofens, zogen den Plastikschlauch bis an den Rand des Kessels und ließen Wasser auf die Erdäpfel laufen. Motria heizte den Erdäpfelofen ein. Nach einer Stunde öffneten Gustav und Siegfried den Deckel des dicht abgeschlossenen Kessels. Dabei strömte soviel Dampf heraus, daß man in der Schwarzen Küche kaum noch seine eigene Hand sehen konnte. Sie kippten den beweglichen Kessel um, die dampfenden, heißen Erdäpfel rollten in einen Trog, in dem sie abwechselnd von den Brüdern mit einem unten breiter werdenden Knüppel zerstampft wurden. Am Abend, wenn die gesottenen Erdäpfel ausgekühlt waren, wurden sie eimerweise in die Tröge des Saustalls getragen. Neben der Sauküchentür, auf einem alten Kleiderhaken, der früher in der alten Küche an der Wand angebracht war, hängen immer noch die Stallkleider Motrias und des Ackermanns, die nach Tierhaut riechen, aber auch noch die Stallkleider Gustavs, des ältesten Sohnes, der den Hof des Ackermanns hätte übernehmen sollen, nun aber seit mehr als einem Jahrzehnt außer Haus ist. Eine matte Glühbirne beleuchtet den düsteren Raum dieser Schwarzen Küche, die wir auch *Sauküche* nannten, die während meiner ganzen Kindheit und Jugend als Hygienekammer verwendet wurde, in der immer noch das Milchgeschirr hängt, Speck und Würste geräuchert werden, in der die Koschplkübel für die Schweine stehen, in der die Erdäpfel für die Schweine gesotten wurden, in der wir das Badewasser aufwärmten und samstags in einem wassergefüllten sarglangen, mit Eisenreifen umspannten Trog hockten und in der meine nackten Kinderfüße mit der nassen, glitschigen Terpentinseife spielten, auf der ein Hirschkopf eingeprägt war.

Die Getreidemühle des Ackermanns ist erschreckend düster. Seit Jahrzehnten liegt derselbe weiße Staub auf den unzähligen in der Mühle herumhängenden Spinnweben. Wenn der Ackermann den Motor einschaltet, beginnt der Trichter, in den er aus einem Jutesack das Getreide hineinschüttet, heftig zu rütteln. Statt des Hafers, des Weizens und Roggens zermalmt die Mühle unsere Kinderknochen. Aus einer hahnenschnabelähnlichen Öffnung rinnt der Knochenstaub, den der Ackermann in einen Blecheimer füllt und den Tieren gibt. An den Wänden in der Mühle sieht man noch heute die Kritzeleien meiner Kindheit. Oftmals bin ich in die Mühle gegangen, um mit den Trümmern von roten Ziegeln, die dann und wann vom Dach flogen und auseinandersplitterten, die Wände zu beschriften. An der Wand dieser Mühle kann man auch noch die provisorischen Walzenmuster sehen, an denen sich der Onkelerich orientieren konnte, um zu entscheiden, mit welchem Muster er das Sterbezimmer der Großeltern ausmalen würde. Wenn der Ackermann die Mühle eingeschaltet und die Feinheit des herausrinnenden Mehls geprüft hat, taucht er verstaubt mit dem weißen Mehlfilm auf seinem zerfurchten gebräunten Gesicht im Hof wieder auf und geht in den Stall. Auch auf den weithervorstehenden Adern seiner Hände und den Haaren seiner Unterarme liegt der Mehlfilm. Seit zwei Jahrzehnten sind die Fensterscheiben der Mühleneingangstür zerbrochen und so verstaubt, daß man kaum durchsehen kann. Die Stellen, an denen die Scheiben vollkommen herausgebrochen sind, hat der Ackermann mit dem rostigen Blech einer Bunte-Illustrierten-Werbetafel abgedeckt. Ein Jahrzehnt lang waren an der Heustadelwand die Werbetafeln der Bunten Illustrierten angenagelt, wofür wir gratis die Wochenzeitung bekamen. Ein paar Schritte von der Mühlentür entfernt befindet sich die Jauchegrube, die der Ackermann nur mit einem desolaten Brett abgesichert hat.

Morgens und abends während der Stallarbeit trägt der achtzigjährige Ackermann eine goldene Monstranz auf seinem kahlen Kopf, die unter seinem bärtigen Kinn mit zwei getrockneten Stutennabelschnüren befestigt ist. In der Lunula der Monstranz steckt eine geweihte Hostie, auf der nicht der Leib Christi, sondern der Wasserzeichenkopf seines leiblichen Vaters eingepreßt ist. Die Stalltiere sind sein Heiligtum, und der seit über zwanzig Jahren in der Friedhofserde modernde Leib seines Vaters ist sein Allerheiligstes. Nach jeder Stallarbeit hebt er die Monstranz von seinem Kopf, nimmt die Oblate aus der Lunula, hält sie mit beiden Händen in die Höhe und spricht, bevor er den Leib seines Vaters auf die Zunge legt und aufißt, Oherr, ich bin nicht würdig, daß du eingehst unter mein Dach, aber sprich nur ein Wort, so wird meine Seele gesund! Während er die Monstranz, deren Spiegelungen im Drehen seines Kopfes von Stallwand zu Stallwand flitzen, auf seinem Kopf trägt, zieht er mit blutbeschmierten Hanfstricken ein Kalb aus dem Leib einer Kuh. Vom Körper des gebärenden Tieres wegspritzendes Blut rinnt vom Monstranzgebäude über das bleiche furchige Gesicht des Ackermanns. Vor kurzem, als ich von Warwara Wassiljewnas Bauernhof sprach, sagte ich *wir* und *uns*, als sei ich Wassiljewnas Sohn. *Dein* Hof, sagte ich damals zum Ackermann, niemals *unser* Hof, obwohl ich über zwanzig Jahre auf seinem Hof lebte und nur ein Jahr auf dem Bergbauernhof der Warwara Wassiljewna, aber zu meiner Beschämung muß ich feststellen, daß ich dieser Tage *uns* sagte, als ich vom Hof des Ackermanns sprach, als sei ich ein lebendiger Bestandteil der Hoferhaltung. Auf einem Werbeplakat, das der Ackermann an die Stalltür geheftet hat, ist eine Comicskuh aufgezeichnet, die wie ein zeugendes Pferd auf ihren Hinterbeinen steht und mit den protzigen Muskeln ihrer Vorderbeine zwei Gewichte stemmt. Über dieser Comicskuh hängen an einem Nagel blutige, manchmal noch geburtsfeuchte Kalbstricke. Den ganzen Winter über steht neben der Stalltür ein Pflug, dessen rostige Schare im Frühjahr wieder blank und silbern werden, wenn der Ackermann mit dem Pflug durch die Erdschollen seiner Wege gehen wird. Seit dem

Tod der Pferde sind mehrere Fensterscheiben im Pferdestall zerbrochen, die von niemandem mehr repariert werden. In allen Ecken und Enden hängen feuchte uralte verstaubte Spinnweben. Die ständig kotbehangenen und pendelnden Schwänze der Kühe erinnerten mich an das Pendel der Kukkucksuhr, an deren feingliedriger Kette ein stählerner Tannenzapfen hing, der manchmal aushakte, zu Boden fiel und zum Ärger des Ackermanns den neuen geschliffenen und versiegelten Holzboden in der Bauernstube beschädigte. Die Stiere und Ochsen, selbst die Milchkühe führen auf dem Hof ein Sträflingsleben. Monat für Monat hocken sie am selben Platz und hängen an derselben Kette. Es ist den Dorfbauern zu mühevoll geworden, die Kühe einmal am Tag auf die Weide und wieder in den Stall zurück zu treiben. Erst wenn die Kälber zu Milchkühen, Ochsen oder Stieren herangewachsen sind, bekommen sie vom Ackermann einen Namen, wie die Indianerjungen erst nach einer mutigen Tat mit einem Rufnamen ausgezeichnet werden. Findet er im Angesicht eines Stiers aristokratische Gesichtszüge, so bekommt er den Namen *Graf*. Erblickt er königliche Züge im Gesicht eines Ochsen, so nennt er ihn *Prinz*. Fällt ihm kein Name ein, so blättert er in einem Tiernamenlexikon, das der Milchmesser neben anderen Stallbüchern und seiner Bibel ständig mit sich herumschleppt. Eine Kuh nennt er *Schöne*, einer anderen gab der Ackermann den Namen seiner leiblichen Tochter. Manchmal trägt er mit den bloßen Händen ein großes Heubündel, das seinen Oberkörper zur Gänze verdeckt und mich an eine zwischen hochfliegenden Krähen in einem Getreidefeld wandelnde Vogelscheuche erinnert, auf die unruhigen, vor Hunger brüllenden Kälber zu. Manchmal sticht er die Gabel ins Heu und geht mit einem großen Heuschopf, den er über seinem Kopf hält, den Futtertisch der Kühe entlang. Heuhalme lösen sich vom Schopf, fallen auf die Hostienmonstranz, auf sein dunkles, von der Magerkeit zugespitztes Gesicht und auf seine den Futtertisch entlangschreitenden Beine. Im Hühnerstall, der wie eine dunkle Tropfsteinhöhle aussieht, fallen im Winter ununterbrochen Wassertropfen vom Plafond. Die Hühner, die oftmals links und rechts tänzelnd den fallenden Tropfen ausweichen wollen, schütteln ihre nassen Flügel und strecken zum Schrei ihre Köpfe hoch. Wenn ein Huhn aus dieser Tropfsteinhöhle entschlüpft, läuft es vollkommen irritiert und immerzu schreiend im Stall zwischen den Großtieren auf und ab. Motria faßt das Huhn, das die Füße verkrampft und seinen Schnabel offen hält, an den Flügeln und trägt es in die Tropfsteinhöhle zurück. Immer wieder werden auf dem waagrechten Querbalken des kruzifixartig gebauten Dorfes Katzen niedergefahren. Starr, mit weit aufgerissenen Maul und Augen liegen sie am Straßenrand, bis ein Kind eine Eisplatte auf den toten Katzenkörper legt, bevor es einen Grabhügel aus Pulverschnee fabriziert. Die Bauern brachten ihre Hunde und Katzen, wenn sie krank wurden, nicht zum Tierarzt, sondern ließen sie sterben. Die Katzen und Hunde fraßen und schützten und waren lebendiges Kinderspielzeug, während die anderen Tiere, die von der tierärztlichen Versorgung nicht ausgeschlossen wurden, Milch, Fleisch, Felle und Eier gaben. Brachte eine Katze zu viele Junge auf die Welt, wurden sie in Jutesäcke gesteckt, mit einem Stein beschwert und lebendig in der Drau versenkt.

Ratten und Mäuse laufen sich auf dem Dachboden über den Weg. Roßwespennester so groß wie Fußbälle kleben unter den Dachziegeln. Schwere rostige Ketten und uraltes Pferdegeschirr hängen haufenweise über quergestellten Stangen. Fotos, auf denen hinter zerbrochenen Scheiben die Ahnen und Urahnen abgebildet sind, werden von Spinnweben zusammengehalten. Ein Säbel und eine Pistole aus dem ersten Weltkrieg mit der Visage eines österreichischen Kaisers am Knauf liegen in einer verschlossenen Kiste. Wie zwei große fetttriefende Speckstücke, an denen man die Nagespuren der Ratten sieht, hängen zwei im Wind schwankende Heiligenbilder in der Mitte der Dachbodenspeisekammer. In die rotweißrote Fahne, die ich auf dem Dachboden gesucht und gefunden hatte, machte ich einen Knoten und ging nach Mitternacht über den knirschenden, bläulich im Mondlicht schimmernden Schnee des Hofes in den Stall hinein. Die Kälber, die an den Futterbarren angebunden sind und immerzu auf eine feuchte dunkle Mauer starren müssen, sprangen auf und verdrehten ihre Köpfe, als das Licht aufblitzte. Über den Köpfen der Kühe trippelten drei Ratten die feuchte Wasserleitung der Melkanlage entlang. Eine hochträchtige Kuh atmete heftig. An ihrer Bauchdecke sah ich die Bewegungen des Embryos. Die Rückennerven eines Kalbes, über dessen Körper eine Ratte lief, zuckten. Die Kühe wiederkäuten das Heu. Der Wasserhahn tropfte. Wie die Finger eines Priesters, die die schwarzen Knöpfe seiner Soutane hinuntertrippeln, liefen die Ratten nacheinander die tropfende Wasserleitung entlang auf die Mauer des ehemaligen Pferdestalls zu. Mit auseinandergespreizten Beinen dastehend, schlug ich den rotweißroten Fahnenknoten gegen die Mauer, sobald eine Ratte auftauchte und über die spitzen, aus der Steinmauer ragenden Steine auf den Heuboden flüchtete. Nach jedem Schlag bröckelten Verputz und Sand von der Mauer. Die Ratten quietschten. Kälber sprangen auf. Hühner schlugen mit ihren Schnäbeln an eine dunstige Fensterscheibe, die sie vom Kälberglitsch trennt. Spinnweben zitterten. Die Hostie in der Lunula der Monstranz, die im Stalltabernakel stand, begann heftig zu schnaufen. Das Herz des Kalbembryos pumpte. Eisblumen krochen an den kotbespritzten Fensterscheiben übereinander hinweg. Die kotbespritzte Stallampe haderte mit dem Ewigen Licht. Das Kalbembryo schlug in der Eihaut seiner Mutter die Augen auf. Eine Ratte stürzte an der Mauer ab, fiel neben den Beinen einer Kuh zu Boden, rappelte sich aber schnell wieder auf, lief auf einen Futterbarren zu und versteckte sich in einer Ecke. In ihren schwarzen glitzernden Augen sah ich das schwache Licht der kotbespritzten Lampe. Wieder schwang ich den rotweißroten Fahnenknoten und schlug nach ihr. Die Ratte hetzte nocheinmal auf die Pferdestallmauer zu, benützte die herausstehenden spitzen Steine als Sprossen und verschwand auf dem Heuboden. Wütend die Tür schlagend verließ ich den Stall und schritt über den knirschenden, bläulich im Vollmond schimmernden Schnee aufs Haus zu. Die verdreckte rotweißrote Fahne legte ich auf dem Dachboden über das Kriegswerkzeug, wie die Fahne über den Sarg eines toten Soldaten gelegt wird. Die sechzehnstufige Stiege hinuntergehend, hielt ich einen Moment lang inne. Rücklings lag der Ackermann in seinem Bett und schnarchte laut.

Jeden Abend möchte der Ackermann im Fernsehn eine Kriegsoperette sehen. Er schreit auf, wenn er eine Kriegsbombe explodieren sieht, imitiert ihr Krachen und strampelt mit seinen Beinen wie ein stahlhelmtragender Menschenembryo in der Eihaut einer Kriegerwitwe. Mit weit aufgerissenem Mund und mit seinem Löffel in der Nachtmahlschüssel rührend, starrte er auf die Mattscheibe, als eine Schlange ein Storchenjunges verschluckte.

Ich machte den Ackermann darauf aufmerksam, daß am Abend im Fernsehn eine Dokumentation über Stalingrad gezeigt wird, und augenblicklich begann er wieder vom Krieg zu erzählen. Der Knecht, der die Jause bereits fertiggegessen hatte, saß ihm gegenüber und rauchte eine Zigarette. Die Panzer und Flugzeuge kamen, Kameraden verbluteten zwischen Speck, Bauernbrot und Emmentalerkäse auf dem Küchentisch. Er ahmte die Detonation einer Handgranate nach, imitierte das Rattern eines Maschinengewehrs, steckte sich ein Stück Speck in den Mund und ruderte, Brot und Speck in der Hand haltend, mit seinen Armen, als er den getroffenen Kameraden imitierte, der tot vor seine Beine in den Schützengraben zurückfiel. Der Kamerad stand auf, blickte in die Feindesrichtung und sagte, Wer schießt denn da dauernd! Bück dich! bück dich! schrie ich, aber es war zu spät, im selben Augenblick traf ihn ein Schuß. Rückwärts, mit beiden Armen rudernd, fiel er tot vor meine Füße. Als wir von einem feindlichen Trupp an der Nordsee, in Holland, in Hufeisenform eingeschlossen wurden und nur mehr das Meer als Fluchtmöglichkeit vor uns lag, habe ich einen Abschiedsbrief nach Hause geschrieben, Liebe Eltern! Dies ist wahrscheinlich der letzte Brief, den ich Euch schreiben kann ...
DORT, WO TIROL AN SALZBURG GRENZT, des Glockners Eisgefilde glänzt, wo aus dem Kranz, der es umschließt, der Leiter reine Quelle fließt, laut tosend, längs der Berge Rand beginnt mein teures Heimatland. Während der Kriegsausbildung fuhr ein Panzer nicht nur über das Erdloch, in dem wir auf dem Bauch lagen, sondern drehte sich auf dem Loch ein paarmal nach links und rechts, ehe er weiterfuhr. Ich war voller Erde, als ich meinen Kopf hob und aus dem Loch stieg. Ein Kamerad kam bei diesem Manöver ums Leben. Die Erde, über die der Panzer fuhr, war zu weich. Der Panzer sackte ins Loch ab und zerquetschte ihn, wie ein Traktorrad eine Feldmaus zerquetscht. Der Ackermann legte Speck und Brot aus den Händen, hob seinen Zeigefinger und rief, Nicht im Krieg

ist er fürs Vaterland gestorben, schon in der Kriegsausbildung hat er fürs Vaterland sterben müssen!
Wo durch der Matten herrlich Grün des Draustroms rasche Fluten ziehn; vom Eisenhut, wo schneebedeckt sich Nordgaus Alpenkette streckt, bis zur Karawanken Felsenwand dehnt sich mein freundlich Heimatland. Wegen Kameradendiebstahls wurde ein Soldat kahlgeschoren, vollkommen nackt ausgezogen und im Dezember in der Lagermitte bei strömendem Regen zwölf Stunden an einen Pfahl gebunden. Um seinen Hals hing ein Schild, auf dem stand, Ich habe meine Kameraden bestohlen!
Wo Mannesmut und Frauentreu die Heimat sich erstritt aufs neu, wo man mit Blut die Grenze schrieb und frei in Not und Tod verblieb; hell jubelnd klingts zur Bergeswand: das ist mein herrlich Heimatland. Während eines Bombenangriffs wurde der Körper eines Soldaten in der Mitte durchgetrennt. Kameraden faßten den blutenden Oberkörper an den Achseln an und setzten ihn unter dem Geklatsche der anderen Kameraden auf die Spitze eines Abfallhaufens, auf dem er mehr als eine Stunde lang aufrecht stehen blieb, ehe er vornüberkippte und sein blau werdendes Gesicht auf einen Haufen von Erdäpfelschalen und faulen Tomaten fiel.
WENN DIE BUNTEN FAHNEN WEHEN, geht die Fahrt wohl übers Meer. Wolln wir ferne Lande sehen, fällt der Abschied uns nicht schwer. Leuchtet die Sonne, ziehen die Wolken, klingen die Lieder weit übers Meer. Ein Bauer aus dem Nachbardorf war mit seinen Kameraden in jugoslawischer Gefangenschaft. Sie wurden auf eine Insel verbannt, hatten weder ein anständiges Essen noch Kleider. Ihre nackten Körper mußten sie mit Zementsäcken umwickeln und mit Schnüren zusammenbinden. Weibliche Partisanen kamen mit Maschinengewehren in die Baracken und metzelten alles nieder, was sie lebend vorfanden.
AUS GRAUER STÄDTE MAUERN ziehn wir durch Wald und Feld, wer bleibt, der mag versauern, wir fahren in die Welt. Halli hallo, wir fahren, wir fahren in die Welt, halli hallo, wir fahren, wir fahren in die Welt. Der Kavalarxander kam in sibirische Gefangenschaft und mußte mit einem Helm auf

dem Kopf, an dem eine Lampe angebracht war, im Stollen eines Bergwerks arbeiten. Manche seiner Kameraden blieben im Bergwerkstollen oder auf dem weiten Heimweg auf der Strecke. In der Finsternis mußten die todmüden Kameraden die Erschöpften und die Toten auf ihren Schultern zu den Baracken tragen.

Der Wald ist unsre Liebe, der Himmel unser Zelt, ob heiter oder trübe, wir fahren in die Welt. Halli hallo, wir fahren, wir fahren in die Welt, halli hallo, wir fahren, wir fahren in die Welt. Ein anderer Bauer aus dem Drautal war ebenfalls in Sibirien. Bei dreißig Grad Kälte und fürchterlichem Hunger stand er knietief im Schnee. In einem Wald schrie ein siebzehnjähriger russischer Soldat um Hilfe. Der Bauer ging hin und sah zu seinem Entsetzen, daß dem wimmernden Knaben die Eingeweide aus dem Körper getreten waren. Der Schnee war ringsum blutbeschmiert. Der Russe flehte, Bitte erschieß mich! bitte erschieß mich! Der Bauer brachte es nicht übers Herz, so der Ackermann wörtlich, dem jungen Mann den *Gnadenschuß* zu geben, obwohl er sah, daß er grausam litt. Der Kärntner Bauer machte ein Kreuzzeichen über dem Körper des Jungen und ließ den Sterbenden im blutbefleckten Schnee zurück.

Ein Heil dem schönen Walde, zu dem wir uns gesellt. Hell klingts durch Berg und Halde, wir fahren in die Welt. Halli hallo, wir fahren, wir fahren in die Welt, halli hallo, wir fahren, wir fahren in die Welt. Meine Mutter hat mir, bevor ich in den Krieg zog, auf einem Zettel ein Gebet aufgeschrieben, mich bekreuzigt und mir das Papier in die Rocktasche gesteckt. Abends, wenn meine Kameraden in den Baracken Karten spielten, hockte ich auf meinem Bett, zog den Zettel heraus und sprach leise das Gebet. Meine Kameraden glaubten, daß ich einen Brief wiederlese. Im Krieg hatte ich einen Schutzengel, sonst hätte ich das alles nicht überlebt! War es ein vom Ersten Weltkrieg abgenützter Schutzengel, der ein paar Löcher in seinen Flügeln und einen Stahlhelm auf seinem Kopf trug? Pendelten zwei Platzpatronen an seinen blutlosen Ohrläppchen? Schwebte ein fleischlicher Heiligenschein, zusammengestellt aus den Herzen der toten Soldaten, über sei-

nem Haupt? Schleppte sein Schutzengel ein rostiges Maschinengewehr mit sich herum und hatte er lange, spiegelnde Fingernägel, auf denen er wie auf einem Bildschirm die Kriegsereignisse dieser Welt überblicken konnte? Statt Soldatenstiefel trug der Erzkriegsengel sicherlich Herrgottsschlapfen. Seine beiden Flügel waren rotweißrot angestrichen, und auf seiner Brust trug er ein Hakenkreuz.
Am selben Abend, am Nikolaustag, wollte ich zufuß nach Paternion in die Dorfdisco gehen, um die herumlaufenden mit Menschengesichtslarven maskierten Teufel zu sehen, um ihr Geschrei und ihr Kettengerassel zu hören, aber der Ackermann riet mir davon ab. Das sehe ich nicht gerne, sagte er, es kann durchaus sein, daß ein paar Maskierte aus dem Auto springen und dich abschädeln. Wenn sie eine Krampuslarve aufhaben, weißt du nicht einmal, wer es war. Du weißt, welchen Ruf du im Dorf und in der Umgebung hast! Ich blieb aber nur deshalb zu Hause, weil ich hoffte, daß er, während er im Fernsehn die Dokumentation über Stalingrad sieht, über neue Kriegserlebnisse berichten oder bereits bekannte Geschichten nocheinmal aufwärmen wird, damit ich ihren Wahrheitsgehalt prüfen kann. Es war acht Uhr abends. Noch eine Viertelstunde müssen wir warten, dann gehts los, sagte der Ackermann ungeduldig und streckte sich auf dem Diwan aus. Fiel ihm ein Kriegserlebnis im Zusammenhang mit den Bildern ein, sprang er vom Diwan auf und erzählte es in knappen Worten, um nichts von der Sendung zu versäumen. Er ahmte wieder die fallenden Bomben nach, das Rattern der Maschinengewehre, er legte sich auf den Küchenboden, um mir und dem Knecht zu zeigen, in welcher Stellung er im Schützengraben lag, er schrie auf, wenn er auf dem Bildschirm einen russischen oder einen deutschen Soldaten fallen sah, und rief, Diese Schweine, diese Mörder, was die mit uns getrieben haben! Die Russen haben sogar auf die deutschen Sanitätswagen geschossen, sagte er, die Franzosen und die Engländer nicht, aber, ergänzte er, die Russen haben bemerkt, daß die Deutschen in ihren Rotkreuzwagen nicht nur Kranke ins Lazarett gebracht, sondern auch Waffen transportiert haben. Nach der Dokumentation sah er sich den Kriegs-

kitschfilm *Der Arzt von Stalingrad* an, und es war schon weit über Mitternacht, als ich ihn hustend über die sechzehnstufige Stiege schlapfen hörte. Ich saß noch aufrecht im Totenbett seines Bruders und las die *Aufzeichnungen aus einem Totenhaus*.

Im Schützengraben stehend, verband ein junger Sanitäter den Hals des Ackermanns, der einen Streifschuß abbekommen hatte. Der blutende Ackermann sagte zum jungen Mann, der am Oberarm und um den Helm eine Rotkreuzbinde trug, daß er sich doch niederhocken und ihn nicht stehend verarzten sollte, aber im selben Augenblick fiel ein Schuß. Die Kugel durchschlug die Rotkreuzbinde und den Stahlhelm und drang dem achtzehnjährigen Sanitäter in den Hinterkopf. Eine blutige Mullbinde in seinen Händen haltend, fiel er dem Ackermann in die Arme. In der Nacht, im Traum hockte der Ackermann wieder im Schützengraben. Ich war der Sanitäter, der eine weiße Mullbinde auseinanderrollte und seinen blutenden Hals verband. Hinter meinem Rücken setzte ein Soldat das Teleobjektiv einer Filmkamera auf sein Maschinengewehr und visierte meinen Kopf an. Schieß jetzt, schieß! schrie ich und wachte auf. Das Dorf war totenstill, meine Kammer stockdunkel.

Der längstverstorbene Enznopa klopfte mit seinem rechten Schienbeinknochen an die eisblumenbedeckte Stallfensterscheibe, während der Ackermann mit dem Speichel eines neugeborenen Kalbes den Kristallzylinder putzte, die eingetrockneten Kotpatzen mit seinen Fingernägeln entfernte, ehe er die Monstranz auf sein Haupt hob. Er zündete die drei weißen Wachskerzen an, die an der kotbespritzten Stallmauer unter dem Gruppenbild der Dorfmägde und Dorfknechte befestigt sind, und deutete mit seinem rechten Zeigefinger zuerst auf den Aichholzerpoldl, *dann auf die* Enznpine *und schließlich auf den* Fronhauserfritz.

Wie oft, dachte ich, während ich in einer römischen Kirche einem schwarzgekleideten Priester, der sich vor einem Sarg verbeugte und ihn an seinen vier Enden küßte, beim Schwenken des Weihrauchgefäßes zusah, habe ich dem Pfarrer Franz Reinthaler das Weihrauchgefäß in die Hände gegeben, und wie oft hat er mir, nachdem er die Heiligenbilder und das gläubige und ungläubige Volk mit dem Weihrauch eingenebelt hatte, das Weihrauchfaß wieder zurückgegeben? Der *Aichholzerpoldl,* der Knecht, Sakristeigehilfe und Diener des Mesners, gab zuerst mir das rauchende Weihrauchgefäß, bevor ich es dem Pfarrer weiterreichte. Am Morgen und am Abend radelte der Aichholzerpoldl im Haus meines Großvaters mütterlicherseits den Mist aus dem Stall und ordnete die dort herumliegenden Hahnenköpfe und Hahnenfüße und ging sommers mit der Sense auf dem Schlüsselbein auf die Felder hinaus. Zeitlebens hatte er Atemschwierigkeiten. Die eingeatmete Luft blies er, den Mund jedesmal öffnend, aus seinen angeschwollenen Gesichtsbacken. Mit einer Schaufel voller Glut, die er vom Bauernhof brachte, ging er in die Kirche, kniete mit der rauchenden Glut vor dem Altar nieder, machte ein Kreuzzeichen und ging nach links in die Sakristei hinein. Er schüttete die Glut in das Weihrauchgefäß und legte die schwarzen runden Weihrauchkohlestücke drauf. Diese Kohlestücke werden brennrot. Sie strömen den Weihrauch aus, werden aber bald zu Asche, ihre ursprüngliche Gestalt behaltend, solange man sie nicht berührt.

Nachdem der Aichholzerpoldl von einem Auto überfahren und ins Krankenhaus eingeliefert worden war, erhielt er eine kleine Rente und lebt seither in der naheliegenden Kleinstadt in einem Altersheim. Zähne habe ich in seinem Mund nie gesehen, auch nicht, als ich, der damalige Erzministrant von Kamering, ihm Anweisungen gab. Er hat einen ausgemergelten kleinen Körper. Seine Wangen sind eingefallen wie die Grabhügel eines Toten, wenn wenige Wochen nach der Beerdigung der Sarg zusammenfällt. Mit einem Stützstock geht er,

wenn er von Spittal nach Kamering in die Kirche fährt, die Luft, die er mühsam einzieht, aus seinem Mund blasend, den Dorfhügel hinauf, zur Omnibushaltestelle. Meistens trägt er einen schokoladebraunen Kärntneranzug, den er schon vor zwanzig Jahren am Kirchtag, zu Ostern oder zu Weihnachten getragen hat. Wenn er mit einer Gabel, an der Kot und urinfeuchte Strohhalme hingen, auf dem Misthaufen stand, peinigten und reizten wir ihn, bewarfen ihn mit Schneebällen, grasgrünen Äpfeln oder faulen Pflaumen. Unsere Kinderfüße eilten, so schnell wir sie vorwärtsbewegen konnten, über den Harscht oder über den steinigen Hofweg, wenn er uns fluchend mit der kotigen Mistgabel nacheilte. Sonntags, am Tag des Gottesdienstes, an dem alle Gläubigen eingeladen wurden, an der Meßfeier teilzunehmen, betrat der Aichholzerpoldl als erster die Kirche.
Am Morgen, nach der Stallarbeit und nachdem er am Küchentisch die Polenta mit frischer Kuhmilch ausgelöffelt hatte, ging er ins Mesnerhaus und holte den großen, schweren Kirchenschlüssel. Am Kirchenschlüssel hing ein ebenso großes Holzkreuz. Der Aichholzerpoldl ging über den Schnee. Das Holzkreuz, das mit einer Schnur am Kirchenschlüssel angebracht war, pendelte an seinem rechten Oberschenkel. Der Misthaufen, an dem er vorbeiging, dampfte noch, denn der Simonbauer hatte vor einer Stunde den Mist aus dem Stall geradelt. Mit dem Kirchenschlüssel und dem daran hängenden Holzkreuz in der Hand überquerte er die tiefverschneite Dorfstraße und öffnete das Friedhofstor. Die Toten schlugen ihre Augen auf und starrten auf die nägelbeschlagenen Schuhe des Knechts. Während er den steingepflasterten Weg zwischen den Gräbern entlanggeht, richten sich die Toten auf, klammern sich aneinander und drehen ihre Köpfe dem buckligen Knecht nach. Sie sehen auf seine abgearbeiteten Hände, senken den Blick und schauen auf ihre Fingernägel, die oft länger als ihre Finger und voller Friedhofserde sind.
Tag und Nacht arbeiten sich die Toten durchs Erdreich und kommen als Maulwürfe an die Erdoberfläche. Manche werden von ihren eigenen Verwandten, die nicht wollen, daß der Grabhügel aufgelockert wird, aus dem Friedhof vertrieben

und getötet. Zwischen den dahinfaulenden Kränzen auf dem Friedhofsabfallhaufen atmen sterbende Maulwürfe. Ein totes, im Sarg unter der Erde auf dem Bauch liegendes Kind verdreht seinen Kopf und erkennt am Glitzern der Schuhsohlennägel des Aichholzerpoldl das Sternenzelt wieder, das es nachts, Hand in Hand mit seiner Mutter auf dem hölzernen Balkon stehend, nach dem Großen Wagen absuchte. Der Aichholzerpoldl steckt den Schlüssel ins Kirchentor, dreht ihn um, während das pendelnde Holzkreuz an die Tür pocht, und blickt sich nach einem Geräusch auf dem Friedhof um, bevor er in den eiskalten Kirchenrhombus eintritt.
Heizung in der Kameringer Kirche gibt es heute noch keine. Wie viele Altbauern und Bäuerinnen, Knechte und Mägde haben sich während eines Jännergottesdienstes in der Kirche die tödliche Lungenentzündung geholt? In der Kirchenmitte angekommen, kniet der Aichholzerpoldl das erstemal nieder und macht ein Kreuzzeichen. Mit dem Schlüssel, an dem das dicke kleine Holzkreuz pendelt, geht er auf den Altar zu. Vor den Stufen des Altars macht er die zweite Kniebeuge, bekreuzigt sich, ehe er links auf die eiserne Sakristeitür zugeht. Der Sakristeischlüssel, der immer im Schloß bleibt, ist dreimal so groß und schwer wie der Kirchentürschlüssel. Mit roter Seide sind auf dem Tuch, das vom Altar hinunterhängt, die Worte *Maria von Dornach, bitt für uns!* eingestickt, aber der Aichholzerpoldl, der kein Wort lesen und auch seinen Namen nicht schreiben kann, ließ sich immer von den Ministranten die Sprüche auf den Altartüchern vorlesen, die immer wieder gewechselt und gewaschen wurden. Langsam stößt er die Sakristeitür auf. Sie quietscht nicht, sie ist gut geschmiert. Vor seinen Augen pendeln die drei Nabelschnüre der Glockenstricke, die bis auf den Sakristeiholzboden hinunterhängen, der wöchentlich von der Kirchendienerin, der Klausnerliese, gescheuert wird.
Samstagnachmittag ist die Tür geöffnet, dann säubert die Klausnerliese die Kirche. Sie entfernt die Spinnweben von den Heiligengestalten, den Kruzifixen und aus allen möglichen Kirchenwinkeln. In Jesu Christi Achselhöhle hat sich eine Spinnerin eingenistet. Die Spinnerin trägt auf ihrem

Rücken ein rotes Kreuz. Die Kreuzspinne ist sofort zur Stelle, wenn ein Kleinlebewesen in der Kirche verunglückt, und läuft, ist es verstorben, in der Sakristei den Glockenstrick auf und ab. Manche Spinne mag von der eisernen Eichel des Glockenklöppels erschlagen worden sein. Klausnerliese räumt alle abgestorbenen Blumen aus der Kirche. Auf dem Misthaufen werden die verwelkten Blumen beigesetzt. Wie auf einer Bergspitze ist auf der höchsten Erhebung des Friedhofsabfallhaufens ein Kruzifix angebracht. Wenn die Klausnerliese die Kirche ausgekehrt hat und wenn am Kirchenausgang ein Häufchen Sand, Staub, Ackererde und verdorrte Blütenblätter liegen bleibt und die Kehrrichtschaufel an der Kirchenmauer lehnt, taucht sie ein Putztuch in einen mit Waschmittel und Weihwasser gefüllten Blecheimer. Mit Weihwasser wischt sie den Kirchenboden auf. Vor dem Kirchentor wringt sie den schwarz gewordenen Fetzen auf der Erde aus. Das schmutzig gewordene Weihwasser sickert in die Friedhofserde ein. Die Toten schlürfen.
Meistens schmückt die Klausnerliese den Altar mit den Blumenmassen aus ihrem eigenen Garten. Machmal bringen ihr Bäuerinnen die schönsten Frühlingsblumen und bitten sie darum, die Blumen am Altar, ganz nahe am Herzen Jesu einzufrischen. Mehrere Wochen lang, im Frühjahr, riecht die kühle Kirche nach weißem und violettem Flieder. Links und rechts vom Altar wie an den beiden Seitenaltären stehen, symmetrisch geordnet, die Fliedersträuße in Porzellan- und Plastikvasen. Soll doch der Priester einmal, den Tabernakel öffnend, aus der Lunula der Monstranz einen Strauß Sumpfdotterblumen nehmen und sprechen, Nehmet hin und esset, das ist mein Leib, den ich für euch hingeben werde; tuet dies zu meinem Gedächtnis. Und wer von meinem Leib ißt und von meinem Blut trinkt, wird leben in Ewigkeit. Die Heiligenfiguren, die mit Blumen geschmückt sind, zupfen an ihren Sonntagskleidern und richten sich zurecht, wenn die Klausnerliese die Kirche verlassen hat.
Der Aichholzerpoldl öffnet die Schublade und hebt vorsichtig, als wären sie aus Glas, die Kleider des Priesters aus der schwarzen Kommode. Er nimmt den weißen dicken Strick,

den der Priester um seine Taille windet, in seine Hände und legt ihn über das Priesterkleid. Das Ende des weißen Stricks pendelt über die schwarze Kommode. Die Ministranten müssen ihre Kleider selber aus dem Kleiderkasten nehmen. Bald wird der Mesner kommen, und dann werden sie gemeinsam das erstemal die Glockenstricke ziehen, um die Dorfleute darauf aufmerksam zu machen, daß in einer halben Stunde der Gottesdienst beginnt. Ein paar Minuten später öffnen sich die Türen der Bauernhäuser. Frischgewaschene und frischgekleidete Kinder laufen heraus. Auf dem Friedhof werden sie sich sammeln und einander die neuen Spielsachen zeigen. Nach den Kindern treten die Mägde und Knechte in ihren Sonntagskleidern aus den Bauern- und Gesindehäusern, und nach ihnen kommen Arm in Arm die Bauersfrauen und die Bauersmänner, die jungen und die alten. Zu Beginn des Gottesdienstes, während der Priester in seiner glitzernden Kirchentracht, flankiert von den rotweißgekleideten Ministranten, auf den Altar zuschreitet, ziehen der Mesner und der Aichholzerpoldl das zweitemal an den Glockenstricken.

Motria erzählte, daß der fünfjährige sprachgestörte Bruder unserer ehemaligen Magd, der *Enznpine*, in einem Siechenhaus gestorben sein soll. Mit hängendem Kopf, ohne ein Wort sagen zu können, hockte der fünfjährige Knabe Tag für Tag auf einem Stuhl, bis er ins Siechenhaus gebracht wurde. Ein paar Wochen später starb er. Seine Mutter soll die Windeln ihrer Kinder nie ausgewaschen, sondern einfach zum Trocknen hinter den warmen Ofen geworfen haben. Die kotigen und uringelben Windeln band sie den Kindern wieder um ihre Hüften. Die Pine bekam als einjähriges Kind eine Mittelohrentzündung, die von niemandem erkannt wurde. Sie wurde fast taub. Die Pirkeroma nahm das gehör- und sprachgeschädigte Kind zu sich und zog es die ersten zwanzig Jahre im Elternhaus meiner Mutter auf. Als meine Mutter heiratete und von der Pirkerhube zur Enznhube zog, ging auch die Pine als Magd mit. Jahrzehntelang arbeitete sie auf dem Hof des Ackermanns und kehrte siebzigjährig, nachdem sie vom Heustadel in den Stall hinuntergefallen war und sich dabei den Fuß gebrochen hatte, wieder ins Nachbardorf in ihr Elternhaus zurück. Ihr Hab und Gut, ein Bett, einen Nachttisch, zwei Stühle, zwei Kasten und ein großes Bild, auf dem Jesus knieend und betend am Ölberg abgebildet ist, nahm sie mit. Dort hockt sie heute, den Rosenkranz um ihre abgearbeiteten Hände geschlungen, und betet den ganzen Tag. Sonntags geht sie in die Kameringer Kirche. Sie stützt sich auf einen Stock, humpelt und lächelt jeden, den sie wiedererkennt, an. Amarcord! Wenn sie, als ich noch ein Kind war, ihr wohlschmeckendes Nervenstärkungsmittel zu sich nahm, öffnete sie, wenn ich gerade zur Tür hereingekommen war, noch einmal die Schraube ihrer Buerlecithinflasche, hielt den Löffel unter die Öffnung und reichte ihn mir. Manchmal, wenn ich wußte, daß sie sich im Heustadel aufhielt und das Heu in den Stall hinunterwarf, nahm ich den Schlüssel vom Türrahmen, öffnete ihre Kammer und suchte im Kasten zwischen ihrer frischgewaschenen Wäsche nach mürben Keksen oder nahm einen kräftigen Schluck aus ihrer Buerlecithinflasche. Das Loch der hölzernen Badewanne in der Sauküche wurde von einem Stecken in der Länge eines Spazierstockes abgedichtet. Zog man den Stock aus dem Loch, rann unter der Holzbadewanne, die von eisernen, teilweise schon rostigen Reifen zusammengehalten war, das Wasser in den darunterliegenden Abfluß des Sauküchenbodens. Ich wußte, daß die Pine, die gerade das Melkgeschirr gewaschen hatte, sich ausziehen und in die Badewanne, in mein benutztes Wasser steigen würde. Mein Knabenkörper dampfte. Das Leintuch, mit dem ich mich hastig und erregt trocken wischte, verdeckte meinen Unterkörper, aber ich stellte mich so, daß sie mein von den Hüften wegstehendes Knabenhorn sehen konnte. Verlegen und ein wenig lächelnd zog sie ihre lange wollene Unterhose aus. Büstenhalter sah ich sie nie einen tragen. Ihre Brüste waren klein und runzelig wie faulende Äpfel, die am Baum bleiben, im Frost hart werden und erst irgendwann im Winter abfallen. Mein Herz schlug schnell, ein Tropfen Schleim stand an der Spitze meiner steifen Knabenrute. Als sie nackt auf die Badewanne zuging und ein Bein hob, um hineinzusteigen, sah ich den grauen, modrigen Pelz zwischen ihren Beinen. Mit der glitschigen, vierkantigen Terpentinseife, auf der ein Hirschkopf eingeprägt war, wusch sie zuerst ihren Hals, dann die Arme und muffigen Achseln. Während ich mich weiter abtrocknete und die schwarze Turnhose anzog, stellte ich mir vor, meine Rute in die Scheide der alten Magd zu stoßen, in ihr Ohrläppchen zu beißen, bis Blut über meine Lippen rinnt und auf ihre nackten, vom warmen Badewasser dampfenden Schultern tropft.

Während ich in der Finsternis über die Dorfstraße ging, kam eine dunkle, aus dem Nebel über Eis und Schnee gehende Gestalt auf mich zu, die ich im letzten Moment, als ich umdrehen und davonlaufen wollte, erkannte. Wortlos gingen wir aneinander vorüber. Ich hätte mich geschämt, ihn zu grüßen. Kein Mensch kümmert sich um diesen in der Gangart eines Menschenaffen auf der spiegelglatten Straße zufuß nach Aifersdorf in ein Gasthaus gehenden Knecht. Alleine sitzt er bei einer Flasche Bier, während ringsum die Tische voller Menschen sind. Während die Leute reden und lachen, trinkt der *Fronhauserfritz* das eine Bier nach dem anderen, bis er sich, wenn er sich erheben und wieder kilometerweit den beschneiten Fichtenwaldrand entlang nach Hause in seine Kammer gehen will, auf dem Tisch aufstützen muß, damit nicht sein Kopf auf die Tischplatte plumpst und die Ringsumsitzenden auf diese bei leeren Biergläsern sitzende, ihr Lebtag geknechtete und stumm gemachte Kreatur aufmerksam werden.
Meine Kammer, sagt der Fronhauserfritz, habe ich im ersten Stock einer großen Bienenhütte. Während des Tages wage ich es nicht, mein Fenster zu öffnen, da die Bienen schwarmweise hereinfliegen und meine Kammer bevölkern würden. Manchmal, wenn ich während des Tages, wenn es regnet und wir keine Arbeit haben, am Fenster stehe, kann ich kaum hinaussehen. Das Fenster ist schwarz vor lauter Bienen. Erst in der Nacht öffne ich das Fenster. Sehe ich auf dem Dachboden ein Hornissennest, gieße ich sofort Benzin drüber und zünde es an. Genußvoll höre ich dem Todeskampf der Roßhornissen zu. An den Wänden meiner Kammer hängen eingerahmte trockene Bienenwaben und ein Heiligenbild, das ein in der

Pranta des Heustadels vor einem Loch stehendes Kind zeigt. Mit ausgebreiteten Flügeln hockt ein Schutzengel auf dem Eisengerüst des Heuaufzugskraken. Mit Speck, Brot, Zwiebeln und einer Flasche Bier gehe ich über den beschneiten Hof auf das Bienenhaus zu. Wenn ich von der Bäuerin zwei oder drei kleine Speckstücke bekomme, so weiß ich, daß ich essen muß, was die anderen übriggelassen haben. Daß ich in der Küche mein Mittagessen am Gesindetisch einnehmen muß, stört mich nicht besonders. Der Farbfernsehapparat steht zwischen dem Herrn- und dem Gesindetisch auf einer Stellage. Zu Mittag sehen sich die Bauersleute öfter das Schispringen, die Slalom- und Abfahrtsläufe an. Manchmal passiert es, daß einer mit dem vollen Löffel auf die Nase anstatt auf den Mund zufährt, während er auf den farbigen Bildschirm blickt. Vom Gesindetisch aus kann ich nur auf die Rückseite des Fernsehapparates sehen. Nach dem Mittagessen erwarten die Bauern von mir, daß ich mich wieder an meine Arbeit heranmache. Gehe ich zur Tür hinaus und wende ich mich um, so sehe ich noch ein paar farbige Bilderfetzen. Der Enthaarungstrog muß vom Eis gesäubert werden. Das Gerüst, auf dem das tote Schwein aufgehängt wird, muß bereitstehen. Über manche Holzscheiter, die unter der Dachtraufe liegen, ist Eis gewachsen. Ich schlage die Eiszapfen ab und werfe die Holzstücke ganz weit nach hinten, damit sie bis zum Frühjahr staubtrocken werden und aufgeheizt werden können. Solange ich meiner Arbeit nachgehen kann, habe ich das Gefühl, ohne Scham daran denken zu können, daß ich nicht nur unter den Tieren, auch unter den Menschen eine Lebensberechtigung habe. Arbeite ich nicht, verwünschen mich die anderen, und ich wünsche mich tot. Ich will keinem Bauern zur Last fallen. Wenn ich mich zu lange ausruhe und sehe, daß sich zwei Augenpaare aufdringlich auf mich richten, erhebe ich mich bereitwillig. Am Sonntagmorgen, nach der Stallarbeit, bis zum Abend, bevor die Stallarbeit wieder beginnt, kann ich meines Weges gehen. Alle Dorfstraßen führen zum Alkohol hin. Meine Bettwäsche, die voller Bier- und Fettflecken ist, wird alle zwei Monate gewaschen. Oftmals jausne ich im Bett, unter dem Heiligenbild, auf dem ich, als ich noch ein Kind war und im Heustadel in ein Loch zu fallen drohte, im letzten Moment vom Schutzengel am Kragen erwischt und nach hinten gezogen werde. Eine Vierzigerglühbirne schenkt mir das Licht, das ich brauche, um mein Zigarettenpaket, das ich immer wieder verlege, auch bei Nacht finden zu können. Mit hastigen Handbewegungen beschmutze ich am Abend in meiner Kammer meinen Bauch. Eine Katze springt auf mein Bett und befreit mich mit ihrer feuchten Zunge von meiner Schuld.

In meinen Träumen liege ich immer noch im Schützengraben und höre das Pfeifen der Kugeln um meinen Stahlhelm, auf den mit rotweißroten Bändern eine Erntedankkrone draufgebunden ist. Panzer rollen auf mich zu und wollen meine Knechtstube niederwalzen, aber ich wache rechtzeitig auf. Ein Soldat, der statt eines Stahlhelms eine Krone aus grünen Mohnköpfen auf seinem Haupt trägt, geht hinter Jesus von Nazareth her und schlägt ihn mit einem Kalbstrick. Mit jedem Schlag auf den Kopf reitet die Dornenkrone tiefer in Jesu Haupt hinein. Über seiner Brustwunde klebt ein Heiligenabziehbild, das eine betende, sich über eine leere Strohkrippe beugende Jungfraumaria zeigt, der ein eiserner Heiligenschein, der einst über ihrem Kopf schwebte, die Taille einschnürt. Jesus von Nazareth spuckt blutige Kreuzigungsnägel vor meinen Füßen aus.

Die Leute lachen mich auch deshalb aus, weil ich rote Harre und ein bleiches Gesicht habe, das voller Sommersprossen ist. Wenn ich im Sommer auf den Feldern arbeite, trage ich, wenn die Sonne scheint, eine bloße schwarze Turnhose, aber meine Haut bräunt nicht, sie rötet sich nur. Krebsrot ist er, und Schweißperlen stehen auf seiner Stirn, höre ich die Leute sagen, wenn ich mit der Sense auf dem Schlüsselbein an den Höfen vorbeigehe. Ich bin das Gebräu einer Magd und eines Knechts. Hochoben in den Kärntner Bergen fanden mein Vater und meine Mutter zueinander. Mein Vater zeugte sieben Söhne und vier Töchter. Dort, wo wir gezeugt wurden, blieben wir, verstreut übers ganze wiesengrüne Land, als Knechte und Mägde zwischen den Stacheldrahtzäunen der Bauern hängen. Eine meiner Schwestern lag eines Tages rück-

lings, mit ausgebreiteten Armen und offenem Mund, am Ufer der Drau. Ihr Hals und ihre langen Haare waren voller Flußpflanzen, und ihre Zehen waren bereits von den Fischen angefressen. Ein Bruder warf sich oder fiel in betrunkenem Zustand, das wurde nicht festgestellt, im Maltatal über einen Wasserfall. Mit zerschmetterten Gliedern und bis zur Unkenntlichkeit verstelltem Gesicht lag er zwischen den Steinen. Beide waren sie noch nicht zwanzig Jahre alt, als wir sie begruben. Im Grab liegen sie jetzt nebeneinander, wie wir damals, als Kinder, hochoben in den Bergen, im Strohbett neben- und manchmal übereinander lagen.
Jeden Morgen spalteten wir mit einem Hackbeil das Eis im Brunnen auseinander, gingen in den Stall und trieben die Tiere zur Tränke. Nikolay und ich hoben die schweren Eisplatten über unsere Köpfe und ließen sie, während wir ein paar Schritte zurückliefen, auf den Boden fallen. Wie Fensterscheiben splitterten die Eisplatten vor unseren Beinen auseinander. Während die Tiere das eiskalte, rauchende Wasser schlürften, ließen sie mit weit auseinandergespreizten Hinterbeinen, den Schweif in die Höhe haltend, ihre Exkremente fallen. In der Kriegszeit während der Hungersnot mußten wir achtgeben, daß weder Heu noch Vieh gestohlen wurde. Oftmals kam es in dieser Zeit in der dörflichen Umgebung vor, daß in der Nacht aus einem unbewachten Stall ein Kalb oder ein Ochse weggeführt wurde. Die Leinensäcke unserer Betten, die im Stall zwischen den Tieren standen, waren mit Türkenfedern gefüllt. An den undichten Stallfensterscheiben wuchsen Eisblumen, und an den Fensterrahmen vergrößerten sich die Eisbrocken von Tag zu Tag. Nikolay und ich rochen nach der Haut der Tiere, nach den Rinden der Fichten und Tannen, nach frischem Sägemehl und nach neugeborenen Fohlen. Wie Blutegel lagen meine Lippen auf den Strohbündeln seiner Oberschenkel. Mit meiner Nase wühlte ich in seinen Schamhaaren. Wie eine Spinnerin zog ich die Samenfäden aus seinem Glied und wickelte sie um meinen Kopf. Über mir bewegten sich unzählige verstaubte Spinnweben. Wassertropfen glitzerten an der Stalldecke. Ratten liefen über die feuchte Wasserleitung der Melkanlage. Eine feuchte Kälber-

schnauze berührte meine nackten Fersen. An Nikolays immer schneller werdenden Hüftbewegungen spürte ich, daß er bald, wie ein Grabstein, erschöpft auf mich fallen würde. Mit seinem Samen im Darm führte ich am nächsten Morgen stolz, als trage ich Storchenembryen in mir, die Pferde zur Tränke. Am Morgen, als ich noch nicht einmal angezogen war, ging Nikolay über die Treppe der Heustadelstiege. Er trat auf den Heustadelbalkon, wandte sich ostwärts, seiner polnischen Heimat zu, kniete auf den morschen Holzbrettern nieder und sprach laut in polnischer Sprache ein Morgengebet. Als er sich der heftigen Todeskampfbewegungen eines frischgeschlachteten Huhns nicht mehr zu erwehren wußte und das Blut ringsum auf seine Brust und in sein Gesicht spritzte, ließ er das Tier zu Boden fallen. Wie ein blutender Invalide kroch das Tier auf dem Stallboden und starb mit heftig zitternden Beinen. Erst als sich die gelben Krallen des Tieres geschlossen hatten, trat Nikolay hinzu, faßte es an den Beinen und steckte es, um es entfiedern zu können, in brennheißes Wasser. Nach Mitternacht, wenn alle im Haus schliefen, stiegen wir aus unseren Stallbetten, gingen ins Kälberglitsch, knieten vor der Schnauze eines Kalbes nieder und schoben ihm unser Glied ins Maul. Die Kälber waren gewöhnt, an einem Plastikzutz zu saugen, der am Milcheimer angebracht war. Die eine Hand preßten wir auf die Zähne seines Unterkiefers, damit uns das Tier nicht verletzen konnte, und mit der anderen Hand bewegten wir die Vorhaut des Gliedes. Vor den Augen der anderen Tiere brachen wir in die Knie, wenn ruckartig unser Samen auf der breiten rauhen Zunge des Kalbes auseinanderfloß. Manchmal lagen wir danach heftig weinend in unseren Türkenfederbetten übereinander, während der eine des anderen Tränen aufaß, manchmal aber weckte ein Samenerguß im Maul des Kalbes Mordlust in uns auf. Wir stellten uns vor, das Kalb augenblicklich abzuschlachten und sein Herz auf dem Friedhof an einem Eisenkruzifix aufzuspießen.
Da ich hier monatelang eingesperrt bin und keine Menschenseele berühren kann, träume ich oftmals davon, wie ich meinen Kopf auf den Schoß Nikolays lege und an seinem roten Eiszapfen lutsche. Manchmal sehe ich, wie ich mit entblöß-

tem Schoß unter dem Bauch eines Pferdes liege, meine Füße über seiner Wirbelsäule kreuze und meine Arme um seinen Hals schlinge. Ich spüre das feuchte dicke Glied des Pferdes an meinem Bauch und werde vom ruckartig ausströmenden Pferdesamen überschwemmt. Erschöpft lasse ich mich fallen und wälze mich hin und her, ehe ich mich mit Stroh trockenwische. Stecke ich meinen Schwanz in das Maul des jüngstgeborenen Kalbes, so möchte ich ihm, während ich im urinfeuchten und kotigen Stroh in die Knie breche, mit einem Jagdmesser die Augen ausstechen. Die jungen Knechte und Mägde sind in die naheliegende Schuhfabrik und ins Heraklithwerk abgewandert. Früher schossen des Nachts Blutfontänen in die Höhe und plätscherten mich voll, heute ist es der Knabensamen, der mich überschwemmt. In embryonaler Haltung liege ich im Bett und träume von einem Polster, der mit verwesendem Menschenfleisch ausgestopft ist. Erschrokken wache ich auf und starre aufs Holzkreuz meines hellwerdenden Fensters.
Jeden Morgen stand ich gegen fünf oder halb sechs auf und ging über die taufeuchten Almwiesen, um nach den Schafen Ausschau zu halten. Die reifen Preiselbeeren waren mein Frühstück. Der Almbesitzer mußte mir jeden Tag, zu Mittag oder am Abend, ein warmes Essen in meine kleine Sennerhütte hinaufbringen. Wenn es donnert, blitzt und heftig regnet, flüchten die Schafe rudelweise zu den Bäumen. Einmal kam es vor, daß der Blitz in einen Baum fuhr und alle zehn unter diesem Baum stehenden Schafe erschlug. Da ich erst einige Stunden nach dem Gewitter die Schafsleichen entdeckte, blieb mir nichts anderes übrig, als ein Massengrab auszuheben und die Schafe einzugraben. Wäre ich während des Blitzschlages in der Nähe gewesen, hätte ich sofort hinzulaufen und den erschlagenen Schafen das Blut auslassen können, dann wäre ihr Fleisch noch genießbar gewesen, wenn es auch nach Verbranntem geschmeckt hätte. Als ich auf den Hof des Bauern zurückkam und die Unglücksmeldung machen mußte, die Stallarbeit erledigt hatte und bei heißer Milch und Polenta ängstlich am Gesindetisch saß, trat der empörte, vor Erregung zitternde Altbauer ein, zog die Milchschüssel

vor meiner Nase weg, riß mir den Löffel aus der Hand und schrie, indem er mit seinem Zeigefinger auf den Küchenausgang deutete, Da ist die Tür! Ohne jemandem in die Augen zu sehen, ging ich aus der Küche, holte meine Klamotten und verließ den Hof. Ich hatte nicht mehr den Mut, Aufwiedersehen oder gar Grüßgott zu sagen, denn ich wußte, daß mich keiner, abgesehen von den Kindern und Tieren, auf dem Hof wiedersehen wollte. Ich hatte zehn Schafe auf dem Gewissen. Ich hatte verabsäumt, bei Donner und Blitz in den Regenguß hinauszulaufen, die Schafe, wenn schon nicht in einen Stall, so wenigstens von den Bäumen wegzutreiben. Während sich das Regenwasser in der Krempe meines Hutes sammelte, verließ ich den Hof und ging, mein Kleiderbündel auf der Schulter, über die Felder und sah dabei immer wieder, wie sich die Schafe unter den Baumästen sammelten, auseinanderliefen, sich wieder sammelten und wie der Blitz, wie außer sich geraten, in den Körpern von zehn Schafen herumfuhrwerkte und sie tödlich getroffen zu Boden warf. Die einen bäumten sich auf und fielen rücklings, die anderen schlugen mit ihren Schädeln in den Boden ein. Alle toten Schafe hatten schwarze Brandstreifen.

Noch niemals habe ich eine schriftliche Kündigung erhalten. Manchmal wurde ich aufgefordert, augenblicklich mein Bündel zu packen und zur Haustür hinauszuverschwinden, manchmal bekam ich drei Tage oder eine Woche lang Frist. Wurde ich augenblicklich entlassen, strampfte ich durch den Schnee oder ging über die heißen Bergwiesen von Bergbauer zu Bergbauer und fragte nach einer Bleibe. Manchmal war ich eine Woche auf Wanderschaft, ehe ich in eine Kammer einquartiert wurde. Da und dort übernachtete ich in der Zwischenzeit in einem Heustadel oder im Stall. Die Bauern brachten mir oftmals eine Schale rohe, noch kuhwarme Milch und ein paar Stück Weizenbrot. Im Winter bohrte ich beim Übernachten meinen Körper tief ins Heu hinein. Im Sommer lag ich in den Heustöcken, nahe dem Heustadelfenster.

In Kärnten gibt es einen Friedhof, auf dem die Mägde und Knechte, die keine Verwandten haben, verscharrt werden. Der Priester, die Ministranten und der Totengräber sind die

Zelebranten des Leichenbegängnisses und oftmals die einzigen Begräbnisgäste. Zu Häupten der Toten werden kleine Holzkruzifixe in die Erde gesteckt, auf denen der Name der Magd oder des Knechts mit einem glühenden Eisenstab eingebrannt wird. Meistens ist nur ihr Sterbedatum eingraviert. Ihr Geburtsdatum wissen die Mägde und Knechte oft selber nicht. Rhythmisch geht der schwarze Leichenzug im Schneetreiben seines Weges. Die den Priester flankierenden Ministranten tragen ein weißes Ober- und ein schwarzes Unterkleid, dessen Saum oftmals den neugefallenen Schnee berührt. Ein Chorknabe hält in der einen Hand einen schwarzen Schirm, auf den weiße Schneeflocken fallen, und in der anderen hält er den Weihwasserkessel. Der andere Ministrant hält das rauchende Weihrauchfaß, das er an jeder Weg*kreuz*ung in alle vier Himmelsrichtungen schwenkt. Auf das Kruzifix, das am Sarg angebracht ist, fällt kein Schnee, denn auf den Sarg wird das Blumenbukett der engsten Hinterbliebenen gebunden, sonst müßten sie dem Gekreuzigten einen Schal um den Hals binden, damit er sich nicht verkühlt. Während des Begräbnisses werden im Dorf alle Maschinen abgestellt. Die lärmenden Begleiter des Sarges sind die Hahnen- und Pfauenschreie, die Gebete des Priesters und der Ministranten. Es mag eine abgedroschene Bauernanekdote sein, aber auch ich habe erlebt, wie zwei Bauern während eines Leichenbegängnisses einen Viehkauf abschlossen, indem sie einander dreimal in die Hände schlugen und *Ehrenwort!* sagten. Wenn ich die Totenglocken höre, die ankündigen, daß der Sarg des Toten auf vier Schultern gehoben und vom Trauerhaus weg in die Kirche getragen wird, presse ich mit der Hand meinen speckigen Hut auf den Kopf, laufe über den Hof in die Pranta des Heustadels hinauf, denn von dort habe ich den besten Überblick. Wo sich der lotrechte und der waagrechte Querbalken des Kruzifixdorfes treffen, taucht der Kopf der Leichenzugkobra auf, bewegt sich langsam über den lotrechten Balken des Dorfkruzifixes und schwänzelt in den Friedhof hinein. Natürlich nehme ich, wenn ich den Leichenzug auftauchen sehe, meinen Hut vom Kopf, mache ein Kreuzzeichen und setze den Hut erst wieder auf, wenn sich der Leichenzug im Friedhof zu einer rund um ein Erdloch herumstehenden Menschenmenge deformiert. Wenn ich nur einmal das Kreuz am Anfang eines Leichenzuges tragen könnte! Auf jedem Partezettel wird mit tiefer Trauer kundgetan, daß unser herzliebster Vater oder unsere herzliebste Mutter für immer und völlig unerwartet, nach langem geduldig ertragenen Leiden, wohl aber versehen mit den heiligen Sterbesakramenten von uns gegangen ist. Wir geleiten unseren lieben Verstorbenen vom Trauerhause in die Kameringer Kirche, wo die Totenmesse gelesen wird. Ob sie auch bei mir diese Partezettelschmeichelsprache anwenden werden? Es wäre schön, wenn mir eingekleidete Bischöfe und Kardinäle in Begleitung von weißen Pfauen die letzte Ehre erweisen würden.

Manchmal, wenn ich vor dem hellerleuchteten Stallausgang stehe und Sägespäne in den Korb fülle, sehe ich – mich schnell umdrehend –, daß der Christebauer am Fenster seines Stalls steht und mich beobachtet. Bevor sich unsere Blicke treffen, dreht er sich zur Seite und arbeitet weiter. Warum lassen die Dorfbauern das Gewehr, das sie immer wieder auf mich richten, mutlos sinken? Warum leeren sie ihre Gewehre nicht endlich von den Platzpatronen und füllen sie mit scharfer Munition? Der Ackermann würde zuerst an meinem Leichnam vorbei in den Stall gehen, den Leib seines Vaters in die Lunula zwängen, die goldene Monstranz auf seinem kahlen Kopf festbinden, ehe er meinen Leichnam aufheben und Klagelieder singend ins Haus tragen würde. Blut ränne aus meinem Kopf auf den schneebedeckten Hofboden.

Als ich im Stall neben dem Kälberabteil den Wasserhahn aufdrehte, um den Eimer zu säubern, mit dem ich den Kälbern die Milch gegeben hatte, sah mich der Ackermann, der auf seinem Melkerthron zwischen den Kühen saß, lange mit zusammengekniffenen Augenlidern an. Seppl! Ich verdrehte meinen Kopf, während das Wasser weiter mit einem zerrissenen Strahl in den Eimer plätscherte. Die goldene Monstranz glitzerte im Licht der kotbespritzten Stallglühbirne. Der Akkermann erhob seine Stimme nocheinmal. Seppl! Hast du noch Geld? Du kannst mir ruhig die Wahrheit sagen!... Das glaub ich dir nicht! Ich kann mir nicht vorstellen, daß du noch Geld hast! Wenn ich keinen Groschen mehr in der Tasche hätte, wäre ich nicht zu dir, zu Motria und zu deinen Tieren zurückgekommen. Ich wäre in eine Fabrik oder als Tagelöhner auf einen fremden Bauernhof gegangen. Ich bin zurückgekommen, weil ich die Hoffnung habe, daß du mir noch einmal die Kraft gibst, damit ich dich endgültig verlassen und mein Leben in einem anderen Land fortsetzen kann. Monatelang habe ich auf einem slowenischen Bauernhof als Knecht gearbeitet, habe aber für meine Arbeit kein Geld bekommen, sondern meine Arbeit bezahlt. Der Ackermann richtete die Monstranz auf seinem Kopf zurecht, öffnete den kleinen Kristallzylinder, der sich in der Mitte des Allerheiligsten befindet, nahm die Hostie, den Leib seines Vaters, heraus, starrte auf das eingeprägte Wasserzeichen, das den Kopf seines Erzeugers abbildet, und rief, Was! Du hast monatelang bei einem Tschusch als Knecht gearbeitet, hast keinen Groschen dafür bekommen, sondern deine Arbeit auch noch bezahlt!?

Der Erzähler nimmt das Gruppenbild der Dorfknechte und Dorfmägde von der kotbespritzten Stallwand, betrachtet die einzelnen Gesichter und spricht mit anschwellender Stimme

Vater Ackermann! Ich hatte Geld, und die Bauern hatten Schulden, mir war langweilig geworden und ich wußte nicht mehr, wie ich die hitzigen Mittags- und Nachmittagsstunden und die lauen Abende totschlagen sollte. Viele Nächte lang habe ich kein Auge mehr zugetan, trotz allem bin ich am Morgen aufgestanden und habe die Stallarbeit gemacht. Gebrochen und müde, ausgestoßen auch von denen, die mich einst liebten, bin ich zu dir zurückgekehrt, in der Hoffnung, daß du, der du mein Erzfeind warst, mir auf die Beine helfen wirst. Als dem Bauern meine Zuneigung zu seinem siebzehnjährigen Sohn auffiel, flog ich kopfüberarsch von seinem Hof. Oftmals bin ich in der Nacht, wenn ich mich schlaflos hin und her wälzte, aus meinem Fenster auf den Balkon hinausgestiegen, bin niedergekniet und wollte meine Schläfe in einen Nagel des Balkongeländers stoßen. Manchmal habe ich die Telefonnummer meines Elternhauses gewählt. Du hobst ab. Ohne ein Wort zu sagen, legte ich wieder auf. Deine Stimme drang wie ein Speer in meine Brust. Mit schlagendem Herzen verließ ich den öffentlichen Telefonapparat und hetzte durch den Fichtenwald. Erst als es dunkel wurde und ich von keinem Menschen mehr gesehen werden konnte, verließ ich den Wald und trat in den Schafstall des Bergbauern ein. Ich inhalierte den süßen, nach Fäulnis riechenden verbrauchten Atem der Tiere. Die Schwalben hockten ruhig auf der Wasserleitung der Melkanlage. Meinen Körper fühlte ich als eingeweidelosen Hautsack, meine Seele als verkohlte Zündholzzirpe. Mein aufgespaltener Kopf hing mir aus den Augen heraus. Meine Seele war auf die Größe zweier Bohnen zusammengeschrumpft, die ich in meine Ohren stecken konnte, damit ich nichts, gar nichts von dieser Welt höre. Umbringen wollte ich mich damals nicht. Aber wen und was hätte ich damals umbringen können? Einen seelen- und eingeweidelosen Hautsack? Das käme mir so vor, als wenn ich in deine weißbestäubte Mühle eintreten und unter den unzähligen jahrzehntealten weißen Spinnweben einen geflickten leeren Getreidesack aufheben, in einem Anfall des Blutrausches erstechen und dabei glauben würde, daß ich mich ums Leben gebracht hätte. An meinem Schreibtisch habe ich dich jahrelang angebrüllt, bis sich meine Stimmbänder wie Geigensaiten spannten und zerrissen. Von diesem Augenblick an hing mein Kopf auf die Brust, und meine Hände lagen hilflos auf meinem

Schoß. Ich hatte nur mehr die Kraft, mich zu erheben, um niemanden mit dem Schmutz meiner Ausscheidungen zu belasten. Vor dem blühenden Kirschbaum warf ich meine Hände vors Gesicht, weil ich mich mit weit herausgestreckter Zunge an einem seiner Äste hängen sah. Als sich der Druck meiner Erschöpfung vergrößerte, entschied ich mich zu dir zurückzukehren, um dich noch einmal auszubeuten. Ich werde eine Rückkehr des verlorenen Sohnes schreiben, dachte ich, ich werde dem Ackermann eine Zeitlang auf Schritt und Tritt folgen, mir seine Vergangenheit erzählen lassen, seine widerlichen Kriegsgeschichten, mir seinen Russen- und Judenhaß anhören. Ohne Sprache kann ich nicht leben. Um wieder schreiben zu können, muß ich in die Hölle zurückkehren, aus der ich mich befreit glaubte. Und jetzt stehe ich da, vor dem Wasserhahn, Vater Ackermann, und säubere den Eimer, aus dem deine Kälber Milch trinken, während du achtgeben solltest, daß dir die Monstranz nicht auf den Stallboden fällt und von einem Tier zertreten wird. Der Ackermann brach die Hostie auseinander, so daß ein paar Splitter auf die geflickten Oberschenkel seiner Stallhose fielen, und sprach, bevor er die Oblate auf seine herausgestreckte Zunge legte, O heilge Seelenspeise auf dieser Pilgerreise, o Manna, Himmelsbrot! Wollst unsern Hunger stillen, mit Gnaden uns erfüllen, uns retten vor dem ewgen Tod.

Ich wollte in den Friedhof hineingehen, aber das Tor war verschlossen, vereist oder zugefroren. Vielleicht aber sperrt der Meßdiener allabendlich den Friedhof vor mir zu. Vielleicht wollen die Eltern Jakobs nicht, daß ich täglich am sechs Jahre alten Grab ihres Sohnes stehe und mit ihm spreche. Zu den Lebenden in meinem Heimatdorf habe ich keinen Zugang, und jetzt wollen sie mir den Zugang auch zu den Toten versperren. Sie grüßen mich feindlich oder überhaupt nicht. Die Bauern schlagen die Türen zu, wenn ich auf ihre Häuser zugehe. Sie ziehen die Vorhänge vor, wenn ich vom Friedhof kommend oder in die Auen gehend an ihren blumengeschmückten Fenstern vorbeigehe. Ihre Kinder beauftragen sie, kein Wort mit mir zu sprechen. Spricht aber dennoch ein

Bauernsohn aus meinem Heimatdorf mit mir, so nicht in Anwesenheit oder Sichtnähe seiner Eltern. Ich rüttelte eine Zeitlang an der verschlossenen Friedhofstür, aber auch Jakob machte nicht auf. Vielleicht war er schon zu müde, es war schon halb neun und seit drei Stunden stockfinster. Neuschnee fiel auf meine Schulterblätter und auf die Knochengerüste der Gräberkruzifixe. Die Bauern waren mit der Stallarbeit längst fertig. Die Tiere waren satt und ruhig. Nur manchmal hörte ich das Kettenrasseln angehängter Tiere, aber kein Hahnenschrei war mehr zu hören. Die Bauern hatten sich unter den Herrgottswinkel ihrer Küchen zurückgezogen und löffelten Sterz mit Milch aus ihren Katzenschüsseln. Bald nachdem sich Jakob und Robert erhängt hatten, schafften die Eltern Jakobs einen bissigen Hund an, den sie nahe dem Haustor an die Kette spannten. Ob Jakobs Bruder, der sich von Zeit zu Zeit seine roten Haare schwarz färben läßt, der Futtermeister des Bernhardiners geworden ist? Manchmal fährt er mit seinem silberlackierten Mercedes an mir vorbei, wenn ich gerade vom Friedhof komme. Ich ziehe, während er auf mich zufährt, ein Bild, auf dem sein erhängter Bruder mit herausgereckter Zunge abgebildet ist, aus meiner Brusttasche und halte es vor die Windschutzscheibe seines vorbeifahrenden Autos.

Wenige Tage bevor ich die Russin verließ, auf deren Bergbauernhof ich über ein Jahr gewohnt hatte, und zum Hof des Ackermanns zurückkehrte, träumte ich, daß er einen Neger als Knecht eingestellt habe. Im Traum ging ich auf den Neger zu und drückte ihm lange die Hand. Der Neger war darüber so erfreut, daß er zu weinen begann. Am Vorabend tötete ich im Stall eine Ratte und zeigte sie der Russin. Willst du die Ratte ausstopfen lassen? sagte sie spöttisch, als ich, die Ratte an der Schwanzspitze haltend, vor ihr stand.

Weder als Toter noch als Lebendiger kehre ich in dieses Dorf zurück, schrieb ich in einem meiner Bücher. Als welcher sitze ich jetzt da? »Die Bewohner des Hofes möchte ich vorstellen«, schreibt Hans Henny Jahnn, in seinem Bornholmer Tagebuch. »Mich, Schriftsteller und Orgelkonstrukteur (ich tue so, als ob ich es mir sagen müßte, und in der Tat muß ich mich zuweilen anschreien, daß ich begreife, welchen Weg mein Leben genommen hat).«

In der ersten Nacht schrie ich unter der giftgrünen Hinterglasmuttergottes auf, wo der Ackermann gezeugt und geboren wurde, sich der abgemagerte Körper des *Groß*vaters während seines Todeskampfes aufbäumte, die zahnlose, fettleibige Großmutter kurz vor ihrem Sterben Jogl! Jogl! hilf mir, ich muß sterben! schrie und Natalija wahnsinnig wurde. Vor mehr als zehn Jahren lag ich im selben Bett, hatte hohes Fieber, bekam vom Landarzt eine Spritze und las den Gemordeten Dichter von Apollinaire. Ob ich jetzt in meinem ehemaligen Kinderzimmer von der Literatur aufs Totenbett geworfen werde? Hat jemand ein Stück Knochen in einen Scheiterhaufen geworfen, um den Hund, der ich bin, von dem er möchte, daß er verbrennt, hineinzuhetzen? Vor dem Bett des Großvaters kniete ich nieder und ließ den Schloßhund in mir heulen. Damals, als ich ein Kind war, ließ ich die Tränen in den Mundwinkel rinnen und aß sie auf. Heute sammle ich die Tränen in meinem Mund und spucke sie mir vor die Füße.

In der Schwarzen Küche, den Geruch der Melkanlage einatmend, blickte ich mich schnell um, denn ich hatte Angst, daß Motria zur Tür hereinkommen und mich weinen sehen könnte. In die wattierten, weißen Milchfilter trocknete ich meine Tränen und schlüpfte, während meine Unterlippe zitterte, in die Knechtkleider und in die kotigen schwarzen Gummistiefel. Während ich Stroh zwischen die Beine der Ochsen und Stiere warf, hob ich lauschend meinen Kopf, denn ich glaubte die Kirchenglocken zu hören. Ich trat vors Stalltor und bemerkte, daß jemand ganz aufgeregt am Strick der kleinsten Glocke, der Totenglocke zog. Ich überlegte mir, wer gestorben sein könnte. Wer ist der Dorfälteste? Oder haben Jakob und Robert ihr tödliches Schauspiel wiederholt? Immer wieder einen zuckenden und blutbeschmierten Kalbstrick sehend, ging ich mit dem leeren Strohkorb am Ackermann vorbei, der mit erhobenem Kopf auf das Zügenläuten lauschte.

Der Ackermann und ich gingen mit einem Hammer, einem Sack Nägel und einer Beißzange in den Spitzanger, um den

desolaten Zaun in Ordnung zu bringen. Nach der Veröffentlichung meiner Romane das erstemal bei Tageslicht über die Dorfstraße gehend, blickte ich ängstlich links und rechts. Schau nur geradeaus, sagte der Ackermann, es soll dir vollkommen egal sein, was die Leute über dich denken! Die Kirchenglocken läuteten zur Wandlung, der Priester hob vor dem Angesicht der Gläubigen die Hostie und sprach, Sehet an das Lamm Gottes, das hinwegnimmt die Sünden der Welt, als sich der Ackermann am rostigen Stacheldrahtzaun verletzte. Während er mir die Zange reichte, fielen ein paar Blutstropfen von seiner Hand auf meinen Handrücken.
Am Weiherbichl trat mir der Simonbauer, der Vater Jakobs, mit einer Sense auf seinem Schlüsselbein entgegen. Auf seiner roten Stirn standen Schweißtropfen. Seine schütteren weißen Haare standen ihm zu Berge, so daß ich an einen Bauernschopenhauer denken mußte. Er erschrak, als er mich sah, und rief mit gebrochener Stimme, Schämst du dich nicht über die Dorfstraße zu gehen? Ich war so überrascht, daß mir nichts anderes als die Verlegenheitsantwort – Wieso? – entfuhr. *Mit donnernder Stimme* Meine Kinder läßt du in Frieden! Schau gescheiter auf dich und auf deine Eltern! Während er sprach, ging ich über den Weiherbichl hinunter. Ich hatte Angst, daß ihm in seiner Erregung die Sense, an der frisches Gras klebte, von seiner Schulter rutschen könnte. Als er im Traum mit einem Messer auf mich losging, sagte ich, Aber machs gut, machs sauber! Wenige Nächte später, als ich wieder davon träumte, von ihm bedroht zu werden, schlugen wir uns in einem Kleefeld die Gesichter blutig.
Auf dem Feld wollte ich mich hinter einem Traktor verstekken, um nicht dem Christebauer zu begegnen, aber schließlich stellte ich mich genau dorthin, wo er an mir vorbeigehen mußte. Er blickte zuerst zu Boden, um sich zu sammeln, hob aber seinen Kopf und erwiderte leise und widerwillig meinen Gruß. Mit einem Haselnußstecken schlug er schreiend mehrere Male auf den Rücken eines Kalbes, das aus dem Anger ausgebrochen war und wieder zurückgetrieben werden mußte.
Oftmals glaubte ich einen Gewehrlauf zu sehen, der langsam

auf das offene Prantafenster des Heustadels zufuhr und meinen Schädel anvisierte. Drehte ich mich um, war der Gewehrlauf verschwunden. Ich trippelte mit meinen Fingern eine Zeitlang am toten Tastenfeld meiner ausgeschalteten Schreibmaschine herum, ehe ich mich wieder umdrehte und den Gewehrlauf in der Pranta verschwinden sah. Vielleicht aber wollen die Dorfbauern nicht mich, sondern nur die Totenmasken abschießen, die an den Wänden meiner Kammer hängen?

Ob es jemanden im Dorf gibt, der nichts zu verlieren hätte außer seinem Säufer- und Knechtleben, wenn er mir, angestachelt von ein paar Dorfbauern, die mich hassen, für ein paar Kisten Bier das Leben nähme? *Beginnt einen grotesken Tanz, mit verschleierter Stimme* Um Gotteschristiwillen, wär das schön, wenn mein Mörder, während ich sterbend wochenlang in der Intensivstation liege, im Gefängnis einen Totenkranz mit Nelken und Rosen binden und seine Initialien am Kranzgestänge einritzen würde und wenn derselbe Totenkranz an einen Gärtner weiterverkauft und schließlich, versehen mit einer schwarzen Totenschleife, auf meinem Grabhügel landen würde.

Die junge Sichlbäuerin sagte einmal zum Ackermann, nachdem eines meiner Bücher erschienen war, daß sie mir, sollte sie mich einmal im Dorf sehen, ins Gesicht spucken werde. Zwei Jahre später trat sie in das Haus des Ackermanns ein und ließ sich ein paar Viehpässe geben. Ich saß hinter dem Küchentisch, beugte mich über den Rodion Raskolnikoff, hob meinen Kopf und wartete darauf, daß sie mir ihre Kuckucksspucke ins Gesicht schleuderte. Mit meinem Hemdsärmel hätte ich mein Gesicht wieder sauber gewischt und ihren Spuckegeruch den ganzen Tag über auf meiner Haut getragen.

Ein paar Wochen später tauchte sie mit ihrem kleinen Sohn wieder im Haus des Ackermanns auf. Sie hielt einen Stoß schwarzeingerahmte Todesanzeigen in den Händen. Wäre doch schön gewesen, wenn sie dem Ackermann den Partezettel unter die Nase geschoben und mir dabei ins Gesicht gespuckt hätte, aber auch diesmal passierte nichts. Die erwachsenen Partezettelausträger nehmen, wenn sie von Haus zu Haus gehen, immer ihre Kinder mit, denn sie würden sich schämen, das Trinkgeld, das die Partezettelempfänger dem Partezettelausträger geben, in Empfang zu nehmen, aber es macht sie nicht einmal verlegen, wenn der Partezettelempfänger das Trinkgeld, meistens sind es zehn oder zwanzig Schilling, dem mitgekommenen Kind in die Hand drückt. Billig empfangen die Bauern und Keuschler des Dorfes die Partezettel nur, wenn sie der Briefträger mit der üblichen Post mittransportiert. Der Briefträger bekommt keinen zusätzlichen Schilling für die Todesanzeigen.

Manchmal, wenn ich mir vorstellte, vom Dorfjäger in den Auen niedergeschossen zu werden, verließ ich schnell die Stelle, wo ich blutüberströmt im Gras lag, und flüchtete ins Dickicht hinein. An einem Bauernhaus vorbeigehend, blickte ich schnell zu den kleinen Gucklöchern in der Dachbodenkammer hinauf, die groß genug sind, um einen Gewehrlauf herauszuschieben.

Motria beauftragte mich zum Brunnen zu gehen und die Pfanne zu holen, mit der morgens, vor dem Abtransport der Molkerei, die frische Milch in den großen Kannen noch einmal aufgerührt wird. Im linken Augenwinkel sah ich, daß mich vom Küchenfenster aus die Nachbarn beobachteten. Während ich wieder aufs Haus zuging, formte sich die tropfende Pfanne, die im schmutzigen Brunnenwasser lag, zu einer Waffe, deren Stiel ich fest umklammerte.

Als ich die Vorhangschiene, die zu meinem heftigen Erschrecken mit dem Vorhang auf den Diwan gefallen war, wieder anbringen wollte, blickte ich ängstlich aus dem Fenster und zuckte zurück, da ich Angst hatte, daß mich jemand durch das Manöver der herabfallenden Vorhangschiene ans Fenster hatte locken und erschießen wollen.

Der Kaufmann, der eine Kiste Zwiebeln und mehrere Kränze Knoblauch brachte, fuhr mit seinem Lieferwagen im Hof ein. Du brauchst nicht davonzurennen, er tut dir nichts, rief mir Motria nach, als ich mit schnellen Schritten über die sechzehnstufige Stiege in meine Kammer flüchtete.

Als ich auf den Balkon trat, um aufs Plumpsklo zu gehen, und in den Nachbarhof hinunterschaute, blickte im selben Moment die Nachbarsfrau herauf, aber in dem Augenblick, als sich unsere Blicke hätten treffen können, steckte sie ihren Kopf in den Boden.

Während ein Student für seine Diplomarbeit über meine Bücher im Dorf an Ort und Stelle Erkundigungen einziehen wollte und von Bauernhaus zu Bauernhaus ging, sollen ein paar Bauern die Polizei angerufen und ihr empfohlen haben, den Studenten fortzuschaffen. Die Polizisten riefen den Dorfpfarrer an und baten ihn, den Studenten und seine Begleiterin aus dem Dorf zu vertreiben, aber der Pfarrer wehrte sich dagegen.

Warum sollten mich die Dorfleute nicht hassen? Ich habe nicht erwartet, wie ein Schiolympiasieger begrüßt zu werden. Alle Dorfleute gingen mir aus dem Wege, schlugen die Türen und Fenster zu, in kein einziges Haus wagte ich hineinzugehen, keiner sprach ein Wort mit mir. Der häßliche Basilikus, der glaubte wunderschön zu sein, erblickte sich im Spiegel, sah seine entsetzliche Grimasse und zerplatzte vor Wut. Vielleicht aber hassen die Dorfleute insgeheim ihre Scheinheiligkeit und Lüge, können ihnen aber, da sie ans Dorf, an die Kirche und ihre Übungen gebunden sind, nicht entfliehen, während ich mich heute oder morgen in den Romulus setzen und wegfahren kann.

Der Ackermann ärgert sich, wenn ich in der Nacht den langen dunklen Fichtenwaldrand und den gegenüberliegenden sumpfigen Manichwald entlang nach Paternion gehe. Ich habe Angst, so der Ackermann wörtlich, daß du eines über den Schädel bekommst, daß ein vorbeifahrendes Auto stehenbleibt, Männer aussteigen und dich zusammenschlagen. Schon als Kind hatte ich vor dem Manichwald Angst, der früher *Galgenbichl* hieß. Dort wurden Männer und Frauen, die ein Verbrechen begangen hatten, öffentlich aufgehängt. – Aus dem Manich rupften wir Kinder büschelweise Schneeglöckchen, liefen über den steilen Hügel zur Landstraße hinauf und winkten den vorbeifahrenden deutschen und holländischen Urlaubern zu, die stehenblieben und uns die Schneeglöckchen abkauften.

Als ich in den Stall hineingehen wollte, sah ich, durch die kotbespritzte Stallfensterscheibe blickend, daß der Ackermann auf seinem Melkerthron zwischen zwei Kühen saß und die Hostie seines Vaters, die er aus der Monstranz genommen haben mußte, an sein Ohr hielt. Er blickte neugierig vor sich hin, drehte die weiße Mehloblate um und drückte sie an sein anderes Ohr. Wenige Sekunden später entspannten sich die Falten seines Gesichts. Die Melkmaschine pumpte. Die Kälber rasselten mit ihren Ketten und brüllten vor Hunger. Links und rechts unter seinen Augäpfeln rannen zwei Tränen über seine lederne Gesichtshaut.

Christe höre mich! Christe erhöre mich! Christe höre mich! Wie oft schlief ich als Kind mit dem kratzenden Teufel des Hungers in meinem Bauch ein? Wie oft habe ich von meiner Mutter nur eine Brotrinde und ein Glas warme Milch bekommen? Wie oft habe ich Kälber und Schafe auf der Alm gesucht, bin im Schneetreiben mit einem Hut auf dem Kopf, einem Haselnußstecken in der Hand den Tieren nachgelaufen, habe manche lebend, manche tot, vom Blitz erschlagen wiedergefunden? Wie oft stieß ich mein Glied in den Schoß meiner Frau, um wieder einen zu zeugen, der zu dir betet? Wie oft habe ich meinen Schwanz in die Scheide einer Stute gestoßen und mich, während meine Knie schlotterten, an den Flanken des Tieres festgehalten, bevor meine Frau meinen größten Sünder, der hier am Schreibtisch sitzt, austrug? Wie oft trug ich am Anfang eines Leichenzuges dein Kreuz, Ogott, wenn in diesem gottverfluchten Dorf wieder ein junger Mensch nicht von deiner, geschweige denn einer anderen, sondern von seiner eigenen Hand getötet wurde? Wie oft lief ich zur Seite, wenn unter der Hausaxt, die uns den Zimmermann nicht erspart und die wir den kleinen Finger Gottes nennen, eine Fichte fiel und wieder hochwippte? Nicht nur bei unzähligen Menschen im Dorf und in der Umgebung unseres Dorfes habe ich Totenwache gehalten, auch bei Pferden, die ich schon als Kind geliebt habe. Der Kopf des toten Pferdes lag auf meinem Schoß. Vor meinen Beinen brannte die Petroleumlampe. Allmählich schmolzen die Eisblumen an den Stallfensterscheiben. Am nächsten Morgen hoben wir das tote Tier auf den Pferdeschlitten und begruben es in den Auen. Sind oft feucht geworden meine zerlumpten Schuhe vom Morgentau, wenn ich über die Wiese zwischen den blökenden Lämmern auf einen krähennestertragenden Baum zuging und meine Knie an die Schnauze eines neugeborenen Schafes stieß. Mehr als sechshundert Kälbern habe ich in ihrem Mutterleib den Strick um ihre Waden gebunden und sie aus ihrer schleimigen und blutigen Mutterleibshöhle gezogen. Den Leichnam des Kalbes, das vor Jahren an einer Lungenentzündung starb, schleifte ich auf den Wagen, spannte die Onga an, warf mehrere Decken über den Kadaver, damit es die schadenfrohen Dorfleute nicht sehen konnten, und fuhr über die Dorfstraße, in die Auen hinunter. Am Ufer der Drau hob ich mit einem Spaten ein Loch aus, zerrte die Leiche an den Vorderbeinen vom Wagen und ließ sie ins feuchte Gras plumpsen. Während ich das Kalb begrub, schüttelte das Pferd, geplagt von den Bremsen und Fliegen, die wie kleine schwarze Totenkränze die Augen einkränzten, immer wieder seinen Kopf, wurde unruhig und machte mehrere Male Anstalten mit dem leeren Wagen loszuziehen. Ich tauchte eine Krähenfeder in einen kleinen Kanister und schmierte eine schwarze Flüssigkeit, die von den Bremsen und Fliegen gemieden wird, dem Pferd um die Augen und Nüstern. Mein Vater, den wir vor über zwanzig Jahren begraben haben, war ein Pferde-, kein Menschenliebhaber. Er mißtraute den Menschen, schwang er sich aber auf den Rücken der Pferde und wurde abgeworfen, streichelte er das Tier, bevor er wieder das rechte Bein hochschwang und das Rückgrat des Pferdes an seinen Hoden spürte. Einmal, ich war im Stall auf meinem Strohbett eingeschlafen, als mich ein feuchtes schwarzes Fohlen aufweckte. Ich schreckte auf. Ich hatte die Geburt versäumt. Ich schämte mich, lief auf die Haustür zu, rüttelte und rief nach meinem Vater. Mein Vater erschien und lief, mir voraus, über den Schnee in den Stall hinein. Mit trockenem Stroh haben wir das Fohlen von Schleim und Blut befreit. Die schlaflosen Nächte, die ich meinen Kindern zu verdanken habe, während du, grüner phosphoreszierender Jesus, mich in meinem Schlafzimmer ununterbrochen angestarrt hast! Kein Mensch weiß, wie oft ich dir, Jesus von Nazareth, in meinem Strohbett im Stall Platz gemacht habe, als ich noch ein Kind war und auf die Geburt eines Fohlens warten mußte. Ich bin in Schneetreiben mit der Hacke auf der Schulter heftig schnaufend durch die Wälder gegangen und habe die Axt gegen Bäume, Tiere, Menschen und auch gegen dich, großer Gott, erhoben. Eine Hebamme ging über die Dorfstraße und grüßte uns, während wir Bauern bei der Mahd – ihr zu Ehren

– die Sense einen Augenblick still hielten. Wenige Tage später beugten wir uns, das Zaumzeug des mitgehenden Pferdes festhaltend, über das nagelneue Gesicht eines zukünftigen Knechts im Kinderwagen. Ich habe für die Großtiere Sorge getragen und meine Frau für das Kleinvieh, für die Schweine, Hühner und Kinder. Wir teilen unsere Verantwortung auf, aber wir beten gemeinsam zum Einen, zum Großen, der gelobt werden möchte von Mensch und von Tier, der gestorben ist für uns Menschen am Kreuz, an das ihn kein anderer als Gottvater geschlagen hat. Christe höre mich! Christe erhöre mich! Christe höre mich! Zwei Engel, die versehentlich mit ans Kreuz geschlagen wurden, zucken zwischen den Handflächen des Gekreuzigten und dem Querbalken. Seit Jahrhunderten knien zwei Invalidenengel zu Füßen des Gekreuzigten, säubern morgens und abends seine Zehen und pediküren seine Zehennägel. Totenköpfe kollerten wie Erdäpfel aus einem Rotkreuzwagen, als ich seine hintere Türe öffnen und einen Jutesack voll schwarzes Roßhaar hineinstecken wollte. Wie viele Eimer Wasser habe ich auf brennende Häuser und Ställe geschüttet? Wie viele verkohlte, brennende, brüllende, aber auch lebendige Kälber habe ich aus brennenden Ställen gezogen? Wie viele Sargschrauben habe ich in meine Schläfen und in Holz gedreht? Wie oft bin ich auf den Friedhof zu meinem Vater gegangen, habe die wachehaltenden Maulwürfe verjagt, die Erde aufgerissen, seinen Sarg geöffnet, um noch einmal seine Gesichtszüge zu sehen? Es war Halbmond. Sein Schlaf war ruhig. Sein Gesicht hatte einen bläulichen Schimmer, und sein Bart war ein paar Millimeter gewachsen. Ich legte meine Hand auf seine eiskalte Stirn. Seine Augäpfel waren voller Eisblumen. Wer wird denn eines Tages oder eines Nachts meine kalten Hände falten, wie ich sie meinem Vater gefaltet habe? Wer wird meinen Mund schließen, damit nicht die Friedhofserde hineinfällt, wenn ich staunend, mit offenem Maul, im Sarg liegen werde. Montiert ein Stahlkruzifix auf meinen Sargdeckel, kein Holzkruzifix. Das Holz des Sarges wird morsch, und das Stahlkruzifix fällt auf meine dahinmodernde Brust und wird noch nach Jahren, rostig geworden, neben meinen Rippen und meinem Totenschädel liegen. Soll ich nach wie vor die graue, grobleinene Schürze im Frühjahr umbinden und mit den Handbewegungen eines Sämanns, gefolgt vom sensetragenden Tod, über die Äcker schreiten, im heurigen wie im nächsten Jahr? Soll ich nach wie vor das Hackbeil heben und den Kopf eines Schweins spalten, umfallen und zu Füßen des verblutenden Schweins an einem Herzanfall sterben? Kein anderer achtzigjähriger Bauer im Drautal ist fähig, soviel zu arbeiten wie ich. Soll ich zwischen den Kühen auf meinem Melkerthron die goldene Monstranz auf meinem Haupt befestigen, bis ich mich nicht mehr erheben kann und mich die Kühe erdrücken, bis mir die Eingeweide aus dem Mund quellen? Soll ich nach wie vor am Morgen um halb sechs die Stalltür aufstoßen, auf daß mir der warme Tieratem entgegenschlägt, und für mehr als vierzig Stück Vieh sorgen? Oder soll das Schauspiel meines Todeskampfes auf dem herrenlos weiterfahrenden Traktor uraufgeführt werden? Christe höre mich! Christe erhöre mich! Christe höre mich!

Bevor mir der Ackermann den *Übergabevertrag* vorlas, mit dem sich sein Vater notariell abgesichert hatte, bekreuzigte er seine Stirn, Lippen und Brust und schob eine Hostie, der in Form eines Wasserzeichens der Kopf seines Erzeugers eingeprägt ist, in die Lunula der Monstranz. Während er langsam las, immer wieder stockte und den Zeigefinger hob, häutete sich im Dorfbach ein Krebs. Der Krebs warf sich auf den Rücken, rieb die Beine gegeneinander und zerriß die Haut, die am Rücken den Panzer des Kopfbruststückes mit dem Schwanz verband. Der Panzer des Kopfbruststückes hob sich mehr und mehr, und der Abstand von den Beinen wurde immer größer. Er machte Augen und Fühler frei und zwängte seine Beine aus dem engen Hautetui. Bald nachdem der Ackermann den Übergabevertrag zuende gelesen hatte, schwamm die unversehrt gebliebene Krebshülle den Dorfbach hinunter.

Die Unterfertigten Josef Winkler, Besitzer der Enznhube in Kamering 12, und dessen Sohn Jakob Winkler sind übereingekommen, nachstehenden Vertrag im Hinblick auf die Liegenschaft Enznhube in Kamering 12 abzuschließen:
Herr Josef Winkler ist grundbücherlicher Eigentümer der Enznhube in Kamering 12. Dieser übergibt und Herr Jakob Winkler, ehelicher Sohn des Genannten, übernimmt in sein alleiniges Eigentum die Enznhube in Kamering so, wie sie liegt und steht; von der Übergabe ausdrücklich ausgeschlossen wird die Einrichtung des Schlafzimmers im ersten Stock des Hauses Kamering 12.
Als Übergabewert obiger Liegenschaft samt den in diesem Vertrage genannten Leistungen wird unter Bedachtnahme auf den geltenden Einheitswert von S 40 000,– diesem Rechtsgeschäfte zugrunde gelegt.
Als Gegenleistung hierfür erklärt sich der Übernehmer Herr Jakob Winkler bereit, weiterhin folgende Leistungen an Herrn Josef Winkler und dessen Ehefrau Theresia Winkler zu erbringen, welche diese Leistungen anzunehmen sich bereit erklären.
Herr Jakob Winkler übernimmt die Forderung der Frau Theresia Winkler aus den Ehepakten vom 4. 4. 1901 auf Heiratsgutrückstellung im einverständlich aufgewerteten Betrage von S 3000,– in sein Zahlungsversprechen, zahlbar nur auf Verlangen der Frau Theresia Winkler. Hiebei wird festgehalten, daß Frau Theresia Winkler aus einer allfälligen geldlichen Entwertung des Schillings keinen Schaden erleiden darf und ist Herr Jakob Winkler verpflichtet, im Falle einer Entwertung des Schillings der Frau Theresia Winkler jenen Betrag zu zahlen, der dem nicht entwerteten Schilling im Zeitpunkte der Unterfertigung dieses Vertrages entspricht.
Herr Jakob Winkler leistet Herrn Josef Winkler und Frau Theresia Winkler das Ausgedinge auf deren Lebzeiten. Dieses besteht in dem Wohnungsrecht der Eheleute Winkler bezüglich des südwestlichen, straßenseitigen Zimmers oberhalb der Küche und des anstoßenden Kabinetts mit der Berechtigung, dort nach Belieben einen Herd auf Kosten des Übernehmers aufzustellen; die vollständige, dem jeweiligen Gesundheits-

zustande entsprechende Kost; freier Zugang zu allen Lebensmittelvorräten des Hauses, zur Entnahme für den eigenen anständigen Bedarf; Beheizung und Beleuchtung, sowie Bedienung der Eheleute Winkler, insbesondere Aufräumen und Reinigen des Zimmers, wobei das Brennholz im trockenen und verkleinerten Zustande dem Ehepaare Winkler bei der Kameringer Hube bereitzustellen ist; die übliche standesgemäße Bekleidung, Wäsche, Schuhe, Kopfbedeckung, deren Reinigung und Instandhaltung. In Krankheitsfällen Bestreitung der ärztlichen Hilfe, allenfalls Spitalskosten, Heilmittel, Wartung und Pflege, alles in der üblichen Form, sowie in dem dem Übernehmer zumutbaren Ausmaße.
Dem Übergeber und dessen Ehefrau ist monatlich im vornhinein ein bares Zehrgeld von je S 20,– zu leisten, wobei auch in diesem Punkte festgehalten wird, daß im Falle der Entwertung des Schillings der Übergeber und dessen Ehefrau wertmäßig nie weniger erhalten dürfen, als sie mit der Zahlungskraft des Schillings im Zeitpunkte der Unterfertigung des Vertrags sich beschaffen können, wobei als Maßstab der derzeitige Wert von je 1 kg Schwarzbrot, Zucker, Butter genommen wird. Der Übergeber und seine Ehefrau dürfen keinesfalls aus einer Entwertung des Schillings einen Schaden erleiden.
Der Übergeber Herr Josef Winkler und dessen Ehefrau Theresia Winkler haben außerdem den Anspruch auf Lieferung von täglich 1 Liter frischer Vollmilch, dazu Lieferung von monatlich 1 kg Butter für beide Eheteile zusammen, sowie auf jährliche Lieferung von 50 Stück Eiern und 1 gemästetem Schwein im Mindestgewichte von 100 kg, lieferbar in der kalten Jahreszeit. Nach Ableben eines der berechtigten Auszugsnehmer hat der überlebende Eheteil Anspruch auf die Hälfte des Ausmaßes des hier festgehaltenen Ausgedinges.
Es wird ausdrücklich festgehalten, daß dieser Vertrag aus dem zwischen den Vertragsteilen bestehenden guten und vertrauensvollen Verhältnis heraus geschlossen wird und daß sich beide Teile einer anständigen und liebevollen Begegnung befleißigen werden.
Es wird festgehalten, daß bei allenfalls schlechter Behandlung

des Herrn Josef Winkler oder dessen Ehefrau Theresia Winkler, oder bei unpünktlicher Erfüllung der Ausgedingsleistungen (bezüglich letzterer nach fruchtlosem Ablauf einer Nachfrist von einem Monat) Herr Josef Winkler, bzw. Frau Theresia Winkler berechtigt sind, die Übergangsliegenschaft zu verlassen und nach ihrer jederzeit abänderbaren Wahl entweder die Lieferung der für die Verpflegung erforderlichen Naturalien (nach Anforderung) und Ersatz der Wohnungsmiete oder eine vierteljährlich im vornhinein zahlbare Geldsumme, die zur Beschaffung der Ausgedingsleistungen erforderlich ist, zu verlangen.
Die Übergabe der Enznhube in Kamering 12 in den Besitz und Genuß des Übernehmers erfolgt mit der Unterfertigung des Vertrages, spätestens aber mit der grundbücherlichen Durchführung des Übergabevertrages. Der Übernehmer hat vom Tage der Übergabe der Enznhube in Kamering 12 die mit dem Besitze verbundenen Nutzungen zu beziehen, aber auch die von der Übergabsliegenschaft zu entrichtenden Steuern und Abgaben aller Art zu leisten. Die Gefahr geht an den Übernehmer spätestens mit der grundbücherlichen Durchführung des Vertrags über.
Beide Vertragsteile erklären an Eidesstatt, daß sie österreichische Staatsbürger sind und nicht vom Personenkreis der im § 17 Abs. 2 und 3 des Verbotsgesetzes genannten Personen angehören.

Kamering, 8. September 1952

Von seiner Mutter, der Enznoma, erzählte der Ackermann wenig. Fragte ich ihn nach ihr, faltete er wie zum Gebet seine Hände, öffnete sie wieder und richtete die Monstranz auf seinem Kopf ein, spielte mit den herabhängenden Schleifen der Stutennabelschnüre, die die Monstranz auf seinem Kopf festhalten, starrte mich an oder ließ seinen Blick hilfesuchend an den knochigen Beinen der Kühe auf und ab gleiten. Bis heute weiß ich nicht, aus welcher Familie, aus welchem Dorf sie stammt, aber es interessiert mich auch nicht, ich will keine

Familienchronik schreiben. Erinnere ich mich an meine Großmutter, so sind es die immerselben Bilder, die wie ein Heiligenschein um ihren Totenschädel kreisen. Es ist der Geruch des Urins, es sind ihre schmutzigen Fingernägel, es ist der dreieckige Enzianschmelzkäse, den ich ihr regelmäßig vom Kaufhaus brachte und der neben ein paar frischen Semmeln auf ihrem Nachttisch lag. Unter ihrem Bett, neben der Prunzkochl, fand ich Wattebäusche voller schwarzen, ekelhaft riechenden, eingetrockneten Blutes. Ein Jahr nachdem Konstantin auf die Welt gekommen war, rief sie immer angstvoll, Paß auf den Buben auf! Konstantin fällt in den Brunnen! Geh ans Fenster und schau, ob er nicht alleine beim Bach oder im Brunntrog herumpritschelt. Ihre weiteren Worte, an die ich mich noch erinnere und die aus ihrem faltigen und zahnlosen Mund kamen, Komm, kratz mir den Buckel! Manchmal, wenn ich in ihr Zimmer eintrat, sah ich sie auf dem urinverseuchten Diwan sitzen und mit einer Haarspange ihren Kopf kratzen. Meine Mutter kam in ihre Stube, rieb ihr Haar mit Veilchenöl ein, kämmte es durch und machte einen dünnen silbergrauen Zopf, der über ihren Rücken pendelte. Danach verschwand meine Mutter wieder und ging in die Küche, um das Mittagessen für die Bauersleute, für die Mägde und Knechte herzurichten. Noch ein paar andere, eingerahmte Bilder, die nach Schleim und Blut, nach der Fäulnis des schwindenden Tageslichts, nach einem von einer Messerspitze entkernten halbierten Gravensteinerapfel riechen, verbarrikadieren sich in meiner Brust. Ihre Angst vor dem Totenvogel! Heut nacht habe ich wieder die Tschufitl, den Totenvogel, gehört. Wer wohl sterben muß? Seppl! Paß auf Konstantin auf, ich habe die Tschufitl gehört! Geh heim, wenn es dämmert und die Abendglocken zu läuten beginnen. Wenn die Sonne untergeht, mußt du unter dem Herrgottswinkel sitzen. Jesus möchte seine Füße an deinem Kopf aufstützen, er ist müde geworden vom langen Herumhängen am Kreuz. Ob die Totenwäscherin, meine Tante, als ihre Mutter tot und ausgestreckt, ohne mit einer Wimper zu zucken, auf dem Bett lag, ihr knisterndes und kaltes Haar noch einmal mit Veilchenöl eingerieben hat, bevor sie eingesargt wurde? Auch ich habe dann und wann, wenn Motria die Oma frisiert, ihr Gesicht und ihren fetten Nacken gewaschen hatte, mein Haar mit diesem Veilchenöl eingerieben. Während ich jetzt, in Rom an der Schreibmaschine sitzend, dieses Veilchenöl wiederrieche, möchte ich aufstehen, in eine Parfümerie gehen und Veilchenhaaröl kaufen. Manchmal, wenn ich nachts durch die dunklen Straßen Roms irre, höre ich immer noch ihre Auwehschreie, die sie ausstieß, damals, als der Arzt eine Injektionsnadel in ihren pferdeflankenbreiten weißen Arsch stieß. Tu mir nicht weh, Doktor, tu mir nicht weh! Als der Ackermann beide Ärzte gerufen hatte und sie nach kurzer Zeit, der eine nach dem anderen, den Dorfhügel hinunterliefen, über die sechzehnstufige Stiege hetzten und langsam wieder mit Tränen in den Augen den Dorfhügel hinauf auf ihre Autos zugingen, da wagte ich es nicht mehr, in den Flur hinauszutreten, da ich Angst hatte, daß ich ihr, die ausgestreckt in einem schwarzen Sarg liegen wird, wiederbegegne, daß alle Enziankäsestücke, die ich ihr vom Deutsch in Silberpapier verpackt gebracht habe, aus ihrem toten, zahnlosen Mund rutschen und mir vor die Beine fallen werden. Im Sarg lag ihr Kopf auf einer Brut frischausgeschlüpfter lebender Totenvögel, die sich durch ihre Schläfen fraßen und von ihrem Gehirn ernährten.

Als ich mit meiner umgebundenen Gipsschürze an die hintere Haustür trat und mit dem Zeigefingernagel meiner linken Hand den eingetrockneten Totenmaskengips von den Fingerspitzen meiner rechten Hand kratzte, sah ich durch den Spalt an der Oberkante der Pferdestalltür eine Schwalbe in den Stall hineinschlüpfen. Ich setzte mich, in der Hoffnung, daß die Schwalbe durch denselben Spalt wieder aus dem Stall schlüpfen werde, auf die Rasenbank, auf der einst – amarcord! – meine Großmutter saß, bis sich unter ihrem stutenflankengroßen Arsch der Urin ausbreitete und die Tropfen einzeln, wie gelbe Perlen, über den Hof, auf den Stall zurollten, an der Stalltür anstießen und wieder zurückkehrten. Die Oma stand auf der Mitte der sechzehnstufigen Stiege, über die sie Jahre später von acht Männerhänden, in einem schwarzdekorierten bienenwabenartigen Bottich liegend, getragen wurde, und konnte, da ihr der Faden des Atems ausgegangen war, nicht mehr weiter. Sie wollte in ihre Sterbekammer, um sich dort auf dem grünen Diwan, der mit eingetrockneten, ätzend riechenden Urinflecken übersät war, niederzusetzen. Helft mir! rief sie, helft mir! Wir bestraften sie und ließen sie lange rufen, ehe einer zu Hilfe eilte. Die winzigen Verzweigungen ihrer Urintropfen, die auf die Stiege fielen, sprangen mir entgegen, während ich langsam, die eine nach der anderen Stufe hochgehend, an ihre Seite kam und ihre klebrige, pflaumenweiche und wurmstichige Hand hielt. Schwer schnaufend, sich am Stiegengeländer festhaltend, schleppte sie sich vorwärts und hielt auf jeder Stufe inne. Sie stieß mir den faulen Atem ihres zahnlosen Mundes entgegen und stöhnte, Ich kann nicht mehr, ich kann nicht mehr! Ein paar Stufen noch, Oma, nur ein paar Stufen! Als wir an der letzten Stufe angekommen und sie einen Schritt von der Stiege weggegangen war, drehte sie sich um und blickte hinunter.

Vielleicht bin ich heute das letztemal über diese Stiege gegangen! Vielleicht werden sie mich bald über diese Stiege hinuntertragen. Oder werden sie meinen Leichnam mit einem Flaschenzug vom Fenster abseilen? Der Friedhof wird platzen, wenn sie meinen Sarg mit den vier goldenen Füßen ins Erdloch senken. Die Fenster aller Kameringer Bauernhäuser werden zersplittern, wenn der Tod mit Sense und Sichel bei mir eintreten wird. Die Dorfmädchen, die noch Jungfrauen sind, sollen ihre Erstkommunionkleider anziehen, die Erstkommunionkerzen anzünden und ihre zöpfetragenden Köpfe mit Immergrün umkränzen und hinter meinem auf einem Heuwagen stehenden Sarg, den zwei trauertragende Stuten ziehen, rosenkranzbetend hergehen. Kruzifixwasserzeichen sollen in die Hostien eingeprägt sein, die den Trauergästen in der Kirche vor meinem offenen Sarg verabreicht werden. Während sie am mehligen Leib Christi kauen, sollen sie mir ein allerletztes Mal ins Antlitz blicken. Knaben in kurzen Lederhosen mit schwarzen Seidentrauerschleifen auf ihren nackten Oberschenkeln sollen die Erstkommunionjungfrauen begleiten. Noch während meines Todeskampfes sollt ihr die beiden im Dorf herumlaufenden, auf den Dächern sitzenden, immerzu schreienden Pfauen einfangen. Ich will nicht, daß der Schrei des Teufels durchs Dorf hallt, während die beiden schwarzdekorierten Stuten den Heuwagen über die Dorfstraße ziehen. Heilige Gottesgebärerin, bitt für uns! Heilige Jungfrau der Jungfrauen, bitt für uns! Heiliger Michael, bitt für uns! Heiliger Gabriel, bitt für uns! Heiliger Rafael, bitt für uns! Heilige Hemma von Gurk, Landesmutter von Kärnten, bitt für uns! Alle heiligen Erzengel und Engel, bittet für uns! Schwalben sollen nach Norden und Süden gleichzeitig über meinen offenen Sarg hinwegfliegen. Zwei blutende Störche, die Chorkleider tragen, sollen den Priester, der vor den beiden Stuten geht, begleiten. Wenn es hageln sollte, so schöpft um Gotteschristiwillen die Hagelkörner aus meinem Sarg und aus meinem Mund, ich will nicht auferstehen und in den Himmel hinauffahren, wenn ich mit einer Lungenentzündung unter der Erde liege. Tötet die Maulwürfe, die ihr auf dem Friedhof seht, ich kann mir ihre Gesellschaft nicht leisten. Betet bis zur Besinnungslosigkeit, denn auch mein letztes Wort wird ein Gebet sein. Wenn Sterne vom Himmel fallen, während mein Leichnam, hüh! durchs Dorf gezogen wird, so sammelt sie auf und legt sie in die Grimms Märchen hinein. Wenn es während meines Leichenbegängnisses Kruzifixe regnen sollte, so sammelt sie ebenfalls auf, füllt meinen Sarg und legt den Rest in die Grube. Während mein Sarg zur Aussegnung in der Kirche vor dem Priester und den Ministranten steht, werden die Dorftoten aus ihren Gräbern kommen und ihre Ohren an die Kirchenmauer pressen. Wenn mein Sarg in der Kirche vor dem Antlitz des Gekreuzigten für immer geschlossen wird, sollen die zweihundert Trauergäste nicht vergessen, noch einmal im gleichen Takt ein Kreuzzeichen auf ihre Stirn, ihre Lippen und über ihrem schlagenden Herzen zu machen. Wenn der Leichenbestatter die erste Schraube in den Sargdeckel dreht, wird er die anderen drei Sargschrauben zwischen seine Lippen pressen. Drei Tage vor meinem Begräbnis überlaßt die Kirchenmäuse und Kirchenratten den Kirchenkatzen, entstaubt die Heiligenfiguren, wischt die Böden vor dem Altar und in der Sakristei. Die Priesterkleider sollen frisch gebügelt sein, ich konnte keine

Falten in Totenkleidern oder weißen Sonntagshemden leiden, ich war sofort mit dem Bügeleisen zur Stelle. Kauft Kerzen, rote und blaue, weiße und gelbe, schwarze und violette, kauft schwarzes Kreppapier und schwarze Trauerschleifen, laßt Partezettel drucken und tut die Stunde meines Begräbnisses kund, kauft Totenkränze mit schwarzen Trauerschleifen und hängt mir wenigstens einen um den Hals, bevor der Sarg geschlossen wird. Wenn ich unter der Erde bin und die Buntspechte nicht mehr gegen die Fichtenstämme klopfen höre, so setzt euch an einen Tisch, Gulasch, Semmel, Bier, Wein und Limonaden stehen bereit, laßt doch das Essen nicht kalt werden. Umgotteschristiwillen nagelt meinen Sarg in der Totenkammer fest, ich habe Angst, daß die vier goldenen Füße zu laufen beginnen und mit mir in den frühen Morgenstunden, wenn alle schlafen und die Tränen an den Schläfen der Hinterbliebenen längst eingetrocknet sind, durchs Haus in den Schnee und in den Schweinestall hinauslaufen. Der vierfüßige Sarg, in dem ich vor und zurück rutsche, läuft durchs tiefbeschneite kruzifixartige Dorf und fällt in den eistragenden, spiegelglatten Dorfbach und fährt mit mir davon. Herr, erbarme dich unser! Christus, erbarme dich unser! Herr, erbarme dich unser!

Als mich eine Biene in den Gaumen gestochen hatte, schwoll das Innere meines Mundes so an, daß ich mich tagelang nur mit Milch und Honig ernähren konnte, ehe die Geschwulst zurückging. Waren wir Mädchen hungrig, zuckte meine Mutter, die seit Jahrzehnten unter der Erde ist, mit ihren Schultern. Nacheinander gingen wir in den Stall und legten uns unter das schwarze Euter der Stute, um nicht mit Hunger im Bauch in den Schlaf hinabtauchen zu müssen, in dem wir schwerfällig unter dem Druck des Tränenwassers über Korallen und bunt um unsere Mädchenbeine zuckende Lebewesen schwimmen mußten, bis wir in den frühen Morgenstunden wieder auftauchten, die Köpfe hoben, uns aufrichteten, die Bettdecken zurückschlugen, um wieder in den Stall zu gehen und unter das Euter der Stute zu kriechen. Ich habe mich affenartig an der winterlichen Dachrinne festgehalten und einen Eiszapfen nach dem andern in den Mund genommen,

bis die Dachrinne leer war und sich erst in Tagen oder Wochen wieder füllte. Ich habe mich mit Samen vollpumpen lassen, bis ich den Geschmack des Blutes an meinem Gaumen spürte. Ich kenne die rettichdünnen Ruten der Stiere, die kinderarmgroßen Phallen der Pferde und die Zungen von Katzenweibchen, die sich auf den Rücken legen und soweit vorbeugen, daß sie an ihrem Geschlecht lecken können. Die Katze wäscht sich, hat meine Mutter gesagt, auch die Kinder müssen sich waschen, hat meine Mutter gesagt. Es gelang mir wohl, mich auf meinen Rücken zu legen, aber ich konnte mich nicht weit genug vorbeugen, um mit meiner Zungenspitze meine Fotze zu säubern. Die farbenprächtigen Regenbögen rutschten wir auf und ab, bis sie wieder verschwanden und wir im nassen Klee, Margeritenkränze auf unseren Mädchenköpfen, zu tanzen begannen. Ogott, stünde doch ein Regenbogen am Himmel, während die beiden schwarz und rot dekorierten Trauerstuten den Heuwagen, auf dem mein Sarg steht, vorwärtsziehen. Während des Zügenläutens platzten gläserne Kirchtürme. Ein Brunntrog war voller Pferdeaugen, und der goldene Kelch, in dem sich der Wein zum Blut Christi umwandelte, war angefüllt mit rosa Ameisenköniginnen.
Links und rechts der Drau stehen Betonpyramiden, zwischen denen ein Eisenseil befestigt war, an dem ein Holzboot hing. Wenn man mit einem Eisenklöppel auf ein am Seil hängendes rostiges, rundum mit scharfen Zacken versehenes Eisenrad schlug, trat am anderen Ufer eine Frau aus einer Keuschlerhütte und ruderte das Boot an unser Ufer. Meine Mutter und ich fuhren mit diesem Boot über die gefährlichen Wasserstrudel der Drau, um in Ferndorf zum Doktor zu gehen, der mit einer silbernen Beißzange die angefaulten Milchzähne aus meinem Oberkiefer holte. Während er wie ein Stahlarbeiter in meinem Mund herumfuhrwerkte, spürte ich, wie er ein blutendes Loch in meinem Mund aufriß. Als wir wieder im angeseilten Boot über die Drau gerudert wurden, befühlte ich mit meiner Zunge andauernd das Loch in meinem Kiefer. Ich kenne die Nächte, in denen die Getreidekörner auf uns herabrieselten, bis wir unter dem Heiligenbild zu ersticken drohten und im letzten Moment unsere Köpfe aus dem Leinen

hoben. Die Spitzen meiner braunen Zöpfe berührten die grünen Blätter, während ich mich über die taufeuchten Maiglöckchen beugte. Ich kenne keinen schöneren Geruch als den Duft feuchtwerdender Knabenhüften und den Geruch der Maiglöckchen Ende April, wenn sich die Blitze über unseren Scheiteln kreuzen. Ich sehe weiße Fliederbüsche hochfahren, während ein Knabe in meinen Mund ejakuliert und ich mit Eichkätzchenpfoten die Nüsse seiner Hoden umfasse. Über die Kleewiesen liefen wir mit fliegenden Zöpfen den Zitronenfaltern nach und töteten sie. In den Wäldern rieselte der Schnee von den Fichten, während die Zündfunken der Sternspritzer in unserem nach Kerzen und Engelshaar riechenden Zimmer wie Tausendfüßler den erleuchteten Christbaum hochliefen. Während meine Zöpfe links und rechts flogen, habe ich beim Mähen einem jungen Storch die Beine abgeschnitten. Drei Tage noch lebte er, ehe ich ihn in einen mehlverstaubten Jutesack steckte und in die Tiefe der Auen ging, um nach einem Grab Ausschau zu halten. Während ich ihn begrub, standen mir armlose Engel zur Seite, die wie die Totenkopffalter ihre Flügel zum Gebet schlossen. In derselben Nacht im Traum wälzte sich ein Invalidenengel über die Maulwurfhügel der Kleewiese und blieb mit erdbeschmierten Flügeln im rostigen Stacheldrahtzaun hängen. Von aller Sünde, verschone uns Oherr! Von deinem Zorne, verschone uns Oherr! Vom jähen und unversehenen Tode, verschone uns Oherr! Von den Nachstellungen des Teufels, verschone uns Oherr! Von Zorn, Haß und allem bösen Willen, verschone uns Oherr! Vom Geiste der Unlauterkeit, verschone uns Oherr! Von Blitz und Ungewitter, verschone uns Oherr! Von des Erdbebens Geißel, verschone uns Oherr! Von Pest, Krieg und Hunger, verschone uns Oherr! Vom ewigen Tode, verschone uns Oherr!

Als ich am Bauch einer Stute die starken Bewegungen eines Fohlens sah, das in der Eihaut mit seinen Beinen strampelte, dachte ich an einen Bühnenvorhang, der während der Pause geschlossen ist und hinter dem ein Bühnenarbeiter für die nächste Szene die neugeborenen, schleim- und blutbedeckten Fohlen wegräumt, mit dem Fuß eines Fohlens an die Innenseite des vorgezogenen Vorhangs stößt und dabei die Falten in Bewegung bringt.

DER ACKERMANN *Hält eine Flasche mit einem Soldatentotenschädel und zwei gekreuzten Knochen ans Licht; ein Schaukelpferd wippt auf seinem Traktorsitz* »Wie ein Schock Krähen kamen die Flieger daher... Die Flugzeuge haben uns benagelt... Kirchturmhohe Dreckfontänen gingen in die Höhe, als die Bomben einschlugen... Ich sah ein Flugzeug in der Luft explodieren: als ob man ein Ei gegen eine Glasscheibe werfen würde...«

DER VOLKSSCHULLEHRER *Eine Zigarettenrauchspirale hebt sich zwischen den Fingern seiner kalkweißen Knochenhand; bindet dem hostienverspeisenden Kruzifix eine Serviette, auf der das* Wahr*zeichen des Vatikans aufgedruckt ist, um den Hals* »Ich reiß dir den Kopf ab und werf ihn dir ins Gesicht.«

DER MILCHMESSER *Ein Heiligenschein dreht sich um die grell leuchtende, kotbespritzte Glühlampe; eine Kreuzotter richtet sich am Kirchenaltar auf und blickt starr auf die goldene Tabernakeltür* »Gott sieht bei finsterer Nacht eine schwarze Ameise auf einem schwarzen Stein.«

DER ACKERMANN *Maul an Maul hocken zwei in Militäruniform gekleidete Frösche auf einem durchlöcherten Kindertotenhemd* »Der Roggen geht rot auf, weil Kain den Abel im Roggenfeld erschlagen hat.«

DER DORFPFARRER *Eine bischofsmützetragende Puppe richtet sich, finster blickend, aus dem Totenbett von Papst Johannes XXIII. auf* »Wenn der Kommunismus kommen sollte, ist der Auenhofer der erste, der mich an die Kirchentür nagelt.«

NATALIJA *Deutet auf einen Kleiderhaken, der voller Trauerschleier ist* »Wenn ich einmal jemanden umbringe, dann ist es ein Arzt.«

DER ACKERMANN *Schaut auf die Tätowierung eines Schafstotenkopfes auf seinem braunen behaarten Unterarm; er trinkt einen großen Schluck aus einer Mostflasche, auf deren Grund ein Katzenembryo liegt* »Ich bin achtzig Jahre alt und schlafe wie ein Toter! Und du?«

DER MILCHMESSER *Kürzt mit einem elektrischen Rasierapparat die Spitzen einer Dornenkrone* »Es stört mich nicht, wenn ich bei einem Bauern in einer Bruchbude übernachten muß. Ich bin nicht allein zwischen den Bettlumpen. Jesus ist bei mir.«

NATALIJA *Setzt sich die Getreideerntedankkrone auf den Kopf, nähert sich einem türkenfederngefüllten Bettsack, auf dem eine sterbende Magd liegt, und wirft ihr ein zerknülltes Totenhemd auf die Brust* »Immer wieder wasche ich meine Hände, wenn ich über jemanden böse denke oder rede.«

DER ACKERMANN *Stellt sich vor, die Häute von Juden, Schwulen und Zigeunern auf die eisernen Knochengerüste der kotbespritzten Dorfstallampen zu spannen* »Ich möchte nicht in deiner Haut stecken!«

DER LEIBEIGENE *Skelette von acht österreichischen Bischöfen sitzen im Halbkreis und trinken das Blut Christi; zitiert* »Laßt mich wenigstens mit den Beinen strampeln, das darf doch jeder, der aufgehängt wird!«

»Vom Krankenhaus bis zur Kirche ließ sie den Schleier vors Gesicht fallen, und da sie die Welt durch ein Netz, durch den schwarzen Stoff hindurch sah, glaubte sie, die Welt wäre betrübt und trüge Trauer um ihres Kummers willen, und das rührte sie. Der sie absondernde Schleier verlieh ihr zudem eine Würde, die sie in ihrem Leben noch nicht erfahren hatte: Sie war die große Heldin des Dramas. Sie war die Tote, die feierlich zum letztenmal den Weg der Lebenden durchläuft, sich der Achtung aller zur Schau stellt und die tot und doch noch lebendig dem Grab entgegeneilt.«

Vor ein paar Jahren, als die Wände der Schlafzimmer ausgeweißt wurden, räumte Natalija die Kammern aus und schaffte die alten großen Heiligenbilder auf den Dachboden hinauf, ohne sie wieder in die Schlafzimmer zurückzutragen. Die Karlmaybücher, die ich Konstantin gegeben hatte und die sie ebenfalls auf den Dachboden trug, wurden von den Ratten angefressen. In eine richterliche Robe gekleidet, eine Erntedankkrone auf ihrem Kopf, einen Menstruationsfleck auf ihren Hüften, sprach sie auf dem Dachboden über die Karlmaybücher, Illustrierten meiner Kindheit, Schulbücher und Heiligenbilder zuerst das Todesurteil aus und schaffte sie ein paar Monate später in die Sauküche hinunter, um sie zu verheizen. Die schwarzgekleideten Prinzessinnen, die Könige und Königinnen, die in schwarzen Trauerkutschen durch die Straßen fuhren, der Frauenmörder von London und die Selbstmörder von Kamering, die aufgeputzten Lipizzanerpferde, der Prunksarg Maria Theresias in der Wiener Kaisergruft, der elektrische Stuhl, auf dem ein junges schlafendes Krokodil aufgeweckt wurde, das erschrocken vor sich hinstarrte und wenige Sekunden später zu zappeln begann, der Galgenhumor erhängter Transvestiten in der Illustriertenwelt meiner Kindheit, die menstruierende Jungfraumaria hinter dem kugelsicheren Glas eines Heiligenbildes, Hitlers Aschenhaufenleiche und der verkehrt aufgehängte Mussolini bäumten sich in den Flammen des Scheiterhaufens noch einmal auf, verfärbten sich und starben lautlos, während Natalija in ihrem seidenen Nachtkittel vor dem Feuer stand. Die Kerkerstäbe der abgebildeten Zirkusleoparden wurden im Feuer geschmeidig und gingen auseinander, um ihre Sträflinge freizulassen, aber im selben Augenblick erfaßte das Feuer auch die abgebildeten Tiere. Als der schwarze Panther seine Vorderbeine bewegte, trat Natalija ängstlich einen Schritt zurück, sah aber zu ihrer Erleichterung, daß sich der Panther wie die schwarzgekleideten trauertragenden Söhne und Töchter von John F. Kennedy, die Pistolen und Stricke der Selbstmörder und die Hacken der Mörder im Feuer wälzten und zusammenschrumpften, bis nur mehr ein warmer, rauchender Aschehaufen zurückblieb. Befriedigt wandte sich Natalija davon ab. Sie hatte wieder ein Stück Vergangenheit bewältigt. Sie konnte wieder, in aller Ruhe, am Morgen und am Abend ihre Antidepressiva schlucken. Während ein grauer Schleier über den weißen Schnee zieht und die Konturen der Bäume in der Dämmerung und Dunkelheit allmählich verschwinden, sitzt sie auf dem warmen Sparherd, hebt ihren Trauerschleier und legt eine Tablette auf die Zunge. Sie wagt es nicht, die Tablette zu zerbeißen, wie sie es immer noch nicht wagt, die Hostie, die ihr der Priester auf die Zunge legt, mit ihren Zähnen zu zermalmen.

Um sieben Uhr morgens wollte Konstantin Natalija aufwekken, sie sollte für den Ackermann das Milchgeschirr herrichten, da Motria zu dieser Zeit im Krankenhaus lag, aber Natalija hob verschlafen ihren Kopf und sagte, Ich bin müde, ich möchte weiterschlafen! Zwei Stunden später, als Konstantin wieder in ihr Zimmer trat, hockte sie mit einem Nachthemd bekleidet unter dem Tisch und schrie, Ich habe nichts getan, ich habe keine Schuld, ich habe niemandem etwas getan! Konstantin wollte sie ins Bett tragen, aber sie wehrte sich. Auf dem Nachthemd hatte sie einen Blutfleck. Zur selben Zeit tanzte im Nachbardorf die Landjugend in ihren Kärntneranzügen und Dirndlkleidern um die Erntedankkrone. Knallfrösche gingen in die Luft. Vom Waldrand hörte man Böllerschüsse, und die Kirchenglocken läuteten. Der Priester hob im Zeichen des Kreuzes die goldene Monstranz. Die Gläubigen hoben ihre Köpfe und schlugen ein Kreuzzeichen. Ungeduldig warteten vor der Kirche die Verkäufer unter den leinenüberzogenen Kirchtagsständen zwischen den Schaumrollen, Plastiktraktoren, Stoppelrevolvern und Spritzpistolen. Auf die hocherhobene Monstranz blickend faltete der Ackermann seine abgearbeiteten Hände und legte Zeigefinger an Zeigefinger und Daumen an Daumen. Konstantin ließ den Ackermann rufen und ging noch einmal in Natalijas Zimmer. Mit gefalteten Händen saß sie im Bett und blickte mit verdrehten Augen, halblaut Gebete murmelnd, an den Plafond. Er trat an Natalija heran, schüttelte sie, aber sie bemerkte ihn nicht mehr und betete weiter, ohne den Blick vom Himmel wegzudrehen. Eine halbe Stunde später trat der Ackermann in die Kammer ein, in der vor mehr als zwanzig Jahren seine Eltern mit ihren Beinen das letzte Mal zappelten. Seine Tochter stand auf Zehenspitzen, mit hocherhobener Hand, den Zeige- und Mittelfinger auseinandergespreizt vor dem Sterbebett des Großvaters und imitierte die Himmelfahrt Jesu Christi. Der Ackermann drängte sie ins Bett hinein und rief im Krankenhaus an. Der Rettungswagen fuhr auf der Rückseite des Hofes ein, damit die Dorfleute sowenig wie möglich bemerkten. Ein Krankenwagenwärter und Konstantin setzten sich neben sie. Natalija begann zu schreien und mit Händen und Füßen um sich zu schlagen. Nein! Schrie sie, den Seppl dürfen sie nicht aufhängen! Die Krankenwagenwärter mußten ihre Hosengürtel abschnallen, um die wildernde Natalija festzubinden. Nach einer zweiten Beruhigungsspritze hörte sie zu toben auf und schlief im fahrenden Krankenwagen ein.

Ihren Sarg, mit dem sie den Draufluß hinunterfährt, würde sie mit einer schwarzen Piratenflagge aus dem Material ihres Trauerschleiers ausstatten. Vorsorglich würde sie, bevor sie von der Brücke in den Fluß springt, eine Mullbinde an ihrem Unterkiefer und an ihrem Haupt festbinden, damit ihr Mund, wenn sie tot ist, nicht im Wasser offenbleibt und sich womöglich die Kaulquappen an ihre Zunge und an ihren Gaumen heranmachen.
Schlägt die Faust dreimal in Meaculpagebärde an die Brust; lächelt wehmütig Als ich noch ein Kind war, lief ich, während meine Zöpfe flatterten, mit einem Schmetterlingnetz über die gelben Stoppelfelder, in die Auen hinunter, zog meine Strümpfe aus und ging in die Grundwassertümpel der Drau, um werdende Frösche zu fangen. Ich warf die Kaulquappen, die ich mit dem Schmetterlingnetz aus dem Wasser fischte, in den heißen Sand. Die Sonne brannte hernieder und tötete sie schnell. Im Frühherbst lebten so viele Frösche in unseren

Auen, daß ich oftmals nur durch den links und rechts in den Weg hereinhängenden roten Wacholder gehen mußte, um alle paar Schritte zu spüren, daß ich wieder einen Frosch unter meinen Fußsohlen zermalmt hatte. Wenn ich bloßfüßig lief, wusch ich am Ufer der Drau das kalte Froschblut und die hängengebliebenen Eingeweidefetzen von meinen nackten Füßen, ehe ich wieder mit meinem Schmetterlingnetz, Zitronenfalter sammelnd, über die gelben Stoppelfelder lief, die schwarzbraune Nabelschnur einer Erdscholle entlangbalancierte und heimkehrte. So schnell mich meine Füße trugen, lief ich am Friedhof vorbei. Wenn ich mich umblickte, meine Zöpfe vom Rücken auf meine Brustzitzen fielen, sah ich immer wieder einen Auferstandenen schnell hinter einem Grabstein verschwinden. Die toten Bauern, erzählte mir die Oma, werfen in der Nacht mit ihren Händen die Friedhofserde von ihren Gräbern weg, stehen auf, schleppen ihren Grabstein aus dem Kirchhof auf die Felder hinunter und tauschen den Grabstein mit dem Grenzstein aus.

Ich ging mit Motria, einen alten Blecheimer in meiner Hand, in den Fichtenwald hinauf, um Rotholunder zu pflücken, aus dem sie Saft machen wollte. Zu dieser Zeit verdichtete sich Natalijas Trauerschleier. Sie sagte, Ich werde euch schon eines auswischen, paßt nur auf! Sie drohte und wollte damit sagen, daß sie sich wegräumen werde. Ich warf die eine nach der anderen Rotholundertraube in den Eimer und sagte zu Motria, Ich habe Angst, daß sie in die Drau geht. In den letzten Tagen spaziert sie öfter über die Felder, macht am Ufer der Drau halt, setzt sich auf einen Stein und schaut in die Fluten. Hebt sie ihren Kopf, so blickt sie auf den Fabriksort Ferndorf, auf seine rauchenden Schlote. Der Fabrikslärm drängt sich bis ans andere Ufer der Drau und wird erst von den Bäumen in den Kameringer Auen abgeblockt. Ob der Trauerschleier, läge sie als Wasserleiche irgendwo am Ufer, ihr blaßgewordenes und aufgeschwollenes Gesicht verdecken oder ob er im Gebüsch hängenbleiben würde? Ich füllte schnell den Eimer mit den Rotholunderfrüchten, trat mit Motria auf die Waldlichtung hinaus und ging nach Hause. Die vordere

Haustür fand ich verschlossen. Ich stellte den Eimer auf den Boden nieder und wollte zur hinteren Haustür laufen, aber im selben Augenblick kam Natalija um die Ecke. Ihr schwarzer Trauerschleier flatterte im Wind.

Es ist schön, sagte sie, draußen auf den Feldern, wenn man alleine ist. Die Rebhühner fliegen davon, wenn man ihnen zu nahe kommt, die Krähen hocken wie aufgefädelt auf den durchhängenden Stromleitungen. Die Wiesen sind voller mädchenbrustgroßer Maulwurfhügel. Der Wind streicht durchs Getreidefeld, verwirrt mein Haar und preßt mir, wenn ich gegen die Windrichtung laufe, den Trauerschleier ins Gesicht. Hebe ich den Trauerschleier, so erschrecke ich vor den hellen Sonnenflecken. Vor einiger Zeit noch sah ich keine aufblühenden Blumen mehr, ich ging vorüber, als gäbe es sie nicht. Jemand hat mir den Sinn meines Lebens gestohlen. Ich habe Angst, daß mir einer, während ich barfuß über die Stoppelfelder laufe, seine Hand auf meine Schulter legt. Vielleicht sind es die fleischlichen Finger eines Knaben, es könnten aber auch die fünf Eiszapfenfinger des alten Mannes sein, der ein Kaltblüter ist. Seine Sense, die er auf seinem rechten Schulterblatt trägt und die mit den Fahnenfarben meines Heimatlandes angemalt ist, ist gewetzt. Die knochenstaubscharfe Sichel, die er an seinem Hosenbund trägt, braucht er für die Kinder, die Sense für die Erwachsenen. Liege ich im Gras, nisten sich zwei Maulwürfe unter meinen feuchten Achseln ein. Ich sehe die rosaroten Hände der Maulwürfe an meinen Brustzitzen, dränge sie aber schnell wieder unter meine Achseln zurück. Um meinen Hals trage ich eine sterbende Ringelnatter, Regenwürmer umschlingen meine Fußknöchel. Tausendfüßler hocken in meiner Scheide und formen die Beine meines in zehn Jahren werdenden Kindes. Die Tümpel der Drau, in denen wir vor zwanzig Jahren badeten, sind voller Rinderaugäpfel. Gottesanbeter hocken mit ihren hauchdünnen seidenweichen Flügeln auf den schwarzen Pupillen der Rinderaugäpfel und verbeugen sich in alle vier Himmelsrichtungen. Kaulquappen formieren sich zu einem Kruzifix, schwimmen auseinander und kehren ins Kruzifix zurück. Der Heilige Christophorus tritt mit einer Meeresköniggabel aus dem Wasser und trägt eine das Volk segnende Wassernixe auf seiner Schulter. Statt der schwarzbraunen Kolben stehen Knabenphallen auf den Schilfspitzen. Auf den Gräbern der Mütter rufen die Stiefmütterchen, *Vergißmeinnicht! Vergißmeinnicht!* Briefmarken, auf denen das Republikoberhaupt abgebildet ist, kleben auf den Keramiktöpfen fleischfressender Pflanzen. In einer Glühbirne leuchtet das Ewige Licht einer wächsernen Totenkerze. Ein Stierkalb stolpert über ein Vierklee. Die Muttergottes durchschlägt mit ihrem Kopf das Glas eines Heiligenbildes und läßt während einer Päpstemodenschau monstranztragende Ratten durch brennende Heiligenringe fliegen. Die Toten spucken am Allerseelentag den Lebenden, die mit brennenden Kerzen auf den Friedhof kommen, auf ihre Fußsohlen, weil sie glauben, daß die Hinterbliebenen mit den vielen Kerzen den Friedhof anzünden und wie ein Wespennest ausräuchern wollen. In den Rohren der Kanonen nisten weiße Friedenstauben und warten auf den erlösenden Schuß. Blutende Weizenähren lesen sich gegenseitig die Sprüche der Chemikalienfirmen vor. Nicht einmal mehr die Würmer in den Jauchegruben sind vor den Fabriken sicher. Nach der Kopfwäsche trug Mozart statt der Lockenwickler zwanzig kleine Geigen in seinem Haar. Die Hälfte meines Trauerschleiers ist weiß, die andere Hälfte meines Hochzeitsschleiers ist schwarz. Dem Mädchen, das von ihrem Vater mit einem Knaben im Heuschober ertappt wurde, wurden zur Strafe die Zöpfe abgeschnitten. An den rostbraunen Mädchenhaarzöpfen wurden zwei Schweinslungenflügel an den Ast eines blühenden Kirschbaums gehängt. Die rotlackierten Zehen der Heiligenbildjungfraumaria laufen allabendlich in den Herrgottswinkel, um die Spinnweben aus den Achseln ihres immer noch am Kreuz hängenden Sohnes zu verjagen. Mit ihren Köpfen voraus kriechen die Toten in die sargförmigen Löcher von Bienenwaben. Die Tiere, die von den Menschen ausgerottet wurden, werfen sich endlich Richterroben um ihre Schultern und beginnen mit der Ausrottung des Menschen. Kriegsheimkehrer spannen den Wildschweinlederfleck ihrer Seele auf ein Hakenkreuz. Ob ich auf meinem Totenbett mit einem blutenden Storch ringen werde? Der Trauerschleier verdunkelt meine Welt, beschützt mich aber auch wie eine Tarnkappe aus den Nibelungengeschichten vor den Abscheulichkeiten delirierender Kruzifixe. Mit meinen Fingern besänftige ich meine inneren und äußeren Schamlippen. Wie Hahnenfüße kralle ich meine Zehen zusammen und strecke sie, bis meine steifgewordenen Brüste auf mir zusammenfallen. Oftmals werde ich in der Nacht vom Geräusch aufeinanderklatschender Körper geweckt. Winzige Totenköpfe, nicht größer als die Hoden kindhafter Knaben, rollen an einer kilometerlangen Nabelschnur aus meiner Hüfte.

In sich zusammengesunken, als müßte sie ihre Knochen und ihr Fleisch zusammenhalten, damit sie nicht verlorengehen, hockte sie unter dem Herrgottswinkel am Küchentisch und stickte die Worte *Jesus von Nazareth, König der Juden* in die Mitte einer Tischdecke. Sie betet zu Jesus, er möge ihr helfen, aber er erhört sie nicht. Die vielen Hunger- und Durstschreie auf dieser Welt haben sein Trommelfell zum Platzen gebracht. Sie könnte genauso gut zu einem morgendlichen Hahnenschrei beten. Spricht sie von ihrer Krankheit, so von einem *Schicksalsschlag* und von ihren *zerrütteten Nerven*. Der *Haus*arzt, der ihr Frischzellen von Schafen eingespritzt hatte, sagte, Die *menschliche Seele* ist schwierig, wir müssen das eine und das andere Präparat ausprobieren! Ich öffnete ihre Tablettenpackungen und sah, daß die Beschreibungen noch ungelesen, fabrikmäßig zusammengefaltet waren. Ich öffnete Motrias Tablettenschachteln und sah, daß auch die Beschreibung ihrer Kreislauftabletten und Herztabletten und Nierentabletten und Antidepressiva und Schlaftabletten noch von niemandem geöffnet und gelesen worden waren. Als der Akkermann so starke Rückenschmerzen hatte, daß er sich kaum fortbewegen konnte, zum Arzt fuhr und sich eine Spritze geben ließ, fragte ich ihn, was ihm eigentlich eingeimpft wurde. Das weiß ich nicht, das wird schon der Doktor wissen! sagte er.

Natalija und Motria sprachen miteinander kein Wort, als sie nach einer Schweinsschlachtung stundenlang am Küchen-

tisch an großen Fleischstücken herumstocherten, sie auseinanderschnitten, in durchsichtige Plastiksäcke abpackten, beschrifteten und in die Kühltruhe hoben. Mit der blutigen Messerspitze stülpte Natalija den Trauerschleier zurück auf ihr Haupt und wischte, das Messer immer noch in ihrer Hand haltend, mit ihrem Handrücken ein paar Schweißtropfen von ihrer Stirn. In derselben Nacht lagen im Bad unter dem Waschbecken zwei blutbeschmierte Seidentrauerschleier auf der Schmutzwäsche.
Als ich, vom Stall kommend, mit den schmutzigen Stiefeln in die Küche trat und am Herd meine Hände wärmte, bemerkte ich, daß sich der Schnee vom Schuhwerk löste und mit dem Stallkot auf den Boden rann. Ich ging in die Sauküche und holte einen Bodenfetzen. Natalija, die ebenfalls Putzzeug holen wollte, kam mir bereits entgegen und sah mich mit ihren vom schwarzen Trauerschleier verdunkelten Augen böse an. Ich ließ mir den Putzfetzen nicht aus den Händen reißen und entfernte den Schnee von den heiligen Fliesen des Küchenbodens. Einmal sagte sie, Wenn ich in meinem Zimmer so eine Unordnung hätte wie du, würde ich *verrückt* werden. Ich sah sie erstaunt an. Sie zuckte zusammen.
Natalija stülpte ihren schwarzen Trauerschleier auf ihr Haupt zurück, öffnete die Herdtür, blickte auf die abgemagerten glühenden Fichtenprügel, spitzte ihre Lippen und blies ihren Atem ins Herdloch hinein, um die glosenden Fichtenprügel von ihrem Aschefilm zu befreien. Sie öffnete die Holzkiste, schob ein paar Holzscheite ins Feuer und schloß die Herdtür wieder. Sie zog ihren schwarzen Trauerschleier über ihr Gesicht, stand auf und ging in der Küche schweigend auf und ab. Sanft bewegte sich bei jedem Schritt die schwarze Seide ihres Trauerschleiers.

Ich zeigte dem großen vergoldeten Schokoladehufeisen, das auf dem Nachttisch Natalijas lag, die Faust und spuckte es an. Welches Schwein wünscht ihr denn schon wieder mit diesem Lebkuchenmystizismus alles Glück dieser Erde? Am Goldpapier dieses Schokoladehufeisens klebt links ein grünes Stoffvierklee, rechts ist eine rote Stoffschleife angebracht, die man auch an den Taillen von Puppen sieht. Der grünen Hinterglasmuttergottes, die in ihrem Zimmer über den großväterlichen Betten hängt, werde ich ein massakriertes, aber immer noch zuckendes und blutendes Huhn auf die Brust werfen. Das Huhn wird auf Natalijas Kopfpolster fallen und in seinem Todeskampf auf dem weißen Leinen noch eine Zeitlang dahinkriechen, ehe es unter der grünen himmelhochbetenden jesukindlosen Jungfraumaria verendet. An der Glasscheibe des Heiligenbildes werden ein paar Blutspritzer zurückbleiben.

Wenn sie sich umkleidet, ordnet sie ihre Kleider sofort in den muffigen Großelternkasten ein, in dem in allen Ecken und Winkeln die Mottenkugeln liegen. Keine Zeitung liegt auf ihrem Tisch, kein Buch, keine frische Schnittblume. Ihr Zimmer, in dem die Großeltern hausten und agonierten und das einem Sterbezimmer ähnlicher sieht als einem Krankenzimmer, besteht nur aus zwei Betten, zwei Kästen, einem Heiligenbild. Die grüne Hinterglasmuttergottes über dem Haupt ihrer gescheitelten, vom schwarzen Trauerschleier verdunkelten Haare, die ich eines Tages, mit einer rostigen Sense über die sechzehnstufige Stiege laufend, von der Wand holen und abschädeln werde, dreht, die Hände so zum Gebet geschlossen, daß die Fingerspitzen in die Höhe zeigen, ihre kugelrunden Marilynmonroeaugen dem Himmel zu. Auf dem Nachttisch liegen mehrere Tablettenphiolen, ein Büschel Trockenblumen und ein kleiner, hölzerner, sarkophagähnlicher Schmuckkasten mit hervorstehenden Ziernägeln. Wenn ihre Kammer mehrere Tage lang nicht gelüftet wird, riecht man aus den alten Matratzen den eingetrockneten Urin der Großmutter, die ihre Hände schuldlos auseinanderbreitend Kot und Urin aus ihrem Körper ins Bett laufen ließ.

Manchmal hockte Natalija mit zahnlosem Oberkiefer unter dem Heiligenbild der gen Himmel betenden froschgrünen Jungfraumaria, mit nichts anderem als mit einem weißen Nachthemd bekleidet, auf deren beiden Brustseiten zwei goldene Erntedankkronen eingestickt sind, und numerierte mit einem grünen Filzstift, meistens von rechts beginnend, die Zähne ihrer Oberkieferprothese. Oftmals stieg ich in meinem langen dunkelblauen Nachthemd aus dem Bett, wirbelte, schnell vorbeigehend, den Gipsfilm vom Ateliertisch auf und ging auf Zehenspitzen auf Natalijas Zimmer zu. Vor ihrer Schlafzimmertür hockte ich nieder und blickte mit meinem linken Auge durchs Schlüsselloch. Ich sah, wie sie, zahnlos grinsend, die Oberschenkel übereinandergelegt, blutrotes heißes Wachs auf die eingestickte goldene Erntedankkrone der linken Brustseite ihres Hemdes träufelte. Wenn ich mit schlagendem Herzen meine Kammer wieder betrat, starrten mich neugierig die Totenmasken an, während die Lebendmasken uninteressiert ihre Augen hin und her gleiten ließen, vor sich hin starrten oder gar schon schliefen.

Einmal träumte ich, daß Blut von der großen grünen Hinterglasmuttergottes rann und auf ihre Stirn tropfte. Sie hob im Schlaf ihren Arm und wischte mit dem Handrücken die Blutstropfen weg. Am Morgen, als sie im grellen Zimmer aufwachte, blickte sie irritiert auf ihre blutbefleckten Hände, trat ans Fenster und beschmierte die eisblumenbewachsenen Fensterscheiben mit dem Blut der grünen Hinterglasmuttergottes. Ein anderes Mal träumte ich, daß Natalija mit einem brennenden Kienspan in meine Kammer ging, die Totenmasken und Lebendmasken von den Wänden nahm, meine unveröffentlichten Manuskripte aus der Schublade holte und in einen Erdäpfelsack warf. In der Badewanne zündete sie die Manuskripte und Gipsmasken an und beschmierte mit der Asche die Tür meiner Kammer.

Manchmal, in den frühen Morgenstunden, wenn meine Finger noch voller Gipsflecken sind und wenn ich Natalija von einer winzig kleinen Schlaftablette eingekerkert weiß, gehe ich auf Zehenspitzen aus meiner Kammer in das Badezimmer, nehme einen ihrer Werktagstrauerschleier von der Stuhllehne und tripple schnell mit dem Schleier in der Hand in meine Kammer zurück. Ich setze den Trauerschleier der Totenmaske Jakobs auf, der sich an Jesu Christi Hals erhängt hatte, knie vor ihm nieder und drücke meinen Mund an seine von schwarzer Seide überdeckten Gipslippen.

Ich wäre am liebsten wie ein Wurfpfeil zur gläsernen Badezimmertür hinaus über die sechzehnstufige Stiege hinunter-

geflogen und hätte die Glasscheiben des kreuzförmigen Fensters der Tür am Stiegenaufgang durchbrochen, als ich das Badezimmer betrat und im Waschbecken vier oder fünf eingeweichte Trauerschleier liegen sah, die Natalija offenbar erst kürzlich ins Wasser gelegt hatte, denn an manchen winzigen Löchern der seidenen Schleier sah ich die weißen Körner des Waschpulvers, die sich im Warmwasser noch nicht aufgelöst hatten. Das Wasser war grau von den vielen Tränen, die im Netz der Trauerschleier hängengeblieben waren.
Während sich ihr Trauerschleier luftig bewegte, schlug sie auf der Kommode mit einem Holzhammer das eine nach dem anderen frisch aufgetaute Schweinefleisch in die Breite. Um die Fleischstücke zu würzen, hob sie ihren Trauerschleier, da sie durch die dunkle Seide blickend zwischen Majoran und Origano nicht unterscheiden konnte.

Ich öffnete die Badezimmertür, blieb einen Augenblick wie angepflanzt stehen, drehte mich um und lief hastig über die sechzehnstufige Stiege hinunter, nachdem mir Natalija in scharfem Tonfall geraten hatte, das Badezimmer sofort zu verlassen und die Tür zu schließen. Natalija saß mit dem schwarzen Trauerschleier, der halb ihre nackten Brüste verdeckte, in der Badewanne und seifte ihre Achseln ein. Wie Tang bewegte sich das schwarze Dreieck ihrer Schamhaare. An ihrem Unterarm zerplatzten mehrere Seifenblasen.
Wenn ich ihr Sterbewerkzeug, ihr schmutzig gewordenes Totenhemd, das sie zur Einübung hin und wieder anzieht, den schwarzen Trauerschleier und in einer durchsichtigen Plastikschale ihren künstlichen Oberkiefer im Bad herumliegen sah, schloß ich, augenblicklich schwindelig geworden, meine Augen und tastete auf dem Waschbecken nach meiner Zahnpasta und Zahnbürste. Ich verließ das kleine Badezimmer und ging schweren Schrittes, aber wieder mit geöffneten, wie drogensüchtig vor sich hinstarrenden Augen die Stiege hinunter, über den schneebedeckten Hof, in den Stall hinein und drehte den Kaltwasser spendierenden Leitungshahn auf, um meine Zähne zu putzen. In einem durchsichtigen kleinen Plastiksack verborgen, legte ich mein Zahnputzzeug auf das Fenster-

brett des ehemaligen Pferdeabteils, nicht ohne es unter einer Handvoll Stroh zu verstecken. Einmal, als ich aus Angst vor ihren Trauerschleiern und ihrem Gebiß nicht mehr ins Badezimmer gehen wollte, nahm ich eine Hacke, die links an meiner Hosennaht hinunterpendelte, ging auf den Brunnen zu, schlug das Eis auf und wusch meine Hände und mein Gesicht im rauchenden eiskalten Brunnenwasser. Ich ging in die Küche und trocknete mich im groben weißen Leintuch ab, das neben dem Fernsehapparat hing und in dem man tagtäglich die Schweißkonturen des Ackermanns besichtigen konnte.
Ich nehme nicht an, daß der Ackermann täglich frisches Wasser in den Plastikbecher gibt, in dem sich über Nacht im Parterre in der Sauküche auf einem Seifenbrett seine Unterkieferprothese ausruht. Die Oberkieferprothese Natalijas liegt zur selben Zeit im ersten Stock im Badezimmer am Rande des Waschbeckens in einem mit lauwarmem Wasser gefüllten Plastikbecher. In der Nacht, wenn der Rauchfang auskühlt und der Wind an die Fenster des Hauses schlägt, klappern im ersten Stock im Badezimmer und im Parterre in der Sauküche die Oberkieferprothese Natalijas und die Unterkieferprothese des Ackermanns.
Ob Natalija mit einem schwarzen Eihauttrauerschleier auf die Welt kam und ihre Mutter den Trauerschleier schnell vom Gesicht der Neugeborenen weggerissen und unter ihrem Kopfpolster versteckt hat? Über Motrias Bett schnauft die heilige Jungfraumaria, die das Jesukind auf ihrem Schoß hält. Ein Hirte reicht der Muttergottes das Unschuldslamm einer weißen Lilie. Motria schlug ihre Bettdecke zurück, zeigte mir an ihren Beinen ihre vielen dicken Krampfadern und blauen Flecken und zitierte Natalija, Ich werde nie heiraten und Kinder kriegen, wenn man vom Kinderkriegen solche Beine bekommt! Vor einem Jahr soll sie sich bei einem Medizinalrat in Klagenfurt, der eine Haushaltsgehilfin suchte, vorgestellt haben. Sie erkannte in ihm den Lehrer wieder, der sie und ihre Klassenkameradinnen vor mehr als fünfzehn Jahren in der Haushaltungsschule in Sexualkunde unterrichtet hatte. Er soll die Geburt eines Menschen so grausam geschildert haben,

daß mehrere Mädchen im Klassenzimmer erbrechen mußten.
Als Natalija noch ein Kind war, zündete sie eine Kerze an und ging laut betend über die sechzehnstufige Stiege. Ihre kleinen Brüder folgten ihr im Gänsemarsch. Sie klopfte an die Sterbezimmertür und öffnete sie zaghaft. Die Oma legte immer wieder ihre rechte Hand auf seine kalten gefalteten Hände und rief, Vota! Vota! Heiße Wachstropfen fielen auf Natalijas schmale weiße Hände. Auf dem Nachttisch stand eine Milchschale, die mit Weihwasser gefüllt war. Daneben lag ein kleiner feuchter Fichtenzweig. Die Kinder tauchten nacheinander den Fichtenzweig ins Weihwasser, bespritzten den toten Leib des Opas und machten ein Kreuzzeichen. Ein paar Weihwassertropfen fielen auf das Gesicht der daneben liegenden und immerzu betenden und jammernden Großmutter.
Vor weniger als zehn Jahren, als sie mit Schlaftabletten sterben wollte, ging sie vorher zum Friseur und zum Fotografen. Die Farbbrustbilder legte sie auf ihren Nachttisch und schluckte weinend und betend unter der grünen Hinterglasmuttergottes im Bett sechzig leichte Schlaftabletten. Am Morgen wollte Motria Natalija aufwecken, fand aber ihre Schlafzimmertür verschlossen. Erst nachdem Motria eine Viertelstunde lang an der Tür gerüttelt und immer wieder ihren Namen gerufen hatte, erhob sich Natalija aus dem Sterbebett ihres Großvaters, schwankte zur Tür und drehte den Schlüssel um.

Zentimeter für Zentimeter, ihren Haarzopf zwischen seinen Beinen haltend, die Füße gegen die Mauer stemmend, stieg der Knabe wieder in den Hof hinunter. Am nächsten Morgen, in aller Herrgottsfrühe, übertrat die grüne Hinterglasmuttergottes den breiten Rahmen ihres Heiligenbildes und deutete mit ihrem Zeigefinger auf die Jungfernblutstropfen, die sie am Boden verloren hatte, als sie ihren Haarzopf wieder einholte und auf Zehenspitzen vom Fenster in ihr Himmelbett zurücktrippelte. Natalija erwachte, richtete sich erschrocken im Bett auf, blickte auf die Blutstropfen, stieg aus dem Bett und wischte sie mit ihrer Spucke auf. Sie setzte die Erntedank-

krone auf ihr Haupt und faltete unter der Hinterglasmuttergottes, die ins Bild zurückgekehrt war, ihre Hände.
Wenn sie mit ihrem schwarzen Trauerschleier durch das hohe Roggenfeld geht, während der Wind unter die schwarze Seide fährt und ihn nach hinten stülpt oder ihr ans Gesicht preßt, beginnt sie, immer wieder nach hinten blickend, zu laufen, denn es könnte sein, daß sich ein Knabe, zwanzig Schritte hinter ihr, zwischen den hohen, reifen Roggenähren erhebt. Liegt sie mit auseinandergespreizten Beinen im Bett und reibt mit ihrem abgebissenen Zeigefingernagel an ihrer feuchten Fotze, staut sich ihr heftiger Atem im Totenzimmer der Großmutter unter ihrem hauchdünnen schwarzen Seidentrauerschleier an, ehe er sich im Zimmer ausbreitet. Käme doch eines Nachts der Knecht mit seinen langen Fingernägeln über Natalija her und beschmierte mit ihrem Jungfernblut das Heiligenbild über ihrem Bett!
Stößt sie in einer Zeitschrift auf das Bild eines nackten Mannes, blättert sie sofort schamvoll um. Ich kann mir nicht vorstellen, daß sie sich in ihrer Kammer, während sie ihre Beine auseinanderspreizt und an ihrer Fotze reibt, in die Bilder nackter Männer vertieft. Der Ackermann, Motria, die Jungfraumaria, Jesus, das Dornenkronenblut und das Osterlamm mit der Auferstehungsfahne stehen wie eine Mauer vor ihrem Fleisch. Als ich jetzt das Wort *Osterlamm* niederschrieb, erinnerte ich mich an den gestrigen Abend, als es regnete und ich mit einem Strichjungen auf der Piazza dei Cinquecento in einer Pasticceria an der Theke stand und einen Capuccio trank. Als wir das Lokal verließen, blieb ich vor dem Schaufenster stehen, winkte dem vorausgehenden Strichjungen zu, daß er herkommen solle, und deutete auf die rosaroten Zuckerosterlämmer, die eine Auferstehungsfahne hielten.
In meinem Bett bemerkte sie die eingetrockneten Samenflekken im Leintuch. In Anwesenheit von Motria sagte sie, In seinem Bett habe ich dieselben Flecken gefunden wie in den Hotelbetten! Augenblicklich verkleinerten sich meine erwachsenen Hände zu Babyhänden, die eine Rasierklinge zwischen Zeigefinger und Daumen hielten und zuallerst Natalijas

Haare abschnitten, bevor sie ihr das Gesicht zerfleischten. Mit einer rostigen, nach Getreideähren riechenden Sichel schnitt ich langsam und vorsichtig ihre Brüste ab und stopfte ihr einen Kübel voll heiligenscheintragender Kaulquappen in den Mund.
Ich wollte ins Badezimmer eintreten, aber Natalija, die mit einem bloßen Nachthemd bekleidet vor dem Badeofen stand, sperrte im letzten Moment die Tür zu und heizte ihre Monatsbinden auf. Während sie ihr Blut dem Feuer übergab, sah sie einen in Zeitlupe durch die Luft fliegenden blutverspritzenden Hahnenkopf. Motria legte das blutbeschmierte Hackbeil auf den Holzblock, auf dem mehrere blutbespritzte weiße Federn lagen, und stieß mit ihrem Fuß den Hahnenkopf zur Seite. Statt Camelia-Tampons sollte Natalija Blutegel in ihre Scheide schieben.

Ohne ihren Trauerschleier zu heben, pfiff Natalija zwischen ihren Zähnen hervor, Jetzt habe ich keine Zeit! als ich sie darum bat, mir einen Kaffee zu richten. Sie beschäftigte sich damit, Konstantins Identitätsausweis zu säubern. Zuerst verblüffte mich diese Sauberkeitsgeste, dann aber erfuhr ich von ihrem Mißgeschick. In derselben Kredenz, in der sich ihre Beruhigungstabletten befinden, lag auch Konstantins Brieftasche. Sie öffnete die Scheibe der Kredenz und wollte ihre Tablettenphiolen herausnehmen und streifte dabei Konstantins Brieftasche so unglücklich, daß sie aus der Kredenz in den Milcheimer fiel. Natalija fischte seine Brieftasche aus der Milch, zog die Ausweise, das Papiergeld und ein Brustbild hervor und legte es auf den warmen Herdrand. Auf dem Brustbild, das Konstantin als Vierzehnjährigen zeigt, lagen ein paar winzige Milchtropfen. Der kleine, damals vierzehnjährige Knecht lief bereits seit fünf Jahren hinter dem Ackermann her. Morgens, bevor er in die Pflichtschule ging, mußte er die Stallarbeit erledigen. Motria weckte den Knaben um sechs Uhr morgens auf und zog ihm, da er sich nicht rühren wollte, noch während er schlief die Socken an. Morgens wie abends radelte er den Mist hinaus. Seine Kinderhände waren voller Rost, Mist und Jauche, wenn er nach der Stallarbeit zur

Küchentür hereinkam. Als Konstantin und ich auf das Brustbild blickten, das am Herdrand lag und trocknete, sagte er, Ich war froh, daß ich damals, während ich jahrelang der Knecht des Ackermanns war, unseren Hund hatte, mit dem ich jeden Abend in die Auen, ans Ufer der Drau gehen konnte.

Von Emmanuel Boves *Meine Freunde* las sie die ersten zwanzig Seiten und zeichnete den Satz an, *Man gibt mir ein Almosen, dann läßt man mich im Stich. Das Glück ist mir wirklich nicht gewogen.* In Graz, sagte sie, hat mir ein Mann einen Enzian in die Schürze gesteckt, nur ein Almosen, mehr nicht. Ich habe den Enzian, der wie ein Kelch aussah, mit beiden Händen in die Höhe gehoben und ein Gebet gesprochen.
Ich zeigte ihr eine Karte, auf der Rainer Maria Rilke abgebildet war, und zitierte, *Es treibt der Wind im Winterwalde.* Natalija, die dieses Gedicht ebenfalls in der Volksschule auswendig lernen mußte, erweiterte den Satz, *Die Flockenherden wie ein Hirt.* Gemeinsam vollendeten wir den Satz, *Und manche Tanne ahnt wie balde, sie fromm und lichterheilig wird.*
In den Weihnachtstagen ging sie einmal von hinten an mich heran – ich schnitt gerade ein Stück Speck auseinander – überkreuzte ihre Arme auf meiner Brust und begann das Weihnachtslied *Oh, du fröhliche* zu singen. Beinahe hätte ich mir dabei in den Finger geschnitten. Vielleicht aber will ich jetzt an der Schreibmaschine nur, daß ich mir gerne in den Finger geschnitten hätte, um ihr Weihnachtslied mit einem Schreckensbild zu unterjochen.

Natalija verbrachte, nachdem sich das Blut in ihrem Schoß breitgemacht hatte, den ganzen Tag im Bett. Ihrer Mutter gegenüber, die nach der Morgenstallarbeit in ihre Kammer gekommen war, um sich nach ihrem Gesundheitszustand zu erkundigen, gab sie vor, daß sie vollkommen verkühlt sei, keine Stimme habe, wie sie sich wörtlich ausdrückte, und deshalb den Tag im Bett verbringen müsse. Den ganzen Tag über lagen die künstlichen Zähne ihres Oberkiefers im halb mit Wasser gefüllten gelben Plastikbecher auf dem Waschbekken des Badezimmers. Mehrere Male wollte ich an diesem Tag ins Bad gehen, um meine Hände zu waschen, aber mein Grauen vor ihrem Oberkiefer und die Vorstellung, daß sie ohne Oberkieferzähne und mit heruntergelassenem Trauerschleierrollo im Bett unter der zum Himmel hinauf betenden grünen Madonna lag, war so groß, daß ich bereits kehrtmachte, wenn ich an der Glasscheibe der Badezimmertür den rosaroten Schimmer ihres Plastikoberkiefers auf dem Waschbecken sah.

Der Befund des Krankenhauses, in dem die Ärztin mit Psychiatriephrasen nur sich selber ein Armutszeugnis ausgestellt hatte, brachte Natalija um den Schlaf. Mir war so kalt, sagte sie, als ich ihr eine warme Semmel ans Bett brachte, ich habe die ganze Nacht gezittert und immer wieder erbrochen. Sie hob ihren Kopf, streckte ihre magere weiße Hand nach der Semmel aus und nickte dankbar. In derselben Nacht starb ein einundvierzigjähriger Mann an einem Kopftumor.

Ein paar Tage später konzentrierten sich ihre Hoffnungen auf eine *Eigenblutspritze*, die ihr der Hausarzt gegeben hatte. Er zog eine Ampulle Blut aus ihrem Körper und spritzte es an einer anderen Stelle wieder hinein. Das soll, wie sie sich ausdrückte, gegen Entzündungen helfen, die im Körper vorhanden sein könnten.

Während der Ackermann auf dem Bildschirm den Tanzenden zusah, sagte er in Anwesenheit Natalijas, Ich möchte noch einmal fünfundzwanzig sein! Das hat mich tief verletzt, sagte sie, die mit fünfundzwanzig den ersten Selbstmordversuch gemacht hatte, ein paar Tage später zu mir, als ich ihn sagen hörte, daß er noch einmal fünfundzwanzig Jahre alt sein möchte.

Am Fronleichnamstag, während der Priester im Gefolge seiner Ministranten und Gläubigen mit der goldenen, mit Jasminblüten geschmückten Monstranz durchs Dorf schritt und betend vom einen zum anderen an diesem Tag provisorisch vor den Bauernhäusern aufgerichteten, mit Blumen und Heiligenbildern verzierten Altar ging, ließ der Ackermann von der trauerschleiertragenden Natalija ein Margeritenkränzchen binden, das sie mit weißen Zwirnfäden an seiner kotbespritzten Monstranz befestigte, in deren Lunula der geweihte Leib seines Vaters eingeschoben war.

DIE WAHRSAGERIN *Mit einer rubinbestickten Weizenährenerntedankkrone auf dem Kopf; reißt nach einer Sprechpause ihre Oberkieferprothese aus ihrem Mund; Speichel tröpfelt vom fleischroten Gaumenmaterial der Prothese auf ihren Schoß; mit weit aufgerissenen Augen und ängstlichem Blick hört ihr Natalija zu* Du bist krank, Mädchen, du bist ganz ausgetrocknet, du hast zu dickes Blut, irgendwann einmal mußt du eine Nierenbeckenentzündung gehabt haben, am Unterkörper ist irgendetwas nicht in Ordnung, in den nächsten Tagen wird es dir schlechter gehen, dann wirst du dich wieder besser fühlen, du bist krank, Mädchen. *Sie schnitt ein Haarbüschel von Natalijas Kopf, wickelte es um eine Spule und schrieb ihre Adresse dazu. Morgens um vier Uhr geht sie mit diesen von den Haaren ihrer Patienten umwickelten Spulen durch die Fichtenwälder und beschwört die Krankheitsgeister.*

MOTRIA *Wendet sich Natalija zu, die apathisch auf der Holzkiste sitzt und ihre Hände am Herdrand wärmt; auf ihrem schwarzen Seidentrauerschleier sind mehrere Kaffeeflecken zu sehen* Wie bei einem Kind muß man bei dir aufpassen und dich jeden Tag fragen, ob du die Tabletten wohl eingenommen hast. Wenn es mir nicht gut geht... *Mit einer gebieterischen Handbewegung brachte Natalija Motria einen Moment lang zum Schweigen: eine schwarze Fledermaus mit weit ausgebreiteten Flügeln setzte sich langsam auf der schneeweißen und hostiendünnen Seele Natalijas nieder, wenige Sekunden später setzte Motria fort...* Wenn es mir nicht gut geht, was bleibt mir anderes übrig, als zu den Tabletten zu greifen!

Ob Natalija das kleine Heiligenbild, gemalt von unserem lange schon verstorbenen Dorfpfarrer, das den Heiligen Sebastian darstellt und mit dem sie jede Nacht einschläft, bereits aus ihren Händen verloren hat? Manchmal sucht sie am Morgen verzweifelt das Heiligenbild und findet es zerknittert zu ihren Füßen. Schläft sie aber in einer Nacht nicht ein, so steigt sie müde und erschöpft, das Heiligenbildchen immer noch in ihren Händen haltend, aus dem Bett und legt es neben dem Wasserglas und der Tablettenphiole auf den Nachttisch. Manchmal, wenn sich der Uhrzeiger weit über Mitternacht hinausgedreht und mit seiner im Kreis gehenden Zunge die eine Stunde nach der anderen schon verschlungen hat und ich immer noch bei den kosmetischen Korrekturen meiner neuesten Totenmaske sitze, höre ich das Öffnen ihrer Schlafzimmertür. Ihre Schritte sind federleicht. Sie drückt auf die Klinke der Badezimmertür, tritt ein und schließt sie hinter ihrem Rücken. Während ich mit einer Rasierklinge die Stirnfalten ihrer Totenmaske herausarbeite, nicke ich, als wüßte ich, daß Natalija in diesem Augenblick einen Fingerhut voll mit lauwarmem Wasser verdünnte Baldriantropfen in ihren Mund, dessen Oberkiefer von einem Zahnarzt ausgeleert wurde, schüttet. Während ich neugierig von der feuchten Totenmaske aufblicke, höre ich zuerst das Schließen der Badezimmertür, dann ihre Schritte über blutverschmierte Schutzengelflügel hinweg, und schließlich öffnet sie die Tür ihres Schlafzimmers. Nicht sofort, nachdem meiner Aufmerksamkeit auch das Schließen ihrer Schlafzimmertür nicht entgangen ist, vertiefe ich mich in meine Totenmaske. Ich denke daran, daß in den Augenblicken ihrer Abwesenheit die Hinterglasmuttergottes aus dem großen Heiligenbild stieg, unter ihre Decke schlüpfte, um Natalijas Bett warmzuhalten. Kaum öffnet Natalija, die verdünnten Baldriantropfen mit sich herumtragend, die Tür, verschwindet die grüne Hinterglasmuttergottes aus dem Bett und füllt wieder das Heiligenbild mit ihrer in den Himmel hinaufbetenden Gestalt aus. Erst wenn ich mir vorstelle, daß Natalija das Licht auf dem Nachttisch wieder abdreht, laut stöhnt und sich in ein Gebet verwickelt, in dem sie die über ihr hängende froschgrüne Madonna um einen guten Schlaf bittet, kann ich mich wieder auf meine Maske konzentrieren. Die Augenlider meiner Maske sind voller Falten, denn auch ich starre oftmals bis in die frühen Morgenstunden, bis ich den Ackermann mit dem Milchgeschirr aus dem Haus in den Stall gehen höre, auf den bleichen Kinderzimmerplafond. Ich beklage mich nicht über meine Schlaflosigkeit, sondern breche schadenfroh, während ich in embryonaler Haltung im Bett liege, in ein schallendes Gelächter aus, so daß ich mit mir selber raufend mir meinen Mund zuhalten muß, damit ich Motria und den Ackermann im Nebenzimmer nicht aus dem Schlaf wecke. Natürlich spritzen auch dann und wann, während oder nach meinem Gelächter, die Tränen aus meinen Augen. Wenn ich aber doch für ein paar Stunden einschlafe und vergesse, das Kerzenlicht zu löschen, weckt mich, nachdem die Kerze abgebrannt ist, der scharfe Geruch des Qualms auf. Mit halb aufgerichtetem Körper, mich links und rechts am Bettrand festhaltend, starre ich irritiert in die Dunkelheit, bis ich am intensiven Qualm erkenne, daß sich die Kerze zur Gänze aufgefressen hat.

Nach mehreren schlaflosen Nächten, in denen ich sie oft aufstehen, ins Badezimmer gehen und ihre Trauerschleier waschen hörte, äußerte Natalija den Wunsch, wieder für ein paar Wochen in die psychiatrische Abteilung des Landeskrankenhauses eingeliefert zu werden. Eine halbe Stunde lang hielt ich eine Fluchrede auf die Seelenmörder in ihren weißen Kitteln, aber Natalija, die durch ihren Trauerschleier blickend den einen nach dem anderen bösen Blick auf mich warf, ließ sich nicht umstimmen. Ich sollte sie begleiten und dem Psychiater ihren Krankheitszustand aus meiner Sicht beschreiben. Gustav, der älteste Sohn des Ackermanns, war mit seinem Auto gekommen, um Natalija in die sechzig Kilometer weit entfernte Klapsmühle zu bringen. Natalija zog den Reißverschluß ihrer Reisetasche zu, hob den Trauerschleier vom Gesicht und pfiff mich, der ich mit übereinandergeschlagenen Beinen bereit zur Abfahrt auf dem Diwan saß, an, Zieh einen schöneren Pullover, ein schöneres Hemd und eine schönere Hose an, deine Hemdsärmel sind voller Gipsflecken! Ich stand auf, stülpte ihren Trauerschleier über ihr Gesicht, nahm ihre Reisetasche und trat vor die Haustür. Während der fast einstündigen Fahrt – als hätte die sprachlose Motria kreuzförmig Hansaplaststreifen über unsere Lippen geklebt – sprachen Natalija, Gustav und ich kein Wort.

Außerhalb des Krankenhausgeländes traten wir in ein Blumengeschäft ein, an dessen Wänden wie in den Schlafzimmern der Bauern große Heiligenbilder hingen. Suchen Sie nur in Ruhe die Blumen aus, sagte die Blumenverkäuferin. Sie dürfen nur Schnittblumen, keine Blumentöpfe, die mit *Erde* gefüllt sind, ins Krankenzimmer mitnehmen, das ist verboten! Während Natalija die Blumen, die sie neben ihrem Kopf auf dem Nachttisch stehen haben wollte, aussuchte, blickte ich zwischen mannsgroßen Pflanzen stehend auf das Bild des Schutzengels, der ein Kind über die Brücke begleitete, und fühlte mich, nachdem Natalija die Blumen bezahlt hatte und wir wieder aus dem Blumengeschäft gehen sollten, wie aus einem Traum gerissen. Zu ihrem Entsetzen mußte Natalija die erste Nacht, da kein anderes Bett im Krankensaal frei war, im Gitterbett verbringen. Ohne ihren schwarzen Sonntagstrauerschleier zu heben, rief sie auf die weißgekleidete Nonne zu, Nein, Schwester, ins Gitterbett möchte ich nicht hinein! Mit meiner Werktagskleidung und meinem damals eingegipsten rechten Unterarm saß ich keine fünf Minuten vor einem schwarzbärtigen Psychiaterschwein, das mich mit Wörterbuchfloskeln bombardierte. Hängenden Kopfes, als wäre nicht nur mein rechter Unterarm, als wären mein ganzer Körper und mein Gehirn eingegipst worden, verließ ich das Seelenmörderhaus.
Während Gustav wieder zurück auf seinen Hof fuhr, um seine Tiere zu versorgen, blieb ich noch einen Tag in der Landeshauptstadt und ging am Abend, während es sich Natalija ein paar Kilometer weiter im Gitterbett der Klapsmühle bequem machte, ins *Kärntner Hamatle* und kniete auf dem Klo vor den entblößten Hüften eines Strichjungen nieder. Sein Samen gefror auf meiner Zunge zu einem hostienförmigen Blatt, in dem sich die Gesichtszüge des Gottessohnes einprägten. Nachdem der Knabe die Zelle verlassen hatte, setzte ich mich auf den Klodeckel, verbarg mein Gesicht in meinen Händen und dachte daran, daß ich anderthalb Jahrzehnte vorher im kalten Kirchencorpus als rotgekleideter Ministrant vor dem Jesukind niederkniete und ihm den Lendenschurz von den Hüften reißen wollte.

Schwalben zuckten mit ihren schwarzen Körpern über die goldene Hostienmonstranz und über die Hörner der Rinder hinweg und flogen mit einem Insekt im Schnabel auf ein Stallmauernest zu. Zwitschernd rissen die Neugeborenen ihre Mäuler auf. Während der achtzigjährige Ackermann sagte, daß er seine Gesundheit wohl Gottvater *zu verdanken habe, verdrehte er, auf dem Melkerthron zwischen den Kühen sitzend, seine Augen zum Himmel, zur kotbespritzten Stalldecke, an der sich unzählige sterbende Fliegen festklammerten, und nickte nachdenklich. Ein Kalb wich schlagartig vom Futterbarren zurück, als eine futtersuchende Ratte mit ihrem Spitzmaul seine feuchte Schnauze berührte.*

Der warme Atem der Tiere, der Geruch ihres Körpers und ihrer Ausscheidungen, der Geruch des Heus und der Geruch verstaubter Spinnweben schlugen ihm entgegen. Die trächtige Kuh lag auf dem Boden, schnaufte heftig und stieß den sichtbaren Atem aus ihren feuchten Nasenlöchern. Zottenartig hing Geifer aus ihrem Maul. Ihr Euter war geschwollen und gläsern. In der Ecke des Pferdestalls hockte auf dem Fensterbrett hinter Spinnweben eine Ratte und fixierte den Ackermann. Die Monstranz glitzerte in ihren Augen. Die Ratte wartete, bis keine Menschenseele mehr im Stall war, bis sie die Futterbarren entlanglaufen und die Reste des geschroteten Getreides fressen konnte. Der Ackermann wandte sich von der Kuh ab und nahm zwei Kalbstricke von einem Nagel. Er zog die Beine des Kalbes, die bereits aus der Kuhscheide schauten, weiter heraus und machte die Stricke fest. An den zu Boden pendelnden Stricken befestigte er zwei Fichtenknittel. Während die Kuh zu pressen begann, zog er, auf dem Stallboden hockend, an den beiden Fichtenknitteln. Zuerst sah er die bläuliche Zunge des Kalbes, dann seine schleimige und blutige Schnauze. Die Kuh atmete heftig. Der plitschnasse Kopf des Kalbes rutschte aus ihrer Scheide. Sofort schlug das Neugeborene seine Augenlider auf, die voller Schleim und Blut waren. Der Ackermann, dessen Monstranz blutbespritzt war, biß seine Oberkiefer- und Unterkieferprothese zusammen und zog den Leib des Kalbes aus der Scheide der Kuh. Die Hinterfüße des Neugeborenen schlugen auf dem Stallboden auf. Sein Körper dampfte. Der Geruch des Blutes und des Geburtsschleims stiegen in seine Nase. Mit seiner vierfingrigen rechten Hand holte er den Schleim aus dem Maul des Neugeborenen. Das zitternde Kalb versuchte seinen Kopf zu heben, er plumpste aber sofort wieder auf den Stallboden. Der Ackermann griff in den Korb, nahm eine Faustvoll Stroh heraus, befreite den Körper des Kalbes von der zerfetzten Eihaut und warf das blutige Stroh hinter sich. Er faßte das Kalb an den Vorderbeinen, hielt einen Moment lang inne und horchte auf die Böllerschüsse und Knallkörper, die in der Silvesternacht in den Dörfern explodierten, ehe er das Tier über den Stallboden ins Kälberglitsch hineinschleifte und die anderen Kälber zur Seite drängte. Die kotbespritzte Stallglühbirne blinkte. Die Kälber verdrehten ihre Köpfe und starrten auf die zitternde Geburt. Der Wasserzeichenkopf in der Hostie nickte befriedigt und flüsterte ein Dankgebet, *Ehre sei dem Vater, dem Sohn und dem Heiligen Geist, wie im Anfang . . .!* Der Ackermann nahm die Monstranz von seinem kahlen Kopf und befreite mit seinem Speichel und mit trockenem Stroh das Allerheiligste von den Blutspritzern. Danach nahm er den Leib seines Vaters aus der Lunula und schob ihn zwischen seine bläulichen Lippen. Während er die weiterbetende Oblate – *. . . so auch jetzt und alle Zeit und in Ewigkeit, Amen!* – einspeichelte und die Monstranz in den Tabernakel stellen wollte, sah er zu seiner Überraschung an der Bauchdecke der erschöpften Kuh das Strampeln einer neuerlichen Geburt. Er schluckte den Leib seines Vaters hinunter, nahm sofort eine neue Hostie aus der braunen Oblatenschachtel und schob sie in die Lunula. Er setzte die Monstranz auf seinen Glatzkopf und befestigte die Stutennabelschnüre unter seinem Kinn. Er band die beiden Stricke an den heraustretenden Fesseln des Kalbes fest und zog im Rhythmus der pressenden Kuh den Zwilling aus ihrem Körper. Nachdem er das zweite Kalb ins Kälberglitsch geschleift hatte, blieb er eine Zeitlang vor dem Holzgatter stehen. Die Zwillinge wollten sich erheben, patzten aber immer wieder zusammen. Er kraulte den feuchten Kopf eines Neugeborenen. Ein wochenaltes Kalb trat hinzu und leckte an seinen ausgemergelten, nach dem Euter der Kühe und nach Milch riechenden Händen. Der Ackermann schritt über den schneebedeckten Hof, nahm aus der Mühle einen geflickten Jutesack, auf dem *Café do Brasil* stand, und stopfte damit im Kälberglitsch ein eisblumentragendes Fenster zu. Er nahm die Oblate aus der Lunula der Monstranz, hob den Leib seines Vaters im Zeichen des Kreuzes über die Köpfe der Neugeborenen und sprach dreimal, ehe er ihn auf seine Zunge legte, Oherr, ich bin nicht würdig, daß du eingehst unter mein

Dach, aber sprich nur ein Wort, so wird meine Seele gesund! Der Ackermann ging über den beschneiten Hof, nahm in der Schwarzen Küche seine Unterkieferprothese aus seinem Mund und tauchte sie in einen wassergefüllten Plastikbecher. Die Hostiensplitter, die in der Unterkieferprothese steckengeblieben waren, lösten sich und wirbelten langsam an die Wasseroberfläche. Mit leerem Unterkiefer und heftig schnaufend ging er über die sechzehnstufige Stiege und drehte den Schlüssel um.

Die Melkmaschine funktionierte nicht. Der Ackermann manipulierte am Motor herum und fluchte, Teufel! Teufel! Doppelteufel! Achtmalteufel! Die Tiere verdrehten ihre Köpfe und rasselten mit den Ketten. Die kotigen Stallwände schwitzten Schafsblut. Hunderte sterbende Fliegen klammerten sich am Plafond fest. Er befahl mir ins Haus zu gehen und eine Taschenlampe zu holen. Ich hielt den Lichtstrahl auf den Motor der Melkanlage und auf seine Hände. Die Haut seines Handrückens war ledern und faltig. Seine Fingernägel, hinter denen sich monatealte Ackererde befand, waren brüchig und unregelmäßig geschnitten. Die Adern auf seinen leichtbehaarten Handrücken standen hervor und schimmerten bläulich. Ich lehnte die Taschenlampe so an, daß sie ihm genug Licht bot, und ging gelangweilt über den knirschenden Schnee zur Holzhütte. Er rief mich zurück, aber ich antwortete nicht. Beim zweiten Mal schrie er und beim dritten Mal brüllte er meinen Namen. Langsam nahm ich die Kurve und steuerte auf ihn zu. Die goldene Hostienmonstranz, die er auf seinem Kopf trug, war von der Taschenlampe hellerleuchtet, während seine vor dem Motor der Melkanlage knieende hagere Gestalt von der Dunkelheit umhüllt war.
Eine Kuh rutschte mit ihrem Kopf aus der Absperrung, die am Futtertisch angebracht ist und während des Melkens die Bewegungsfreiheit der unruhigen Tiere einschränkt. Der Akkermann öffnete die Absperrung und wollte, daß die Kuh ihren Kopf hineinsteckt, sie blieb aber störrisch davor stehen. Er nahm einen Haselnußstecken und schlug mit aller Kraft auf die Flanken des Tieres. Die Kuh zuckte zusammen und

wölbte immer wieder ihren Rücken. Weit standen ihre Augäpfel hervor, schrumpften zusammen und vergrößerten sich nach jedem Schlag. Immer wieder fluchte er und schlug den Haselnußstecken auf die Flanken und auf die Beine des Tieres. Nach einer zehn Minuten lang andauernden Züchtigungstrance war der Haselnußstecken zersplittert. Er hielt nurmehr ein kurzes Ende in der Hand und warf fluchend das kaputte Marterungswerkzeug in die Jaucherinne. Am nächsten Abend legte ich meine Hand auf den Körper der gezüchtigten Milchkuh. Sie zuckte zusammen und wölbte ihren Rücken. Vor Angst vergrößerten sich ihre Augäpfel. Während mir Tränen über die Wangen rannen, verdrehte ich meinen Kopf und sah, daß der Ackermann die Hostie aus der goldenen Monstranz nahm, in die frische, warme Milch eintauchte, ein Kreuzzeichen machte und ein Kurzgebet sprach, bevor er die Oblate zwischen seine Lippen schob. In derselben Nacht erschien mir der Ackermann im Traum und schüttete eine Waschschüssel voll Blut vom Heustadelbalkon in den Hof hinunter.
Der Ackermann nahm eine alte schwarze scharf riechende Zugsalbe aus der Kredenz, als sich bei einem Stier die schwere Halskette durch die Nackenhaut gefressen hatte, und schmierte den einen Patzen nach dem anderen auf die rote eiternde Wunde. Mit der einen Hand hielt ich die Kette in die Höhe, mit der anderen die schwarze Zugsalbe. *Mit verzerrtem Gesicht* Es hätte nicht mehr lange gedauert, und die Eisenkette wäre dem Tier in das Fleisch seines Halses gewachsen. Man muß immer wieder nachsehen, wenn die Stiere größer und fetter werden, ob nicht die Eisenkette zu kurz geworden ist und sich derart an den Hals des Tieres preßt, daß sie die Haut durchreibt und ins Fleisch hineinwächst. Oftmals kam es vor, daß ein Fleischhauer von einem Bauern Tiere übernahm, denen die Eisenkette in den Hals hineingewachsen war. Die Fleischhauer erstatten Anzeige, und die Bauern werden wegen Tierquälerei bestraft. *Nach einer Pause* Wenn ich am Abend mit der Stallarbeit schon fertig bin, die Monstranz noch auf meinem Kopf trage, aber die Hostie meines Vaters bereits verschlungen habe, gehe ich im Stall die Rinder-

reihen auf und ab und prüfe, ob die Ketten genug Spielraum haben. Nachdem er die schwarze Zugsalbe dem Tier auf die nach Verwesung riechenden Wunden geschmiert hatte, legte er einen zusammengedrehten Jutesack auf den Hals des Stiers, damit die Kette nicht mit der Wunde in Berührung kommen konnte. Der Ackermann säuberte seinen schwarzgewordenen Zeigefinger an der Flanke des Tieres, ging, während er die Schleife aus Stutennabelschnüren unter seinem Kinn löste, auf seine Heiligennische zu und hob die Monstranz von seinem Haupt. Die braune Pappschachtel, in der noch ein Stapel Hostien lag, überdeckte er, um sie vor den Ratten zu schützen, mit dem Blecheimer, aus dem morgens und abends seine Kälber die Milch tranken. Er drehte das Licht im Stall ab und schritt mit seinen nägelbeschlagenen Schuhen über den knirschenden Schnee aufs Haus zu. An seinen beiden Mundwinkeln klebten weiße Hostiensplitter.
Eine Ratte, die ich mit der Schaufelkante am Schädel getroffen hatte, überschlug sich an der Pferdestallmauer und patzte zu Boden. Zitternd, auf dem Rücken liegend, ihre Beine in die Höhe haltend, krallte sie ihre Zehen zusammen, öffnete ihr Maul und starrte mich mit immer größer werdenden Augen an. Als das Zittern ihres Körpers am heftigsten war, stieß sie einen schrillen Pfiff aus und starb. Langsam öffneten sich ihre Fußkrallen. Ich hockte vor dem Leichnam der Ratte nieder und stellte mir vor, wie ich ihn am nächsten Morgen beschreiben würde. Ich betrachtete ihre schwarzen glanzlosen hervorquellenden Augen, hob erschrocken meinen Kopf und blickte auf die Pferdestallmauer. Ich hatte Angst, daß eine Horde Ratten aus dem Heustadel kommt und mich überfällt. Während ich schlafend im Bett liege, wird sich die sterbende Ratte über meinem Kopf am Rand des Raffaelheiligenbildes festklammern. Ihre schwarzen, sich vergrößernden Augen werden aus ihrem Kopf quellen und auf meine geschlossenen zuckenden Augenlider fallen.
Der Ackermann, der mit der goldenen Hostienmonstranz auf seinem verwitterten Schädel aus dem Stall gekommen war, schnaufte heftig, hielt einen Papierbeutel mit antibakteriellem Pulver in seinen Händen und griff nach einem Plastiktrichter,

der in der Kredenz stand. Dieser Trichter ist für die Menschen und nicht für die Tiere! rief die trauerschleiertragende Natalija. Der Ackermann nahm den Trichter wortlos aus der Kredenz, steckte ihn in den Hals einer leeren Bierflasche, schüttelte das Pulver hinein, goß lauwarmes Wasser nach und ging mit der Flasche in den Stall, um die Lösung einem kranken Kalb einzuflößen. Die Schneeflocken zerflossen im warmen Stall auf dem Kristallzylinder, in dem der Leib seines Vaters in die goldene Lunula eingezwängt war, und rannen über den Schaft der goldenen Monstranz auf seine furchige Stirn. Ein anderes Mal, als ein Kalb heftig zitterte, suchte er nach einem Fieberthermometer, das er den Tieren einen Augenblick in den Hintern steckt, um danach das Fieber abzulesen. Mein Fieberthermometer kriegst du nicht, schrie Natalija, du wirst doch wohl noch einen Unterschied zwischen Mensch und Tier finden! Arsch ist Arsch! entgegnete der Ackermann, nahm das Fieberthermometer aus der Kredenz und ging in den Stall.

Ich hockte im Strohkorb unter der kotbespritzten Stallampe, unter den verstaubten, uralten Spinnweben, spürte die kalte, durch die Fensterritzen hereindrängende Winterluft, las im Rodion Raskolnikoff und hatte Angst, die Kuh würde ihre Augen aus dem Kopf drücken und mit leeren, blutenden Augenhöhlen das Kalb gebären, so weit hatte der Schmerz ihre Augäpfel hervorgetrieben. Das Husten, Kettengerassel, das Flattern der Fledermäuse, das Brüllen der Tiere und ihr Wasserschlürfen mischten sich zwischen die Worte Dostojewskijs: ». . . die Mieter zogen sich, einer nach dem anderen, zur Tür zurück, mit dem eigentümlichen Gefühl der Befriedigung, das sich stets, sogar bei den Allernächsten, bemerkbar macht, wenn einen ihrer Mitmenschen ein Unglück trifft. Von diesem Gefühl ist kein Mensch frei, kein einziger, ohne jede Ausnahme, mag er auch noch so aufrichtiges Mitleid und aufrichtige Teilnahme empfinden.« Im selben Augenblick zuckte ich zusammen und wich, im gefüllten Strohkorb sitzend und auf die Geburt eines Kalbes wartend, einen halben Meter zurück. Die Fruchtblase war aufgebrochen, ein

Schwall Fruchtwasser kam aus der Scheide der Kuh und versickerte in der breiten Stallrinne. Auf meinen Beinen, Händen und auf dem Buch lagen ein paar unter der Stallampe glitzernde gelbliche Fruchtwassertropfen. Die Haut der Fruchtblase lag zusammengefaltet und glänzend wie ein Hochzeitsschleier auf dem Boden. Schafe, Kälber und Kühe, vom Geräusch der platzenden Fruchtblase aufgeschreckt, waren unruhig geworden. Gefolgt vom Knecht kam der Akkermann, der in der Küche auf dem Diwan gelegen war und in den Fernsehabfallkübel hineingeschaut hatte, in den Stall. Er öffnete die Hostienschachtel, hob mit seinem befeuchteten Finger eine Oblate von den anderen ab und schob sie, den Kristallzylinder der Monstranz öffnend, in die goldene Lunula. Die trächtige Kuh stand auf, schwankte, schüttelte ihren Kopf, so daß ringsum ihr Geifer spritzte, und plumpste erschöpft zu Boden. Der monstranztragende Ackermann sah sich nach den Kalbstricken um, mit denen er in diesem Winter mehr als zehn Kälber auf die Welt gezogen hatte. Die beiden Holzsprießel, an denen er die Kalbstricke befestigte, damit er müheloser, ohne abzurutschen, die Geburt aus dem Leib der Kuh ziehen konnte, lagen vollgesprengt mit Blut von der letzten Geburt in einer Fensterbankecke. Ich legte den Rodion Raskolnikoff auf einen umgekippten Eimer und schob einen Strohhalm als Lesezeichen ins Buch, blieb aber im Strohkorb sitzen und fixierte das Geschehen. Ich möchte so wenig wie möglich eingreifen, ich möchte beobachten und aufzeichnen. Der Ackermann streifte den linken Ärmel seines Hemdes zurück – er ist ein Linkshänder, wie ich ein Linkshänder bin –, kniete vor der Kuh nieder, öffnete mit seinen Fingerspitzen ihre Scheidenlappen und schob die Faust in die Kuhscheide hinein. Er tastete die Vorderbeine des Kalbes ab, das noch im Mutterleib an der Nabelschnur hing, fand aber seinen Kopf nicht. Der Enznopa starrte ängstlich, mit speicheltröpfelndem Mund aus dem Kristallzylinder der Monstranz auf die blutbeschmierten Hände seines nun achtzigjährigen Sohnes. Der Ackermann zog seinen Arm zurück, ließ ihn aus der glitschigen Kuhscheide gleiten und sagte in einem Tonfall der Besorgnis, Der Kopf des Kalbes ist zu weit unten,

ich muß warten, bis die Kuh aufsteht, dann kann ich besser hineingreifen und versuchen, den Kopf des Kalbes zurechtzurücken. Mondlicht fiel auf die Flanken der Tiere. Die vergrößerten Flügel einer an der kotbespritzten Stallampe vorbeiflatternden Fledermaus tauchten ein paar Zehntelsekunden lang an der Stalldecke auf. Der Ackermann wusch unter dem Wasserhahn den Schleim und das Blut von seinen Armen, nahm ein grobleinenes schmutziges Handtuch, mit dem er vor dem Melken das Euter der Kühe säubert, und trocknete seine Hände ab.
Im Strohkorb sitzend, die Beine aneinandergepreßt, stellte ich mir vor, wie ich mich, in der Dunkelheit des Stalls, an die Hinterbacken einer Kuh presse und meine Rute in ihre Scheide drücke, während ich mit meinen vorgestreckten Händen ihre ein wenig hervorstehenden Brustkorbrippen abtaste und Koitusbewegungen mache. Ob ich den Tieren, bevor ich sie mißbrauche, ins Gesicht blicken und sie nach ihren Gesichtszügen auswählen würde? Käme im Augenblick der Unzucht der Ackermann zur Stalltür herein, würde ich mich auf der Stelle töten oder augenblicklich davonlaufen. Ich könnte mich beim Ackermann erst wieder blicken lassen, wenn er im Sarg läge, ich davor stünde und meine immer noch warme Hand auf seine kalten gefalteten Hände legte, um mich endgültig von ihm zu verabschieden, aber wer weiß, vielleicht sterbe ich vor ihm, vielleicht blickt er auf mein Totenantlitz und zeigt mir seine Faust, weil ich eines seiner Tiere mißbraucht habe. Ob sein Vater, der in Form einer Oblate in die hochkarätige goldene Lunula eingeklemmt ist und hochgehalten von der goldenen Monstranz in der Heiligennische des Stalls steht, dem Ackermann am nächsten Morgen seine Beobachtungen erzählen würde? Die anderen Tiere würden mir zusehen, wenn ich ein Schaf oder ein Kalb mißbrauchte, und die Bilder in einer Filmrolle in ihren Köpfen verbarrikadieren. Aber was ist, wenn der Fleischhauer, der ihr Hirn spaltet, die Filmrolle aus ihrem Schädel nimmt und auf meinen erschrockenen Blick starrt, während ich mich über die Hinterbacken eines Tieres beuge?

NATALJA *Rückt die Erntedankkrone auf ihrem Kopf zurecht und hebt ihren Trauerschleier; wie ein Schlafwandler geht der Tod neben ihr her* Warum schlachtest du nicht einmal ein Kalb, warum müssen wir immer Schweinefleisch essen, warum können wir nicht einmal die Kühltruhe mit Kalbfleisch füllen! Aber wir wissen ja, daß die Kälber deine Lieblingstiere sind, daß du ihnen kein Leid antun kannst, du willst sie natürlich großzüchten, als Stiere verkaufen oder als Milchkühe gebrauchen, und wir müssen immer das ungesunde Schweinefleisch essen! Der Ackermann löffelte nach diesen Worten seelenruhig seine Suppe weiter und wechselte vom einen zum anderen Zeitungsartikel über, sagte aber kein Wort. Natalija drehte, nachdem sie gegessen hatte, den schwarzen Deckel ihres Medizinglases auf, kippte es auf ihrer rechten Innenhandfläche so um, daß nur ein paar Antidepressivakapseln herausfallen konnten, nahm eine Kapsel zwischen den Daumen und Zeigefinger ihrer rechten Hand, schüttete die anderen ins Glas zurück und führte die Kapsel zwischen ihre Lippen. Die Bauernzeitung des Ackermanns knisterte. Motria starrte auf die Oberfläche der Nudelsuppe und zählte die schwimmenden Fettaugen. Einen Meter über ihrem schwarzgrauen Scheitel ging der Sekundenzeiger der Uhr leise im Kreis.

Vor wenigen Tagen, als er das fußkranke Kalb mit dem Strick hochpeitschen wollte, war sein Gesicht nach der Züchtigung vollkommen bleich. Schweißtropfen standen auf seiner Stirn, auf seinen eingefallenen Wangen und auf der Halsschlagader. Er schnaufte heftig, und die Worte, die er aus seinen bläulich gewordenen Lippen herausstieß, waren abgehackt, Ich werde . . . das Kalb . . . sobald wie möglich verkaufen . . . und hier auf dem Hof . . . vom Fleischhacker . . . schlachten lassen. Ich werde es nicht mit einem Viehwagen wegtransportieren lassen, denn es kann sein, daß es sich wie im Stall auch im Viehwagen hinlegt, nicht mehr aufsteht, von den anderen Tieren niedergetrampelt wird und verreckt. Am Morgen schlug er wieder minutenlang mit dem Hanfstrick das kranke Kalb, das nicht mehr aufstehen und fressen wollte. Bei der Züchtigung, so Motria, könnte er sich überanstrengen und tot

umfallen. Vielleicht liegt er eines Tages, den Strick immer noch in seinen kalten Händen haltend, zwischen zwei Kühen auf dem Kreuz, und eine hochträchtige Kuh zertrampelt die goldene Hostienmonstranz und verstümmelt sein Gesicht.
Am Abend, als ich aus dem Stall kam und mit dem Strohkorb in den Durchlaß gehen wollte, um Sägespäne zu holen, sah ich auf der Rasenbank, die neben der hinteren Haustür steht, eine Waschschüssel voll Asche. Ich ging hin, berührte mit dem Zeigefinger die warme Asche und machte ein Kreuzzeichen auf meiner Stirn. Asche warst du und zu Asche wirst du, sagte der Priester in der Kirche, während er uns, flankiert von zwei Chorknaben mit zwei brennenden, x-förmig zusammengebundenen Kerzen, den Blasiussegen gab. Er tauchte seine Finger in eine Schale geweihter Asche, die ein Ministrant hielt, und machte auf jede Stirn ein Kreuzzeichen. Während ich vom Kommuniongitter zurück in die Sitzbänke ging, fielen ein paar Aschekörner von der Stirn und verfingen sich in meinen Augenlidern. Nachdem ich meine Stirn mit der Asche aus dem Kachelofen, der im Schlafzimmer des Ackermanns und Motrias steht, bekreuzigt hatte, blickte ich sichernd nach links und rechs.
In derselben Nacht stand ich betrunken an der Theke der Paternioner Dorfdiscothek. Während mir ein Bauernsohn vom Tod seines jungen Freundes, eines Fleischergesellen, erzählte, beweinte ich mein eigenes Unglück. Unter dem Plafond der Discothek, auf einbetonierten Stangen, hingen Kukuruzkolben zwischen den aufzuckenden Lichtern. Die Musik peitschte mein Trommelfell. Hinter meinem Rücken bewegten sich ein paar Mädchen auf der Tanzfläche. *Setzt die Larve der Schmerzjesugrimasse auf* Als wir seinen Sarg mit Stricken in die Tiefe ließen, wäre ein junger Sargträger beinahe ausgerutscht und mit dem Sarg ins Erdloch gefallen. *Nach einem Zögern* Selbst wenn ich Schulden machen muß, werde ich mir das Auto meines toten Freundes kaufen. Wenn ich morgen wieder in die Disco komme, werde ich seinen Pullover tragen. Er war mein bester Freund, und wenn ich nicht noch andere Freunde hätte, hätte ich nach seinem Tod den Strick nehmen können, aber das Leben muß weitergehen.

Ich weiß, daß wir uns eines Tages wiedersehen werden, oder was meinst du? sagte er und stieß, während ich Rotz und Wasser weinte, mit seinem Ellenbogen an die Rippen meines Brustkorbs. Ich möchte ins Freibad gehen, auf dem Sprungbrett wippen, abheben, einen Salto schlagen und mich in der Luft zerreißen, damit der Knabe auch meinen Partezettel über seinem Bett an die Mauer heftet.
Das eingerahmte schwere Heiligenbild, auf dem die Geburt Christi von Caravaggio abgebildet ist, auf meiner Brust und das Heiligenbild, auf dem die Kreuzigung von Mathias Grünewald abgebildet ist, auf meinem Rücken tragend, zog ich mit einem schwarzhaarigen afrikanischen Jungen durch die Wüste Sinai. In der Nacht, während der Wüstenwind über unsere Köpfe hinwegfegte, hüllten wir uns in die blutige Haut eines frischgeschlachteten, vom Ackermann vierzehn Tage lang gezüchtigten Kalbes ein. Jeden Morgen waren die beiden großen Heiligenbilder, die ich mit einem Ledergurt auf meinen Schultern verbunden hatte, voller Wüstenstaub und die Erntedankkronen, die wir auf unseren Häuptern trugen, voller Sandkörner. Mit den Hörnern, die am Kälberbalg befestigt waren, schützten wir uns vor den Schakalen und Wüstenfüchsen, die, erniedrigt und bösartig gemacht von Hunger und Durst, hinter uns her waren, während ich mit dem afrikanischen Jungen, die Geburt Christi auf meiner Brust und den Tod Christi auf meinem Kreuz, in wochenlangen Märschen durch die Wüste Sinai zog.

Ich setzte keine Hutbedeckung auf, als ich in der Finsternis über die Dorfstraße auf den Friedhof zuging, ich wollte, daß der Schnee auf mein Haar fällt und die weiße Schneehaube, wenn ich wieder in die Küche des Ackermanns eintrete, in der Wärme zerrinnt. Beim Sichlbauer vorbeigehend, blickte ich mich nach der Gesindestube um, um zu sehen, ob in der Kammer des Sichlbauerknechts Licht brannte, aber das Fenster war dunkel. Als ich bemerkte, daß sein Fenster auf den Friedhof geht, fiel mir eine Szene aus dem Pasolinifilm *Mamma Roma* ein, in der Anna Magnani, die eine Nutte spielt, am Wohnzimmerfenster eines Wohnblocks steht, auf den davorliegenden Friedhof hinunterschaut und sagt, Ein Leben mit Aussicht auf den Friedhof! Ich schritt, während mir der Schnee ins Gesicht, auf die Haare, Schultern und vorwärtsschreitenden Beine fiel, durch den knirschenden Neuschnee aufs Friedhofstor zu und sah schon von weitem, daß am Grab Jakobs ein Kerzenlicht brannte. Am Grab des Kindes der Faschinglydia, das sechs Tage nach der Geburt an einer Lungenentzündung gestorben war und nicht, wie es üblich ist, im Villacher Krankenhaus zu einem erwachsenen Toten in den Sarg gelegt, sondern vor wenigen Tagen auf dem Kameringer Friedhof in einem weißen Zündholzschachtelsarg begraben worden war, brannte kein Licht mehr. Mein Auge eilte von Grabstein zu Grabstein. Ich hatte Angst, daß ein Toter hinter einem Grabstein hervorspringen könnte. Ich ließ das Friedhofstor weit offen, damit ich so schnell wie möglich zur Tür hinauslaufen könnte. Ich ging auf Jakobs beschneiten Grabhügel zu und hörte jemanden schnaufen. Vielleicht steht ein Toter hinter einem rostigen beschneiten Eisenkruzifix und holt tief Atem? Vielleicht aber ist es Jakob, der unter seinem Stein atmet und mir etwas sagen will. Ich blickte zu seinem Vaterhaus, denn ich hatte Angst, daß ihn jemand besuchen und statt dem lebendigen Jakob mich antreffen würde. Vielleicht fordert mich sein Vater auf, in der Gruft seines Sohnes zu verschwinden? Der lebendige Jakob sollte vor dem Grab des toten Josef stehen. Ich stellte mir vor, wie jemand mit einem Messer auf mich zuschreitet, mich tötet und ich über Jakobs beschneiten Grabhügel falle. Blut rinnt aus meinem Mund und sickert in den Schnee, in die Erde ein, fällt auf Jakobs Sarg und rinnt in seine Nasenlöcher hinein. Jakob schlägt die Augen auf. Er hebt seinen Kopf und wirft den Deckel seines Sarges zur Seite. Er steigt aus seinem Grab und trinkt das restliche, noch warme Blut aus meinem Körper. Jakob geht über die beschneite Dorfstraße auf mein Elternhaus zu, tritt in meine Kammer ein und beginnt mit der Modulation meiner Totenmaske. Schnell, mich immer wieder nach den beschneiten Grabsteinen und Eisenkruzifixen umblickend, verließ ich mit schlotternden Beinen den Friedhof und ging durchs Schneetreiben den lotrechten Balken des

Kruzifixdorfes hinauf und trat ins Elternhaus ein. In der Küche bot sich das übliche Bild. Der Ackermann, mit der Stallarbeit längst fertig, lag auf dem Diwan und blickte auf die Mattscheibe, wo sich die Zeichentrickkugel der Katastrophennachrichten im Kreis drehte. Er hob seine Beine in die Höhe, ballte seine Hände zu Fäusten und kreischte wie ein Kind, als Polizisten auf junge Menschen dreinschlugen. Als ein Natogeneral wegen angeblicher Homosexualität vom deutschen Verteidigungsminister entlassen wurde, rief der Ackermann, Geschnitten gehören die Schwulen, der Schwanz soll diesen Wixern weggeschnitten werden! Ich saß, während er auf dem Diwan lag, hinter ihm und blickte auf die wenigen weißen Haare seiner hellen Glatze. Ich nahm meine Augengläser ab, legte sie leise auf den Küchentisch, während mir die Tränen über die Wangen liefen und mein Unterkiefer zitterte.

Der Ackermann griff im Stall in seine geflickte blaue Arbeitshose und entfaltete ein Zeitungsblatt, auf dem eine Schwulenkarikatur abgebildet war. Schau einmal! Was es heute schon alles gibt, solche Saupargl! Manchmal, wenn der Achtzigjährige am Heustadeltor steht und der vierjährige Nachbarjunge auftaucht, greift er in seine Hosentasche, tut so, als ob er ein Messer herausziehen würde, und ruft dem Buben zu, Jetzt werde ich dich schneiden! Der Knabe verschwindet sofort wieder im Haus. Kaum sieht mich der Bub, sagte der Ackermann lachend, dann haut er schon ab! Wenn er den pensionierten Fabriksarbeiter auf der eisigen und beschneiten Dorfstraße sieht, zieht er die Schwulenkarikatur aus seiner Tasche. Ein Fettwanst und ein Knochengerüst biegen sich vor dem verlotterten Heustadel vor Lachen. Ich weiß, daß du die Neger nicht liebst und die Juden noch heute haßt und verachtest. Nicht nur einmal sagtest du, Hitler hätte doppelt so viele Juden wegräumen sollen! Der österreichische Bundeskanzler, sagtest du, ist das vielleicht kein Jud? Schau ihm doch einmal ins Gesicht! Die Schwulen, sagtest du, sollen geschnitten, sie sollen, wenn ich dich richtig verstanden habe, entmannt werden, bis nur mehr ein Loch zwischen ihren Beinen übrigbleibt und das Blut in Strömen über ihre Oberschenkel rinnt. Als ich noch ein Kind war, aber das ist schon ein altes Lied, habe ich die geliebt, die du verachtet hast, die Juden, die Zigeuner, die Neger und Indianer, die Hippies, die Sandler und Arbeitsscheuen. Ich könnte die Aufzählung erweitern, aber ich nehme eine Schere und schneide den Wasserfall ab. Aus unzähligen abgeschnittenen Wasserfällen setze ich das Mosaik meiner Rede zusammen. Du Zigeuner! riefst du, auch wenn ich nichts angestellt hatte, es kam nur auf deine Laune an. Dein Wort verwandelte meine Kleider in Lumpen. Ich hockte auf einem Planwagen, hob die Zügel und ließ sie auf den Rücken des Pferdes niederschnalzen. In einem geschlossenen Korb hockte ein Huhn, das ich von deinem Hof gestohlen hatte. Ob du mich von deinem Hof jagen, mir nicht einmal vergönnen würdest, den Dreck aus deinem Stall zu tragen? Der Leib deines Vaters, der in Form einer Hostie in die Lunula der Monstranz geklemmt war, sprach das Vaterunser, als ich mich über den nackten blonden Schoß eines Knaben beugte. Du warst bereits schlafen gegangen, deine Frau auch, und hattest die Tür deines Zimmers zugesperrt, wie seit eh und je. Auch ich sperrte die Tür meiner Kammer zu, bevor mir in meinem Bett, dem Sterbebett deines Bruders, der Knabe seinen Samen in den Mund stieß. In schneller Reihenfolge flogen Fledermäuse aus seinen Achselhöhlen. Die Hostie verschlang eine geweihte Oblate nach der anderen. Ich hatte dein Haus entweiht. Ich bin der Sohn deines leibhaftigen Teufels.

Ich log den Ackermann an und sagte zu ihm, daß ich ins Bildungszuchthaus der Universität für Bildungswissenschaften fahren werde, um mir ein paar Vorträge anzuhören. In Wirklichkeit aber fuhr ich mit einem sechzehnjährigen Knaben mehrere Tage lang nach Venedig. Am Abend, als ich zurückkam und in den Stall eintrat, sah ich, daß seine Monstranz, die er auf dem Kopf trug, voller Fruchtwassertropfen war. Die Fruchtwasserblase einer gebärenden Kuh platzte auf und bespritzte seinen Kopf und seinen Körper mit dem lauwarmen gelblichen Fruchtwasser. Der Kristallzylinder der Monstranz war dunstig geworden und verstellte dem einge-

prägten Wasserzeichen seines Vaterkopfes die Sicht. Bereits nach einer Viertelstunde versuchte das Tier, das noch feucht war vom Inneren seiner Mutter und zitterte, aufzustehen, plumpste aber immer wieder zu Boden. Der Ackermann, der an der Hostie seines Vaters kaute, trat an das neugeborene Kalb heran, kraulte mit seiner vierfingrigen Hand seinen Schädel und sagte, Ein Vieh steht in einer halben Stunde! Und der Mensch?
Weder der Ackermann, der auf dem Diwan lag und die Katastrophennachrichten im Fernsehn verfolgte, noch Motria, die am Herd stand und für den Ackermann Milch und Polenta herrichtete, sprachen mit mir danach ein einziges Wort. Ich hätte mich am liebsten im Herrgottswinkel hinter das Kruzifix verkrochen, ich hätte mich gerne in ein Holzscheit verwandelt, das Motria mit seiner schärfsten Kante auf den Schädel eines Huhns schlägt, um es zu töten, gerne wäre ich eine Spinnwebe geworden, über die, wenn schon kein Mensch ein Wort mit mir spricht, wenigstens eine Spinne läuft. Ich nahm das Nachtmahl zu mir und flüchtete in meine Kammer, zu meinem Mörder, zu Rodion Raskolnikoff: »Als er dann einen Blick in die Küche warf und auf einer Bank einen Eimer sah, der zur Hälfte mit Wasser gefüllt war, kam er auf den Gedanken, seine Hände und das Beil abzuwaschen. Seine Hände waren blutig und klebrig. Das Beil steckte er mit der Scheide einfach ins Wasser, ergriff ein Stück Seife, das auf dem Fensterbrett auf einer zerschlagenen Untertasse lag, und begann im Eimer selbst seine Hände zu waschen. Nachdem er die Hände gereinigt hatte, zog er das Beil heraus, wusch das Eisen ab und wusch lange, gegen drei Minuten lang, die Blutflecken vom Holz ab und versuchte sogar, das Blut mit Seife abzuwaschen.«

Während Motria am Herd das eine panierte Schnitzelfleisch nach dem anderen mit einer Gabel umdrehte, ging der Ackermann, der von der Sonntagsmesse zurückgekommen war, in seinen schokoladescheißebraunen Kärntneranzug gekleidet in der Küche auf und ab und erzählte wieder vom Krieg. Ein Soldat, der gegen die Unteroffiziere gewütet haben soll,

wurde mit seinem Kopf voran in einen Eimer voll Menschenkot gesteckt. Ein anderer Soldat stellte sich tot. Seine Kameraden trugen ihn auf ihren Schultern in ein Massengrab und sangen Totenlieder. Einmal, am frühen Morgen, sah der Akkermann einen Erhängten am Baum. Wir wußten nicht, ob er aufgehängt wurde oder ob er sich selber weggeräumt hat. Wahrscheinlich hat er Kameradendiebstahl begangen, und ein paar Kameraden haben ihn, bei einer Gelegenheit, als kein Unteroffizier oder Offizier in der Nähe war, an den Baum geknüpft. Nachdem ihn eine Kugel am Hals streifte, bekam er im Kriegslazarett eine Narkosespritze. Wie ein Blitz, so der Ackermann, fuhr es von Kopf bis Fuß durch meinen Körper, aber ich bin nicht umgefallen. Ich bin stehengeblieben. Alle Kameraden sind bei der Spritze eingeschlafen, ich wurde bei vollem Bewußtsein operiert. Wenn Sie von der Kugel ein paar Zentimeter weiter unten gestreift worden wären, sagte der Lazarettarzt, hätte die Kugel Ihre Halsschlagader erwischt und Sie stünden jetzt nicht da.
Um zwei Uhr morgens, bevor ich schlafen ging, blätterte ich in der Küche in der Illustrierten aus unserer Kindheit und stieß auf Hitlers Röntgentotenschädel. Stundenlang konnte ich danach nicht einschlafen. Immer wieder tauchte der Akkermann vor meinen Augen auf und putzte dem Hitlertotenschädel mit einer Blend-a-med-Zahnpasta und mit seinem Zeigefinger die Zähne. Als der Ackermann den menschenkopfgroß abgebildeten Hitlertotenschädel in der Illustrierten sah, lachte er und sagte, Der Adolf! Alleine sechs Millionen Juden hat dieser Totenschädel auf dem Gewissen, sagte ich. Er hätte doppelt so viele umbringen sollen, erwiderte der Ackermann.

Ob der Ackermann, während er die goldene Monstranz auf sein Haupt setzt und mit den getrockneten, an der Monstranz links und rechts hängenden Stutennabelschnüren sein Heiligtum unter dem Kinn befestigt, Worte des Fluches aus seinem morgendlich stinkenden Mund ausstoßen würde, wenn ich in der Nacht mein Licht nicht abgedreht hätte? Ob er hinter den trüben, von Eisblumen übersäten Fenstern seine Faust heben und auf das Fenster meines Zimmers zuwinken würde, hinter dem ich noch brach im Totenbett meines Onkels liegen und nicht einmal ahnen würde, daß er bereits wieder die Flanken seiner Tiere entlangschreitet und ihren verbrauchten Atem in seine behaarten Nasenlöcher zieht? In Hausschuhen lief ich über den schneebedeckten Hof in den Stall hinein, ging die Rinderreihen entlang und drehte das Licht im Ochsenstall ab. Einmal trat er im Stall nahe an mich heran und sagte, während er mir seinen faulen Atem ins Gesicht stieß, Warum läßt du eigentlich in deiner Kammer das Licht brennen, während wir im Stall arbeiten?

Damals, wann war das, kämpfte der Ackermann um die Dunkelheit, während wir um das Licht kämpften. Wenn am Abend die Arbeit erledigt war und alle Kinder, Magd und Knecht in der Küche waren, duldete er nur das Küchenlicht. Kein Licht durfte in der Labn brennen, keines im Stiegenhaus, keines durfte die Plätze vor oder hinter dem Haus beleuchten, selbst wenn in der Küche über dem Sparherd die zweite Lampe brannte, beauftragte der zeitungslesende Akkermann jemanden, das Licht auszulöschen. Nur in einem Stallabteil, wo die neugeborenen Tiere lagen, brannte die ganze Nacht das Licht. Ging am Abend nach der Stallarbeit im Flur – und das sah man schon am gläsernen Küchenfenster – das Licht aus, wußten wir sofort, wer in der nächsten Sekunde eintreten würde. Ungeduldig warteten Polenta und Milchkaffee am Rande des lauwarmen Herds. Mit dem Dunkelwerden im Flur rumpelte allabendlich, als ich noch ein Kind war, meine Seele in die Dunkelheit hinab, da ich wußte, daß der eintreten würde, unter dessen Beinen ich schnell in die kalte Dunkelheit hinauslaufen wollte, ehe er meiner gewahr würde. Heute aber kämpfe ich um die Dunkelheit. Heute will ich, daß es ständig regnet, schneit und hagelt und daß es dunkel ist auf dieser Welt. Scheint die Sonne, so ziehe ich meine Vorhänge zu und schreibe in meiner Gruft im Halbdunkeln weiter.

Ob Konstantin und ich den Anführer der Ratten getötet haben, weil um Mitternacht im Stall keine Ratten mehr zum Vorschein kommen? Mit einer Schaufel und einer Gabel be-

waffnet, gingen wir auf Zehenspitzen in den dunklen Stall, drehten das Licht auf und liefen auf den Kälberbarren zu, wo die Ratten hordenweise die Überbleibsel des gemahlenen Getreides auffraßen. Die erschrockenen Ratten hetzten die tropfende Wasserleitung entlang und flüchteten über die steinige Pferdestallmauer in den Heustadel hinauf. Mit der Schaufel streifte ich eine Ratte, die für ein paar Sekunden betäubt zu Boden kollerte, sich wieder aufrichtete und davoneilen wollte, aber Konstantin zertrat sie. Mit breitgedrücktem Kopf, übereinandergebissenen Zähnen und blutiger Schnauze blieb der Rattenkönig liegen. Seine gläserne Krone lag zerbrochen neben seinem zerquetschten Schädel.
Als Kind liebte ich den Stallgeruch des Milchmessers, den er vom halben Drautal mit sich herumschleppte, da er jede Nacht in einer anderen Bauernstube verbrachte, ich liebte den modrigen Geruch seiner Kleider, die Bartstoppeln in seinem Gesicht, sein Schweigen und Lachen. Am Morgen, wenn er auf dem Hof des Ackermanns übernachtete, frühstückten wir gemeinsam Polenta und warme Milch. Er hat die Schriftzüge eines mittelalterlichen Mönchs, der sein Leben damit verbringt, die Bibel abzuschreiben und jeden Buchstaben zu verzieren. Er zögert nicht, im Winter, wenn es bitterkalt und die Landschaft tief verschneit ist, sich auf sein Moped zu setzen, seinen grünen Sturzhelm aufzusetzen und in der Finsternis in die zehn Kilometer weit entfernte Kleinstadt zu fahren, um zweimal wöchentlich an einer Bibelsitzung teilzunehmen. Motria stand mit ihrem schwarzen Arbeitsmantel und den beiden Tüchern, die sie um ihren Kopf gebunden hatte, in einer Stallecke und hörte aufmerksam dem Milchmesser zu. *Zieht das eine nach dem anderen Heiligenbild unter seiner Zunge hervor* Selbst zehn Pferde können mir unseren Herrn Jesus nicht mehr aus dem Herzen reißen. Ich möchte mein jetziges Leben nicht mit meinem früheren eintauschen. Ich war früher bei jeder Unterhaltung dabei, aber seit ich Jesus für mich gewonnen habe, seit er in meinem Herzen sitzt, gehe ich zu keiner Tanzveranstaltung mehr. Die Feste entfernen uns von Jesus, und wir wissen nicht, wann wir sterben werden. Wenn mich Jesus morgen zu sich rufen sollte,

so werde ich gerne sterben. Ich bin jederzeit bereit, zu ihm zu kommen, denn das irdische Leben ist nur ein Hauch von dem, was uns noch bevorsteht, und ich weiß, daß mich die Herrlichkeit Jesu erwartet. Ich bin glücklich darüber, der Sklave Jesu zu sein. Die Kruzifixe mag ich nicht, ich mag nur die schlichten und einfachen Holzkreuze, denn Jesus hängt nicht mehr am Kreuz, Jesus ist auferstanden! Im Jenseits müssen wir für alles bezahlen, was wir im irdischen Leben getan haben. Das Gute und das Schlechte wird uns vergolten. Aber Gottvater kann doch nicht alles sehen, rief der Ackermann dazwischen, der auf seinem Melkerthron saß und mit weitaufgerissenen, ängstlichen Augen dem Milchmesser zuhörte. *Blickt auf die kotbespritzte Stalldecke, unter der ein aus zwei Hundeknochen zusammengestelltes Kruzifix schwebt* Der Herrgott hat eine Unzahl von Engeln, die alles aufschreiben und filmen. Ein Engel richtet seine Filmkamera sogar jetzt auf dieses Gespräch, das wir im Stall führen. Der Ackermann beugte sich, auf seinem Melkerthron sitzend, weit vor, runzelte die Stirn und fragte den Milchmesser, Hast du schon einmal den Teufel gesehen?

Als eine trächtige Kuh mit ihren Flanken immer wieder an die danebenstehende stieß und ihn beim Melken hinderte, sagte er, daß ich den Strick nehmen und die Kuh schlagen sollte. Zuerst versuchte ich, das eine Tier vom anderen wegzudrängen, und drückte mit der flachen Hand auf seine Flanke, aber die Kuh ging immer wieder zurück und brachte die Melkmaschine ins Schwanken. Nimm doch den Strick und schlag sie! schrie der Ackermann. Ich erschrak, als ich auf meine Hände blickte, die schlagbereit den kot- und blutbeschmierten Kalbstrick festhielten. Der Ackermann hockte zwischen den Kühen auf seinem Melkerthron und blickte mir neugierig ins Gesicht. Als mich die trächtige Kuh, die ich gezüchtigt hatte, um Mitternacht im Stall wahrnahm, begann sie sofort wild zu schnaufen. Ihr Euter war gläsern. Speichel rann aus ihrem Maul über das Fell ihres Halses hinunter. Mit übergroßen Augen fixierte sie die menschliche Gestalt, die vor ihr stand. Wild bewegte sich das Kalb in ihrem Bauch. Ich kniete vor ihren Flanken nieder, öffnete die beiden Lappen ihrer Scheide

und bemerkte, daß die Geburt des Kalbes noch einen Tag auf sich warten lassen würde.
Ich nahm einen wassergefüllten Eimer, legte zwei weiße Leinenhandtücher, in denen wir früher, als wir noch Kinder waren, unsere Hände und unser Gesicht abtrockneten, über meinen rechten Unterarm, nahm die große gelbe Hirsch-Terpentinseife und ging auf den Stall zu. Schnee fiel aufs lauwarme Wasser, aufs weiße Handtuch und auf den eingepreßten Hirsch auf der Terpentinseife. Schnee fiel auf die Fichten, die wie verkehrte Federkiele, von denen schwarze Tinte rinnt, am Waldrand standen. Der Hund bellte. Der Tierarzt packte seine Geräte aus. Der Ackermann deutete auf ein zitterndes Kalb, dessen Ohren schlaff über seine Wangen hingen. Der Tierarzt zückte das Fieberthermometer und schob es dem Kalb in den Hintern. Das Quecksilber schnellte auf einundvierzig Grad hoch. Die Gesten des Tierarztes wurden schneller. Seine Geräte rieben sich aneinander. Die kotbespritzte Monstranz des Ackermanns glitzerte im kargen Stallicht. Der Tierarzt ging auf den Kofferraum seines Autos zu und nahm vier Penicillinphiolen und ein Antibiotikapräparat heraus. Er beauftragte mich und den Ackermann, das Kalb im Glitsch auf den Rücken zu legen und festzuhalten. Der Ackermann prüfte die Festigkeit der Monstranz auf seinem Kopf, packte das Kalb am Hals, warf es auf den Rücken und hielt es auf den Stallboden nieder. Die Monstranz auf seinem Haupt schwankte. Über die Stutennabelschnüre, mit denen die Monstranz festgebunden ist, rannen ein paar Speicheltropfen, die dem Ackermann aus dem Mund gerutscht waren. Ich kniete mich auf den Kopf des Kalbes und hielt seine strampelnden Vorderbeine fest, während der Tierarzt die eine Penicillinphiole nach der anderen in den Bauch des Tieres drückte.
DER TIERARZT *Zieht sein blutbeflecktes Operationsleibchen aus und trippelt mit seinen Fingern die Knöpfe seines Hemdes hinauf* Heute wurde ich um zwei Uhr morgens zu einer Kalbsgeburt gerufen. Mit dem Kopf, den Vorderbeinen und dem Bauch schaute das Kalb aus der Scheide, aber seine Flanken und Hinterbeine waren nicht mehr herauszukriegen.

Das Kalb blieb im Leib der Kuh stecken, obwohl ich mit einem Messerschnitt die Scheide der Kuh erweitert hatte. Ich mußte das Kalb töten, in der Mitte auseinanderschneiden und die Leichenteile, die zurückgeblieben waren, im Körper der Kuh zerstückeln und herausräumen.

Ich ging mit einem feuchten Tuch auf den Dachboden und entstaubte zwischen Spinnweben und über meinem Kopf an schwarzen Stangen hängendem gelbem Kukuruz ein Heiligenbild, das zwei Jahrzehnte lang in meiner Kammer über meinem nächtlichen Kinderatem hing. Ich trug das Raffaelbild, das die trauerschleiertragende Natalija verbannt hatte, über die steile Dachbodenstiege in die Sauküche hinunter, um es zu säubern. Mit einer Möbelpolitur, die ich in der Knechtstube gefunden hatte, brachte ich den abgebröckelten schwarzen Rahmen auf Hochglanz und trug das entschmutzte Heiligenbild, dessen Glas einen über seine ganze Fläche laufenden Schrick hatte, über den schneebedeckten Hof in den Stall hinaus, wo der monstranztragende Ackermann auf seinem kotbespritzten Melkerthron hockte und auf die Geburt eines Kalbes wartete. Ich lehnte das Heiligenbild unter der matten Glühbirne an die kotbespritzte Stallwand, als das Kalb seine schleimigen weißen Fußspitzen aus der Scheide seiner Gebärerin drückte. Der Ackermann gab mir einen Deuter mit seinem monstranztragenden Kopf. Die Hostie, der Leib seines Vaters, bewegte sich in der Lunula hin und her, als nicke mir der vor zwanzig Jahren verstorbene Enznopa zu. Ich ging zur Stalltür und nahm die Kalbstricke vom Nagel. Der Ackermann, der in die Scheide der Kuh griff, um nach dem Kopf des Kalbes zu tasten, band die beiden Stricke an den herausstoßenden Beinfesseln fest. Unter der Patronanz der Madonna sulla Seggiola, die eingerahmt hinter dem schrickigen Glas des Heiligenbildes mit einem fettarschigen Jesukind auf dem Thron hockte, vollzog sich die Geburt des Kalbes.
Bevor ich am vierundzwanzigsten Dezember dem Ackermann im Stall zum Geburtstag gratulierte, sah ich, wie er mit seiner bloßen Hand, die feucht war von der Milch und

vom Schmutz des Kuheuters, ein Kalb schlug. Er stieß das Tier zuerst mit dem angezogenen Knie zur Seite, machte seine Hand zur Faust und boxte ihm mehrere Male auf den Bauch. Das Kalb brüllte vor Schmerz. Die Melkmaschine pumpte. Mit weitaufgerissenen Augen starrte der Wasserzeichenkopf des Enznopas aus der Monstranz. Auf meinem rechten Augapfel breitete ein schwarzer Schmetterling seine Flügel auseinander. Der Kugelkopf meiner Schreibmaschine drehte sich in meiner Gehirnschale um sich selbst. Quer übereinanderliegende Strohhalme fuhren einander in die Haare. Das Kalb im Bauch der Kuh, das in den nächsten Tagen auf die Welt kommen sollte, hob in der Eihaut seinen Kopf und strampelte mit seinen Beinen. Der Tod schwitzte Blut. Ich entschlüpfte der Hand des Ackermanns, der sich mit leichtem Kopfschütteln für die Geburtstagsgratulation bedankte. Schwarzgekleidet ging Motria mit einem Eimer voll Blut an uns vorbei.

Ich legte für Konstantin *Abschied von den Eltern* von Peter Weiss unter den Christbaum. Diesmal war es aber nicht der Ackermann, sondern Natalija, die nach den Gebeten für die Verstorbenen an den leuchtenden Christbaum herantrat und die Pakete austeilte. Wäre doch schön gewesen, wenn der Ackermann die Geschenke ausgeteilt und Konstantin den Abschied von den Eltern in die Hand gedrückt hätte. Als der Enznopa und die Enznoma noch lebten, stand der aufgeputzte Christbaum im großelterlichen Zimmer. Nach ihrem Tod übersiedelte der Christbaum in das Schlafzimmer des Ackermanns und stand Jahr für Jahr vom Heiligen Abend bis zum Dreikönigstag auf dem Tisch. Neuerdings ist er größer als damals und steht auf dem Boden, nahe der Wand, an der ein eingerahmtes Kinderbild hängt, auf dem Natalija, Gustav, Michael und ich zu sehen sind. Die erwachsenen Kinder rücken mehr und mehr vom Elternhaus ab, während der Christbaum von Jahr zu Jahr größer wird und immer näher an das Kinderbild heranrückt.

Wenn doch die Bauern die Fichten- und Tannenbäume zu Weihnachten nicht abholzen und nach Hause schleifen, sondern im Wald stehenlassen, schmücken und aufputzen würden! Sie bräuchten nur den Schnee von den Ästen zu schütteln und die Eiszapfen mit Scheren abzuschneiden. Es wäre doch schön, wenn am Heiligen Abend in den Wäldern unzählige Christbäume leuchteten, Kinder und Erwachsene rundum stünden, beteten und Stille Nacht, Heilige Nacht sängen. Die Schokoladeengel, die Schokoladekruzifixe, die Schokoladejesukinder, die Schokoladefrösche, die Schokoladevierkleeblätter, die Schokoladeembryen und die Schokoladepäpste würden sich inmitten des Neuschnees am Tannenbaum, der voller Engelshaar, Flitter, Kerzen und Goldregen ist, besser erhalten als in der kachelofenwarmen Bauernstube, wo man bald einen Schokoladepatzen unter dem Christbaum findet. Der Vater müßte zuerst die Geschenke für die Kinder rund um den aufgeputzten Tannenbaum aus dem Schnee lösen und aus dem Eis hacken, ehe er sie überreichen könnte. Es wäre schön, blickte man am Heiligenabend auf die Sonnseite und sähe verstreut in den Wäldern leuchtende Christbäume. Es wäre mein sehnlichster Wunsch, die Christbäume in unseren Wäldern mit Süßigkeiten vollzuhängen, damit auch die Kinder armer Leute in die tiefbeschneiten Wälder hineinstapfen können, um einen Christbaum zu suchen, von dem sie nehmen könnten, was mir schmeckt.

Als er in meine Kammer trat, in der sich gerade Konstantin und Michael aufhielten und mir beim Modulieren einer Priestertotenmaske zusahen, grinste er, während er auf meine mit feuchtem Gips beschmierten Hände blickte und die beiden Brüder fragte, ob sie denn nicht die Arbeit, die er ihnen im Stall aufgetragen hatte, erledigen wollten. Wenn er, als wir Kinder waren und mit geflickten Hosen und abgetragenen Schuhen hinter ihm her waren, uns ein zweites Mal oder gar ein drittes Mal zu einer Arbeit ermahnen mußte, brüllte er zornig los, so daß mir seine Worte wie Stichflammen durch die Brust fuhren. Nun ist der achtzigjährige räudige Wolf lammschwach geworden.
Er nahm den Kalbstrick vom Eisenhaken, der an der kotbespritzten Stallwand befestigt ist, schritt an den zehn Köpfen der Kühe, die den Atem sichtbar aus ihren Nüstern stießen,

vorbei und ging in den Ochsenstall, in dem das zweijährige fußkranke Kalb am Boden lag. Mit seiner Fußspitze gab er dem Tier einen Tritt auf den Kopf. Die Augen des Kalbes vergrößerten sich vor Angst und Schmerz, seine Augenlider zitterten. Die Zunge hing aus seinem Maul. Der Ackermann richtete die goldene Monstranz auf seinem Kopf zurecht, prüfte ihre Festigkeit, hob den Strick und ließ ihn auf den Schädel des kranken Kalbes niedersausen, bis das Tier heftig aus der Schnauze blutete und, halb ohnmächtig geworden, seinen Kopf schwerfällig im Kreis drehte. Links und rechts leckten die anderen Kälber das Blut von der Schnauze des Gepeinigten. Mit dem ausgedienten Kalbstrick, der zur Hosennaht seines rechten Oberschenkels hinunterpendelte, durchschritt er wieder den sichtbaren Atem der Kühe und ging auf den Kälberstand zu. Die Anstrengung der Züchtigung hatte seine Wangen tief einfallen lassen. Im Gesicht war er bleich wie ein Toter. Er schnaufte und ging wie in Trance an den Flanken der jungen Kälber vorüber auf den Mauerhaken zu, auf den er wieder den Strick hängte. Ob ihm, fiele er vor Überanstrengung tot vor die Beine eines Tieres, der Strick aus den Händen gleiten oder ob er ihn nicht so festhalten würde, daß wir ihn mit dem Kalbstrick in seinen gefalteten Händen begraben müßten? Manchmal sah ich aber auch, wie er an das kranke Kalb herantrat, mit seinen abgearbeiteten Fingern den Kopf des Tieres kraulte und sagte, Steh doch auf, du mußt doch fressen, steh auf, sonst gehst du ein! Vierzehn Tage lang hatte er morgens und abends das Tier mit dem Strick gezüchtigt, weil es krank war, am Fuß eine schmerzende Eiterbeule hatte, nichts mehr fressen wollte und von Tag zu Tag magerer wurde.
Das ist Hirschblut! sagte der Fleischhauer, als er mich lange auf seine blutbefleckte braune Plastikschürze blicken sah. Er nahm den Schußapparat, jagte dem kranken Kalb eine Kugel in den Kopf und öffnete mit einem großen Schlachtmesser am Hals des zu Boden gestürzten Tieres eine breite Wunde, aus der kinderarmdick Blut floß. Der Ackermann und der Fleischhauer banden Stricke an die Beine des toten Kalbes und schleiften es über den Schnee, in den Hof hinaus, wo es

mit dem Kopf nach unten am Frontlader des Traktors aufgehängt und enthäutet wurde. An der Hautinnenseite, an seinen Flanken und auf seinem Nacken konnte man deutlich die rotblauen Spuren der wochenlangen Züchtigung sehen. Der Fleischhauer schnitt dem geschlachteten Vieh den Kopf ab und spießte ihn an einem an der Mauer stehenden Gerüst auf. Das Blut rann aus dem Kopf die Mauer hinunter. Vor der Stallarbeit sagte der Ackermann zu mir, seinen Blick starr auf die Blutflecken gerichtet, Deck die Eingeweide mit Stroh zu und wirf Schnee über die Blutflecken, man soll doch am Neujahrstag kein Blut auf dem Hof sehen! Ich streute Schnee und Sägespäne über die Eingeweide und Blutflecken. Von der Klagemauer aber, über die das Kopfblut des Kalbes rann, entfernte ich die Blutflecken nicht.

Um den Ackermann zum Erzählen zu reizen, sagte ich zu ihm, daß ich in einem Kriegsbilderbuch, das ich in der Stadt gekauft hatte, eine auf der Straße gehende Kolonne von Soldaten sah, die ihre Hände hinter dem Kopf verschränkt hielten. So gingen auch wir zehn Kilometer weit in einer Kolonne, sagte er. Links und rechts wurden wir von den englischen Soldaten, die uns gefangennahmen, mit Gewehren bedroht. In derselben Haltung, die Handflächen auf seinen Hinterkopf pressend und die Finger zum Gebet geschlossen, liegt er abends auf dem Diwan und sieht sich im Fernsehn die Katastrophennachrichten an. Er öffnete die Stutennabelschnur unter seinem Kinn, hob die Hostienmonstranz von seinem kahlen Kopf und stellte sie in die Stallnische. Verwirrt standen die weißgrauen Haare seines Hinterkopfes in die Höhe. Er trat in die Stallmitte, faßte mit beiden Händen den Corpus Enznopas, machte ein Kreuzzeichen, flüsterte, Oherr, ich bin nicht würdig, daß du eingehst unter mein Dach, aber sprich nur ein Wort, so wird meine Seele gesund! und zerbrach ihn. Er legte den geteilten Leib seines Vaters auf seine Zunge und bemühte sich, die Oblate nicht mit seiner Oberkiefer- und Unterkieferprothese zu berühren. Noch während er die feuchte, zusammengeschrumpfte Hostie auf seiner Zunge wälzte und wir nebeneinander über den schneebedeckten Hof aufs Haus zugingen, sagte er, Zeig mir das Kriegsbilderbuch! Ich lief über die sechzehnstufige Stiege, ging in die Kammer und nahm das Kriegsbuch aus dem Holzkorb, in dem einst die Kleinkinder der Warwara Wassiljewna lagen. Sie gab mir diesen Korb, als ich sie, bei der ich über ein Jahr wohnte, wieder verließ, damit ich meine Manuskripte und Bücher, die ich mit einem Schlitten vom Berg ins Tal transportierte, unterbringen konnte. Der Ackermann schlug eine beliebige Seite auf und blickte gespannt auf die heraustretenden Eingeweide eines vietnamesischen Soldaten. Wo sind die Bilder vom Zweiten Weltkrieg? fragte er. Er setzte die geerbten Augengläser seines verstorbenen Bruders auf und imitierte ab und zu, während er herumblätterte, das Explodieren einer Handgranate, aber die betont grausamen Bilder brachten ihn zum Verstummen. Ich hatte erwartet, daß er wasserfallartig erzählen würde, aber ich irrte mich. Er versank zwischen den Bildern und ruhte sich, den Stahlhelm über die Augen geschoben – damit ihn der Vollmond nicht blendete –, im Schützengraben aus, das Gewehr in seiner Linken haltend. Erzähl mir, erzähl, wollte ich zum Ackermann sagen und mit meinem Ellbogen an seinen Arm stoßen, ich möchte ein neues Buch über dich schreiben, ich zerre aus jedermann, der mir zu nahe kommt, Geschichten wie Eingeweide aus einem aufgeschlitzten Hasenbauch heraus.

Konstantin war es, der die daumengroße tote Heuschrecke, die der Ackermann, während er ein Bad nahm, in der Wanne verloren hatte, vom Seifenbehälter nahm und in den Badeofen heizte. Eine Woche lang ging ich täglich mehrere Male ins Badezimmer und betrachtete lange die grüne ertrunkene Heuschrecke, zu der sich nach ein paar Tagen eine Spinne, ein Weberknecht, dazugesellt hatte, der mit seinen langen hauchdünnen Beinen das verschmutzte weiße Email der Badewanne entlanggging und sich über die Heuschrecke hermachen wollte. Bevor der Ackermann und Motria wieder gemeinsam ins dampfende Badewasser stiegen, wollte ich der Heuschrecke einen schwarzen Trauerschleier auf dem Kopf befestigen und sie neben der Hirschkopf-Terpentinseife auf den

Seifenbehälter legen. Vielleicht hätte Motria einmal, ohne genau hinzusehen, nach der Seife gegriffen und wäre dabei mit ihrem Ringfinger auf die ertrunkene Heuschrecke gestoßen und hätte in ihrem Schrecken den nackten Ackermann beauftragt, die Heuschrecke wegzuräumen, während er sich mit der Terpentinseife seine Achseln säuberte, in denen sich die Beine von Spinnen, Heuschreckenköpfe, Froschaugen, Türkenkörner, Grassamen und Weizenkörner versammelt hatten und zermalmt worden waren. Konstantin hätte die Asche der grünen Heuschrecke in Motrias Schlaftablettenphiole füllen und mir überreichen sollen.

Als der Genossenschaftsmähdrescher über die Getreidefelder des Ackermanns fuhr, gingen wir gemeinsam die Dorfstraße hinunter auf die Bundesstraße zu, die wir überqueren wollten, um zu den Feldern zu gelangen. Links und rechts flitzten ununterbrochen die Autos an uns vorbei. Als sich eine kleine Lücke auftat, wollte der achtzigjährige Ackermann über die Straße laufen, aber ich faßte ihn am geflickten Ärmel seiner blauen Arbeiterjacke und riß ihn an den Straßenrand zurück. Er sah mich böse an, wollte sich von mir losreißen und rief in herrischem Ton, Ich laufe über die Straße, wenn es mir paßt, ich wäre leicht noch drübergekommen! Vielleicht wollte ich nur eine Gelegenheit ausnützen, um ihm das Leben zu retten. Wäre er verunglückt, so hätten die Leute im Dorf gesagt, daß ich meinen Kampf mit dem Ackermann beenden wollte, indem ich ihn einfach in ein Auto stieß. Als der Touristenautostrom abbrach, überquerten wir die Straße, gingen auf den Mähdrescher zu und hoben die Getreidesäcke auf einen Wagen. Auf den Jutesäcken, die bis zum Hals mit frischem Getreide gefüllt waren, stand *Café do Brasil, Café de Guatemala.*

Er hob den Telefonhörer ab und wählte eine Nummer. Im kruzifixartig gebauten Nachbardorf ging sein ältester Bruder, ein dicker kleiner Mann mit auffallend angeschwollenen Ohrläppchen, ans Telefon, Da Jogl is do! Da Hons is gstorbn! – Mochts dos Theater wie ihr wollt! – Oba dos is doch ka Theater, so der Ackermann, unsa Bruada is gstorbn! Der Ackermann bestellte den Sarg, ließ die Partezettel drucken

und sorgte dafür, daß der Name des Verstorbenen, sein Geburts- und Sterbedatum schwarz eingerahmt in der Volkszeitung erschienen, Wir geleiten unseren *lieben Verstorbenen* auf dem letzten Erdenweg ... Vom Bargeld des Toten wurde die Bestattung bezahlt. Der älteste Bruder des Ackermanns, der vorgab, wegen einer Grippe bettlägrig zu sein, erschien nicht zum Begräbnis. Nicht mehr als zehn Personen gingen auf dem Annabichler Friedhof hinter dem Sarg seines Bruders her, der Chauffeur des Bischofs von Gurk und Besitzer einer Konditorei gewesen war. Nach notariell beglaubigter Verzichtserklärung seiner Geschwister wurde der Ackermann zum Alleinerben der Wohnungseinrichtung und der Kleider des Toten bestimmt. Der Schreibtisch, das Sterbebett und ein Kleiderkasten fielen mir zu.
Während der Ackermann und ich einen Zaun reparierten, lief ein Kalb, das er das erstemal auf die Weide geführt hatte, vollkommen irritiert von der einen Zaunecke in die andere, durchbrach eine desolate Stelle und lief über die Felder in die Auen hinein. *In einem Tonfall der Verbitterung und heftig schnaufend* So etwas ähnliches ist mir schon vor Jahren passiert. Tagelang hetzten wir in den Auen erfolglos einem Kalb nach, bis wir es wie ein Reh abschießen mußten. Während wir den Zaun fertig reparierten, um die anderen Tiere am Ausbrechen zu hindern, schrie er, Gib mir den Hammer! Wo sind die Nägel? Die Nachbarn, die ebenfalls einen Zaun reparierten, lachten spöttisch, als sie den Ackermann fluchen hörten. Umringt von gelben Sumpfdotterblumen stand das erschöpfte Kalb, das eine Stunde lang durch die Auen gehetzt war, bauchtief in einem Tümpel. Der Ackermann befestigte einen Strick an den Hörnern des Tieres und wollte es aus dem Sumpf ziehen, aber das Kalb blieb verstockt stehen. Immer wieder schlug er fluchend dem Tier einen Haselnußstecken auf den Kopf, bis seine Schnauze blutverschmiert war. In immer schnellerer Reihenfolge fielen die Blutstropfen von der Schnauze und zuckten an der Wasseroberfläche des Tümpels zwischen den Sumpfdotterblumen auf. Der Ackermann gönnte sich eine kurze Atempause, aber eine halbe Minute später schlug er neuerlich, heftig atmend und fluchend, dem

Kalb die Haselnußrute auf den Kopf und auf die Beine. Mit jedem Schlag tötete er ein paar Fliegen und Bremsen, die sich am blutbeschmierten Kopf des Tieres festsaugten, aber das Kalb blieb unbeirrt im Tümpel zwischen den gelben Sumpfdotterblumen stehen und ließ die halbstündige Züchtigung ohne ein Sterbenswörtchen über sich ergehen.

An einem Nachmittag, während sie in der Küche bügelte, beklagte sich Motria dem Ackermann gegenüber, weil sie Tag für Tag von morgens bis abends schwer arbeiten müsse. *Die dornenkronentragende Heiligenbildmadonna schlug ihre mit blauer Wimperntusche geschminkten Augenlider auf und blickte auf den ausgestreckten, auf ihrem Schoß liegenden Leichnam des Jesukindes; Motria betrachtet ihre abgearbeiteten Hände; mit zitternder Stimme* Ich bin doch schon sechzig Jahre alt, habe sechs Kinder ausgetragen und aufgezogen und muß jetzt immer noch um sechs Uhr morgens aufstehen, in den Stall hinausgehen und den neugeborenen Tieren die Milch geben. Den ganzen Tag komme ich nicht zur Ruhe. Am Abend bin ich so müde, daß ich nicht einmal mehr fähig bin, eine halbe Stunde in den Fernsehapparat hineinzuschauen, dann fallen mir schon die Augen zu. Die Schmerzen an meinen Beinen werden immer schlimmer. *Denkt an tote Schwalbenembryen, die in ihrer Luftröhre stecken; mit dramatischem Staunen* Was ist, wenn ich hin bin, was wird dann aus der Hube? So schnell bist du nicht hin, antwortete der Ackermann und stellte sein Weinglas auf die Kommode. Motrias Bügeleisen schnaufte. Die verschleierte Natalija hockte neben dem Herd auf der Holzkiste und machte ununterbrochen die Geste des Händewaschens. In ein paar Tagen, setzte Motria mit gebrochener Stimme fort, werden wieder zwei Kühe kälbern, dann habe ich noch mehr Arbeit, dann muß ich neben den anderen noch zwei Kälber versorgen. *Befeuchtet mit ihrer Zunge den Zeigefinger und prüft die Wärme des Bügeleisens* Das kann doch nicht so weitergehen! Der Ackermann antwortete ihr nicht mehr, ging in die Sauküche, um seine Stallkleider zu holen, zog sich wortlos um und ging über den schneebedeckten Hof aufs Stalltor zu. Die goldene Mon-

stranz, die in dem Stalltabernakel stand, glitzerte ihm bereits entgegen.
Auf dem Rücken eines Pferdes, das einen schwarzdekorierten Leichenwagen zog, saßen, maskiert mit den Gesichtszügen von Judith und Holofernes, Motria und der Ackermann. Im Sarg, der auf dem Leichenwagen lag und aus durchsichtigen Eisblöcken bestand, lag der enthauptete Schutzengel meiner Kindheit. Seine gebrochenen, blutigen Flügel waren ihm vom Rücken geschnitten und über den Körper gebreitet worden. Die Eiszapfen seiner Fingernägel verlängerten sich zusehends, durchstachen die Sargwände und wurden zu messerscharfen Eisenstangen, die während der rasenden Fahrt des Leichenwagens links und rechts vom Sarg die Äste von den Fichten und Sträuchern rasierten. Ein Buntspecht, der einen schwarzen Trauerschleier trug, hackte über der Stirn des Engels seinen Schnabel in den Eissargdeckel. Holofernes hob die Zügel und ließ sie auf den schweißtriefenden schwarzen Pferderücken niederschnalzen. Judith fiel vom Pferd und wurde vom Leichenwagen gerädert. Holofernes hielt den Wagen an, schob den Eisdeckel zur Seite und legte die tote Judith in den Sarg, zum enthaupteten Schutzengel meiner Kindheit. Der trauerschleiertragende Buntspecht setzte sich wieder auf den Eissargdeckel und blickte lange auf das blutverschmierte Antlitz Motrias, ehe er seinen Schnabel wieder ins Eis hackte. Der Ackermann schwang sich wieder aufs schwarzdekorierte Pferd und peitschte es vorwärts.
NATALIJA *Liegt in embryonaler Haltung unter der grünen himmelhochbetenden Hinterglasmuttergottes in der Selbstmördergrube des großväterlichen Sterbebettes; mit zitternder Stimme* Der Ackermann hat Angst, daß er einmal von seinen Kindern so behandelt wird, wie er seine Kinder behandelt hat. Er hat zu seinen Kindern kein Vertrauen, und wie sollen seine Kinder zu ihrem Vater Vertrauen haben? Wer wird für den achtzigjährigen Ackermann und für die sechzigjährige Motria sorgen, wenn es einmal eine Schwerarbeit für Motria sein wird, in die Holzhütte zu gehen und Holz zu holen, damit sie in ihrem Schlafzimmer den Kachelofen einheizen können? Werden ihnen Gustav und seine Frau, die in einem anderen

Dorf einen noch größeren Hof mit noch mehr Tieren bewirtschaften und die möglicherweise auch den Hof des Ackermanns erben, jeden Tag zweimal mit dem Auto das Mittag- und Abendessen auf den verwaisten Hof bringen, bis einer von beiden stirbt und sich der andere in den Tod mitreißen läßt, damit das Elend bald ein Ende habe?
Wie lange noch werden wir Motria kein Wort sagen und ihre zuckende ratternde Nähmaschinennadel für sie sprechen hören? Wie oft wird der Ackermann noch den Teufel an die kotbespritzte Stallwand malen? Wie oft wird er uns böse, verbittert oder zärtlich ansehen, wenn er, in Eiseskälte mit dem Traktor aus Feistritz kommend, mit mehreren noch warmen in Seidenpapier eingehüllten Brotlaiben in den Händen, auf denen ein paar Schneeflocken zerrinnen, die Küche betritt? Wenn der Ackermann einmal tot sein wird, wird er den Hof, die Tiere, den Traktor und den Pflug mit unter die Friedhofserde nehmen und unter der Erde zu seinem schon so lange verstorbenen Vater hingehen und ihm zeigen, wie weit er es gebracht hat. Du erinnerst dich! Mit zweihundert Schilling Bargeld, mit achtzehn Stück Vieh und zwei Zugpferden habe ich angefangen. Und jetzt? Schau, was aus deiner Hube geworden ist! Dort unter der Erde werden der Ackermann und sein Vater auf der Enznhube weiterhausen. Jahrzehntelang wird unter der Erde der eine dem anderen den Hof aus den Händen reißen. Wer wird seinen großen Eßlöffel, den damals der Enznopa verwendet hat und der an den Ackermann weitervererbt wurde, in den Mund nehmen? Werden wir den Ackermann mit dem Löffel, der keinen Erben hat, begraben müssen? Den Löffel im Sarg zwischen die Finger seiner gefalteten Hände schieben oder in seinen Mund stekken? Es stört mich nicht, wenn sich Motria und der Ackermann zu Tode schinden, während ich in meiner Kammer vor einer neuen, feuchten Totenmaske stehe und die Falten an ihrer rechten Wangenseite stärker herausarbeite. Während ich an einer Totenmaske arbeite, muß ich hungern, sonst verspüre ich keine Modulierlust. Erst am frühen Abend, wenn es draußen schon dunkel ist, nehme ich das aufgewärmte Mittagessen ein.

Als ich nach einem mehrtägigen Aufenthalt aus Triest zurückkehrte, vermißte ich die kleine schwarze Katze. Während der abendlichen Fütterung fragte ich den Ackermann. Er blieb, ein Heubündel in den Händen haltend, vor mir stehen und sagte, *Gestorben!* Ich biß auf meine Unterlippe, um nicht in Lachen auszubrechen, denn noch niemals verwendete der Ackermann, wenn von einem toten Tier die Rede war, einen Schriftsprachausdruck. Ich hatte erwartet, er würde sagen, daß die Katze *zugrunde* gegangen ist, *hin* oder *higer* am Straßenrand liegt, denn die meisten Katzen im Dorf werden von Autos überfahren. Die Katze, so der Ackermann in einem Tonfall der Trauer, hat eine giftige Ratte gefressen und dürfte daran zugrunde gegangen sein. Zwei Tage, bevor ich sie tot unter einem Heuballen fand, fraß sie nicht mehr viel, bewegte sich nicht mehr wie sonst, und man konnte nahe an sie herantreten, ohne daß sie flüchtete. Der Ackermann verstreute das Heubündel in einem Futterbarren, hob seinen Zeigefinger und wendete sich noch einmal mir zu, Die Tiere verkriechen sich, wenn sie spüren, daß es aufs Sterben zugeht! Die starrgewordene Katze habe ich in die Kotrinne geworfen. Die Eisenflossen der Entmistungsanlage transportierten und begruben sie auf dem Misthaufen. Zwischen den goldenen Verzierungen seiner Monstranz staken ein paar Heuhalme. Mit blutunterlaufenen Augen starrte mich auf der weißen Oblate die Wasserzeichengrimasse seines Vaters an. Morgens, während der Ackermann zwischen zwei Kühen auf dem Melkerthron saß, darauf wartete, bis die Kuh ausgemolken war, und gelangweilt mit der eingetrockneten, die Monstranz unter seinem Kinn festhaltenden Stutennabelschnur spielte, hüpfte manchmal die schwarze Katze auf seinen Oberschenkel, leckte die eingetrocknete Milch von seinen Händen und verschwand wieder. Wenn die schwarze Katze auf dem Misthaufen verfault, wird sie dem Ackermann als Dünger für seine Felder dienen.

Das Kalb brüllte, wich, soweit seine Kette reichte, nach links und rechts aus, Geifer floß aus seinem Maul. Der Tierarzt entfernte mit einer stumpfen Schere ein Haarbüschel von seinem Brustkorb. Vor dem Stalltor fiel Schnee. Die Berge waren nebelverhangen. Der Hund bellte ununterbrochen. Das Kalb öffnete sein Maul, streckte seine lange rote an der Oberseite rauhe und an der Unterseite glitschige Zunge hervor und stieß Schmerzensschreie aus, während der Tierarzt, um das unruhige Tier bändigen zu können, seinen Mittelfinger und Daumen in die Nasenlöcher des Kalbes preßte und ihm eine Tuberkulosespritze in den Brustkorb drückte.

Der Ackermann beugte sich über die Bordwand eines Kälberglitsches, berührte mit seiner Nasenspitze die feuchte Schnauze eines Kalbes, murmelte leise ein paar Kosenamen und ließ es eine Zeitlang an seinem verstümmelten kleinen Finger saugen. Ein anderes Kalb, das herangelaufen war, berührte, als sich der Ackermann vorbeugte, mit seiner Zunge die Hostienmonstranz. Am Kristallzylinder, in dem der Leib des Enznopas in der Lunula verborgen war, blieben ein paar Speicheltropfen hängen.

Würde mich der Ackermann bestrafen, wenn ein Kalb an einer Lungenentzündung stirbt, indem er mir befiehlt, in den Auen mit einer Schaufel den hartkrustigen Schnee wegzuschaufeln, die harte Erde aufzupickeln, damit wir das tote Kalb begraben können? Oder würde er nach diesem Unglück nicht mehr zulassen, daß ich den Stall, sein Kirchengewölbe, betrete, wo in einer Nische, erreichbar für die Spinnen und Ratten, seine goldene Monstranz steht? Es ist eine besondere Ehre für mich, wenn er mich nach Vollendung der Stallarbeit beauftragt, die kotbespritzte Glühbirne, das Ewige Licht im Stall, auszulöschen. Der Ackermann ist es, der entscheidet, in welchem Stallabteil das Licht die ganze Nacht brennen darf und in welchem nicht.

Als ich vor dem Stallgebäude den Kukuruz einfassen wollte und die Schreibtruhe zu einem faulen und schimmeligen Haufen hinstellte, schob der Ackermann zuerst die goldene auf seinem Haupt festgebundene Monstranz aus dem Loch eines kaputten Pferdestallfensters, ehe seine furchige Stirn, Nase, Mund und Kinn erschienen. Mit übergroßen Augen starrte er mich an und schrie, Nimm nicht den schimmligen Türken!

Als er auf seinem kotbespritzten Melkerthron hockte, blickte ich erstaunt auf seine an diesem Tag von Bitterkeit und Lebensüberdruß befreiten Gesichtszüge, während er tags zuvor stark eingefallene Wangen, tiefe Ränder unter den Augen hatte und kein einziges Wort aus ihm herauszukriegen war, aber diesmal erzählte er wieder und erhob sich während seiner Rede mehrere Male vom Melkerthron, um in der spiegelnden, kotbespritzten Stallfensterscheibe das Wasserzeichenangesicht seines Vaters in der Hostie sehen zu können, die in der Lunula der Monstranz eingeklemmt war. *Eine Petroleumlampe erhellt das eingerahmte Madonnaweibsbild und den mit Stutennabelschnüren umwundenen Totenschädel seines Vaters; der Dorfpriester mit Weihwasserwedel und Stola sprengt Weihwasser auf die bischofsmützentragenden zwischen den unruhigen Pferdebeinen herumliegenden Rattenleichen* Bauernkinder, die zusahen, wie die Erwachsenen das trockene Erdäpfelkraut auf den Feldern verbrannten, zogen an einem windigen Oktobernachmittag ein Bündel Heu aus dem Stadel und zündeten es auf der Tennbrücke an. Der Wind trieb die Flammen in den Heustadel und setzte das Gebäude in Brand. Das Feuer griff auf die anderen Heustadel, Ställe, Bauernhäuser und Gesindehütten über und ließ im Jahre 1897 einen dorfgroßen Aschehaufen zurück. An der sogenannten *Sonnseite* – Kamering liegt an der *Schattseite* – am anderen Ufer der Drau sahen die Leute das brennende kruzifixartig gebaute Dorf. Wenige Jahre später wurde das Dorf wieder in Form eines Kruzifixes aufgebaut... Der Volksschullehrer ließ ein paar Holzscheite aus der Holzhütte holen und befahl uns, eine Stunde lang auf den Kanten des Scheites zu knien. Ein Knabe konnte danach nicht mehr aufstehen. Er brach in die Knie und blieb jammernd am Boden liegen... Wenn wir eine bestimmte Stelle im Evangelium nicht auswendig sagen konnten, wurden wir vom Pfarrer in der Religionsstunde mit einer Haselnußrute gezüchtigt, oder er gab uns mehrere Ohrfeigen... Vor dem Ersten Weltkrieg, während der Hungersnot, hatten wir vor den Pferdedieben und Rinderdieben Angst, deshalb übernachtete immer jemand bei den Tieren im Stall. Jahrelang habe ich als Kind neben meinem

Bruder im Stall zwischen den Kälbern und Schafen geschlafen ... Unzählige Menschen haben damals den Gurker Dom aufgebaut, ohne für ihre Schwerarbeit einen Groschen bekommen zu haben. Viele Gutsbesitzer ließen zur selben Zeit die jungen Bauernsöhne, die bei ihnen arbeiteten, kastrieren, ihnen die Eier ausreißen, damit sie außer der Arbeit nichts mehr im Schädel hatten. So der Ackermann wörtlich. Als der Achtzigjährige erzählte, daß er noch keine fünfzehn Jahre alt war, als zwei Stuten hintereinander Totgeburten auf die Welt brachten, und dabei weinte, aber von seinem Vater getröstet wurde, rannen ihm, während er zwischen zwei Kühen auf seinem Melkerthron saß, links und rechts die Tränen über seine lederne Gesichtshaut.

Im Gasthaus, bei einer *Nachbarschaftssitzung*, wo die Dorfbauern von Zeit zu Zeit zusammenkommen und über die Dorfangelegenheiten, gemeinsame Grundstücke und Gemeinschaftsmaschinen verhandeln, hob der Lenzhofer während eines Streitgespräches seinen Zeigefinger und rief auf den Ackermann zu, Wenn ich deine Schandtaten aufzähle, dann kannst du dich unter dem Tisch verkriechen! Der Ackermann nahm den Lenzhofer beim Wort und brachte den Verbalzwist vor Gericht. Nach mehreren Verhandlungen und Einvernahme von Zeugen verlor der Lenzhofer den Prozeß und mußte wegen Verleumdung die Prozeßkosten tragen. Einige Zeit später ging das Gerücht durch die Dörfer, daß der Ackermann in den Dachboden des Nachbarbauern eingestiegen sei und mehrere Säcke Getreide gestohlen habe, dabei aber erwischt und von einer starken Eisenbahnerhand durchgehauen worden sei. Der Ackermann brachte den Eisenbahner, der ihn in betrunkenem Zustand in einem Gasthaus verleumdet hatte, vor Gericht und erhielt eine schriftliche Ehrenerklärung, die er ständig bei sich trug und bei einer Gesellschaft, wenn dieses Thema zur Sprache kam, auf den Tisch legte.

Es vergingen wenige Abende, ohne daß der Ackermann, während er zwischen den Kühen auf dem Melkerthron saß und die Hostienmonstranz auf seinem kahlen Kopf glitzerte, nicht vom Krieg, von seiner Kindheit, vom Enznopa und von den Dorfereignissen aus früheren Zeiten erzählte. Er wartete darauf, bis ich mit der Stallarbeit fertig war, den Strohkorb vor ihm umstülpte, mich draufsetzte und erwartungsvoll meinen Kopf hob. Manchmal erzählte er präzise und bildhaft, manchmal verworren und leise, sprang in einem Satz vom Krieg zum Bauernhof und von einer Fohlengeburt wieder zurück in den Schützengraben und lud unter dem wolkenlosen, sternenübersäten Nachthimmel sein Maschinengewehr. Die Soldaten fielen im Stall und wälzten sich vor Schmerz im Kuhdreck, Bomben explodierten, und die Splitter spritzten um die Glasgehäuse der Stallglühbirnen und fielen als heiße Schneeflocken auf die goldene Hostienmonstranz, auf seine Schulterblätter und Oberschenkel, und noch immer steht er, abgemagert und verzweifelt, in einer lumpigen Soldatenuniform in Holland am Meeresstrand und überlegt sich, ob er sich nicht die Kugel geben sollte. Oftmals wurden durch Motrias Auftauchen, ohne daß sie ein einziges Wort sprach, seine Erzählungen abgewürgt. Mürrisch und hilflos blickte der Monstranzträger um sich und suchte den abgerissenen Faden seiner Geschichte. Die ersten zwei Jahrzehnte meines Lebens sprachen wir miteinander kaum ein Wort. Heute könnte ich wie ein italienischer Zuckerlverkäufer mit einem Gurt meine Schreibmaschine an meine Brust hängen und dem erzählenden Ackermann folgen, während er mit Pferd und Pflug unter den dahinziehenden Raben über die Äcker geht. Mir ist es oft dreckig ergangen, sagte er, während er mit den getrockneten unter seinem Kinn pendelnden Stutennabelschnüren spielte, ob hier auf dem Hof oder im Krieg, aber ich habe durchgehalten. Schon als Kind stand ich um vier Uhr am Morgen auf und ging mit zwei Rössern auf den beschneiten Berg, zu einem Steinbruch. Die Wagen wurden mit Steinen gefüllt und mit den Rössern ins Tal, ans Ufer der Drau gebracht, wo wir einen Damm errichteten. Ob es mich auch deshalb so oft ans Meer zieht, weil auch der Ackermann während des Krieges mit seiner Truppe zwei Jahre lang an der holländischen Nordsee hauste, längst bevor ich gezeugt wurde? Einmal sagte er, Wenn nicht der Krieg gewesen wäre, hätte ich niemals Holland, England, Deutschland oder das

Meer gesehen, gar nichts hätte ich von Europa gesehen! Der Krieg war das einzige Erlebnis in meinem Leben!

Er hockte vor dem Kuheuter nieder und beauftragte mich, die Kerze anzuzünden und das Euter anzuleuchten. Der Schein der Kerze fiel auf das pralle, faltige und rosarote Euter. Rotes Kerzenwachs tropfte auf den Stallboden und auf meine Hand. Das Kerzenlicht zitterte. Die Spiegel der Monstranz glitzerten. Auf der eingeklemmten Oblate sah ich deutlich das Wasserzeichen des Großvaterkopfes. Selbst der Oberlippenbart war eingeprägt. Sein Mund war zahnlos, und die Wasserzeichendornenkrone hing schief auf seinem Schädel. Ringsum rasselten die Tiere mit ihren Ketten. Die Ratten verhielten sich ruhig zwischen den morschen Brettern und warteten darauf, daß der Ackermann die Monstranz von seinem kahlen Kopf hob, in eine Nische stellte und den Stall verließ. Seit einmal die Ratten die Hostien angefressen haben, stülpt er abendlich vor dem Schlafengehen einen Jutesack, auf dem *Café de Guatemala* steht, über die Pappschachtel mit den Oblaten. Wie vorwärtsmarschierende schneebedeckte Tannen trat die Kälte ein und berührte mit ihren Nadeln meinen Rücken, als Motria die Stalltür öffnete. Als es dem Ackermann gelang, die Plastiknadel in das Loch der Zitze zu drükken, um ein entzündungslinderndes Serum in das Innere des Euters zu spritzen, ließ die Kuh stärker ihren Schwanz pendeln und traf wieder die goldene Monstranz. Der Kristallzylinder war so voller Stallkot, daß man die Oblate in der Lunula nicht mehr sehen konnte. Der Ackermann erhob sich, legte die Spritze auf die Stallfensterbank und beauftragte mich, die Kerze und die Zündhölzer wieder in die Küche zu tragen. Als ich noch einmal in den Stall zurückkehrte, sah ich, daß er die Monstranz abgenommen, in den Tabernakel gestellt und die Hostie bereits aufgegessen hatte. Den kotbeschmutzten Kristallzylinder hatte er mit frischer, lauwarmer Milch gesäubert.
Als ihm die Volkszeitung, mit der er eingenickt am Küchentisch saß, aus den Händen fiel, zuckte er zusammen, öffnete seine Augenlider, blickte ein paar Sekunden vor sich hin und

schlief, die offene Zeitung immer noch haltend, wieder ein. Die bärtige Kinnspitze berührte seine Brust. Langsam löste sich ein Rotztropfen von seiner Nase und fiel aufs Zeitungsblatt. Seine Frau saß, ebenfalls schlafend, ihren Kopf in die Hände gestützt, daneben. Fliegen schlugen mit ihren Köpfen an die Fensterscheiben. Leise verschluckte über den Köpfen der Schlafenden der Uhrzeiger die eine nach der anderen Sekunde. Der Ackermann wachte von seinem eigenen Schnarchgeräusch auf, blickte um sich, erhob sich, ging zur Anrichte und nahm einen Schluck aus einer Vitaminflasche. Während er danach in das linke Rohr seiner Stallhose schlüpfte, blickte er aus dem Sauküchenfenster und suchte an den eisblumenbewachsenen Stallfensterscheiben eine durchsichtige Stelle, um schon von weitem die goldene im Stalltabernakel wartende Hostienmonstranz zu sehen.
Das Kalb bewegte sich im Bauch der Kuh, als hätte sie ein übergroßes Herz im Leib, das den ganzen Körper zum Zittern bringt. Die Fruchtblase war bereits aufgebrochen. Die Kuh schnaufte heftig. Schaum stand an ihrem Maul. Immer wieder warf sie ihren Kopf hin und her. Die Speichelfäden umschlangen ihren Hals und benetzten ihr Gesicht. Der Akkermann prüfte auf seinem Kopf den festen Sitz der Hostienmonstranz, befreite die hochträchtige Kuh vom Futterbarren und wollte sie an einem anderen Stand festbinden. Er zog an der Eisenkette, fluchte und schrie, aber das Tier ging keinen Schritt. Er rief mich, streckte seine Hand aus und sagte, Dort drüben ist der Strick! Deutlich bewegte sich das Kalb im Bauch der Kuh. Schlag sie! schlag sie! schrie er, wozu hast du den Strick? Die Kuh warf brüllend ihrenKopf hin und her und benetzte mit ihrem Geifer die Hand des Ackermanns. Ich warf den Kalbstrick dem erschrockenen Ackermann vor die Beine, verließ den Stall, ging in den tiefbeschneiten Fichtenwald und kehrte erst um Mitternacht wieder, als längst alle schlafen gegangen waren. Die beiden Haustüren fand ich verschlossen. Ich ging in den Stall und sah, daß in einem Glitsch das neugeborene bereits trockene Kalb lag. Auf dem Stallboden fand ich eingetrocknete Blutspuren und verstreutes Stroh. Die beiden blutigen Kalbstricke, mit denen der

Ackermann und Konstantin das Kalb auf die Welt gezogen hatten, lagen am Fensterbrett und berührten die Eisblumen an den Fensterscheiben.
Der Ackermann und der Viehhändler, der auch bei seinen Verhandlungen immer Jesus, die Jungfraumaria und das Kruzifix miteinbezieht, feilschten um den Kilopreis eines Stiers, der geschlachtet werden sollte. Mit seinen ständig zitternden Händen schrieb er seinen Vorschlag auf einen Zettel und schob ihn dem Ackermann unter die Nase. Wenn dem Viehhändler die Preise, die der Ackermann vorschlägt, zu hoch sind, nimmt seine Stimme den jammernden Klageton einer frischgebackenen Witwe an. Alle Menschen im Haus spricht er mit einem Kosenamen an. Wo is denn dos Votale? fragte er Motria, wenn der Ackermann außer Haus ist, oder Wos mocht denn dos Muatale? Natalija mußte sich einmal, durch den Trauerschleier blickend, die Worte, Wia gehts denn dem Dirndle! anhören. Stolz verdrehte sie ihren Kopf, schwenkte den Trauerschleier mit und wandte sich ab. Zu Konstantin oder zu mir sagt er, Löterle! oder Bubile! bist wohl fleißig? Als der Ackermann auf seinen Vorschlag nicht einging, wandte sich der Viehhändler an Konstantin und an mich und jammerte, Zu mir ist euer Vater so hart, und zu euch so gut! Wenn er nur zu mir auch so gut wäre wie zu euch! Der Viehhändler schlug sein Verkaufsbuch zu, legte seinen Kugelschreiber drauf und sagte zum Ackermann, Ich werde dir jetzt die Jause, die ich gegessen habe, bezahlen müssen, weil ich dir den Stier mit diesen Preisen nicht abkaufen kann! Wenn der Viehhändler im Lastkraftwagen mit dem Schlachtvieh an einem Dorfkruzifix vorbeifährt, macht er jedesmal auf seiner Stirn, auf seinen Lippen und auf seiner Brust ein Kreuzzeichen.

Der Ackermann kniete vor dem Diwan, vertiefte sich in das Kriegsbilderbuch und begrüßte mit Koseworten und Babyquietschen das eintretende kleine rothaarige Mädchen, ein Enkelkind des Rossonpaul. Dieselben Laute gibt er von sich, wenn er nach der Stallarbeit, bevor er die Monstranz von seinem Haupt hebt, in die Stallnische stellt und die Hostie

verspeist, noch einen Kontrollgang macht und die Köpfe der neugeborenen Kälber krault. Gemeinsam blätterten der ebenfalls eingetretene Rossonpaul und der Ackermann im Kriegsbilderbuch und tauschten Schlachtfelderfahrungen aus. Diese Kriegsgeschichten! stöhnte Motria, als der Ackermann und der Rossonpaul die Lektüre unterbrochen hatten, die gefüllten großen Milchkannen aus dem Brunntrog hoben und auf die Straße zur Sammelstelle trugen. Im Krieg ist es denen wohl zu gut gegangen, so Motria, sonst würden sie nicht dauernd davon reden und die Bilder anschauen! Nach der Lektüre marschierte der Rossonpaul mit dem Stahlhelm auf dem Kopf, die gefüllte Milchkanne in der Rechten, sein Enkelkind in der Linken haltend, den waagrechten Querbalken des kruzifixartig gebauten Dorfes entlang. Zwanzig Kriegsbomber donnerten über ihre Köpfe hinweg. Der Rossonpaul hechtete in den Tiefschnee hinein und warf sich sofort auf sein Enkelkind, um dessen Körper vor dem Stahlgewitter zu schützen. Die Milch floß über seine Hände und sickerte in den Schnee ein.
Am frühen Morgen warf jemand eine Militärkleidung vor meine Füße. Ich sah mich bereits nackt und im eigenen Blut mich wälzend auf einem Schlachtfeld liegen, als mich Motria, die in meine Kammer getreten war, aus dem Traum riß und rief, Kalblziehen! schnell! Wütend warf ich die Bettdecke zurück. *Während sich in einer Wolke langsam, im Zeitlupentempo, der Blitz umdreht; mit knirschenden Zähnen* Ich habe bereits zehn Kälber auf die Welt gezogen, ich will kein dampfendes neugeborenes Kalb, das voller Schleim und Blut ist, mehr sehen, ich will keine blutigen Kalbstricke mehr sehen, ich will das Neugeborene nicht mehr mit einem Kübel voll kaltem Wasser aufschrecken, wenn es, noch zwischen Leben und Tod pendelnd, mit übergroßen Augen und weit hervorgereckter blauer Zunge am Stallboden liegt. Der Ackermann, der gerade mit einer braunen Pappschachtel, in der frisch geweihte Hostien lagen, vom Frühgottesdienst zurückgekommen war und in der Küche die Stallkleider anzog, sagte grinsend, Wir haben wieder ein Kalb auf die Welt zu ziehen!

NATALIJA *Säubert mit einem Tuch und mit ihrer Spucke das Raffaelheiligenbild und hört immer lauter den Herzschlag einer Fledermaus* Räum doch den Hund weg, er hat Flöhe und Läuse, stinkt wie die Pest und hängt schon jahrelang an der Kette.

DER ACKERMANN *Stellt ein Schnapsglas, auf dem Enzian- und Edelweißbilder aufgeklebt sind, auf den Kopf; der heisere Klang des Jagdhorns bricht sich in den Bergen* Ich bringe den Hund um, wenn du in der gefrorenen Wintererde ein Grab ausschaufelst und ihn eingräbst.

Als sie mir dann doch einmal aus ihrer Kindheit erzählen wollte, wehrte ich ab und sagte, Nimm gefälligst dein Geheimnis mit ins Grab! Nach ihrem Tod werden wir ihr einen zweiten Grabstein errichten und ihre Sprachlosigkeit begraben, denn sie schweigt wie ein Grab.

Im Laufe der Jahrzehnte breitete Motria ihre geschmeidigen Tintenfischarme über die ganze Familie, so daß die Köpfe ihrer Kinder von der Last ihrer Gutherzigkeit und Verschwiegenheit froschkopfähnlich zusammengequetscht wurden. Nebeneinander hockten sie mit großen Augen und breiten Mündern unter dem Herrgottswinkel. Die Häute zwischen ihren Fingern verhinderten es, daß sie die Finger eng zum Gebet ineinander verkeilten.

Würde man die mütterliche Statue mit einem Pickel zerschlagen, so würde sie, ohne viel Staub aufzuwirbeln, schweigend auseinanderfallen. Auch die Heiligenbilder und Kruzifixe hat sie zum Schweigen gebracht. Die Rosenkranzschlange der Oma wartet nicht mehr darauf, daß jemand das Nachtkästchen öffnet, damit der Jesukopf auf dem Rosenkranz sein Maul aufreißen und seine Giftzähne in die betenden Hände schlagen kann.

Sie versteckt ihre Lebensgeschichte in sich, verschnürt sie zu einem Paket und läßt es an einer Nabelschnur in ihr zukünftiges Grab hinein. Wenn sich an einem Sonntagnachmittag die Geschwister bei Kaffee und Kuchen in der Küche versammeln, erzählt sie viel lieber in meiner Abwesenheit als in meiner Anwesenheit über ihre Kindheit und Jugend. Hüte dich davor, mir etwas zu erzählen, du weißt, daß ich alles aufschreibe, sagte ich zu ihr.

Sie musterte ein Plakat, das in meiner Kammer an der Wand hing, und las, *Worin Dorian Grays Sünde bestand, sagt niemand, jeder der sie erkennt, hat sie begangen.* Du hast über uns schon genug geschrieben, sagte sie, du brauchst über uns nichts mehr zu schreiben!

Stelle ich ihr eine Frage, vergehen viele Sekunden, ehe eine zögernde Antwort kommt, aber als ich sie an einem Morgen, als wir während der Stallarbeit die Totenglocken hörten, fragte, wer gestorben sein könnte, antwortete sie wie aus der Pistole geschossen, Ich weiß es nicht!

Natalija und Motria verteidigen ihre Sprachlosigkeit bis aufs

Blut. Sehen sie etwas Gedrucktes, eine Zeitung oder ein Buch, auf dem Tisch liegen, so räumen sie es sofort auf die Sitzbank hinunter. Tage oder auch Stunden später räumen sie das Gedruckte aus der Küche und werfen es zum Abfall. Manchmal liegen vor meiner versperrten Zimmertür ein paar Bücher, die ich in der Küche zurückgelassen habe. Motria hat ihr ganzes Leben lang kein Buch gelesen.

Innerhalb eines Jahres starben im Zweiten Weltkrieg drei Brüder Motrias. Einer hätte Bauer, einer Mechaniker und der dritte hätte Priester werden sollen. Zwei starben in Rußland, einer in Jugoslawien. Der Pirkeropa saß gerade bei seiner Speckjause, als er vom Tod seines dritten, in Jugoslawien gefallenen Sohnes erfuhr. Diese Nachricht verschlug ihm den Kärntner Dialekt. Er zitterte heftig und ließ das Jausenmesser und den Speck auf den Tisch fallen. Sein vierter und letzter Sohn brachte mit einem Heuwagen, vor den ein Pferd gespannt war, den eingesargten Leichnam seines Bruders vom Feistritzer Bahnhof nach Kamering. Die folgenden dreißig Jahre, in denen der Pirkeropa noch lebte, wurde er stumm. Seine jüngste Tochter flüchtete abends ins Nachbarhaus, ins Haus des Lehrers, um mit jemandem ein Wort reden zu können. Im Haus des Pirkeropas, in dem der Tod den Stab über das Reden gebrochen hatte, besorgte Motria die Stallarbeit. Sie preßte einen Melkeimer zwischen ihre Beine, säuberte das Euter der Kuh und drückte zuerst langsam, dann immer schneller die Euterzitzen zusammen. Die Strahlfäden der Milch klirrten auf dem Eimerboden. Das Geräusch veränderte sich, als die Milchspritzer nicht mehr vom Eimerboden hochspritzten, sondern in die höhersteigende Milch hineinstachen. Rings um die Einstiche entstanden kleine, schnell aufplatzende Milchblasen. Als Motria mit ihrem ersten, unehelichen Kind schwanger ging, sagte der Pirkeropa zum Ackermann, Ich wünsche, daß du mein Haus nie mehr betrittst! In ihrem Elternhaus brachte Motria ihr erstes Kind, eine Tochter, auf die Welt. Als aber das Mädchen ein paar Jahre alt war, liebte es der Pirkeropa mehr als mich und meine Brüder. Mit dem Mühlstein der Verschwiegenheit um ihren

Hals heiratete Motria in das Haus des Ackermanns, auf die Enznhube.

In einer Küchenkommode fand ich eine halbleere Weihwasserflasche, aus der Motria jeden Tag einen Schluck trinkt. Dazu spricht sie ein Gebet. Ich dachte dabei an eine Kirche in Rom, in der neben einem großen Wasserkessel eine Reihe Gläser standen, die mit Weihwasser gefüllt waren. Frauen traten an den Altar heran, bekreuzigten sich und tranken ein Glas Weihwasser leer. Sie steckten ein paar Lirescheine in den Opferstock, machten eine Kniebeuge, ein Kreuzzeichen und verschwanden wieder zur Kirchentür hinaus. Ein kuttetragender Mönch säuberte die leeren Becher und füllte sie wieder mit Weihwasser. Eine Frau wartete darauf, bis der Mönch wieder für ein paar Minuten in der Sakristei verschwand, damit sie unbeobachtet, ohne Geld in den Opferstock zu werfen, einen Becher Weihwasser trinken konnte. Wenige Sekunden bevor der Mönch wieder aus der Sakristei kam, um die leeren Becher zu füllen, machte sie auf ihrer Stirn ein Kreuzzeichen, küßte ihre Finger und verschwand zur Kirchentür hinaus. NATALIJA *Taucht Altartücher in einen Topf mit heißem Weihwasser* Erst kürzlich habe ich Motria beim Weihwassertrinken erwischt. Ich spreche am Abend, nachdem ich meine Schlaftablette eingenommen habe, ein Gebet, trinke aber kein Weihwasser.
Motrias Augenlider zitterten wie die Flügel eines Totenkopfschmetterlings, als ich, mich über sie beugend, Augentropfen in ihre kürzlich am Grauen Star operierten Augen einträufelte. Während ich den einen nach dem anderen Tropfen auf ihre nackten Augäpfel fallen ließ und ihren faulen Atem roch, sagte sie, Du kommst aus Rußland nicht mit heiler Haut zurück! – Wie sollte ich auch aus Rußland mit *heil*er Haut zurückkommen, wenn du im Zweiten Weltkrieg zwei Brüder in Sibirien und einen in Jugoslawien verloren hast?
Wenn sie über die Stiege ging, atmete sie heftig, blieb in der Stiegenmitte stehen und lehnte sich mehrere Sekunden lang an die Mauer, ehe sie weiterging. Vor ihrer Augenoperation arbeitete sie, schon fast völlig erblindet, noch

monatelang im Haushalt und zwischen den Tieren im Stall. Wenn ich in der Stadt über die Straße ging, sagte sie, konnte ich mich nur mehr an den Autogeräuschen orientieren. Einmal habe ich im linken Augenwinkel sogar eine Schneeflocke fallen sehen.
Ihre Schwester trat einen Schritt zurück, entblößte ihre Oberkieferzähne und setzte eine Schmerzensgrimasse auf, als Motria erzählte, daß ihr der Chirurg am Operationstisch ein paar Spritzen in die Augenlider gegeben hatte, bevor er sie zu operieren begann. Später fragte sie mich, wie es mir gehe, und noch ehe ich eine Antwort geben konnte, zog sie ihr Gesicht in Falten und schob leise zischend die Worte zwischen ihren Zähnen hervor, So blaß sieht *er* aus, so blaß!
Motria, die wegen schwerer Kopfschmerzen mehrere Tücher um ihren Kopf gebunden hatte, war frühzeitig zu Bett gegangen. Ihr Haupt krönte die alte rote wassergefüllte Plastikwärmflasche, die wir als Kinder im Winter oftmals mit ins Bett nahmen, um unsere Füße zu wärmen. Am frühen Morgen stießen wir mit unseren Füßen die rote Wärmflasche, die wie ein Stück kalt gewordenes Fleisch im Bett lag, auf den Boden hinaus. Ich wollte Motria etwas fragen, aber ihr Mund schien vollkommen verschnürt. Sie berührte den warmen Kachelofen, als suchte sie Zärtlichkeit. Ich blickte auf das schwere über ihren Betten hängende Heiligenbild und hatte plötzlich Angst und gleichzeitig die Hoffnung, daß es sich in der Nacht vom Nagel lösen, herunterfallen und den schlafenden Ackermann und Motria gleichzeitig erschlagen könnte.
Während um ihre Lippen ein leises Lächeln spielte, sagte sie in besonderer Betonung und, was höchst selten vorkommt, auf hochdeutsch zum Ackermann, der in die Küche gekommen war, um eine Erdäpfelsuppe zu essen, Die Fürstin von Monaco ist gestorben! Die hat nichts versäumt! antwortete der Ackermann im Kärntner Dialekt, machte eine abwehrende Handbewegung und schlug die Volkszeitung auf. Zwei Tage später, als in der Regenbogenpresse der aufgebahrte Leichnam der Fürstin abgebildet war, beauftragte mich die damals kurz nach ihrer Augenoperation noch sehbehinderte Motria,

den Text unter dem Bild der Aufgebahrten vorzulesen. Ich stockte zweimal.
Motria trat im Badezimmer auf die eintretende Natalija zu, hob ihre Hände und gebot mit ihren Handflächen, Halt! Der ausgemergelte Ackermann stand völlig nackt in der Badewanne. Natalija, die sofort kehrtmachte, erzählte unter heftigem Lachen, daß sie vergessen hatten, im Bad, in dem Licht brannte, den Vorhang zuzuziehen. Vielleicht war ich sechzehn oder siebzehn Jahre alt, als ich am Samstagabend die Tür zur Schwarzen Küche öffnete und der Ackermann nackt in der sargähnlichen, flachen Zinkbadewanne lag. Er legte, als er meinen Kopf im Türspalt auftauchen sah, sofort seine beiden abgearbeiteten Hände auf sein Geschlecht.
Motria und Natalija weichen den Horrorfilmen, Vampirfilmen und brutalen Western im Fernsehn aus. Gerade diese Filme interessierten mich als Halbwüchsigen. Ich stahl Geld aus der Brieftasche des Ackermanns, um einen Vampirfilm mit Christopher Lee ansehen zu können. Erst ein Jahrzehnt später entdeckte ich, daß ich damals vor dem Dracula Angst und Respekt hatte wie vor dem Ackermann.
Motria rührt sich nicht, wenn sie neben dem Herd auf der Holzkiste sitzend aus dem Fernsehapparat Kriegsmeldungen hört, die der Ackermann auf dem Diwan liegend kommentiert, aber sie erhebt sich schnell und geschmeidig, wenn sie von einem Grubenunglück, einer Erdbebenkatastrophe oder von einem Seilbahnunglück hört. Sie tritt breitbeinig an die Mattscheibe heran und schaut interessiert auf die Bilder vom Unglück.
Im Paternioner Blumengeschäft, das früher ein Fleischerladen war, hingen die Blumen an den Fleischerhaken. Ich schenke dir diese Blumen nur, sagte ich zu Motria, weil ich nun im Verlag doch erreicht habe, daß die Totenmaskencollage auf dem Umschlag meines neuen Buches abgebildet sein wird.
Wie immer und überall habe ich meine Ohren mit *Ohrfriede* zugestopft, da mich selbst das geringste Geräusch aus dem Halbschlaf wecken könnte. Motria trat in meine Kammer ein. Seppl! rief sie, aber ich hörte sie nicht. Als ich mich nach

einigen Sekunden immer noch nicht gerührt hatte, rief sie, Bua! Ich öffnete meine Augenlider. An ihren Augen erkannte ich sofort ihre Angst, ich könnte vielleicht jetzt schon starr im Bett liegen und mich nicht mehr rühren.

Die Frau Mössler, die neue Kirchendienerin, die dieser Tage Motria beim Wäschebügeln half, erzählte, daß ihr Nachbarkind, der Rauchenwalderernst, oftmals von seiner Mutter mit einem Holzknittel heftig Schläge bekommen haben soll. Der Knabe kniete vor seiner Mutter nieder, faltete seine Hände und rief weinend, Bitte, Mame, erschlag mich ganz!

Wenn ich den Stein ihrer Sprachlosigkeit schlucken sollte und wie einen Kropf in meinem Hals herumtragen müßte, würde ich mit einem Pickel auf das Spiegelbild meines Halses losgehen, um den Stein der Sprachlosigkeit in Scherben zu schlagen. Als ich mich wieder einmal nicht zurückhalten konnte und meiner Fantasie freien Lauf ließ, gab Motria ihre mir seit meiner Kindheit bekannten Worte, Halts Maul! zur Antwort. *Sieht ununterbrochen den zuckenden Nerv eines blutigen Kalbstricks und deutet auf ein Kruzifix, das eine Bischofsmütze trägt* Ich werde mein Maul nicht halten, ich werde es übergehen lassen, sobald es voll ist. Bevor ich so werde wie du, verschwiegen und stumm, Antidepressiva esse, den warmen Herd streichle oder auf dem Diwan sitze und in die gehirnverwesende Farbfernsehkiste hineinkrieche, im Stall auf und ab gehe, bis meine Fußsohlen bluten, gehe ich lieber in die Katorga, ins sibirische Zuchthaus. Es wäre mir sogar recht, wenn mich die Russen in die Ukraine oder nach Sibirien verschleppen würden. Niemals würde ich in meine Heimat zurückkehren. Auch Warwara Wassiljewna kehrte nie mehr in die Ukraine zurück. Warum soll in der Ukraine nicht ein Einarmiger mit einer Peitsche hinter mir und den Ochsen, die an einen Pflug gespannt sind, hergehen und uns vorwärtstreiben, wie Warwara Wassiljewna, die als vierzehnjähriges Mädchen in Kärnten, als sie mit den Ochsen über den Acker ging, von einem einarmigen SS-ler mit der Peitsche bedroht wurde. Die silbernen Pflugschare, die Flügel eines Engels, werden tief in den Schwarzerdeboden dringen, an Steine anstoßen und sich verletzen. Wenn der Engelsflügel mit Hilfe der Zugkraft der Ochsen wieder an die Erdoberfläche kommt, wird Blut zwischen den Feldern hervorrinnen. Mit einem Erdäpfelschäler werden junge ukrainische Mädchen in Volkstracht meine Haut vom Rücken schaben. Ich werde, wie die Wassiljewna am Ufer des Dnjepr, an der Ruhr erkranken und im Schatten einer Eiche auf mein Ende warten. Am Darm, der aus meinem Hintern hängt, werden massenweise Fliegen hocken und sich von meiner Verwesung ernähren. Ich werde unter den Bauch einer Stute kriechen, ihre schwarze Zitze in den Mund nehmen und Milch heraussaugen. Der große, von meinem Bauch bis zu meinem Hals reichende Phallus eines Pferdes wird in wenigen Atemzügen die silberne Kette seines Spermas um meinen Hals legen. Pferdespermaflossen werden zwischen meinen Fingern und Zehen wachsen. Ich werde einen blutjungen ukrainischen Knecht zur Braut nehmen. Splitternackte Knaben, die mit schnell welkenden Mohnblumen und Sumpfdotterblumen geschmückt sind, werden zu unserer Vermählung kommen und den Kasatschok tanzen. Die Hochzeit wird ein russisch-orthodoxer Pope zelebrieren. Wir werden Jesu Vorhautring auf unsere Finger stecken und einander die ewige Untreue schwören. Am Ufer des Dnjepr, in einem Gebüsch, aus dem Vögel auffliegen, werde ich das Hemd des Knaben auseinanderreißen, so daß die Knöpfe links und rechts spritzen. Wie ein Blutegel werde ich mich an seinen steif werdenden Brustwarzen festsaugen, bis ich den Anfang eines Stahlfadens finde. Ich werde diesen Stahlfaden, der um sein Herz gewickelt ist, aus seiner Brust ziehen und meinen Hals einschnüren, bis ich ersticke. Am Ufer des Dnjepr, unweit von Tscherkassy, wo noch die Fußabdrücke der jungen, vor über vierzig Jahren verschleppten Warwara Wassiljewna zu finden sind, möchte ich begraben werden. Ein eingekleideter Pope soll ihre Fußabdrücke aus der ukrainischen Erde operieren, einen Bronzeabguß davon machen und in meinen Grabstein einmauern.

Jedesmal, wenn ich zu Fuß zu Warwara Wassiljewna auf den Berg gehe, schlägt meine Blutpumpe so heftig, daß ich zwischen den Fichten stehenbleiben und meine Hände an die Brust drücken muß. Wenn ich mich im Wald, kurz bevor ich ihr Haus sehe, erschöpft an einen Baumstamm lehne, kommt es mir vor, als nagelten mich meine Herzschläge am Baumstamm fest und ich müßte stehenbleiben und warten, bis Warwara Wassiljewna kommt und die Nägel, die meinen Körper mit dem Baum verbinden, aus meiner Brust zieht. Weiß Warwara Wassiljewna, daß ich sie kürzlich, zwischen den beschneiten Fichten stehend, beobachtet habe, während sie mit einem Eimer voll heißem Wasser über den Hof auf den Stall zuging? Weiß sie, daß ich, als sie im Stall das Licht abdrehte und ins Haus zurückging, in der Dunkelheit einen ihrer Fußabdrücke aus dem Neuschnee herausoperiert und in mehrere Eisblöcke gehüllt mit nach Hause genommen habe und seither in der Kühltruhe zwischen den gefrorenen Schafsrippen und den Rinderherzen aufbewahre? Manchmal öffne ich die Kühltruhe, nehme ihren eingefrorenen Fußabdruck heraus und sehe das kleine ukrainische Mädchen am Ufer des Dnjepr im Schneetreiben durch einen Eichenwald laufen.

»Hoi, lustig, mir Knechtlar, dos Mahn is a Freid, erst recht, wenn die Sensn a bißl noch schneidt. Drum dengl nur, dengl nur, dengl nur zua, mei Bua, dengl nur, dengl nur, dengl nur zua!
Jo, mir gean frühmorgens, juhe, auf dos Feld und mahnen so long, bis die Mittogsgloggn schellt. Drum dengl nur...
Drauf gean ma zum Essn und setzn uns zen Tisch, mir kriagn kan Brotn und a kan Fisch. Drum dengl nur...
Lei Nudl und Knödl und Baunzn mit Kas und Kraut und Fisoln und ollerlei Gfras. Drum dengl nur...
Is es Jor amol Kirchtog, do schlogts in uns guat ein, do kriag ma an Brotn und trinkn an Wein. Drum dengl nur, dengl nur, dengl nur zua, mei Bua, dengl nur, dengl nur, dengl nur zua!«

Als ich einmal, während der Knecht, der Homrgottfried, die Sportseite der Tageszeitung las, eine Illustrierte aus den sechziger Jahren, auf der John F. Kennedy abgebildet war, über seinen Lesetext schob, ihn aus der Zeile riß und fragte, ob er diesen Mann noch kenne, verhielt er sich ganz ruhig, klammerte sich fester an die Tageszeitung, damit ihm die Hände nicht ausrutschten. Ich spürte zweifellos, daß er aufgestauten Haß zurückhielt. Die Augengläser, die der zeitungslesende Knecht trug, gehören dem Ackermann und sind ein Erbstück seines Bruders, der in seiner Klagenfurter Wohnung im Suff gestorben ist und dessen Leiche erst entdeckt wurde, als sich sein Leichengeruch aus der Wohnung in die Gänge des Hauses drängte. Die Polizisten hielten ein Taschentuch vor die Nase, als sie die Tür aufbrachen. Bei den Bauern werden die Augengläser weitervererbt. Leere Bierflaschen und massenhaft Zigarettenstummel liegen in der Bude des Knechts herum. Um zu urinieren, geht er nicht aufs Plumpsklo oder in den Schnee hinaus, sondern kniet vor seinem Bett nieder, drückt die Eichel seiner Rute auf die Öffnung einer leeren Bierflasche und läßt die Zügel seiner Muskeln locker.
Bring mir noch ein Bier, sagte der Knecht und blickte erwartungsvoll den Ackermann an, der an seiner Speckjause herumschnitzelte. Natalija trat einen Schritt vom warmen Herd weg, hob ihren Trauerschleier und sagte in strengem Tonfall, Bring ihm kein Bier mehr, er ist ohnehin schon besoffen, schau ihn dir einmal an! Ich wollte die Trauerschleiertragende fragen, ob sie es nicht ungeheuerlich findet, wenn sie in Anwesenheit des Knechts in der dritten Person über ihn spricht, aber ich schwieg. Der Ackermann ging in den Keller und holte noch ein Bier. Bald darauf torkelte der Knecht über die beschneite Dorfstraße hinunter auf ein anderes Bauernhaus zu, um sich weiter mit Most und Wein zu betrinken.
Ich hatte mir am Abend die frische Milch aufgewärmt und zog die Schüssel, in der blasenartig die heiße Milch hochstieg, zum Herdrand, als mir der Ackermann eine Frage stellte. Er

sagte, Hast du ... ? Was habe ich? Hast du den Wodka ausgetrunken? Ich blickte verlegen und sprachlos vor mich hin, denn er fragte mich das erstemal in meinem Leben, ob ich, ohne zu fragen, sein Eigentum genommen habe. Er konnte sich nicht vorstellen, daß ich ein Dieb war und von ihm jahrelang Geld gestohlen hatte, um mir Bücher kaufen zu können.

Nachts stand der Homrgottfried auf, ging in die Küche und Speisekammer und trank heimlich sämtliche Spirituosenflaschen aus, die neben den Marmeladegläsern in den Stellagen standen. Als er, völlig betrunken, seine in Tabakqualm eingetauchte Bude mehr als vierundzwanzig Stunden nicht verließ, sagte Natalija, Vielleicht lebt er gar nicht mehr! Geh doch in seine Kammer, schau, ob er schon kalt ist, sagte ich. Natalija hob ihren Trauerschleier und schüttelte, während ihre Gesichtsnerven zuckten, dreimal langsam den Kopf.

Als er mehrere Tage lang, auch bei heftigen Schneefällen, nicht auf dem Bauernhof auftauchte, sagte die Trauerschleiertragende, Vielleicht ist er betrunken in einen Straßengraben gefallen. Sie wagte nicht zu sagen, Vielleicht liegt er tot und zugeschneit in einem Straßengraben. Die Worte Tod und Sterben wurden in der Familie höchst selten in den Mund genommen. Ob Natalija und Motria Angst hatten, daß diese Worte, sobald sie sie in den Mund nähmen, ihre Zunge abfaulen lassen würden und daß sie augenblicklich verstummen müßten? Als der Ackermann von Natalija hörte, daß der Knecht irgendwo im tiefverschneiten Straßengraben liegen oder betrunken in die Drau gefallen und bis ins Frühjahr hinein am Flußufer unter einer Eisdecke hausen könnte, sagte er, während er seinen Kopf schüttelte, eine abwehrende Handbewegung machte, grinste und mir neugierig ins Gesicht blickte, Ist mir auch egal!

Auf der rechten Seite ihres Trauerschleiers, durch den sie auf ein mit roten Streifen durchzogenes Speckstück schaute, sah ich einen Kaffeeflecken. Es ist durchaus möglich, daß Natalija am Morgen, als sie das Frühstück einnahm, den Kuchen in den dunkelbraunen Kaffee tauchte und abwesend, durch den schwarzen Trauerschleier die Sonnenflecken auf dem Haus

gegenüber anstarrend, vergaß, den Trauerschleier hochzuheben, den Mund öffnete und das Stück Kuchen, umhüllt vom Schleier, zwischen ihre Lippen schob. Wahrscheinlich hat sie den Kuchen ausgespuckt und ist, wie ich ihren Säuberungsritus kenne, sofort ins Bad gegangen, um die Kaffeeflecken so gut wie möglich auszuwaschen. An diesem Abend, vor der Stallarbeit, als Natalija ein großes Stück Speck teilte, kochte sie für den Knecht auch ein Paar frische Würste, die der Ackermann, Motria und Natalija nach der letzten Schweinsschlachtung gemeinsam gemacht hatten, und legte sie dem Knecht neben dem Speck und Emmentalerkäse aufs Schneidbrett. Der Ackermann kam zur Küchentür herein, setzte sich an den Tisch und begann, immer wieder gierig auf die Jause des Knechts blickend, an seinem Speck herumzuschneiden. Nachdem der Knecht, der mit dem Ackermann den ganzen Tag in den Auen war und Brennholz geschlägert hatte, mit dem Jausnen fertig war, ging er in den Stadel, um das Heu für die Tiere in den Stall zu werfen. Kaum hatte er die Küche verlassen, wandte sich der Ackermann an Natalija, die gerade die Herdtür geöffnet hatte, vor dem Loch hockte und das eine Holzscheit nach dem anderen in die Glut des Ofens schürte. Warum gibst du dem Menscher die guten Würstel, sagte der Ackermann, es reicht doch, wenn du ihm ein Stück Speck, Emmentaler, Brot und Bier gibst, du mußt ihm nicht auch noch die guten Würstel geben, wir haben sowieso nicht mehr viel! Natalija, deren Gesicht von der aus dem Herdloch strömenden Wärme ein wenig gerötet war, verdrehte ihren Kopf und starrte den Ackermann, ohne ein Wort zu sagen, durch ihren Trauerschleier an.
Der Knecht bekommt für seine Arbeit, die morgens im Stall beginnt und abends um halb sieben im Stall endet, nicht viel mehr als Zigaretten- und Trinkgeld. Als Zuschuß zu seinem Stempelgeld, das die Knechte in den Wintermonaten neuerdings vom Staat bekommen, gibt ihm der Ackermann monatlich tausend Schilling. Der Knecht hat freie Kost und wohnt in einer Rumpelkammer. Das Mißtrauen Motrias gegenüber dem Knecht ist so groß, daß sie abwehrte, als ich zu ihr sagte, daß sie ihn doch auf das Spülklosett im ersten Stock – wo sich

auch ihr Schlafzimmer befindet, in dem die Brieftasche des Ackermanns ohnehin Tag und Nacht eingeschlossen ist – aufmerksam machen kann, damit er nicht aufs Plumpsklo gehen muß, an dessen gebrochener Fensterscheibe die Winterkälte Eisblumen fabriziert. Im Beisein Natalijas verwendete einmal Motria, als sie vom Knecht sprach, den abwertenden bäuerlichen Gesindeausdruck *Menscher*. Ich hätte es nicht gewagt, wenn der Ackermann anwesend gewesen wäre, den Zeigefinger meiner Pfote zu heben und moralapostolisch zu Motria zu sagen, Ich möchte nicht mehr hören, daß du Menscher zum Homrgottfried sagst! Lange genug haben die Bauern die Mägde und Knechte, ob aus dem Inland oder Ausland, als billige Arbeitskräfte benützt, haben diese Menscher in Rumpelkammern, Werkzeughütten, im Heustadel oder im Stall zwischen den Tieren übernachten lassen, von morgens bis abends geschunden, haben sie am Gesindetisch essen und es dort und da nicht zugelassen, daß die Menscher am Weihnachtsabend mit ihren abgearbeiteten und gefalteten Händen vor dem gemeinsamen Christbaum standen. Für die meisten Bauern waren die Knechte und Mägde nichts anderes als menschliche Werkzeuge der Hoferhaltung. Ich kenne in diesem Land wenige so verbitterte, abgestumpfte, zu Tieren reduzierte Menschen wie die Knechte und Mägde, aber bald schon werden die Mägde und Knechte ausgestorben, von den Fabriken und den Maschinen der Bauern verschluckt sein.

Die Mutter des neuen Dorfpfarrers wurde in Unterkärnten als Tochter einer Magd geboren, die – ausgestoßen von ihren bäuerlichen Brotgebern – ihr Kind im Stall zwischen den Tieren auf die Welt bringen und die ersten fünfzehn Jahre mit ihrem Kind im Stall schlafen, arbeiten und leben mußte. Das Mittagessen wie das Nachtmahl mußte sie ebenfalls im Stall einnehmen. Wenn ich könnte, sagte die achtzigjährige Mutter des Pfarrers kürzlich zu mir, würde ich mit meinen bloßen Fingern meine Mutter aus der Friedhofserde herauskratzen. Die alte Nachbarin des Ackermanns ist ebenfalls die Tochter einer Magd, die ihr Kind im Stall auf die Welt bringen mußte.
Der Kunstmaler Georg Rudesch erzählte mir, daß in Kärnten

ein paar Bauern einen stockbesoffenen schwachsinnigen Knecht in einen Schweinestall gesteckt haben sollen. Am nächsten Vormittag, als der Knecht aus seinem ohnmachtsähnlichen Schlaf erwachte, stellte er zu seinem Entsetzen fest, daß die Schweine seine Hoden abgefressen hatten.
Der Ackermann erzählte, daß ein junger Knecht, der am Krampustag von einem Teufel mit einer Rute geschlagen wurde, vor Todesangst aus der Küche in den Keller hinuntergelaufen und sich schreiend auf einem Haufen keimender Erdäpfel gewälzt haben soll. Ein anderer an den *Spitzbartl* glaubender Knecht lief ins Schlafzimmer, verkroch sich hinter einem Kachelofen und sprach laut und weinend das Vaterunser. Vollkommen irritiert stand ein alter Knecht, der das erste Mal ein Radio sah, vor der sprechenden Maschine. Zur Belustigung der Bauersleute sagte der Bauer zum Knecht, Sag dem, der da drinnen redet, daß er den Mund halten soll. Der Knecht trat nahe an das Radio heran und schrie mehrere Male, Halts Maul! in den Lautsprecher hinein.

Im Aifersdorfer Gasthaus saßen ein paar Mädchen und Burschen, die sich, unter dem Vorwand Witze zu erzählen, über einen Knecht, der das begrenzte Vokabular eines vierjährigen Kindes hatte, lustig machten. Auf welchem Bauernhof arbeitest du eigentlich als Knecht? fragte ihn einer der Jungen. Du schäbiger Bursche du, sagte der Knecht, ich bin der Oberverwalter, ich bin kein Knecht, ich werde dich anzeigen, ich bin der Oberverwalter, ich bin kein Knecht, du schäbiger Bursche du. Ich weiß aber, wo du als Knecht arbeitest, rief einer der Jungen. Beim Mahd bist du Knecht! Du Lump, rief der Knecht, jetzt hast du mich verraten, du schäbiger Bursche du. Heftig fluchend und gestikulierend verließ der Knecht das Gasthaus.
Die spottbilligen Knechte, Mägde und Bauernsöhne, die auf den Bauernhöfen gearbeitet haben, sind in der Zwischenzeit in die Fabriken abgewandert. Sie werden ans Fließband gestellt, obwohl sie mit der Sense und mit der Sichel umgehen können, obwohl sie mit dem Traktor fahren, obwohl sie alleine ein Kalb aus dem Leib einer Kuh ziehen können und

wissen, was zu tun ist, wenn die Stute ein Fohlen erwartet, obwohl sie wissen, wann und wie der Winterroggen auf dem Acker angesät wird. Sie müssen in einer Fabrik die eine nach der anderen Konservendose in eine Schachtel klauben, obwohl sie ein Schwein schlachten und in seine Einzelteile zerleben können, obwohl sie wissen, in welche Richtung nach ihren Axtschlägen der Baum fallen wird. Obwohl sie mit der Melkmaschine umgehen können, wissen, wann ein Tier fieberkrank ist und wie es behandelt werden muß, obwohl sie wissen, wie das Mähwerk an den Traktor montiert wird und wann das Getreide eingebracht werden muß, werden die Bauernsöhne den Fabriken gefüttert. Mit ihrer Arbeitskraft kaufen sich die Industriemanager ihre Zweithäuser auf dem Land und siedeln sich zwischen den Bauernhöfen an. Das Geld, das die Bauernsöhne in der Fabrik verdienen, brauchen sie für Alkohol und für ihr Auto, mit dem sie tagtäglich bis in die späte Nacht hinein aus dem Dorf flüchten.

In der Ortschaft, wo Warwara Wassiljewna wohnt, hatte eine Bergbauernfamilie – ich sage es märchenhaft – eine Magd und einen Knecht, die in ihren Gesindestuben, auf Zehenspitzen trippelnd, zueinander fanden. Im Verlauf von vier Jahren wurden in der Kammer der Magd fünf Kinder entbunden. Die Bäuerin dieses Hofes erzählte mir, daß sich die Magd um ihre Kinder kaum gekümmert, daß eigentlich sie, die Bäuerin, die Kinder der Gesindeleute aufgezogen hatte, bis der Knecht in einer Kärntner Bauernzeitung die Anzeige las, daß im naheliegenden Döbriach ein Traktorfahrer gesucht wird. Die Bergbäuerin hatte bereits im ersten Stock der dem Haus gegenüberliegenden Holzhütte ein Matratzenlager errichtet, in dem die größer werdenden Kinder des Gesindeehepaares übernachteten. Der Knecht machte den Traktorführerschein, bewarb sich um die Stelle und zog mit seiner Familie zu seinem neuen Arbeitsplatz nach Döbriach. Als ihre mittlerweile zwölf Kinder, die Mädchen wie die Buben, das zehnte Lebensjahr erreichten, wurden alle von der Villacher *Fürsorge* als Kindermägde und Kinderknechte auf Kärntens Höfe geschickt. Eines dieser Geschwister war der siebzehnjährige Robert, der in meinem Heimatdorf bei einer Bauernfamilie als Knecht lebte und Maurerlehrling war. Robert erhängte sich gemeinsam mit Jakob an einem dreimeterlangen Kalbstrick im Pfarrhofstadel. Zehn Zentimeter über dem Erdboden hängend, ineinander verkrallt, mit steifen Ruten, reckten die Erhängten den Dorfbewohnern ihre Zunge. Keine zwei Monate später erhängte sich Roberts Bruder in einem Fichtenwald. Die beiden Brüder liegen nebeneinander auf dem evangelischen Friedhof in Feistritz. Ich bin einmal durch den großen Friedhof geirrt, um ihr Grab zu suchen, fand es aber nicht. Die Magd, die *arme Haut*, so erzählte mir die Bergbäuerin, pflegt jetzt auf rührende Weise die Gräber ihrer beiden erhängten Söhne. Auf ihren Gräbern blühen im Frühjahr die Stiefmütterchen und die blauen Vergißmeinnicht.

»Der Sektionssaal des Krankenhauses lag nach unserem Garten zu. Wie oft sind meine Schwester und ich an dem Spalier hochgeklettert und haben, zwischen den Weinreben hängend, neugierig die zur Schau gestellten Leichen betrachtet! Die Sonne beschien sie. Die gleichen Fliegen, die uns und die Blumen umkreisten, ließen sich dort nieder, kamen zurück und summten um uns herum! Wie sehr habe ich an all das gedacht, als ich zwei Nächte die Totenwache bei ihr hielt, diesem armen und lieben schönen Mädchen! Ich sehe noch meinen Vater, wie er beim Sezieren den Kopf hebt und uns befiehlt, uns wegzuscheren.«

Im Dorf lag dichter Nebel, als hätten die Bauern vom Kirchturm aus ihre Abendmilch – die nun in Staub zerfallen war – über das ganze Dorf gegossen. Dort und da, vor den Stall- und Haustüren wälzte sich der Nebel um matte nackte Glühbirnen. Ich öffnete die quietschende Friedhofstür und sah, daß auf dem Schneehügel Jakobs eine Kerze brannte. Mich von seinem Grab abwendend, blickte ich mich immer wieder nach seinem Vaterhaus um, da ich Angst hatte, daß jemand aus dem Haus treten und den toten Sohn besuchen könnte. Die Kälte versteinerte meine Hände und mein Gesichtsfleisch. Bläulich schimmerte der Schnee im matten Mondlicht. Die Stille drohte aus den Nähten zu platzen. Im eiskalten Kirchencorpus erbrach der Gekreuzigte blutverschmierte Hostien. Vergoldete Engel stiegen von den Wänden herab und wischten das Erbrochene mit Altartüchern auf. Ob Jakob hinter mir steht und seine abgemagerte Hand auf meine Schulter legen und mir sagen will, daß er über sich nichts mehr lesen möchte? Ich werde noch warten, bis die Blumen auf den Kränzen des frischen Grabes einer alten Frau, die vor ein paar Tagen begraben wurde, verblühen und eingeschneit werden, dann werde ich ein Blumenbukett auf deinen schneebedeckten Grabhügel legen, sonst glauben die Leute, daß jemand ein Bukett von einem frischen Grab genommen und auf deine hochgewölbte weiße Brust gelegt hat. Es kann natürlich sein, daß deine Eltern, damit sie nicht unter den Verdacht geraten, ein Blumenbukett aus dem Neuschnee gebuddelt zu haben, mein Geschenk von deinem Grab räumen. Vielleicht würden sie es wegräumen, weil sie genau wissen, daß nur ich es gewesen sein kann, der das Blumenbukett auf deinen Grabhügel legte.
In den frühen Morgenstunden, im Schein des Mondes, steht ein Pfau mit ausgebreiteten Federn vor Jakobs Grab und stößt, noch ehe der Hahn schreit, dreimal den Schrei des Teufels aus. Jakob öffnet seine Augenlider, sieht das Flackern der Kerze und blickt auf die langen Zehennägel des Pfaus. Er

erhebt sich, wirft den bröckelnden braunen Gulter der Friedhofserde von seinem Körper und verläßt in Begleitung des Pfaus das Friedhofstor. Als er ein dreijähriges Kind war, schlüpfte er in die schweren Golsererschuhe seines Vaters, schlapfte in den Stall und ging die Rinderreihen entlang, auf die neugeborenen Schafe zu. Mit seinen Totenschuhen, die ihm inzwischen viel zu groß geworden sind, schlapft er, dessen Gestalt zu einem achtmonatigen Embryo zusammengeschrumpft ist, auf die Stalltür seines Elternhofes zu. Während er die Rinderreihen entlanggeht und die Nabelschnüre neugeborener Schafe sucht, mit denen er im Grab seine Hände und Füße fesselt, verflüssigen sich in der Stallwärme die Eisblumen an seinen Augäpfeln und rinnen über seinen viel zu groß gewordenen Anzug hinunter. Wenn sein Vater im Sterbebett seines Sohnes am Morgen die Augen aufschlägt, verläßt Jakob den Stall und zottelt in Begleitung des Pfaus über den Hof, auf das Friedhofstor zu.
JAKOBS MUTTER *Schaut mit einem Feldstecher auf einen Röntgenapparat und erblickt das erdbehangene Knochengerüst ihres Sohnes; kriecht bellend auf einen an Jakobs Grab verendeten Hund zu* Das Kerzenlicht auf seinem Grab und das Hoflicht, das wir Nacht für Nacht brennen lassen, korrespondieren miteinander. Jakob! Seit sechs Jahren wird Tag für Tag dein Frühstück kalt. Im Laufe des Vormittags lecken die Hauskatzen deine Milch aus der Schüssel. Dein Suppenteller wird zu Mittag auf deinen Platz gestellt, aber nicht gefüllt, weil wir wissen, daß du die Suppe sowieso nicht magst. Ich esse keine Suppe! Nein! Ich esse meine Suppe nicht! Nein, meine Suppe ess' ich nicht! Manchmal stelle ich dein Abendessen ans Fenster, weil ich hoffe, daß du es abholst und auf den Friedhof mitbringst, aber am Morgen sehe ich, daß die Schüssel noch voll ist, eine Eisschicht ist über die Milch gewachsen. Von weitem schon nickt mir dein Chef zu, wenn ich über den Hof auf die Mechanikerwerkstätte zugehe. Öffne ich deine Werkstattür, schlägt mir der Maschinengeruch entgegen. Immer noch erkundige ich mich bei deinem Chef, ob du wohl fleißig bist und deine Arbeit ordentlich machst. Verlasse ich die Mechanikerwerkstätte wieder und

drehe ich mich um, so sehe ich, daß die Mechanikerlehrlinge und Mechanikergesellen, ihr Werkzeug noch in der Hand haltend, ihre Blicke auf mich richten und mich zum Abschied grüßen. Wenn dein Vater und ich heute abend nicht zu Hause sein sollten – wir haben Freikarten zu einem Totenmaskenball bekommen –, so wärm dir die Nudeln einfach auf, in der roten Schüssel, die auf dem Herd steht, sind sie. Ich esse keine Suppe! Nein! Ich esse meine Suppe nicht! Nein, meine Suppe ess' ich nicht! Wenn wir das Kühfutter aus den Auen holen, lassen wir den Traktor im ersten Gang alleine das Feld entlangfahren, während dein Vater und ich links und rechts vom Anhänger mit den Gabeln dein frischgemähtes, beatleshaarlanges Gras hinaufwerfen. Manchmal schert der Traktor links oder rechts aus, dein Vater läuft hin und richtet das Lenkrad wieder ein. Wenn der Sitz auch leer ist, ich kann mir nicht vorstellen, daß du nicht auf dem Traktor sitzt. Schon als Kind hast du dich gerne vor Vater und Mutter versteckt. Du mußt nur aufpassen, daß der Traktor nicht allzuweit abkommt und in einen rostigen Zaun hineinfährt. Heute schneit es. Ich muß immer wieder weiße Schleier von meinem Gesicht wegziehen, sie verdecken mir die Sicht. Die zahme Krähe, die du gefüttert hast, lag eines Morgens, wenige Wochen nach deinem Tod, starr, mit geschlossenen Krallen vor der Holzhütte. Ihre Augen waren zu, aber durch die feine Haut ihrer Augenlider konnte man noch die erloschenen Augäpfel sehen. Wie sechs Pfeile hoben sich die Nachkommen der Krähe und verschwanden in den Lüften. Deine Gitarre hat in der Mitte immer noch ein Loch, aber du brauchst keine Angst zu haben, es sind Drähte drübergespannt, du kannst nicht hineinfallen. Ab und zu trage ich deinen Kärntneranzug in die Putzerei, aber ich weiß nicht, wie ich die Friedhofserdflecken wegkriegen soll.

Drei Tage später Vor dem verschlossenen und beschneiten Friedhofstor bückte ich mich schnell, da ich plötzlich die Vorstellung hatte, daß mir jemand eine spitze beschneite Erdäpfelhacke ins Hirn stoßen könnte. Ich sah einen übelriechenden Toten vor mir, der mit seinen knochigen Händen, von denen Eiter und Wasser rann, mir das Fleisch von meinen Gesichtsknochen reißen wollte. Der tote Jakob kam nicht, obwohl ich länger als eine halbe Stunde am Friedhofstor geklingelt hatte. Ich wollte ihm sagen, daß sein Abendessen kalt wird, daß er doch endlich den Borschtsch auslöffeln und die Piroschki wegessen sollte. Ich reckte meinen Kopf über die beschneite Friedhofsmauer, blickte aber immer wieder ruckartig, wie sich der Kopf einer Ratte im Stall des Ackermanns bewegt, nach links und rechts und drehte mich schnell im Kreis, denn ich hatte Angst, daß mich ein Toter von hinten anfallen und über die Friedhofsmauer in ein ausgehobenes beschneites Loch werfen möchte. Vielleicht aber lande ich auf einem spitzen Grabkruzifix und bleibe an seinem lotrechten Balken hängen wie ein Geräderter, über den sich früher oder später die Raben und Totenvögel hermachen. Die Dorfleute würden mich nicht begraben, sie würden mich am Kruzifix verfaulen lassen. Vielleicht aber würden sie mich auf dem neuen, erweiterten, noch unbenützten Teil des Friedhofs wie einen Schafsleichnam einscharren, wo früher der Karner und der Kirchenfeldgemüsegarten meiner Mutter waren und wo sich ein großer Wacholderbaum mit seinen schwarzen und bitteren Beeren in Ehrfurcht vor den Toten verneigte.

In den Auen werden die Palmkätzchen blühen, wenn Jesus von Kamering am Karfreitag den jährlichen Weg seiner Leiden zurücklegen und sein Kreuz über den Asphalt des kruzifixartig gebauten Dorfes schleifen wird. Der Ackermann wird sein eigenes Knochengerüst, das sein Fleisch verlassen hat und vor einen Pflug gespannt ist, mit einer Peitsche vorwärtstreiben.

Das sechzig Zentimeter hohe Gehäuse der goldenen, einer dreischiffigen Kirche nachgebauten Monstranz ruht auf einem durch einen Knauf geteilten Schaft, der aus einem polygonen Fuß hervorwächst. In der Mitte der Monstranz befindet sich in Form eines aufrechten Kristallzylinders ein durchsichtiger zu öffnender vierteiliger Glasschrein, der die große Hostie staubfrei aufnimmt. Die Heilige Hostie, in die das Wasserzeichen eines Fisches eingeprägt ist, darf in der Monstranz nicht mit den Kristallscheiben des Zylinders in Berührung kommen. Die halbmondförmige Lunula, die den Leib Christi in ihrer Scheide hält, ist aus reinem Gold und so konstruiert, daß sich die eine Hälfte in einem Scharnier bewegt und niederlegen läßt, damit die Hostiensplitter, die sich unter Umständen von der Oblate lösen, leicht aufgesammelt werden können. Was mit dem eucharistischen Christus in Berührung kommt, muß vergoldet sein und bedarf bischöflicher Weihe mit Öl und Chrisam. Während der Herstellung der Hostien ist peinlichste Sorgfalt bei der Auswahl, beim Waschen und Mahlen der Getreidekörner vorgeschrieben. Die Nonnen im Kloster Wernberg in Kärnten dürfen nur reines, unverdorbenes Weizenmehl und quellfrisches Wasser verwenden, das von reinen Händen geknetet werden soll. Der zähe Teig wird mit reinem Wasser zu einem flüssigen Brei angerührt und ohne Zusatz von Salz und Öl in die eisernen mit Wachs ausgeriebenen Hostienformen geschüttet und über glühenden Kohlen gebacken. In die Hostienformen, aus denen die Nonnen mit ringförmigen Messern die Hostien stechen, die an die Priester des Landes verteilt werden, sind ein Kreuz, die Gesichtszüge Jesu Christi, ein Fisch oder ein Brotkorb eingeprägt.

Rauschartig stieß ich einen Haselnußstecken in einen hohlen Straßenstein, aus dem ich Vogelgezwitscher hörte. Ich plagte mich danach mit schrecklichen Schuldgefühlen herum, denn ich hatte aus einem Straßenstein einen Grabstein gemacht. Ich wollte den Vogelmord dem Pfarrer Franz Reinthaler beichten, aber ich hatte Angst, daß er mich als Erzministranten absetzen würde. Ich überlegte mir, ob ich mich umbringen, im Jenseits reuemütig vor das Antlitz Jesu treten und ihn nach der Beichte darum bitten sollte, daß er mich wieder lebendig zur Erde zurückkehren lasse, aber ich sühnte die Tat, indem ich meine blutbesudelten Hände in eine Waschschüssel voll heißem Weihwasser hielt. Mit Mullbinden umwickelte ich meine verbrannten Hände und sprach, bevor ich im Bett einschlief, mit den gefalteten eingefaschten Händen das Nachtgebet, *Jesukindlein komm zu mir, mach ein frommes Kind aus mir, mein Herz ist klein, darf niemand hinein, als du mein liebes Jesulein.*

LASS MICH DEINE LEIDEN SINGEN, dir des Mitleids Opfer bringen, unverschuldtes Gotteslamm, das von mir die Sünden nahm. Jesus, drücke deine Schmerzen tief in aller Christen Herzen; laß mir deines Todes Pein Trost in meinem Tode sein! Während eines Gottesdienstes in der Kameringer Kirche hätte der Furiananton eine bestimmte Bibelstelle vorlesen sollen, las aber die falsche. Der Pfarrer drehte sich am Altar um, schaute den in der männlichen Jugendbankreihe sitzenden Halbwüchsigen böse ins Gesicht und unterbrach die Lesung. Er nahm dem Furiananton die Bibel aus der Hand und stieg auf den Altar hinauf. Auf dem Altarstein ging er mehrere Male vollkommen wütend auf und ab. Während er sich in der Mitte des Altarsteins niederhockte, um in das Tabernakel, zur Monstranz hineinzukriechen, und dabei seine Soutane hochrutschte, sah ich, daß er Frauenunterwäsche und ein Mieder trug, an dem seine violetten Seidenstrümpfe befestigt waren.

Ins Gericht für Menschen treten, zum erzürnten Vater beten seh ich dich, mit Blut bedeckt, auf den Ölberg hingestreckt. Jesus, drücke deine Schmerzen tief in aller Christen Herzen; laß mir deines Todes Pein Trost in meinem Tode sein! Der Pfarrer Franz Reinthaler roch nach den Ölfarben seiner Heiligenbilder, nach Weihrauch und Tabak, er rauchte immer die schwarzen Smart Export wie mein Großvater mütterlicherseits. Einmal, es war an meinem Erstkommunionstag, als ich

das Ministrantenkleid trug, kniete ich im Angesicht des menschengroßen armlosen Jesus im kalten Pfarrhofflur vor dem Pfarrer nieder, ergriff seine nach Tabak riechende Hand und küßte den breiten goldenen Ring an seinem Finger.
Dich zu binden und zu schlagen, zu beschimpfen und zu plagen, nahet sich der Feinde Schar und du gibst dich willig dar. Jesus, drücke deine Schmerzen tief in aller Christen Herzen; laß mir deines Todes Pein Trost in meinem Tode sein! Meine Krönung zum Erzministranten von Kamering fand im Pfarrhof statt. Die Pfarrermarie überreichte mir ein nagelneues Ministrantenkleid, das ich neben dem Priester und seiner Köchin anprobierte. Der Priester legte mir einen Kranz frischer Sumpfdotterblumen, den die Pfarrermarie geflochten hatte, aufs Haupt, schenkte mir ein Gebetbuch und ließ mich am Herrnpilzmittagessen im Pfarrhof teilnehmen. Zwei Tage vorher waren die Pfarrermarie und ich auf Pilzsuche im Wald unterwegs.
JESUS, JESUS, KOMM ZU MIR, o wie sehn ich mich nach dir! Meiner Seele bester Freund, wann werd ich mit dir vereint! Als uns der Pfarrer in der Religionsstunde das erstemal von der Erschaffung des Menschen erzählte, war mir vollkommen klar, daß Gott am Ufer der Drau aus unserem Dorflehm Adam erschaffen haben mußte. Oftmals ging ich in die Auen hinunter, suchte die Stelle, grub ein Loch in die Erde, um wenigstens einen Splitter von Adams Rippe zu finden, aber ich fand nicht einmal einen Hundeknochen. Als der Ackermann ein Schwein schlachtete, brach ich aus dem Brustkorb des Tieres eine Rippe und vergrub sie in den Auen. Kurze Zeit später wurde diese Stelle von den Panzern und Jeeps des Bundesheeres, das in diesem Auengelände sein jährliches Manöver machte, niedergewalzt.
Keine Lust ist in der Welt, die mein Herz zufrieden stellt, deine Liebe Herr allein, kann in Wahrheit mich erfreun. Der Mesner zog einen toten Hund an den Ohren aus dem Friedhof und verscharrte ihn in den Auen. Der Schoberulrich und ich zimmerten ein kindergroßes Holzkreuz, nagelten zehn lebende Frösche an den lotrechten und sechs lebende Frösche an den waagrechten Balken des Kruzifixes und steckten es in

den Grabhügel des Hundes. Sterbend rissen die Frösche ihre Mäuler auf und zappelten mit den Beinen. Wenige Tage später ringelten sich weiße Würmer in den Eingeweiden der Frösche, rote Ameisen liefen das Kruzifix kreuz und quer auf und ab. Danach versteckte ich mich im Stall hinter einem Kalb, das mich an die feuchte Mauer preßte, und hielt solange wie möglich still, um den schlafenden Fledermäusen, den Dorfvampiren, das Blut auszusaugen.
Innig sehn ich mich nach dir. Eile, Jesus, komm zu mir, nimm mein ganzes Herz für dich, und besitz es ewiglich! Während seiner Zelebration verlangte der Priester von den Kindern äußerste Ruhe. Er sagte, daß er auch am Hinterkopf Augen habe und alles sehen könne, was sich in den Kirchenbänken abspielt. Auf der untersten Altarstiege knieend, starrte ich jeden Morgen minutenlang auf die kurzen weißen Haare seines Hinterkopfes und suchte seine Hinterkopfaugen. Vielleicht öffnet sich nur dann ein Haarbüschel und läßt seine Hinterkopfaugen zum Vorschein kommen, wenn ich wegschaue? Ich schloß mehrere Sekunden lang meine Augen und öffnete sie schlagartig. Ich nahm mir vor, eine Minute lang mit geschlossenen Augen und gefalteten Händen vor ihm zu knien und unberechenbar für seine immer wieder verschwindenden Hinterkopfaugen meine Lider zu öffnen. Nach einer Minute riß ich meine Augen auf und starrte irritiert auf den leeren Altar. Der Priester, der direkt vor mir stand, war in der Zwischenzeit ein paar Schritte zur Seite gegangen. Ich habe auch hinten Augen! Ich habe auch hinten Augen! Aber er sieht nicht, daß ich links von ihm, auf einer Altarstufe knieend, einer Hostie das Kreuz breche, es sei denn im Augenwinkel seines Hinterkopfauges.
Zwar bin ich, o Herr, nicht rein, daß du kehrest bei mir ein; doch ein Wort aus deinem Mund, und die Seele wird gesund. Wenn eine Hostie an meinem Gaumen kleben blieb, blickte ich in der Kirche zuerst links und rechts, um zu sehen, ob mich niemand beobachtete, bevor ich mit meinem Zeigefinger die abwaschfetzennasse Oblate vom Gaumen kratzte.
HEILIGES KREUZ, SEI HOCH VEREHRET, Baum, an dem der Heiland hing. Klar hat sich an dir bewähret, wie weit seine

Liebe ging. Sei mit Mund und Herz verehret, harte Ruhstätt meines Herrn. Einstens sehn wir dich verkläret, strahlend gleich dem Morgenstern. Wenn der Priester mit einer Lederpeitsche, die er aus dem Tabernakel hervorholte, den Altar verließ, aufs Kommuniongitter zuging und die Gläubigen mit der Hostie auf der Zunge durch den ovalen Ring eines brennenden Heiligenscheins springen ließ, transportierte ich die Hostie mit der Zunge zu den Zähnen vor und murmelte, Dort werde ich dich jetzt peinigen, Leib Christi, du hast mir bei den Schularbeiten nicht geholfen, obwohl ich Abend für Abend zu dir gebetet habe. Ich werde dich, während ich meine schwarzen Ministrantentrauerkleider trage, in meinem Mund vierteilen, zerstückeln und in meinem Speichel ertränken. Tatsächlich zerbiß und zerkaute ich den Leib Christi, so daß man das Krachen meines Totenkopfes hören konnte. Ich hatte aber, während ich die Hostie zerfleischte, auch Angst, daß sich Jesus an mir rächen könnte, wenn ich in den Brustkorb des kruzifixartigen Dorfes, in den Bachtunnel, wieder hineinkriechen würde, während die Autos auf der Bundesstraße über meinen Kopf hinwegrauschten. Die Straße könnte mir auf den Kopf fallen, während ich gebückt den feuchten, muffig riechenden Tunnel, der voller Spinnweben und Bachkrebse ist, entlanglaufe, um am Waldrand wieder herauszukommen.
Heilges Kreuz, sei unsre Fahne, in dem Kampf und jeder Not; die uns rette, die uns mahne, treu zu sein bis in den Tod. Sei mit Mund und Herz verehret, harte Ruhstätt meines Herrn. Einstens sehn wir dich verkläret, strahlend gleich dem Morgenstern. Während des Religionsunterrichts erzählte uns der Pfarrer mehrere Male, daß ein Bauer, als der Pfarrer noch in einer Dorfkirche Ministrant war und das Opfergeld einsammelte, ein Schillingstück in seiner Hand zur Opferung bereit hielt, die Münze aber so verbissen in seiner schmerzhaft zusammengepreßten Faust verbarg, daß sie, als er die Faust über dem gierigen Kirchenklingelbeutel öffnete, an seiner Innenhand kleben blieb. Mit dem Finger der anderen Hand mußte er den Schilling von seiner Hand regelrecht herunterkratzen, damit er in den Beutel fiel.

Heilges Kreuz, sei Siegeszeichen, uns nach ausgekämpftem Streit. Was soll deiner Kraft nicht weichen, da des Heilands Blut dich weiht. Sei mit Mund und Herz verehret, harte Ruhstätt meines Herrn. Einstens sehn wir dich verkläret, strahlend gleich dem Morgenstern. Oftmals mußte ich Stellen aus dem Evangelium mit der Kreide auf die Tafel schreiben. In deiner schlechten Schrift, sagte der Pfarrer, läßt sich auch dein Charakter ablesen. Mehrere Monate später, als er mich wieder an die Tafel rief, sagte er, Deine Schrift hat sich gebessert!
MARIA ZU LIEBEN, *ist allzeit mein Sinn, in Freuden und Leiden, ihr Diener ich bin. Mein Herz, o Maria, brennt ewig zu dir, in Liebe und Freude, o himmlische Zier.* Ich begann, ein Heiligenbild zwischen den feuchten Innenhandflächen haltend, zu Gott zu beten, daß er mich in ein Mädchen verwandeln möge, und steckte mir eine dünne Altarkerze ins After. Jedesmal zog ich eine Kerze aus meinem Körper, die an ihrer Spitze blutbefleckt war. Manchmal hatte ich die Hoffnung, daß ich mit der Erstkommunionkerze, die meine Mutter noch heute aufbewahrt, meinen Darm aufreißen und daran krepieren könnte.
Maria, du milde, du süße Jungfrau! Nimm auf meine Liebe, so wie ich vertrau! Du bist ja die Mutter; dein Kind will ich sein, im Leben und Sterben dir einzig allein. Ich zog in der Sakristei das Ministrantenkleid an, ging hinter die Kirche zum Friedhofsabfallhaufen und wütete mit einem Kreuz, auf das ich eine Ministrantenpuppe gebunden hatte, zwischen den abrutschenden, faulenden Totenkränzen und Totenbuketts.
Gib, daß ich von Herzen dich liebe und preis; gib, daß ich viel Zeichen der Liebe erweis. Von dir mich nichts scheidet, nicht Unglück noch Leid; dich lieb ich auf ewig, dich lieb ich allzeit. Niemals wagte ich es, hinter einem Grabstein mit meinem Geschlecht zu spielen. Ich hatte Angst, daß mein Samen in den Mund einer Toten fließen und sie unter der Erde einen zwerggroßen Sensenmann gebären könnte, der meine Gesichtszüge trägt und mir auf Schritt und Tritt folgt.
JESUS, DIR LEB ICH, Jesus, dir sterb ich! Jesus, dein bin ich im Leben und im Tod! In der Kirche konnte ich schachtelweise Hostien essen, vor- und nachbeten, onanieren, Ministranten-

dienste leisten, Altarkerzen anzünden und auslöschen, Meßwein trinken, bis ich in meinem roten Chorkleid, auf den Altarstufen kniend, schwankte, und nicht zuletzt die da und dort in den alten schwarzen Sitzbänken auftauchenden Käfer unter dem Angesicht der Heiligengestalten töten oder ihnen das Leben schenken.

O sei uns gnädig, sei uns barmherzig, führ uns, o Jesus, in deine Seligkeit! Die Enden der beiden Glockenstricke in der Sakristei berührten den Holzboden. Am unteren Teil des Stricks hatte der zahnlose alte Aichholzerpoldl, der Gehilfe des Mesners und Bauernknecht war, einen Knoten gemacht, damit wir besser ziehen konnten und nicht abrutschten. Wenn wir mit dem Glockenstrick ein Stück mitfuhren, hob der Luftdruck unsere Ministrantenkittel. Der darunterstehende Mesnergehilfe blickte auf die entblößten Oberschenkel und die kurzen Lederhosen des hochfahrenden Ministranten, dessen Chorkleid sich wie eine Seerose auf dem Wasserspiegel eines Teichs ausbreitete und wieder zusammenfiel, während der Ministrant wieder auf dem Sakristeiboden landete.

Vom Throne steige, dich zu mir neige, liebster Herr Jesus, mein Herz ist dir bereit! Den Ellbogen auf den Altarstein gestützt, standen der Pfarrer Franz Reinthaler und ich nebeneinander und überlegten uns, mit welchem Geld wir für das Haus Gottes neue Sessel kaufen könnten, da die alten Bänke morsch waren und aus der Kirche geräumt werden mußten. Der Pfarrer war sich unschlüssig, ob er für die Anschaffung neuer Kirchenstühle das Opfergeld verwenden oder ob er die Kirchgänger beauftragen sollte, einen Stuhlfonds zu errichten, aus dessen Ertrag die neuen Stühle finanziert werden könnten. Als er aber während eines Gottesdienstes verkünden wollte, daß von nun an jeder Kirchgänger einen eigenen Stuhl mitzubringen habe, standen nur mehr zwei alte Frauen, aus deren Mündern – wie Eingeweide – schwarze Rosenkränze hingen, neben den hintersten Kirchenbänken.

SCHÖNSTER HERR JESUS, Herrscher aller Herren, Gottes und Mariä Sohn, dich will ich lieben, dich will ich ehren, meiner Seele Freud und Kron. Alle vierzehn Tage fuhr der Pfarrer nach dem Gottesdienst in Kamering ins Bergdorf

Tragail und las eine Messe. Während ich den Kameringer Kirchencorpus verließ und das Ministrantenkleid von meinen schnellen, windmachenden Schritten meinem Unterarm ein wenig gehoben wurde, verdrehten zehn Jesusköpfe ihre Hälse und blickten mir nach. Als ich den gepflasterten Friedhofsweg entlangging, richteten sich zu meiner Linken und Rechten die Toten unter der Erde auf und blickten auf meine Fußsohlen. Ich ging am Gemüsegarten meiner Mutter vorbei, der direkt an der Friedhofsmauer und an den Karner grenzte. Das Gemüse, das wir aßen, war verseucht von den Selbstmördern, die früher außerhalb der Friedhofsmauer begraben wurden. Im Fichtenwald zog ich das Ministrantenkleid über und verbarg mich hinter den Sträuchern, wenn ich Bauern und Bäuerinnen aus unserem Dorf näherkommen sah, die in schokoladescheißebraune Kärntneranzüge und Dirndlkleider eingepfercht und ebenfalls auf dem Weg zur Tragailer Kirche waren. Ich hockte im Dickicht nieder, hob den Ministrantenkittel, knöpfte meine kurze Lederhose auf und betrachtete mein steif werdendes Geschlecht. Eine halbe Stunde später kniete ich beim Gottesdienst neben dem Priester in der Tragailer Kirche. Du sollst nicht Unkeuschheit treiben! Du sollst nicht Unkeuschheit treiben! lief es immer wieder durch meinen Kopf. Tausende rotgekleidete Ministranten werden kleine Nadeln in meinen Körper stechen. Außer dem Priester wird kein Erwachsener meinem Sarg folgen, auf dem, wie die Fahne auf dem Sarg eines Soldaten, ein roter Ministrantenmantel liegen wird. *Alle die Schönheit Himmels und der Erden ist gefaßt in dir allein; keiner soll immer lieber mir werden als du, liebster Jesus mein.*

Kürzlich ging ich zur Tragailer Kirche und starrte zum Sakristeifenster hinein. Neben einem Schlüssel, der auf dem Fensterbrett lag, hockte eine Spinne. Ein paar abgebrannte Kerzen steckten in einem hölzernen Kerzenständer, und an einem Kleiderhaken hing eine in Plastik eingepackte rote Soutane. Im Kirchenvorhaus sind teilweise noch die rostbraunen Fresken erhalten, die der Pfarrer Franz Reinthaler gemalt hatte. Auf dem Friedhof stand ich vor dem Grab eines dreijährigen Kindes, dem vor mehr als zwanzig Jahren der Pfarrer, der Schoberulrich und ich in unseren schwarzen Zelebrationsgewändern das letzte Geleit gaben. Mariele! Mariele! schrie die Mutter, als der kleine weiße Sarg mit Nabelschnüren ins ausgehobene Erdloch versenkt wurde. Ich stand vor dem Grab eines sechsjährigen Knaben, der von einem umgekippten Traktor erdrückt wurde. Klagelieder singend trug die Bäuerin den Leichnam ihres Kindes über einen weiten Hügel aufs Bauernhaus zu. Die zerrissene Gummihosenleiter des Knaben streifte den frischgemähten Wiesenboden. Ich stand vor dem Grab seines Bruders, der sich erschöpft nach einer Maurerarbeit in einem Teich erfrischen wollte, Krämpfe in den Beinen bekam und nicht mehr lebendig auftauchte. Aufgebläht wie ein Kirchtagskrapfen lag er im Sarg, der rundum mit Immergrün und Blumen verziert war.

Wenn ich nicht in einem kleinen Dorf, sondern in einer Großstadt zu Erzministrantenehren gekommen wäre, wäre der Papst auf mich aufmerksam geworden und hätte mich nach Rom berufen. Innerhalb von ein paar Jahren wäre ich zum Erzministranten von Rom gekrönt worden. Ich wäre auf den Balkon der Peterskirche hinausgetreten, um mich der jubelnden Menge zu zeigen. Ich bringe euch den Haß und nicht den Seelenfrieden! Hinter den Säulen der Arkaden würden bereits meine Mörder warten. Natürlich würde ich bei meiner monatlichen Audienz den Rollstuhlkrüppeln die Füße waschen. Die Blinden würden staunen, wenn ich mit meinem Speichel ihre Augäpfel berühren würde. Den Papst müßte ich auf seinen Weltreisen begleiten, um ihm, ringt er mit dem Teufel, zur Seite zu stehen. Ob sich der Ministrant, der in der Peterskirche bei einer Kommunion einem Kardinal assistierte und einen goldenen Teller unter die Kinnspitze der Leibchristiempfänger hielt, in einem Jeansmodengeschäft auf der Via del Corso eine Dornenkrone oder ein Keuschheitsgürtelsymbol auf seine Unterhose drucken läßt, wie man auf manchen Unterhosen halblustige Comicsfiguren und Aufschriften sieht?
Als der Papst in Rom verlautbarte, daß er für die sechzig

jungen Menschen, die in einem Turiner Kino bei einem Bombenanschlag ums Leben kamen, *beten* werde, setzte ich nach Mitternacht die goldene Hostienmonstranz des Ackermanns auf mein Haupt und ging mit einem blutigen Hackbeil, das in der Speisekammer auf dem dreibeinigen Holzblock lag und mit dem der Ackermann das frischgeschlachtete Schaf zerstückelt hatte, über die tiefbeschneite Dorfstraße und bedrohte das Dorfkruzifix, das gegenüber der ehemaligen Dorfvolksschule steht.

Mit dem Allerheiligsten, der goldenen Monstranz, die nur von geweihten Händen berührt werden darf, zieht der Priester während der jährlichen Fronleichnamsprozession, flankiert von zwei rotgekleideten Ministranten, den vier Himmelträgern, den vier Laternenträgern, gefolgt von den Bäuerinnen und Bauern, den Kindern, Mägden und Knechten, stationsweise durchs Dorf. An jeder Station befindet sich ein von einer Bäuerin aufgerichteter Altar, der aus einem Tisch, zwei Kerzenständern und einem großen mit Pfingstrosen geschmückten Heiligenbild besteht, das in den Bauernstuben über den Eheleutebetten oder den Kinderbetten hängt. Der Priester stellt die Monstranz, die mit Jasminblüten verziert ist, auf dem Altartisch nieder, küßt das Altartuch, auf dem ein Heiligenspruch eingestickt ist, spricht ein Gebet und wendet sich, das Allerheiligste im Zeichen des Kreuzes hochhebend, dem Volk zu, das in Verehrung der Heiligen Hostie, die in die sichelmondförmige, goldene Lunula eingeschoben ist, niederkniet, das Haupt zu Boden senkt und ein Gebet spricht, ehe der Fronleichnamszug auf den nächsten Altar zugeht. Gesäumt wird die Prozession von links und rechts am Wegrand eingesetzten zwei bis drei Meter hohen Birken. Vor dem nächsten Altar liegt ein Perserteppich, auf dem rote Pfingstrosenblätter – die Blutstropfen Christi – ausgestreut sind, auf die der Priester tritt, während er die Monstranz, die nach Jasmin und Weihrauch duftet, auf den Tisch stellt. Ein Ministrant reicht dem Priester das rauchende Weihrauchfaß, der andere den Weihrauchkessel. Beim Weitergehen bleiben an den Fußsohlen des Priesters ein paar Pfingstrosenblätter hängen. Nach Prozession und Gottesdienst brechen die Bäuerinnen, Mägde und Kinder die geweihten Birken- und Erlenäste von den Stämmen und stecken sie in den Häusern hinter die Bilder der Ahnen, hinter Heiligenbilder, frischen sie unter dem Herrgottswinkel ein und befestigen sie an der Innenseite der Stalltür. Am nächsten Tag werden die geweihten Birken und Erlen in die bäuerlichen Holzhütten geschleppt, zerstückelt und in die Öfen geschürt.

Auf seinem Sarg soll eine immergrüngeschmückte Monstranz stehen, in deren Lunula die letzte Hostie, der letzte Leib seines Vaters eingeklemmt ist. Bei der Totenmesse, während der Wandlung, soll sein Hoferbe diese Hostie aus der Monstranz nehmen, aufessen, eine neue Hostie, den vom Dorfpriester geweihten Leib des Ackermanns, in die goldene Lunula schieben und das Allerheiligste auf seinen Kopf setzen.

Oftmals, wenn ich den Ackermann auf dem Diwan liegen sehe, stelle ich ihn mir tot vor. Er faltet, schläft er auf dem Diwan ein, seine Hände, damit der linke Arm nicht von seiner Brust rutscht und seine Fingerspitzen am Boden anschlagen. Weiße Bartstoppeln verdecken sein Doppelkinn. Tief liegen seine Augen in den Höhlen. Wir bewundern dich ja, weil du als Achtzigjähriger noch soviel leistest und noch gesund bist, sagte ein Dorfbauer zum Ackermann. Es mag sein, daß sie den Ackermann bewundern, weil er, wie er sich ausdrückte, noch als Achtzigjähriger soviel arbeiten kann, aber im Grunde genommen wollen fast alle Dorfleute, daß der Ackermann erkrankt und die Hube, da kein Hoferbe in Aussicht ist, endlich in die Hölle hinunterfährt, damit sie im Dorf neuerlich einen Hof abstreichen und billig Felder pachten können. Werden seine geflickten Stallhemden, die so viele Kilo Schweiß getragen habe, einer Vogelscheuche um die Schultern geworfen, wenn der Ackermann zusammengekrümmt im Sarg liegt? Was wird aus seinen Ackerschuhen werden, die er unzählige Male an der Hausmauer abklopfte, wenn er nach einem Regen von den Feldern kam? Was wird aus seinen Wollsocken werden, die er jahrelang über seine mageren weißen Füße zog und am Abend vor dem Schlafengehen wieder abstreifte? Werden wir seine Wintermäntel, die er sonntags anzog, wenn er durch das schneebedeckte Dorf in die Kirche ging, über die ausgestreuten Hostien an den Weg*kreuz*ungen werfen? Werden wir seine Kleider an die Knechte dieses Landes verteilen, oder werde ich, auch hier in Rom, seine Hemden tragen müssen? Läge er doch eines Tages in einer feuchten Ackerfurche, so könnten wir ihn schnell mit seiner eigenen Erde zudecken und auf seinem Acker ein Grab errichten.
Der Ackermann möchte nicht in der Leichenhalle in Feistritz aufgebahrt werden, in der einst auch Jakob und Robert nebeneinander in getrennten Särgen lagen. Der Ackermann möchte, daß die ungenutzte Kirchenvorhalle in Kamering zu

einer Leichenhalle umgebaut wird, dort möchte er drei Tage lang, umgeben von Blumen und Kränzen, in seinem Sarg liegen, bevor er ins Erdloch abgeseilt wird. Ob er seine Söhne und im besonderen mich an sein Sterbebett rufen wird? Werde ich seine abgearbeitete Hand halten, wenn er mit seinen Füßen noch ein paarmal strampeln wird, wie damals, als er noch ungeboren in der Eihaut seiner Mutter lag? Wird Natalija, die einen Kleiderhaken voller Trauerschleier besitzt, einen nagelneuen Trauerschleier kaufen und hinter dem Sarg des Ackermanns hergehen oder wird sie die alten wiederverwenden und Motria, der trauernden Frau des Ackermanns, einen abtreten? Alle Knechte dieses Landes werden mit einem Kranz Lorbeerblätter auf ihren Häuptern, einer Hostie auf ihren herausgestreckten Zungen zum Leichenbegängnis des Ackermanns kommen. Die trauertragenden Mägde werden in der Linken eine brennende Erstkommunionkerze und in der Rechten eine Pfauenfeder tragen, die das dörfliche Auge Gottes darstellen soll.
Der Ackermann sollte sich unter dem Stallboden, auf dem seine Tiere stehen, begraben lassen und könnte, wenn er unter der Erde seine Augen aufschlägt, zuerst auf die Hufe der Tiere, auf die Euterspitzen der Kühe blicken und seinen Mund öffnen, wenn der Melker die ersten Milchtropfen, die ungenießbar sind, auf den Stallboden spritzt. Er könnte, wenn er sich in der Erde seines Hofes begraben ließe, das ganze unterirdische Hofgelände abgehen, ohne einen anderen Toten begrüßen und ihm die Knochenhand geben zu müssen. Auf dem Friedhof würde er bei seinen Spaziergängen unter der Erde immer wieder den alten, seit Jahrzehnten verstorbenen Dorfleuten begegnen. Er könnte ihnen Geschichten aus der Neuzeit erzählen, ihre Friedhofshand schütteln und mit seinem toten Kopf ihren Totenköpfen zunicken. Der eine würde sagen, Damals, als du in meinen Sarg, auf mein Totenantlitz blicktest, als ich noch unter den Lebenden weilte, warst du noch ein Jüngling, kaum zwanzig Jahre alt, und heute bist du selber ein Greis und willst mir meinen Platz in der Friedhofserde streitig machen! Vielleicht würde der Akkermann, wenn er in seiner Hoferde begraben wird, während

seiner Stallkontrollgänge, während er auf die Hufe und Bäuche seiner Tiere blickt, die Nabelschnüre der neugeborenen Kälber in sein Totenkleid stecken? Aber was ist, wenn sein Totenkleid keine Taschen hat? Würde er die Nabelschnüre seiner Kälber und Schafe um seine abgemagerten Hände und Beine und zur Zierde um seinen Hals binden? Immer wieder würden die Wurzeln der Schneeglöckchen und Sumpfdotterblumen, die Wurzeln der Holundersträucher und Apfelbäume, die hinter seinem Heustadel stehen, wenn er unter der Erde den Hof abginge, an seine bleiche Stirn stoßen. Manchmal läge das fünffingrige Ende einer Wurzel wie die Hand seines Sohnes auf seiner Achsel, freundschaftlich.
Wenn der Ackermann nach mir stürbe, würde er dafür sorgen, daß ich in das Grab meines Großvaters hineinkäme, der meinen Namen trägt. Ein paar Jahre später würde er sich neben meinem dahinmodernden Leib begraben lassen, damit wir gemeinsam unter der Erde seinen Kühen körbevoll lebende und tote Heuschrecken in ihren Futterbarren werfen. Ich müßte ein notariell beglaubigtes Testament anfertigen, in dem steht, daß ich in Neapel begraben werden möchte, aber ich befürchte, daß er trotzdem mit meinem Leichnam umspringen würde, wie es ihm gefällt. Er ist Verwalter des Hofes, Herrscher über Mensch und Tier, über den rostigen zweischarigen Pflug genauso wie über seinen Traktor, und er ist es auch, der über die Toten bestimmt. Eine Beisetzung in Neapel hätte den Vorteil, daß kein Bauer in meinem Heimatdorf, der mich verachtet, seine Notdurft auf meinem Grab verrichten könnte, aber andererseits müßte ich mich nach dem Abfaulen der neapolitanischen Totenbuketts mit einem blumenlosen Grab zufriedengeben.
In Anwesenheit des Ackermanns fragte ich den gottesgläubigen Milchmesser, ob denn der Ackermann, der dort – ich deutete mit dem Zeigefinger auf ihn –, einmal in den Himmel oder in die Hölle kommen werde. Der Milchmesser schüttelte langsam seinen Kopf und sagte mit feierlich klingender Stimme, Ich bin kein Richter! Der Ackermann erhob sich vom Diwan, legte seine geschwollenen, fichtenwurzelähnlichen, erdbehangenen Hände auf die Oberschenkel seiner ge-

flickten Stallhosen, starrte zuerst verwirrt, dann ängstlich und schließlich selbstsicher vor sich hin, hob seinen kahlen Kopf und sagte, Zehn Jahre möchte ich noch leben, dann ist die Hölle sowieso voll, dann bin ich im Himmel!

Im elterlichen Schlafzimmer starben meine Urgroßeltern väterlicherseits. Seit mehreren Tagen wußte man schon, daß mein Urgroßvater sterben wird. Auf einmal, so der Ackermann, setzte er sich im Bett auf, warf die Decke zurück, blieb ein paar Sekunden lang wortlos sitzen, kippte um und war tot. Während der ärgsten Sommerhitze wurde er in einem Zimmer in Paternion drei Tage lang zur Besichtigung aufgebahrt. Tag und Nacht hielten schreiende Klageweiber die Totenwache. Die Gesichtsbacken des Toten waren wie aufgeblasen, und seine weißgrauen Barthaare lagen nicht auf seiner welkenden Haut, sondern standen igelstachelgleich voneinander weg. Sein Leichnam gärte und begann zu zerfließen. Bereits im Sarg sonderte der Leichnam Flüssigkeit ab, die durch die Ritzen der Sargbretter auf den Boden tropfte. Der Leichengeruch war so intensiv und jauchehaft, daß niemand in das Totenzimmer eintrat, ohne die bloße Hand oder ein Taschentuch vor Mund und Nase zu halten. Während die Sargträger die Handschuhe anzogen, den Sarg über die Stiege und den Flur entlang zur priesterlichen Aussegnung vors Haus trugen, rann Leichenflüssigkeit aus der schwarzen Holzkiste.

Hört, ich bin die Krone, die ihren Kopf sucht, und wenn ich meinen Kopf finden sollte, werde ich mich enthaupten, damit ich wieder die Krone bin, die ihren Kopf sucht.

Nichts darf mir entgehen. Fallen zwischen den Schneeflocken Invalidenengelsflügel auf die hartgefrorene Wintererde, so schreibe ich es auf. Kräht ein Hahn, während ich mich über ein Waschbecken beuge und aus dem Wasserhahn eiskaltes Wasser über meine von der Unschuld befleckten Hände rinnt, so schreibe ich es auf. Da Motrias Lippen zugewachsen sind, muß sie künstlich ernährt werden. Kein Chirurg und kein Bildhauer kann ihren zugewachsenen Mund öffnen und sie zum Sprechen bringen. Sehe ich, wie der Priester ein Kruzifix auf den Gepäckträger seines schwarzen Fahrrades spannt, während sich sein Hund im Pulverschnee wälzt, so schreibe ich es auf, auch wenn ich es nicht gesehen haben sollte. Eine Herde schwarzdekorierter Leichenpferde geht im Gänsemarsch den lotrechten Balken des kruzifixartig gebauten Dorfes hinunter. Oftmals schämte ich mich meiner Hände, wenn ich einem Lebenden gegenübertrat, und versteckte sie hinter meinem Rücken. Jetzt sollen sich die Überlebenden ihrer Hände schämen und sie hinter ihren Rücken verstecken, wenn sie in meinen Sarg blicken und sehen, daß meine Hände auf meinen Rücken gebunden sind. In meinem Testament werde ich meine Hinterbliebenen so verwirren, daß sie nicht entschlüsseln können, ob sie mich in Rom oder Neapel, Kamering oder Mooswald oder in der Ukraine am Ufer des Dnjepr beisetzen sollen. Das Blut Adams, des ersten Menschen, der am Gift einer Kobra gestorben ist, wird heute als Gegengift bei Schlangenbissen verwendet. Eva, der zweite Mensch, wurde von einer apfelessenden Schlange erwürgt, während sie die Lehmtotenmaske des Weltschöpfers modulierte. Ich, der dritte Mensch, verschlucke eine Schlange und schlage meine Giftzähne in den Hals einer Kobra, um den Tod Adams und Evas zu sühnen. Kain erschlug das Feuer und Abel den Kain. Judas wurde zwischen Jesus und der ebenfalls gekreuzigten Maria Magdalena, die Jesu Schweißtuch um ihre Hüften trug, ans Kreuz geschlagen. Adam zeugte Gott, damit der Allmächtige eine Rippe aus der Brust seines Erzeugers nehmen konnte, um Eva das Leben einzuhauchen. Wie eine gespaltene Zunge lispelt der lotrechte Balken des kruzifixartig gebauten Dorfes, über den immer noch die Horde der schwarzdekorierten Pferde trampelt. Die schwarzen, nicht die weißen und braunen Fohlen werden mit Hilfe neuester elektronischer Maschinen schon in ihren Mutterleibern ausgewählt, die weißen Särge der Kinder, die blauen Särge der Jugendlichen und die schwarzen Särge der Erwachsenen über die Dorfstraße zu ziehen. Die Gotteslästerer werden mit dem Palmzweig des Friedens ausgepeitscht. Ein ägyptischer Knabe fährt mit seinen zehn auseinandergespreizten Fingern durch die Schlangen seines Medusenhauptes. Während die Pfarrermarie den beiden schwarzgekleideten Ministranten weiße Stoffengelsflügel an ihre Rücken heftete, nahmen die Sargträger das kleine weiße Särgchen auf und trugen es aus dem Kindertotenzimmer in den Hof hinunter, wo der Priester die Aussegnung vornahm. Die Stute warf ein Fohlen, und der Hengst fraß die Nabelschnur auf. Die Magd griff in ihre Schürze, holte Haferkörner hervor und warf sie den vorüberfliegenden Krähen zu. Jesus von Nazareth schlug einen Hund ans Kreuz, der tage- und nächtelang jaulend am Grab seines verstorbenen Herrn herumgelungert war.

Ich gehe im Kreis, bis mein Gehirn unter meiner Kopfschwarte explosiv wird. Ich hätte den Spieß auch umdrehen und sagen können, daß ich die liebe, die mich hassen, und die hasse, die mich loben, aber auch der Reziprokwert hat längst seinen Wert verloren. Verdreht eure Kadaver und leckt euch am Arsch, dann muß ich nicht sagen, daß ihr mich am Arsch lecken könnt, sonst dreht mir noch einer diese Redensart im Mund um und sagt, daß er mir wirklich nicht den Arsch lecken möchte. In meinem Gehirn gibt es manchmal Tumulte, die keine Polizeikompanie zur Raison bringen kann. Außer meiner eigenen Sprache ist niemand und nichts fähig, in meinem Kopf Mode zu machen. Ist die Ruhe in meinem Kopf hergestellt, breche ich wieder auf, um Unruhe zu stiften. Ich muß mich antrinken, um mit einem Menschen sprechen zu können. Nur an der Schreibmaschine löst sich ohne Alkohol meine Zunge. Die Schreibmaschine ist mein bester Zuhörer. Andere haben nicht einmal eine Schreibmaschine, geschweige denn einen Menschen, mit dem sie die Tage und Nächte verbringen könnten, um sich aufeinander abzustimmen und stumm zu machen. Ich habe kein Mitleid mit denen, denen es schlechter geht als mir, aber auch nicht mit denen, denen es besser gehen würde als mir, wenn es ihnen nicht schlechter ginge. Der Hut ist alt, aber das Sprichwort, Das ist ein alter Hut! ist auch nicht mehr das jüngste. Taucht doch ein die zwiebelartige Kirchturmspitze in die Schlagsahne, das stört doch niemanden. Die Ikonen haben lippenförmige Löcher unter der Nase und trinken nur Blut, kein Weihwasser. Der Atem wird mich holen. Ich hole keinen Atem mehr. Wie ich mich als Kind einmal verbrannt habe? Indem ich eine Handvoll Pfeffer in den Mund steckte. Schreiend lief ich zu meiner Mutter. Mein Mund war offen und voller Pfeffer. Die Mutter griff, indem sie ihren Mittel- und Zeigefinger krümmte, in meinen Mund und holte heraus, was sie konnte. Stundenlang hockte ich danach wie erschossen in einer Ecke und befeuchtete mit meiner Zunge meinen Gaumen.

Auf der Suche nach einer Metapher habe ich einem neugeborenen Fohlen das Maul aufgerissen, als es geburtsfeucht im Stroh lag, und habe mit meiner Hand den Schleim entfernt, damit es nicht daran erstickte, aber ob das Tier weiterlebt oder krepiert, war mir vollkommen egal, die Metapher war mir wichtig. Stapfte ich nicht stunden- und tagelang die schneebedeckten Gleise entlang und lief mit dem Blauen Blitz um die Wette, um eine Metapher zu finden? Ruderte ich nicht mit einem Schlauchboot ans andere Ufer der Drau, um eine Metapher oder wenigstens einen faulen Fisch finden zu können? Bin ich nicht mit meinem Filmkamerakopf in mein Elternhaus zurückgekehrt, um im letzten Winkel meiner Kindheitskammer eine Metapher zu finden? Durch Feuerringe bin ich gesprungen und habe für eine Metapher die Peitsche an meinen Flanken aufzucken lassen. Berge habe ich umgangen, Flüsse habe ich durchwatet und lauthals in den tiefbeschneiten Fichtenwald hineingeschrien, damit eine Metapher in meiner Kehle stecken bleibt. Habe ich nicht zwei Meter unter dem Wasserspiegel der Drau im Sand gewühlt, um den Krebs wiederzufinden, der einst dorfgroß über den Häusern meines Heimatdorfes schwebte und dessen Fühler beim Schrei eines Dorfkindes zitterten? Um eine Metapher zu finden, plünderte ich die Dornenkrone am Haupte Jesu Christi, in der sich junge Schwalben eingenistet hatten. Mit dem Zwiebelmesser meiner Mutter sezierte ich eine Ratte, um in ihrem Inneren eine Metapher zu finden. Auf ihre Eingeweide blickend, sah ich einen Totenkranz in einer wassergefüllten Badewanne schwimmen. Um eine Metapher finden zu können, muß ich mich in die Hexe verwandeln, die sich selbst in einen Käfig sperrt, sich einen Knochen reichen läßt und mit ihren kralligen Händen ihren Brustkorb auseinanderreißt, aus dem, plitschnaß vom Hexenblut, Hänsl und Gretl springen und sich im Wald verirren. Auf der Suche nach einer Metapher stand ich in der Aufbahrungshalle vor dem Sarg eines Strichjungen und bat den Friedhofswärter, daß er den Sargdeckel abheben möge. Mit Schweinefett und Gips ging ich durch die Dörfer von Totenbett zu Totenbett und von Aufbahrungshalle zu Aufbahrungshalle, um Gipsmasken vom Antlitz der Toten zu nehmen. Ich lege in einem venezianischen Hotel meinen Kopf auf den Schoß eines Knaben und bin berauscht vom Geruch seiner Hüften, bis er mit seinem Samen mein Gesicht überschwemmt und meine Nasenlöcher vollstopft. Habe ich nicht die Hacke über dem Kopf einer aufblasbaren Plastikpuppe geschwungen, nachdem ich sie mit meinem Samen vollgepumpt hatte, damals, wann war das, als ich einen großen Bogen um die Menschen schlug. Um eine Metapher zu finden, ging ich in die Kapuzinergruft und betrachtete tausende Mönchstotenköpfe. Am Zoll bin ich gestanden und habe mitansehen müssen, wie der Beamte in meiner Reisetasche nach Metaphern suchte. Bin ich nicht mit Warwara Wassiljewna, eine Erdäpfelhacke auf meinem Schlüsselbein, bloßfüßig über die Stoppelfelder gegangen und habe, während sie aus ihrer ukrainischen Kindheit erzählte, Erdäpfel und Metaphern aus der Erde gestanzt? Bei einer Hühnerschlachtung beauftragte mich Warwara Wassiljewna, auf die zehn frischgeschlachteten Hühner achtzugeben, damit sich die Katzen nicht an das noch körperwarme Fleisch heranmachten. Während sie in die Sauküche ging, um einen Eimer voll heißes Wasser zu holen, peitschte ich mit einem Hanfstrick die geduckt sich anschleichenden und immer wiederkehrenden Katzen davon. Nur wenn ich schreibe, lebe ich und sitze auf einem Riesenbagger, der sich ins Gestein schlägt, um eine Metapher zu finden. Ich schreibe kniend, falte in sätzeleeren Zeiten meine Hände und bete um Metaphern. Den Kriegsgott kenne ich, den Gott der schwangeren Katzen ebenfalls, aber jetzt bin ich auf der Suche nach dem Gott des Bleistifts. Du bist der Metaphernhund! sagen die Bluthunde. Ich werde solange Metaphern suchen, bis ich selber eine Metapher bin.

Von meinem *Sekretär*, einem Schreibtisch aus der Jahrhundertwende, der als Blockade vor dem Eintretenden steht, ließ sich der Ackermann, der lederne Arbeitshandschuhe, seinen abgegriffenen und speckigen Hut, seine geflickte blaue Arbeitshose trug, nicht einschüchtern. Er umging die Blockade, trat an mich heran und blickte mit zusammengekniffenen Augenlidern auf das eingespannte Papier meiner Schreibmaschine. Ich hatte Angst, daß er ein paar Wortfetzen – Vater, Sterbezimmer, Sargnägel – ohne Augengläser lesen könnte, zog das Blatt aus der Schreibmaschine und legte es verkehrt auf den Schreibtisch. Er wagte es nicht, das Blatt anzufassen und zu lesen, drehte sich um und verließ wortlos meine Kammer.

Nachdem ich meine Kindheit und Jugend *nieder*geschrieben hatte, glaubte ich, daß durch den Schreibprozeß meine Eingeweide verbrannt wären und daß ich mit einem Hohlkörper weiterleben müßte. Ich hatte keine Lust mehr zu sterben und keine Lust zu leben. Ich bekam Sehnsucht nach den Entsetzlichkeiten und Schönheiten meiner Kindheit und Jugend, aber mein Leben winselte irgendwo zwischen zwei Bücherdeckeln. Ich fühlte mich wie neu gestorben. Mein Gaumen und meine Zunge rochen nach Verbranntem. Säulenartig strotzte ich Asche aus meinem Mund.

Alles, was ich aufgebaut habe, möchte ich wieder zerstören und auf diesem Scheiterhaufen ein neues Lustschloß bauen, um es wieder niederreißen zu dürfen. Je reicher ich das Schloß verziere, desto lustvoller wird meine Zerstörungswut. Außer der Sprache kann ich mich keinem Menschen anvertrauen. Noch keinen Menschen habe ich geliebt, ohne daß mir nicht der Gedanke kam, ihn zu töten, um an seiner Bahre meine eigenen Leiden beweinen zu können.
In meiner Formulierphase stoße ich jeden Tag schreibend an die Grenzen meiner Möglichkeiten, bleibe vor einer Mauer, die ich durchbrechen möchte, stehen und schinde meinen Schädel blutig. Wenn mir das Blut zwischen den Zähnen oder aus der Nase rinnt, kehre ich um, um neuerlich auf die Mauer zuzulaufen.
Zwei bis drei Monate lang hält mein Schreibrausch an, dann verstumme ich für Monate oder für ein halbes Jahr. Die stummen Monate sind die qualvollsten. Jeden Tag möchte ich den Rauchfang des Bauernhauses hinaufkriechen und mich mit dem Kopf voran in den schwarzen, rußigen Kaminschacht hinunterstürzen.
Trete ich am Morgen den Kampf mit der Sprache an, spüre ich die Fesseln des gegenwärtigen Lebens und der Vergangenheit und versuche mich durch stundenlange Spracharbeit zu lösen. Erst wenn ich mich davon befreit glaube, entstehen ein paar Sätze, die es wert sind, umformuliert oder zerstört zu werden. Habe ich meine Gefühle auf dem weißen Papier ausgebreitet, so sitzen wir, meine Sprache und ich, vollkommen erschöpft da, fühlen eine grauen*volle* Leere in uns und klagen uns gegenseitig an, einander alles weggenommen zu haben.
Nachts friere ich die Wörter ein, sammle im Schlaf Kraft und taue sie am nächsten Morgen wieder auf. Es dauert oft Stunden, bis ich die Wörter wieder aus dem Eis hacken kann. Oftmals hocke ich stundenlang in einem Eisblock und starre sprachlos mit übergroßen Augen aus dem Eis.
Natürlich sitze ich mit einer Lockenperücke in meinem Salon an einem Mahagonischreibtisch, tauche den Gänsefederkiel in die himmelblaue Pelikantinte und beschrifte schneeweißes Büttenpapier. Ich werde meine eigene Haut abschälen, in die

Schreibmaschine einspannen und beschriften. Ich lasse mich von der Sprache vergewaltigen und vergewaltige sie. Keiner von uns beiden ist der bessere Mensch. Meine Sprache ist ein Messer ohne Klinge, dem der Griff fehlt. Sprache! Ich kann dich nicht besiegen. Meine Waffe bist du! Die Sprachbilder, die ich in mir erschaffen habe, bleiben gefangen und rütteln am Brustkorb meiner Kindheit. Ich habe das Sprach-Los gezogen und spiele Lotterie mit den Worten und Buchstaben.

In meinem Mund habe ich mehrere übereinanderliegende Zungen, eine ist böse, eine ist gut, die dritte kindisch und die vierte greisenhaft. Eine fünfte ist mir schon abgefault, und die restlichen Zungenfetzen habe ich am Ufer der Drau ausgespuckt. Vielleicht war sie gespalten und hat sich, da sie die Unwahrheit sprach, zerrissen und ist abgefault.

Das Wort *Schuld* läßt meine Zunge wie ein Stück Lammfleisch in einer Bratpfanne zusammenschrumpfen, bis nur mehr ein dürrer Zapfen in meinem Mund übrigbleibt. Der Zungenstummel bricht ab und fällt in meinen Rachen hinunter.

Ringe mit der Sprache, wenn sie dich zum Kampf aufruft, aber töte sie nicht, sonst stehst du ohne Waffen da und kannst dich nicht mehr besiegen. Arbeite an deiner Sprache, bis du umfällst und wieder aufstehst und wieder umfällst, dann steh wieder auf, um umzufallen. Geschmeidig wie eine Raubkatze mußt du die Sprache machen, du mußt sie dressieren und züchtigen, damit sie die Kraft bekommt, böse zu sein. Arbeite an einem Feuerring aus Buchstaben, setze die Larve eines Panthers auf und hechte durch. Lern die Sprache der Taubstummen, die Blindensprache lern. Lerne schweigen, lern dich sammeln, spuck nicht Asche und Lava, sondern spuck den ganzen erumpierenden Vulkan aus. Halte Reden an die Menschheit, sie wird dir undankbar sein. Du darfst keinen Dank erhoffen. Der Dank muß darin liegen, daß es dir möglich ist, eine Rede zu halten, während die anderen stumm des Weges gehen. Meistens sind es die Wege anderer, die sie gehen. Sie treten nur in andere Fußstapfen und hinterlassen keine eigene Spur. Begeh einen Mord, aber laß dein Opfer am

Leben. Wenn sich deine Hand gegen dich selbst richtet, nimm das Hackbeil, ziel vorbei am Herzen und schlag deine Selbstmörderhand ab. Du hast eine beschneite Dornenkrone in deiner Brust und hockst, die Hände vor dem Gesicht, die Beine angezogen, auf einem Eisberg.

Die Aufzeichnungen aus einem Totenhaus, Die Dämonen, Notre-Dame-des-Fleurs, De Profundis, Fluß ohne Ufer und das Totenfest sind Bücher, die ich immer wieder lese, wie meine Eingeweide mit mir herumtrage und die ich genausowenig ableugnen kann wie meinen Erzeuger und meine Gebärerin. Ich finde keine Landschaftsbeschreibungen in Ihren Romanen, Fjodor Michailowitsch Dostojewskij! Warum haben Sie die russische Landschaft aus Ihren Romanen herausgestochen?

Um ein besserer Schriftsteller werden zu können, muß ich erst ein besserer Mensch werden, sagt Cesare Pavese. Aber ich muß ein schlechterer Mensch werden, um ein besserer Schriftsteller werden zu können.

Werden Sie sich nicht einmal ein paar Monate auf Ihrem Lorbeerbett ausruhen, maulte mich einmal eine promovierte Fußnotenliteratin an. Nichts fault schneller als der Lorbeer der Ehrung. Sie wollen, daß ich endlich schweige. Mich anklagend sagte ein Fußnotenliterat, Du kannst zwischen Literatur und Leben nicht unterscheiden!

In Unterkärnten begegnete ein Pfarrer einem halbwüchsigen Mädchen aus meinem Heimatdorf. Der Pfarrer fragte das Mädchen, Kennen Sie den Bücherschreiber? Das Mädchen bejahte. Der Pfarrer hob seine Hand, ballte seine Faust und rief, Er ist ein Gotteslästerer! Man sollte ihm das Handwerk legen!

Auf meinem Bett liegend, schließe ich meine Augen und sehe, nachdem ich die Schreibmaschine verlassen habe, immer noch einen langen farbigen Filmstreifen mit Bildern vor mir ablaufen, die ich nicht verbalisieren konnte. Schwer liegt die Zunge in meinem Mund und berührt mit ihrer Spitze – zurückgefallen in den Rachen – meinen Gaumen. Die Totenmasken und die Lebendmasken an den Wänden beginnen immer lauter zu schnaufen, bis sie die Geräusche einer Dampflokomotive ausstoßen. Meine Kammer habe ich abgeschlossen. Ich habe Angst, daß mich jemand hilflos, mit Schaum vor dem Mund, in meinem Bett vorfinden könnte. Will jemand meine Kammer betreten, so habe ich noch Zeit, mir den Schaum von den Lippen zu wischen und mich langsam aus dem Totenbett meines Onkels zu erheben. Ich ordne meine Haare und setze meine Augengläser auf. Ich schließe die Tür auf und hebe fragend meinen Kopf.

»Ein großer Leichenzug zieht eben an unserem Fenster vorbei. Der Tote muß zum wenigsten Feldmarschall gewesen sein, denn ihm folgen ganze Regimenter mit Fahnen, Trommeln und Kanonen. Zum ersten Mal seh ich ein Pferd, dem die Schleppe nachgetragen wird; ein schwarzes in schwarzem Flor. Meine Frau steht neben mir am Fenster und säugt ihr Kind, das mächtig trinkt.«

Ich stelle die Kerzen auf den Balkon, damit sie der Blitz anzündet.
Die Auspuffgase eines Leichenwagens rochen nach verwesenden Blumen.
Gelangweilt kaute das Kind an einer zuckerierten Kaugummiweltkugel, auf der alle Erdteile eingezeichnet waren, zog den Kaugummi in die Länge, blies die ehemalige Kaugummiweltkugel auf und ließ sie zerplatzen, so daß die dünne Haut des Kaugummis an seiner Ober- und Unterlippe kleben blieb.
Wenn sich am Morgen, nach dem Aufwachen, die Wirbelsäule der Menschen zu drehen begänne, zuerst langsam, dann immer schneller, wie sich ein Erdölbohrer in die Erde dreht, und wenn die sich drehende Wirbelsäule in der Nacht, vor dem Schlafengehen, sich verlangsamen und schließlich stillstehen würde, wenn man im Bett liegt, knapp vor dem Einschlafen.
In der Nacht träumte ich, daß ich für ein *plötzlich und unerwartet* verstorbenes Mädchen die Totenrede verfassen sollte, aber ich war vollkommen unfähig, eine Zeile zu schreiben. Ich erinnere mich noch daran, seltsam glücklich über ihren Tod gewesen zu sein.
Ich suchte das Fieberthermometer, um nachsehen zu können, wie spät es ist.
Der Geruch zerstäubter Menschenknochen liegt in der Luft.
Einem Juden drückte er die Totenmaske eines Nazis aufs Gesicht und erstickte ihn.
Wer wird denn heuer den Kriegsnobelpreis bekommen?
Während der Blitz den Himmel kreuzigte und der Donner in die Trommel schlug, wurde in einem weißen Kindersarg – angeführt von einem kruzifixtragenden Priester – eine Fernsehantenne zu Grabe getragen.
Ich habe Angst, daß mein Brustkorb aufbricht und meine Eingeweide zu meinen Füßen auf den Asphalt fallen. Die

Neugierde würde den Leuten schnelle Beine machen. Je grausamer die Sensation, desto mehr erheben sich von den Leibstühlen. Ich würde zwischen der johlenden Menge durchgehen und meine aus meinem Bauch hängenden Eingeweide über den staubigen Boden dahinschleifen.
Der Achtung-Achtung-Zungenschlag des Lautsprechers, der die Kindertrommelfelle wie Spinnweben zum Zittern brachte, als eine Tür aufging und der junge, frischgekrönte, blutüberströmte König der Juden eintrat.
Ist die schwangere Frau, die eine mogoloide Totgeburt auf die Welt bringen wird und neben dem uniformierten Bischof in der römischen Circulare sitzt, nicht auch eine Würdenträgerin?
Ich höre die Klagen einer Kriegswitwe, die Juden skelettiert hatte, und die stummen Schreie einer Gazelle unter der Todespranke eines Panthers, der gleichzeitig von einem Raubvogel angegriffen wird. Über dem Raubvogel, der seine Krallen in den Nacken des Panthers treibt, der wiederum seine Schnauze in die aufgerissene Gazellenbrust taucht, schwebt eine rostige, aber nach frischem Getreide riechende Sichel.
In einem weißausgelegten Bett liegt ein totes Kind, dessen Körper bis zum Hals mit Nelken, Rosen und Lilien bedeckt ist. Der Mund des Kindes ist ein wenig offen. Man kann seinen zahnlosen Oberkiefer sehen. Zu seinen Füßen liegt ein Blumenstrauß, der noch mit dem Werbepapier der Blumenhandlung umwickelt ist. Statt einem großen Kruzifix steht hinter seinem Haupt auf einem Tisch ein Fernsehapparat. Ein kleiner Knabe lutscht an seinem Zeigefinger und blickt auf das junge Totenantlitz.
Vielleicht trage ich meine Totenmaske unter meiner Gesichtshaut, vielleicht aber auch die Totenmaske des Embryos, der ich war, vielleicht aber ist es die Sterbemaske des Ackermanns oder die Sterbemaske Motrias, die ich unter meiner Gesichtshaut trage. Ich kann mir jedenfalls nicht vorstellen, daß ich unter meiner Gesichtshaut nur Fleisch, Blut und meinen Totenschädel trage.
Sich auf den Oberschenkelknochen meines längst verstorbenen Großvaters stützend, geht der kniehohe, personifizierte

Liliputanertod neben mir her. Wenn ich in der Nacht vom Tod träume, dann bin ich auch während des nächsten Tages todmüde.
Bei genauerem Hinsehen erkannte ich, daß nicht nur auf dem sechs Jahre alten Suizidgrab Jakobs eine Kerze brannte, sondern auch auf dem fünf Tage alten Grab einer Frau. Ich hoffte sagen zu können, daß nur auf dem jahrealten Grab Jakobs eine Kerze brennt und nicht auch am Grab einer Frau, die vor wenigen Tagen gestorben war. Beleidigt und gekränkt verließ ich den schneebedeckten Friedhof. Die Gräber waren von den weißen Trauerfetzen des Nebels umhüllt. Auf dem frischen Grab, in den Kelchen der Rosen hockten gefrorene Tautropfen, deren Kugeln sich bereitmachten, die Grabsteinkegel umzuwerfen und an die Friedhofsmauer zu schleudern.
Als ich mich in meine Kammer einsperrte, drückte ich die Lebendmaske Claudios an meine Hüften, wie ich damals am Meeresstrand von Lido di Ostia, während unsere Körper von den herankommenden Meereswellen immer wieder überschwemmt wurden, meinen Kopf auf seine Hüften gelegt hatte. Wenn uns eine größere Meereswelle überschwemmte, verlor ich seinen fleischlichen Auswuchs aus meinem Mund. Mit geschlossenen Augen suchte ich wieder die Eichel seiner steifen Rute.
»Ein schönes Mädchen wird ermordet. Ein anderes Mädchen steht den Mördern bei und streckt gegen die Sterbende die Zunge aus.« (Friedrich Hebbel)
Wenn Jesus von Nazareth eines Nachts wieder auf mich zukommen sollte, werde ich ihm den gekreuzigten hostienessenden Schokoladelufizer entgegenhalten. Es wird ihm nicht besser gehen als den Vampiren, die erschrocken und mit hocherhobenen Händen vor dem Kruzifix zurückweichen.
Ich träumte, daß ich vornübergebeugt auf Hans Henny Jahnns Pferd *Ilok* über die Steppe ritt und seine feuchten Nüstern küßte, als es im Lauf seinen Kopf nach hinten warf. Danach sah ich unzählige meterhohe Kerzen in den Fichtenwäldern. Die Dörfer waren verdunkelt, die Wälder leuchteten.

Ich klage mich an und schäme mich es zu sagen, daß ich in einer Zeitung genußvoll auf den zerfetzten Körper eines Knaben blickte. Da ich in diesem Dorf eingeschlossen bin und es nicht wagen würde, jemanden anzusprechen, kann ich nicht meinen Kopf auf den Schoß eines Knaben legen und sein Glied in meinem Mund auf und ab tauchen lassen, bis mein Gaumen und meine Zunge von seinen heißen Schneeflocken überschwemmt werden.

Während wir im Zuchthaus Totenkränze binden, würde ich einem Knaben gelbe Nelkenköpfe in die Hosenschlitzlöcher seiner Sträflingskleidung stecken.

Mit dem Strick? Mich auf dieselbe Weise wegzuräumen wie die, die ich beschrieben habe, ist mir zuwider. Tabletten essen? Der aufgeblähte Pharmaziebauch widert mich ebenfalls an. Meine Leiche muß schön sein oder vollkommen, bis zur Unkenntlichkeit zerstört werden. Mich von einem Vehikel überfahren lassen und einen Selbstmord als Unfall tarnen? Ich möchte nicht den nächstbesten Autofahrer oder Zugführer mit meinem Selbstmord belasten.

Am Faschingsamstag trug der Dorffleischhauer die Maske eines Schweines, aus dessen Ohren das Blut seines mit achtundzwanzig Jahren an einem Herzanfall verstorbenen Sohnes tropfte. Mit nach hinten gebundenen, von einem Kranz Blutwürste gefesselten Händen hockte das Kleinkind im Schlachthof im Gitterbett, während die alte Fleischhauerin in der guten Kinderstube die frischen, noch blutigen Rehbockhäute einsalzte. Der junge Dorffriseur, der öfter betrunken als nüchtern ist, zollte den Justizmorden Tribut und trug die Maske eines Henkers, denn damals waren es oft Friseure, die sich freiwillig als Scharfrichter meldeten und deren Dienst erst wieder gekündigt wurde, wenn ihre eigenen frischfrisierten Köpfe zu rollen begannen.

Erst seit ich vom Kunstmaler Georg Rudesch erfahren habe, daß Caravaggio ein Mörder gewesen sein soll, interessiert mich sein Werk.

Die österreichischen Politiker kriechen zuerst über das Kruzifix, bevor sie sich den Fahnenständer hinaufhanteln, um sich mit ihren faulenden Zähnen an den rotweißroten Fahnenfetzen festhalten zu können. Manchmal hört man lautstark das Durchreißen eines Fahnenfetzens, und die Person, die sowohl am Kruzifix als auch am Fahnenständer schleimige Schneckenspuren hinterlassen hat, plumpst hinab ins Vergessen.

Als ich einmal zu jemandem sagte, daß ich mich in der kommenden Nacht umbringen werde, und wir uns an einem der folgenden Tage auf der Straße wiederbegegneten, sagte er enttäuscht, daß er gerade von mir erwartet hätte, daß ich *mein Wort* einhalte.

Ich sah einen rotweißgekleideten Ministranten über beschneite Felder auf einen Bauernhof zulaufen und auf zwei Männer stoßen, die mit braunen Gummistiefeln in großen Blutlachen standen und mit einem Hackbeil den aufgehängten Körper eines frischgeschlachteten Schweins auseinanderspalteten. Während er an den Schlächtern vorbeilaufen wollte, rutschte er auf einer Eisplatte aus, fiel bäuchlings zu Boden, erhob sich schnell wieder und sah, daß das weiße, spitzenverzierte Oberteil seines Ministrantenkleides voller Schweinsblutflecken war. Als er blutbefleckt und schreiend über ein Feld auf einen Fichtenwald zulief, erwachte ich mit heftig schlagendem Herzen.

Die blutige Bischofsmütze, die ich auf meinem Kopf trug, als ich dem Schoß meiner Mutter entglitt, wurde von der Pelerine ihrer Eihaut beschützt wie die Plastiksäcke die Kardinalsmützen in den Priestergeschäften staubfrei halten und vor den Fingerabdrücken der Nonnen und Priester schützen.

Natürlich wäre die Welt schöner, wenn die Augenlider der Menschen durchsichtig wären und man den Schlafenden und selbst den Toten auf die erloschenen Augäpfel sehen könnte.

Am liebsten hätte ich in meiner Kammer randaliert, die Bilder der Großeltern von den Wänden gerissen, die Stühle auf den Kopf gestellt und Natalijas unter dem großväterlichen Sterbebett stehende Stöckelschuhe aus dem geschlossenen Fenster geworfen, aber ich säuberte mit einem Papiertaschentuch meinen angepatzten Bauch und blieb eine halbe Stunde lang ruhig im Bett liegen.

Ein Strichjunge kaute an einem Lorbeerblatt, nahm es aus seinem Mund und schob es mir zwischen die Lippen.
Zehn Nonnen beteiligten sich an einem Hindernislauf über quergestellte Kruzifixe. Nach dem Pistolenschuß eines rotgekleideten Kardinals hetzten sie aufs erste Kruzifix zu.
Immer noch sind es die Mütter, die links und rechts an den Rändern der Laufbahn die Nabelschnüre hochhalten. Manchmal, wenn einer ihrer numerierten Söhne daherläuft, halten sie die Nabelschnur etwas niedriger, damit er keine Mühe hat drüberzuspringen und ans Ziel zu kommen.
Vor der Polizei, den Militärmenschen und Justizmenschen hatte ich als Kind den höchsten Respekt und die größte Angst. Tauchte irgendwo ein Polizist oder ein Militärmensch auf, so konnte ich mir nur vorstellen, daß er mich abholen und einsperren möchte. Sah ich in einer Zeitung das Brustbild eines robentragenden Richters, so glaubte ich, daß er mir wie ich ihm ins Gesicht blicken kann, aber ich verbrannte die Zeitung und ging meines Weges.
Die Fabrikarbeiter, die im Schatten der glänzenden Industrieprodukte stehen, werden grau und matt und kleben als Mumien und Abziehbilder, schauspielerhaft lächelnd, auf den Fleisch- und Fischkonserven. Die Lehrer verdrehen in der Schule die Köpfe der Kinder soweit, bis man das Knacken ihres zarten Genicks hören kann. Mit dem Zuckerguß ihrer Reden ersticken die Politiker das Volk.
»Wenn man die sämtlichen Journalisten, wie sie da sind, ins Zuchthaus sperrte, würde man gewiß nicht so viele Unschuldige hineinsperren, als jetzt schon im Zuchthaus sitzen.« (Friedrich Hebbel)
Wenn das zweite Kind der Fünflingsgeburt doch wie immer kleiner werdende russische Puppen aus dem Körper des erstgeborenen, das dritte aus dem Körper des zweitgeborenen, das vierte aus dem Körper des drittgeborenen und das fünfte aus dem Körper des viertgeborenen Kindes hervortreten könnten, und nicht alle aus dem Körper ihrer einen und einzigen Mutter.
Als ich seinen Samen in meinem Darm trug, träumte ich, einen schwarzumrandeten Partezettel zu gebären, auf dem

mein Name und der Name meines Freundes aufgedruckt waren. Ich zerknüllte den blutigen Totenschein und warf ihn über einen Haselnußstrauch hinweg, an dessen Ästen unzählige brennende Eiszapfen hingen.
Ich ging ein paarmal, die Totenmasken und Lebendmasken betrachtend, in meiner Kammer auf und ab, blickte lange im heißen Schlund des Ofens auf die roten, glühenden, an manchen Stellen mit feiner heißer Asche überzogenen Holzrippen, trat ans Fenster und erschrak vor dem beschneiten Pflug, der neben dem Stalleingang stand. Rücklings, den Körper von ihren Händen gestützt, hockten die Schutzengel meiner Kindheit am Boden, drückten ihre Flügel ins Erdreich und wälzten, rückwärtslaufend, mit ihren Flügeln die eine nach der anderen Erdscholle über. Heftig schnaufend und kopfschüttelnd, die lästigen Bremsen und Fliegen verjagend, standen die schwarzen Zugpferde am Rande des umgepflügten Ackers.
Ich verdrehe meinen Kopf, blicke in einen Spiegel, der hinter mir steht, und sehe, daß ein Schwarm Rasierklingen aus meinem Rücken fliegt und die roten Herbstblätter eines Baumes zerschneidet. Ich suchte meinen Rücken nach Wunden und Blutspuren ab.
Die Grabsteine drücken die Köpfe der Verstorbenen nach unten, damit sie nicht von den Toten auferstehn, mit ihren Grabsteinen über die gelben Stoppelfelder auf die Drau zulaufen, sich den Grabstein wie einen Mühlstein um den Hals hängen und auf Nimmerwiedersehen in der Tiefe des Flusses verschwinden.
Ein halbes Jahr nach ihrem Eintritt ins Kloster zog in Österreich eine sechzehnjährige Novizin im tiefbeschneiten Fichtenwald ihre Nonnenkleider aus, irrte splitternackt durch den knietiefen Schnee und wurde Tage später von Jägern, die auf dem Weg zur Rehfütterung waren, erfroren an einem Fichtenstamm lehnend aufgefunden. In einer warmen Jägerstube, umgeben von den Totenköpfen und Geweihen der Rehe und Hirsche, die an den Wänden hingen, taute ihr Leichnam wieder auf.
Der Nachbarjunge fragte seinen Freund, ob es ihm, als Gehil-

fen des Feistritzer Leichenbestatters, nichts ausmacht, Tag für Tag mit Leichen zu tun zu haben. Der Siebzehnjährige sagte, Das ist mir egal, für jede Leiche kriegen wir Geld, wir waschen sie, ziehen sie an, legen sie in den Sarg hinein, und dann kommt sowieso der Deckel drauf.

Mit einer Kreide machte ein Schmied ein Kreuz auf die frisch aufgeschlagenen Pferdehufe.

Ein Fohlen saugte noch an den schwarzen Zitzen einer in der Alm abgestürzten toten Stute. Der Viehhüter legte Fichtenzweige über die tote Stute und zündete sie an.

In der Friedhofserde wird mein Körper den Sarg sprengen und mit erhobener Hand, auseinandergespreiztem Zeige- und Mittelfinger, in den Himmel hinauffahren, wo er von Engeln, die mit den Schienbeinknochen von Jakob und Robert, die sich im Pfarrhofstadel gemeinsam erhängt haben, bewaffnet sein werden, noch einmal totgeschlagen wird.

»... man ermordete ihn und mißhandelte dann noch den Toten dafür, daß er die Eigenschaft hatte, ermordet werden zu können.« (Friedrich Hebbel)

Fleischblumen brauchen kein Weihwasser! rief der tote Bischof, in dessen Mund die Wurzeln der roten und weißen Fleischblumen hineinhängen.

In meinem Bauch verkleinerte sich der eine verwesende Zwilling von Sekunde zu Sekunde, während der andere immer größer wurde, die Friedhofserde platzte und die Gebeine der Toten flogen ringsum. Die Totenschädel kollerten über den Weiherbichl hinunter und blieben zwischen den grasenden Schafen liegen. Kruzifixe durchbohrten Heiligenbilder. Einer der vielen Gekreuzigten verschluckte sich an einer Hostie und erstickte. Die Grabsteine murmelten die Sprüche, die auf den Körpern der Toten eingemeißelt waren.

Wenn ich stundenlang nicht einschlafen kann, stelle ich mir vor, daß die vergrößerten Vorderfüße eines Feuersalamanders in meinem auseinandergespaltenen Schädel wühlen.

Der Kunstmaler Georg Rudesch erzählte mir, daß eine seiner Schülerinnen heftig gelacht hat, als sie in der Zeitung las, daß zwei Polizisten, die einen Verunglückten aus einer Gletscherspalte retten wollten, vom Propeller des Rettungshubschraubers regelrecht die Köpfe abgesäbelt wurden. Der Bergsteiger, der noch in der Gletscherspalte von diesem Mißgeschick erfuhr, soll schreckliche Schuldgefühle bekommen haben, so daß er sich nicht mehr retten lassen, sondern sich umbringen wollte, aber er hatte kein Selbstmordwerkzeug bei sich in der Gletscherspalte.

Offenbar habe ich mich so schrecklich in den Buchstaben vergraben, daß es mir tatsächlich leidgetan hat, daß ich mich über die Mitternacht hinaus mit meinem Bruder unterhalten habe, anstatt den Rodion Raskolnikoff weiterzulesen.

Wenn ich mich im blutigen, aufgerissenen, eingeweidelosen Körper eines Ochsen erhänge, bräuchten die Hinterbliebenen nur den Bauch des Tieres zuzunähen.

Wie gehts den Kalbln, sind sie nicht lieb? fragte mich die zweiundachtzigjährige Felicitas Fronhofer. Ich zuckte mit meinen Achseln und lächelte gequält. Ich kann ihr nicht sagen, daß ich manchmal Lust hätte, mit einer Hacke eines dieser lieben Kalbln bei lebendigem Leib zu zerstückeln.

Als Kind hatte ich öfter die Hoffnung, eine Klapperschlange auszuscheiden, zu dressieren, in meiner Rocktasche herumzutragen und auf die Menschen loszulassen.

Beim Rasieren habe ich mich verletzt. Ein vollgeblutetes Taschentuch liegt bereits am Boden, ein anderes angeblutetes liegt auf dem Nachttisch, und ich kann keinen Satz fertigschreiben, ohne daß ich ein- oder zweimal unterbrechen muß, um das Blut von der Unterlippe und vom Kinn zu wischen. Inzwischen aber habe ich ein Handtuch auf meine Brust gebunden, damit ich ungestört weiterschreiben kann.

»... während ich mich in mein Zimmer zurückzog und versuchte, indem ich schrieb, meine sexuellen Begierden auszulöschen. Wie viele Bücher sind aus sexuellem Hunger entstanden? Sogar solche, die höchst sittsam und tadellos wirken, haben keinen anderen Ursprung, aber er ist zu bescheiden, als daß sie eine so ›niedrige Herkunft‹ zuzugeben wagen.« (Julien Green, *Jugend*)

Als ich am Nachmittag eine halbe Stunde auf dem Bett lag und mein Gesicht in der Finsternis des Polsters vergrub, um ein Wort zu suchen, das mich vorwärtstreiben könnte, sprang ich

sofort auf, als mir meine aufblasbare Sexpuppe einfiel, mit der ich ein halbes Jahr zusammenlebte. Ich sah die Puppe in einer Verkleinerung als Kinderspielzeug, aber ausgestattet mit fleischlichen Geschlechtsmerkmalen neben mir im Bett liegen. Ein Schwall nebelartigen Frosts entwischte der Kühltruhe und verflüchtigte sich in der Speisekammer, als ich mir vorstellte, die Puppe zwischen den gefrorenen Schwein- und Schaffleischteilen zu verstecken und den Deckel der Kühltruhe wuchtig zuzuschlagen.
Der sensentragende Tod, der im Krieg zu einem Staatskrüppel wurde, hausiert auf Krücken und legt den Kriegsversehrten eine Spendenliste des Rotenkreuzes zugunsten der kriegsbeschädigten Kinder auf den Tisch.
Die Hitlerbubiköpfe abschädeln, aber alle!
Ich hasse mein Heimatland zu sehr, als daß ich es für immer verlassen könnte.
Ich kenne einen Leichenbestatter, der den Verstorbenen die Ohren abschneidet und in einem Kühlraum seines Hauses an die Wand nagelt. Während er in diesem Raum täglich aus einem übergroßen Lautsprecher die Neunte Sinfonie von Ludwig van hört, beobachtet er an den Wänden, die mit aufgenagelten Ohren übersät sind, die Spinnerinnen, die ihre Netze von Ohr zu Ohr flechten.
Die Schlachtung eines Ameisenbärs!
Das Kind entpuppte sich als Embryo und kehrte, das Grab aushebend, in den Leib seiner Mutter zurück, die bereits seit neun Monaten im Sarg lag.
Am Kinn beginnend sollte ich mir die Haut wie eine Totenmaske vom Gesicht reißen. Knallartig, wie die Stoppel der Sektflaschen, werden sich meine Brustwarzen öffnen und mein Blut verspritzen. Meinen Mund werde ich soweit öffnen, daß er sich über den ganzen Körper stülpen kann.
»Einer, mit einem Dolch durchstochen, zieht ihn heraus, wischt ihn säuberlich ab, gibt ihn dem Mörder zurück und stirbt.« (Friedrich Hebbel)
Wie habe ich mich angestrengt, als ich einmal in der Nacht, ohne auf den Verkehr zu achten, in Rom über den Viale Bruno Buozzi ging und plötzlich ein mörderisches Vehikel,

das in der Umgangssprache *Auto* genannt wird, um die Kurve quietschte. Ich sprang mit all meiner Muskelkraft an den Straßenrand und preßte, gebückt dastehend, meine Hände an die Brust, denn mein Herz schlug so heftig, als trommle der Tod mit meinen beiden Unterschenkelknochen an meinen Totenschädel.

Als ich meinen fleischlichen Auswuchs in den Mund des Römers steckte, stellte ich mir vor, mit einem Messer die Zunge des Schwulen abzuschneiden, sie hinter seinen Rücken zu werfen, so daß sie einen Moment lang am Fenster seiner römischen Prunkwohnung kleben bleibt und langsam, eine Blutspur nach sich ziehend, aufs Fensterbrett hinunterrutscht.

Auf dem zugefrorenen Weiher schlug ich meine Augen auf und blickte auf die blasse Leiche eines Ministrantenknaben, der am Grund des zugefrorenen Teiches lag. An seinem Gürtel trug er eine goldene Quaste. Die Fäden der Quaste bewegten sich wie die Haare des ertrunkenen Ministranten.

Allen anderen Tieren ziehe ich die schreienden Pfauen vor, die auf der Pfaueninsel vom einen Baum auf den anderen fliegen und einen angsterfüllten Schrei ausstoßen, da es doch sein könnte, daß sie tödlich verunglücken, während sie vom Ast eines Baumes auf den Ast eines anderen Baumes fliegen.

Zwischen zwei Pfauen berühre ich die steifwerdenden Brustwarzen eines jungen Transvestiten und erbreche meine zukünftigen Sargnägel.

Seit ich ihn verloren habe, darf kein Mensch mehr *lebewohl* zu mir sagen.

Ich?! Ich bin ein Lebewesen.

Ich bin schon in Ordnung, ich räume täglich in mir auf.

Den Kopf in das Dorfbrunnenwasser eingetaucht, lauschte ein Kind einem Mark und Bein erschreckenden Pfauenschrei. Die Tiere fraßen den taunassen Klee. Ihre Hörner stocherten im Nebel. Daumengroße grüne Heuschrecken hielten sich an ihren Waden fest.

Nacht für Nacht produziert mein Körper Schlaftabletten. Die Apotheker kommen und füllen sie in Plastiksäcke ab.

Ohne sich umzusehen, geradeausblickend, griff die Enznoma

mit ihrer schweißbedeckten Hand auf den Nachttisch, zerrte den Rosenkranz, an dem ein Kruzifix hing, an sich und ließ ihn unter der Bettdecke verschwinden. Auf ihren Pupillen spielte sich in Form eines Zeichentrickfilms die Kreuzigung ab. Ihr soeben verstorbener Mann, der Enznopa, dem der Ackermann die schwarzen Totenschuhe anprobierte, nahm mehr und mehr die Gesichtszüge des Gekreuzigten an. Der klarsichtige Spiegel an der gegenüberliegenden Wand beobachtete die Einkleidung des Toten. Ich nahm den Spiegel von der Wand, zerbrach ihn und zog die Negativbilder aus den Scherben: Das Skelett des Ackermanns stand vor dem liegenden Skelett seines Vaters und zog ihm die Totenschuhe an.
Der Kunstmaler Georg Rudesch erzählte, daß er sonntags in der Kirche für Wotruba, Picasso und Soutine bete. Ich fragte ihn, ob er auch für Hans Henny Jahnn beten könne. Aber für Jean Genet würden Sie kein Gebet sprechen? Gerade für solche Leute sollte man beten, sagte er, das ist im Sinne Christi, ich werde für Jean Genet beten.
In Spittal kenne ich einen Mann, sagte er, der sich zu Lebzeiten seinen Namen und sein Geburtsdatum in den Familiengrabstein einmeißeln ließ. Alle paar Tage geht er mit Blumen auf den Friedhof und blickt in Erwartung seines Todes auf seinen eingemeißelten Namen.
Je später der Abend, desto mörderischer die Gäste.
»›Fähnrich, sterb Er mit Anstand!‹ Friedrich der Große nach der Schlacht zu einem wimmernden Fähnrich mit abgeschossenen Beinen.« (Friedrich Hebbel)
Der Traum heut nacht, mein eigenes, heftig schlagendes Herz in meinem Mund zu haben, war fürchterlich. Ich konnte meine Lippen nicht schließen, da das Herz zu groß war, und kaute lang an meiner pochenden Blutpumpe. Die Leere in meiner Brust füllte ich mit meiner geballten Faust aus.
»Ein Fiaker überfuhr jemand und bat ihn dadurch um Verzeihung, daß er ihn mit der Peitsche über den Kopf hieb (Erlebt).« (Friedrich Hebbel)
Kurz nachdem blühender Lorbeer im Zeitraffer aus meinen Ohren und aus meinem Mund wuchs, träumte ich in meinem römischen Zimmer, auf einem Bett, auf dem meines Wissens

noch kein Mensch gestorben ist, von einer weit über die Wolken hinausführenden Stiege, auf deren Stufen junge Japanerinnen standen. Zu Füßen der Japanerinnen standen offene Bastkörbe, in denen sich frischgeborene Brillenschlangen ringelten. Die Stufen hinaufgehend, wiesen mich alle Mädchen ab, die ich berühren wollte, und deuteten auf die Schlangen. Am Morgen weckte mich die steife Rute Claudios auf, als sie, die Muttergottes aufpfählend, durch die Leinwand des Heiligenbildes auf meinen fischmaulartig schnappenden Mund zufuhr.

Komm! Lauf auf mich zu, komm! Du schlägst deinen Schädel an einem Grabstein ein.

Während der Ackermann achthundert Kilometer von mir entfernt auf den braunen Nabelschnüren seiner Ackerschollen eisschuhläuft, gehe ich am Meeresstrand von Ostia mit bloßen Füßen und hinaufgekrempelten Hosen auf und ab und sehe immer wieder geflügelte Pflüge aus dem Meer steigen und zurück in die Fluten plumpsen.

Wie ein Satellit umkreist ein dreimonatiger Embryototenkopf in meinem Brustkorb meine Blutpumpe.

Bevor ich mich in der Räucherkammer zwischen dem Speck und den Würsten aufhänge, werde ich Glut unter meine Füße legen. Wenn sie mich nach einigen Tagen finden, können sie entscheiden, ob sie meinen geräucherten Leichnam aufessen oder in einen Sarg legen. Werden meine Hinterbliebenen mit einem Zwirnfaden oder mit einer Nabelschnur meine Lebendmaske auf meinem Totenantlitz befestigen? Statt eines Kruzifixes sollen sie meine Totenmaske auf meinen Sarg legen.

Auf das Wrack eines Autos zugehend, an dem mehrere Leute standen, hielt ich auf dem Asphalt und im angrenzenden Feld sofort nach Blutflecken und sehnsüchtig nach einer abgedeckten Leiche Ausschau.

Wenn ich vor dem Schlafengehen Hans Henny Jahnns Totenmaske lange anblicke, schlafe ich meistens beruhigt ein. Was kann mir Schlimmeres passieren, als daß der Tod kommt?

Mein Kopf sinkt immer tiefer auf meine Brust herab. Eines Tages wird mein Gesicht in meinen Brustkorb hineinwach-

sen, und meine Zähne werden das Fleisch von meinen Rippen nagen.
Mit einem Messer ohne Klinge, dem der Griff fehlt, schneid ich dir den Kopf ab und werf ihn dir ins Gesicht.
Wir hatten zu Hause keine Badewanne, nur eine Waschschüssel, auf Sauberkeit wurde in unserer Familie nicht viel Wert gelegt, erzählte der Salcherfranz, der in meiner Kammer ein wandbreites Bücherregal errichtete. In der Schule befahl mir der Lehrer, meinen schmutzigen Hemdskragen zu öffnen und hinunterzustülpen. Alle fünfundzwanzig Mitschüler mußten an meinem dreckigen Hals vorbeipilgern und meinen Schmutz betrachten.
Professoren, die ihre eingesperrten Gehirne mit Tafelkreide fütterten, bestraften mich nach ihren Möglichkeiten. Hob ein Professor den Zeigefinger, stellte ich mir vor, wie ich ihn mit einer rostigen Getreidesichel abschlage. Drehe ich mich mit einer Sense im Halbkreis, fliegt sein Schädel zum Entsetzen und zur Belustigung aller auf den Tafelschwamm ins Waschbecken.
Friedrich Hebbels Wohnungen in Wien: Alser-Vorstadt, Quergasse 317, 1. Stock, Tür 9, und Johannisgasse 209, 2. Stock.
Ein Pfarrer erzählte mir, daß die Inder aus Angst vor den Geistern oft Blut vor die Haustür schütten, damit die Geister die Schwelle nicht übertreten können. Die Hirschtotenköpfe und ausgestopften Auerhähne im Flur der Bauernhäuser haben für die Bergbauern eine ähnliche Bedeutung.
Im Traum schämte ich mich, als ich eine suppenkaspardünne kniehohe Liliputanerfrau, die ein weißes Brautkleid, einen Schleier und einen Kranz Margeriten auf ihrem Haupt trug, zum Traualtar führte, aber jetzt, während ich an der Schreibmaschine sitze, bin ich stolz drauf, eine suppenkaspardünne Liliputanerfrau zum Traualtar geführt zu haben. Keinen Augenblick zweifle ich daran, daß ich während der Hochzeitszeremonie die berühmte Frage des Priesters, ob wir unser Lebtag gemeinsam verbringen, einander treu bleiben und einander lieben wollen, nicht bejahen würde. Ich würde meine suppenkaspardünne kniehohe Liliputanerbraut vor

dem Kirchenaltar schwungvoll hochheben, dem Gekreuzigten zeigen und ihren Schädel an einer Hostienmonstranz einschlagen.
Manchmal hebe ich meine Bischofsmütze ab, um kleine sich festsaugende Schnecken von meiner Stirn zu wischen.

»Der Puppe gegenüber waren wir gezwungen, uns zu behaupten, denn wenn wir uns an sie aufgaben, so war überhaupt niemand mehr da. Sie erwiderte nichts, so kamen wir in die Lage, für sie Leistungen zu übernehmen, unser allmählich breiteres Wesen zu spalten in Teil und Gegenteil, uns gewissermaßen durch sie die Welt, die unabgegrenzt in uns überging, vom Leibe zu halten. Wie in einem Probierglas mischten wir in ihr, was uns unkenntlich widerfuhr, und sahen es dort sich färben und aufkochen.«

Jahre ist es her, aber sechs Monate lang genoß eine aufblasbare rosarote Plastiksexpuppe, die er Ludmilla nannte, seine Gastfreundschaft. Wenn Ludmilla mit dem frischgekleideten Menschikow am Abend bei Kerzenlicht nicht speisen wollte, schlug er ihr einen versilberten Löffel auf ihre rotbackigen Wangen. Mit der Geste eines Maurers, der eine Wand verputzt, warf er ihr Schlagsahne ins Gesicht und brüllte sie an, beobachtete sie aber gierig, während sie sich an den schmalen Seiten des Tisches – vier Meter voneinander entfernt – gegenübersaßen und sie widerwillig die eine Stachelbeere nach der anderen zwischen ihre Lippen schob. Wenn die Flammen der beiden Kerzenständer zu groß waren, stand Ludmilla – wie befohlen – auf und verkleinerte mit einer Schere den schwarzen in eine gelbrote Flamme eingebetteten Docht. Einmal, als sie Menschikow hinter den sechzehn flirrenden Kerzenlichtern betrachtete und langsam eine grüne Stachelbeere zerkaute, war es ihr, als blicke sie in sein unter Wasser verschwimmendes Gesicht.

Bevor Ludmilla von Menschikow in ihre Kammer verbannt wurde, mußte sie von Kerzenständer zu Kerzenständer gehen und die brennenden Kerzen ausblasen. Es kam aber auch vor, daß Menschikow eine frischgebügelte rotweißrote Fahne über die brennenden Kerzen und die abgenagten Hühnerknochen und Kalbsfleischrippen warf und so mit einem Male die Lichter löschte. Keine Stunde später kamen die Dorfhunde und fraßen unter der rotweißroten Fahne, die von ihnen bewegt wurde, als bemühten sich die Toten des dritten Weltkriegs aufzuerstehen, die Reste. Die Hunde, die vom Fressen müde geworden waren, blieben unter der Fahne zwischen den abgenagten Knochen und Kerzenständern liegen, bis Menschikow, mit einer Rute die rotweißrote Fahne und die Hunde züchtigend, den großen Aristokratentisch abschritt und die Köter verjagte.

Bei seinen Streifzügen durch die nächtlichen Parks nahm er Ludmilla mit. Er ließ ihr die Luft aus, faltete sie zusammen

und steckte sie in die Rocktasche. War ihm kein Knabe über den Weg gelaufen, entfaltete er sie auf dem Nachhauseweg, blies sie auf und steckte ihren Kopf in ein Springbrunnenbekken. Erst wenn die Widerstandsbewegungen Ludmillas, die heftig mit ihren Armen ruderte, nachließen, packte er sie an ihren nassen Haaren und zog sie mit einem Ruck aus dem Wasser. Wenn er Wiederbelebungsversuche machen mußte, ekelte er sich vor ihrem Plastikmund, empfand aber dieses Ekelgefühl nicht, wenn er erregt seinen fleischlichen Auswuchs in ihre Plastikscheide drückte und dabei mit seinen blutwarmen Lippen den kalten Plastikmund Ludmillas berührte.
Natürlich rächte sich Menschikow an Ludmilla, wenn ihm der Lustknabe zu teuer gekommen war, und gab ihr drei Tage lang nichts zu essen, aber Ludmilla hatte den Dreh, wie sie sich selber aufblasen könnte, bereits herausgefunden und kroch, wenn sich Menschikow in seinem Schlafzimmer zwischen den Leintüchern ausstreckte, mit den Hunden auf den Tisch unter die rotweißrote Fahne und ernährte sich von den Abfällen.
Eine Zeitlang lebte Menschikow, während er Ludmilla ausgestoßen und zu den keimenden Erdäpfeln in den Keller gesperrt, wohl aber mit Brot und Weihwasser versorgt hatte, mit einer Effigie zusammen, die aus der Lebendmaske des römischen Fischerjungen Claudio und aus den Kleidern Jakobs zusammengestellt war, der mit weitaufgerissenen Augen, heraushängender Zunge und steifer Rute zehn Zentimeter über dem Heuboden mit Robert den Kasatschok tanzte. Lange preßte er nachts, wenn der Ackermann und Motria nebeneinander und Natalija neben ihren Schlaftabletten sich zum Schlafen ausgestreckt hatten, seine Lippen auf die Gipslippen seiner Effigie.
An den Tagen ihrer Monatsblutung liebte es Menschikow, in Ludmilla einzudringen, denn er hatte, zog er danach seinen Schwanz aus ihrer blutigen Scheide, oft das Gefühl, als ob er einen Leichnam hinterlassen hätte, und stieß noch zwei-, dreimal zu, ehe er aus ihren Augen verschwand. Der Bedarf an Parfumflaschen ließ ihn tiefer in die Geldtasche greifen,

denn vor nichts ekelte sich Menschikow mehr als vor dem Plastikgeruch Ludmillas, während sich die Puppe vor nichts mehr als vor dem Menschengeruch ekelte.
Die Abfallkörbe stopfte sie voll, denn wer sollte ihr aus dem Korb helfen, wenn Menschikow in seiner Verwirrung Ludmilla die Luft ausließ, sie wie vollgeschriebenes Papier zerknüllte und in den Korb stopfte. Natürlich rief er sie dann stundenlang, nachdem er sie weggeräumt hatte, bis sie, mit einem nicht gerade erheiternden Blick, Kartoffelschalen auf ihren Schultern, Blutorangenschalen auf ihrem Haar, wieder in Erscheinung trat. Wenn Menschikow sie unter einem Berggipfelkreuz, auf dem stand, *Ehre und schütze dein Heimatland,* in die Tiefe stürzte, kam sie wegen ihres Fliegengewichts unverletzt an. Hatte Menschikow sie nach stundenlanger Suche immer noch nicht gefunden, so trat ihm am späten Abend die Puppe erschöpft mit roten Bergstrümpfen, dem roten Bergrucksack und mit ledernen Knickerbockerhosen in einer Almhütte entgegen.
Jedesmal war die zusammengefaltete Ludmilla glücklich darüber, wenn Menschikow – der sich ihrer auch in der Öffentlichkeit nicht schämte – sie aus seiner Tasche zog, seinen Mund zuspitzte oder sie auf einem Parkplatz mit einer Fahrradpumpe aufblies, aber wenn er sie in der Leichenhalle, in der sich Menschikow oft aufhielt, aus seiner Tasche zog und dem einen nach dem anderen Toten die Mundspitze ihrer Körperöffnung zum Aufblasen zwischen die Lippen schob, um sie von den Toten zum Leben erwecken zu lassen, wollte sie lieber zusammengefaltet in seiner Jackentasche liegen bleiben. Dann und wann zog Menschikow einem toten Jüngling eine rote Rose zwischen seinen gefalteten Händen hervor und steckte sie Ludmilla hinters Ohr, wie der Briefträger – und dabei erinnerte sich Menschikow an seine Kindheit – oft mit einem stumpfen Tintenbleistift hinter dem Ohr in die Küche trat, die Zeitung auf den Tisch legte und, wenn die Magd ihre Rente ausbezahlt bekam, den Tintenbleistift von seinem linken Ohr nahm und ihn der Magd reichte, die ihre Unterschrift auf eine punktierte Zeile zu setzen hatte.
Manchmal schickte Menschikow die russische Puppe Lud-

milla mit ihrer ganzen immer kleiner werdenden Nachfolgeschaft mit bloßen Füßen in den Schnee hinaus. Bis zum Dom sollst du mit deiner Brut laufen, und jede soll eine brennende Kerze in der Hand halten, sagte er, auch ich und mein Bruder sind damals, als wir noch Kinder waren, am Heiligen Abend, wenige Stunden bevor die Jungfraumaria in einem Stall unter den Augen von Ochs und Esel im Stroh zu kreißen begann und den Jesukindskopf mit einem blutigen Heiligenschein aus ihrem Schoß drückte, mit bloßen Füßen über die tiefbeschneite, damals noch unasphaltierte Dorfstraße zum Friedhof hinuntergelaufen. Zwischen den Gräbern flitzten wir hin und her und warfen mit wuchtiger Diskusschleuderhand Schneebälle auf die Grabsteine und Grabkreuze. Halbnackte, zwittrige Invalidenengel tauchten in meinen Mitternachtsträumen auf und säuberten mit blondem Stroh den frischgeborenen Jesukindheiligenschein von Schleim und Blut.
Menschikow beauftragte eine Glaserei, eine türhohe Glasscheibe zu liefern, die er in der Mitte des Schlafzimmers aufstellen ließ. Während sich Ludmilla auf der anderen Seite der Glasscheibe plazieren mußte, nahm Menschikow einen Hammer, schlug zu, um einerseits lustvoll das schnelle Auseinanderlaufen der Schricke zu sehen und andererseits durch das Glasloch steigen und auf Ludmilla zugehen zu können, während die Glassplitter auf seinen Schultern und Haaren glitzerten. Ludmilla, die sich plötzlich umdrehen und vor dem hammerschwingenden Menschikow davoneilen wollte, wurde rechtzeitig am Genick gefaßt und dazu gezwungen, die Scherben wieder aneinanderzufügen. Natürlich hatte Menschikow, bevor er mit dem Hammer die Scheibe zerschlug, eine Filmkamera hinter seinem Rücken aufgestellt, um auf der Leinwand nächtelang in Zeitlupe das Zerspringen des Glases beobachten zu können.
Und wie das Licht durch ihren ganzen Körper zuckte, wenn sie eine Glühbirne aus der Fassung drehte, wenn die Stahlfäden im Inneren der Glühbirne zerrissen und Dunkelheit auf die Pauke schlug und die grünen Augen Ludmillas zu leuchten begannen!
Mit einem spitzen Spazierstock ging er dann und wann in die

Schlachthöfe und sammelte, wie die Straßenarbeiter Papierblätter vom Asphalt, die herumliegenden blutigen Hahnenzungen auf. Wenn er eine größere Anzahl mit nach Hause brachte, legte er sie, in silbernes Stanniolpapier eingewickelt, ins Gefrierfach seines Kühlschranks. Unter den heftigsten Schreien seiner Lebensgefährtin schnitt er mit einer desinfizierten Chirurgenschere und ohne örtliche Betäubung einen Spalt in ihre Zunge, wenn er am Klang ihrer Worte spürte, daß sie ihm eine Lügengeschichte aufgetischt hatte.
Wenn Menschikow vier oder fünf Tage im Fieber lag, war es ihm natürlich recht, wenn ihn zwei Glasaugen, deren dazugehöriger Körper an seinem Bettrand Platz nahm, mitleidig anstarrten. Bring sie, die Palmkätzchen, sagte dann Menschikow und schieb sie mir unter die Achseln, ich will bald auferstehn!
Oftmals feuchtete Menschikow mit seinem Speichel ein Taschentuch an und säuberte damit Ludmillas schokoladeverschmierten Mund, wenn sie überraschend Besuch bekamen. Wenn Ludmilla von einem neugierigen Passanten in einem von dürren Blättern übersäten Park nach ihrem Alter gefragt wurde, warf sie einen hilfesuchenden, flüchtenden Blick auf Menschikow. Wenn Ludmilla ihren Brustkorb auseinanderriß, flog eine Brut geburtsfeuchter Totenvögel zwischen ihren Rippen heraus auf das offene Tor eines Käfigs zu.
Menschikow scheute sich nicht davor, einen Finger von Ludmillas Hand zu trennen und ihn als Lesezeichen zu verwenden. Immerhin aber ging sein Mitleid so weit, daß er, während er einschlief, den amputierten Finger an seine Brust drückte, obwohl er von vornherein wußte, daß er blutbesudelt aufwachend seine vom Finger Ludmillas blutige Hand vorstrekkend schreiend aus dem Schlafzimmer laufen würde. Ging Menschikow fischen, hängte er den abgeschnittenen Finger Ludmillas an die Angel und warf ihn ins Wasser. Ludmilla hockte neben Menschikow auf einer Grasnarbe und überdeckte jedesmal, wenn hinter ihrem Rücken Kinder oder Erwachsene vorbeigingen, ihre vierfingrige rechte Hand. Sah sie das Abtauchen des Korks an der Angel, zuckte sie mit ihrer invaliden Hand zurück und starrte ins Wasser.

Am Faschingsonntag beim Umzug trug Ludmilla die Totenmaske eines Knaben, der sich das Leben genommen hatte, während der weißgeschminkte Menschikow sich selbst mit einem brillantenbesetzten Kalbstrick, den er um den Hals geschlungen hatte, vorwärtszog und das Ende des Stricks gegen seine Oberschenkel schlug, wenn er eine Zeitlang störrisch stehenblieb und nicht vorwärtsgehen wollte.
Nachdem die Jäger zwanzig Wildgänse abgeschossen hatten, reihten sie die Toten militärisch vor ihren Füßen auf und bliesen, Auf, auf, zum fröhlichen Töten . . ., ins Horn. Sofort nach der Verteilung wurden den Wildgänsen über einer offenen Mülltonne die Bäuche aufgeschnitten und die Eingeweide herausgenommen. Die Jäger nahmen die Wildgänse mit nach Hause, Menschikow die Eingeweide.
Wenn Menschikow mit seinem Hund, der die Totenmaske seiner Mutter trug, durch den Park spazierte, stand Ludmilla solange im ersten Stock des vergitterten Aristokratenhauses hinter dem Seidenvorhang, bis die beiden hinter dem Gebüsch verschwunden waren.
An ihrem Geburtstag führte Menschikow Ludmilla in ein Schmuckgeschäft und kaufte ihr Ohrschmuck, der aus hauchdünnen Goldketten und daran hängenden vergoldeten Totenköpfen bestand. Verdrehte Ludmilla ihren Kopf, pendelten die beiden knapp unter ihren rosaroten Ohrläppchen hängenden goldenen Totenköpfe hin und her. Nach einer halben Kinostunde legte Ludmilla ihren Kopf müde auf Menschikows Achseln, so daß ein goldener, an ihrem Ohrläppchen pendelnder Totenkopf seine Wange berührte, während Menschikow gespannt auf die Leinwand blickte und mexikanische Kinder sah, die an kleinen an Stäben festgemachten Zuckertotenköpfen lutschten.
Stundenlang saß Menschikow in seinem römischen Zimmer neben einem auf dem Tisch liegenden aus der römischen Kapuzinergruft gestohlenen Totenkopf vor seinem aufgeschlagenen Notizbuch. Während seine Hand auf dem glattrasierten, von unzähligen Touristen abgetasteten Totenschädel lag, las er Ludmilla die Erzählung *Frau Blaha's Magd* von Rainer Maria Rilke vor: »Mit dem großen Blauen (ihrem

neugeborenen Kind) in den Händen kam Annuschka zurück. Auf einmal zitterten ihre Hände. Die Küche war hinter den Kindern so still geworden und so leer. Annuschka hatte keine Angst. Sie lachte leise und stieß das Theater mit den Füßen um und trat die einzelnen dünnen Brettchen, welche doch den Garten bedeuteten, entzwei. Und dann, als die Küche schon ganz dunkel war, ging sie herum und spaltete allen Puppen die Köpfe, auch der großen blauen.«
Ludmillas und Menschikows Streitgespräche, wer wen überleben würde, uferten manchmal bis in die frühen Morgenstunden aus. Außer dem Tod steht mir niemand im Wege, schrie Menschikow, alle, die vor mir gestorben sind, habe ich überlebt! Nachdem ihr Menschikow eine Lebendmaske abgenommen hatte, versah er diese Maske auf ihrer Innenseite mit einem Sterbekreuz und hielt die Markierung der erstaunt blickenden Ludmilla unter die Nase.
Welche Gäste lade ich ein, wenn ich einen Totenmaskenball veranstalte? Warwara Petrowna Stawrogina? Rodion Romanowitsch Raskolnikoff? Nikolaj Wsewolodowitsch Strawrogin? Njetotschka Wassiljewna Iljaschenko? Holowa Kolhospu? Semjon Sacharowitsch Marmeladow? Lisaweta und Aljona Iwanowna? Katerina Nikolajewna geb. Ssokoljskaja verw. Fürstin Achmakowa? Alexej Nilytsch Kirilow? Agafia Davidowna Iljaschenko? Rimskij-Korssakow?
Ich werde eine rotweißrote Mullbinde um Haupt und Kinn binden, bevor ich mit Ludmilla vom Trambaum springe, damit ich dem, der mich vom Strick schneidet und den ich sowieso schon genug erschrecke, nicht auch noch meine Zunge zeige. Hoffentlich schleudert mein Sturz in die Tiefe nicht den Kranz gelber Löwenzähne von meinem Haupt. Welchen Büstenhalter wird die Leichtgewichtige tragen, wenn Menschikow und Ludmilla hängend und ineinanderverkeilt im Wind, der durch die Heustadelritzen dringt, hin und her pendeln? Soll ich ihr vorher die dunkelblauen Flanellwollstrümpfe oder die schwarzen Totensocken der Enznoma über ihre nackten und immerzu kalten Füße streifen? Das Heiligenbild – Madonna sulla Seggiola von Raffael –, das jahrzehntelang über unseren Kindergitterbetten hing, von

Natalija in den Dachboden geschafft, von mir wieder in meine Kammer zurückgeholt wurde und das ich jetzt in Rom auf Postkarten, Briefmarken und auf dem Asphalt bei den Straßenmalern wiederfinde, werde ich an die Pfarrhofstadelwand hängen, bevor die aufgeblasene Ludmilla und ich zum Trambaum hochsteigen und die Festigkeit des Stricks prüfen. Ob meine Hinterbliebenen Ludmilla die Luft auslassen, sie zusammenfalten und in die Rocktasche meines Anzugs zu mir in den Sarg legen werden?

Wenn Menschikow in einem Priesterkleid und Ludmilla in einem Chorrock mit einem goldenen Kelch vor die Tür traten und den einen Weihwasserregentropfen nach dem anderen auffingen, ja, da füllten sich die Fenster der ringsumstehenden Häuser mit Köpfen und mit Händen, die ihre Stirnen bekreuzigten.

Als die kreisende Weltkugel, ein Globus von der Jahrhundertwende, im Speisesaal lichterloh brannte, begann Menschikow mit Ludmilla auf der ausgebreitet am Boden liegenden rotweißroten Fahne, auf der abgenagte Hühnerknochen, Kalbsbrustrippen und zermatschte Stachelbeeren lagen, einen Wienerwalzer zu tanzen, bis sie erschöpft auf der Fahne zwischen den Knochen lagen.

Totenköpfe rollten über unsere splitternackten Körper. Zwanzig kreisende und lichterloh brennende Erntedankkronen tanzten über den Schornsteinen der Bauernhäuser. Kaulquappen formierten sich in einem Tümpel der Drau zu einem Kruzifix und gaben dem neuen Kärntner Bischof den Segen. Während trächtige Stuten über uns hinwegsprangen, fielen ein paar feuchte Erdbrocken auf den nackten Rücken des blonden Knaben vor mir. Mein Gesicht verzog sich in Falten, meine Knie schlotterten, und meine Hinterbacken zitterten, als ich mich in ihm befreite. Mit heißgewordenem schweißüberströmtem Gesicht hockte ich über ihm und legte meine heiße Wange auf die Höcker seiner hervorstehenden Wirbelsäule.

Michael! Deine Zehennägel möchte ich ausreißen und Perlen auf deine blutenden Zehenspitzen setzen. Mit meiner Igelschnauze möchte ich das Falten werfende rote Leichentuch deiner Hoden beschnuppern, in dem zwei blinde Augäpfel in einem Sumpf waten, und die Milch mit meiner Zunge aus deiner Nabelgrube schöpfen. Deinen Schmutz und deinen Abfall möchte ich in die Auslage meines Zimmerfensters stellen, damit ihn auch die anderen, die an meinem Fenster vorbeigehen, bewundern können. Wer wird mir deine abgeschnittenen Fersen zu unserem Hochzeitsmahl reichen? Wie ich damals, als rotgekleideter Ministrant, die Hostien auf meiner Zunge langsam zergehen ließ, lasse ich heute den Samen der Knaben auf meiner Zunge liegen, bis er, wie bei einem Hund der Speichel, zwischen meinen Zähnen hervorrinnt und aus meinem Mund tropft.
Wenn Michael vom Fischen nach Hause kam, legte er die toten Forellen auf sein schwarzes Klavier, ehe er sie in der Küche aufschlitzte und die Eingeweide herausholte. Er legte Froschleichen unter mein Kopfpolster, die ich erst am nächsten Morgen, wenn ich mein Bett herrichtete, entdeckte. Nur ein Verwesungsgeruch, der mich an die Auensümpfe erinnerte, war mir aufgefallen, als ich mich im Bett hin und her wälzte. Auf den Herzen toter Frösche schlief ich ein. Einmal ließ er mich knieend das Vaterunser beten und versprach mir, daß ich ihn danach berühren dürfte, aber nachdem er mir zugehört hatte, lachte er spöttisch und verschwand ans Seeufer. Wenn du mich umbringst, würde ich noch im Todeskampf dafür sorgen, daß es wie ein Selbstmord aussieht, sagte ich einmal zu ihm. Michael nahm diese Einladung nicht an, aber seine Quällust nahm kein Ende. Einer schwangeren Katze schlitzte er bei lebendigem Leib den Bauch auf. Während sich die Katze, die er auf ein Holzkreuz genagelt hatte, schreiend krümmte, fielen die unbehaarten rosaroten Katzenembryos aus ihrem Bauch. Er schlitzte einer Forelle den Bauch auf und steckte seine erigierte Rute hinein. Samen rann

aus dem Maul des Fisches, als er sein steifes blutbeschmiertes Glied wieder herauszog.
Der Sechzehnjährige versprach mir, daß ich ihn wieder entkleiden dürfte, wenn ich mich mehrere Stunden im Keller einschließen ließe. Im Keller roch es nach Erdäpfeln, nach Rattenkot, nach ausgeleerten Most- und Holunderflaschen, nach faulenden Äpfeln und Birnen und frischer Erde. Eine Petroleumlampe beleuchtete den spinnwebenverhangenen Raum. Ich nahm einen Jutesack, den ich auf eine Äpfelkiste legte, und setzte mich. Die Stunden vergingen, aber Michael kam nicht. Da sich im Keller kein Fenster befand, wußte ich nach einiger Zeit nicht mehr, ob es draußen noch hell oder bereits dunkel war. Auf der Äpfelkiste hockend, dachte ich an den Ackermann, mit dem meine Brüder und ich Ratten töteten, die wir an der Schwanzspitze auf den Misthaufen trugen. Kam uns, während wir mit der toten Ratte den Flur entlanggingen, die Schwester entgegen, versteckten wir sie hinter unserem Rücken und zogen sie, wenn sie mit dem Besen in der Hand knapp vor uns stand, wie ein schwarzes Taschentuch hervor und hielten sie ihr unter die Nase. Entzückt von ihren Schreien suchten wir den Keller nach Ratten ab, um sie nocheinmal erschrecken zu können.
Während Michael die Vorhaut seines Gliedes vor und zurück schob und in der anderen Hand eine färbige Zeitung hielt, in der splitternackte Mädchen abgebildet waren, stand seine Mutter an der Türschwelle und rief, Was machst du da? Michael warf sofort seine Bettdecke über seinen nackten Schoß. MICHAEL *Zöpft einem tot am Kirchenboden liegenden Mädchen die blonden Haare* Wenn ich eine Pistole bei mir gehabt hätte, hätte ich mich augenblicklich erschossen. Ich stellte mir vor, daß ich sie anspucke, während sie im Sarg liegt, und meinen Speichel von ihrem kalten gelben Gesicht lecke. Einmal erblickte ich am Grunde des Millstättersees ihren Leichnam. Ihre Haare bewegten sich wie die Flußpflanzen. Schwarzgekleidete übergroße Steinengel hielten die Totenwache. Aufgebahrt in der Mitte des Sees, versiegelt vom Wasser, lag meine Mutter auf dem Totenbett. Ihre Hände waren gefaltet und von der Kette eines Plastikrosenkranzes

umschlungen. Auf ihrem Haupt trug sie die rote Mütze eines Kardinals. Lichterloh brennende Fische umkreisten ihren Leichnam. Als ich sah, daß die Tote meine steife Rute zwischen ihren gefalteten Händen hielt, wachte ich auf und suchte das blutige Loch zwischen meinen Beinen.
Nachdem Michael seinen Samen in meinen Mund gestoßen hatte, gab er vor, heftige Kopfschmerzen zu haben, legte sich ins Bett und sagte, daß ich ihn in einer Stunde, wenn sein Vater vom Fischfang zurückkommt, aufwecken solle. Ich war bereits in der Waschküche und goß frisches Wasser über die Hechte und Karpfen, als Michael in seinen braunen Fischerstiefeln daherkam. Während wir mit einem kleinen spitzen Messer die Hechte aufschlitzten und entweideten, beschimpfte er mich. MICHAEL *Eine Petroleumlampe erhellt in einer Glasvitrine einen Embryototenkopf* Hätte ich dir damals, als wir mit der bloßen Badehose am Seeufer lagen, eine Faust voll Sand ins Gesicht geworfen oder in deinen Mund gestopft, als du deine Lippen auf meine Oberschenkel legtest und schließlich meine Badehose hinunterzogst. Verwendet mir gegenüber jemand die Redewendung, Leck mich am Arsch, zucke ich zusammen und muß sofort daran denken, daß ich damals am Seeufer splitternackt auf dem Bauch lag und du, meine Hinterbacken auseinander drückend, in meine Eingeweide hineinkriechen wolltest. Obwohl ich zugeben muß, daß es ein angenehmes Gefühl war, als wir im Dämmerlicht im Schilf des Millstättersees hockten und meine steife Rute wie ein Fockmast in deinem Mund stak. Jedesmal, wenn sich mein Samen in deinen Mund ergoß, hatte ich Lust, dich umzubringen. Ich schäme mich und habe Schuldgefühle. Du warst der erste, der mich berührt hat. Ich habe noch mit keinem Mädchen geschlafen, aber ich bin kein Schwuler. Du hast dich an mir versündigt. Ich wünsche dir den Tod. Viel lieber möchte ich jetzt die Eingeweide aus deinem Bauch reißen als aus den Bäuchen der Fische. Mit einem lebendigen Seeaal möchte ich dich erdrosseln. Wenn der Aal weiterlebt, trage ich ihn in einem Wasserkübel in den See zurück und gebe ihm die Freiheit, während du tot daliegst. Es war ein großes Vergnügen für mich, den ganzen Nachmittag und

Abend am Ufer des Sees mit meinen Freunden dem Ball nachzulaufen und dabei zu wissen, daß du im Keller sitzt und wartest, bis ich komme und mich dir wieder hingebe.
Ob an die Stelle des Ackermanns, der mich früher quälte, die pubertierenden Knaben getreten sind? Weil mich Michael quälte, liebte ich ihn. Ich kann nicht mehr leben, ohne gequält zu werden. Damals, als ich ein Kind war, wäre es mein innigster Wunsch gewesen, an einen anderen Vater verkauft zu werden, aber keiner erbarmte sich meiner. Nicht ohne meine Stirn zu bekreuzigen, hätte sich der Ackermann von mir verabschiedet. Es wären ihm natürlich die Tränen über das harte Leder seiner Gesichtshaut geronnen, wenn er ein paar Scheine in die Brieftasche steckend zugesehen hätte, wie ich zwischen zwei Männern, immer wieder nach meiner Mutter mich umsehend, den Hof verlassen hätte, denn ich war nutzlos und naschte nur an den lauwarmen Erdäpfeln und vom lauwarmen Brot mit.

Zwei Holzfäller sind wir und lieben uns hinter dem Wasserfall in einer Höhle, wo die Knochen und das Gefieder der Hähne herumliegen, die der Fuchs zerrissen hat. Blicken wir auf, so sehen wir den lauten wallenden Vorhang des Wasserfalls, feiner Sprühregen fällt über unsere Köpfe. In der Höhle riecht es nach den Eingeweiden der Hühner, fingergroße Eiszapfen hängen an den Wänden. Neben den Kleidern flackert das Licht einer gelben Kerze, die wir vom Dorffriedhof gestohlen haben. Plastiktotenköpfe, die wir beim Kirchtagsstanderl gekauft haben, hängen in der Höhle. Ich arbeite bei der Holzfirma Reinprecht, mein Freund wandert im Dorf und in der Umgebung von Hof zu Hof und läßt sich nach getaner Arbeit das Holzfällerbrot geben. Abends, vor der Dämmerung, gehen wir in die Höhle. Wir müssen uns vor der Höhle ausziehen, denn es gibt keinen Spalt im Felsen, wo wir durchschlüpfen können, ohne naß zu werden. Durch einen Spalt werfen wir die Kleider in die Höhle und gehen durch den niederprasselnden Vorhang des Wasserfalls. Manchmal sehen wir draußen einen Schatten vorbeigehen, aber wir rühren uns nicht. Der Wasserfall ist zu laut, als daß uns jemand hören könnte.

Als Kinder haben wir uns öfter im Wasserfall geduscht und haben hinter diesem Wasservorhang eine größere Mulde gefunden, die wir mit Schaufel und Pickel zu einer regelrechten Höhle ausgebaut haben. Niemandem haben wir, bis heute nicht, davon erzählt. Knochen, die uns der Totengräber des Dorfes schenkte, trugen wir in die Höhle hinauf, auch alte Uhren, Pfaufedern, Geschirr, aus dem wir Schwarzbeeren aßen. Manchmal trugen wir das Fleischmittagessen hinauf und verzehrten es. Kamen wir ein paar Tage später wieder hinauf, waren die Knochen der Backhühner meistens verschwunden, wahrscheinlich hatte sie der Fuchs geholt. Bevor wir durch den Wasserfall gehen, lassen wir Steine hineinrollen, damit das Tier, falls sich eines im Bau aufhält, verschwindet. Früher haben die Jäger unter dem Vorwand, das Gleichgewicht in der Natur herzustellen, unzählige Füchse erschossen, heute sind sie fast ausgestorben. Konrad hat einem spöttischen Jäger, der ihn eine schwule Sau nannte, alle vor dem Stall in den Käfigen hockenden grauen Hasen erstochen. Er nützte in der Nacht, um zwei Uhr morgens, das Gewitter, den Lärm des niederprasselnden Regens, die Donnerschläge und Blitze aus. Bei jedem Donnerschlag stach er zu. Wie verrückt wilderten die Hasen in den Ställen, als er mit seiner Lanze auf den Käfig zuging. Einen Hasen hat er in der Eile nur lebensgefährlich verletzt. Der Jäger stach ihn am nächsten Morgen ab, alle anderen mußte er eingraben, denn sie waren schon mehrere Stunden tot. Der Regen verwischte sämtliche Fußspuren im Hasenblut, das aus den Käfigen rann. Es schnüffelten zwar am nächsten Vormittag die polizeilichen Suchhunde die Gegend ab, aber sie fanden natürlich keine Spuren mehr, die zu meinem Freund geführt hätten, mit dem ich abends hinter dem rauschenden Vorhang des Wasserfalls in der Höhle hockte.

Aus dem Klagenfurter Stadttheater hört Konrad die Arie einer Oper, während er im Goethepark vor dem nackten Schoß eines Jungen kniet. Während der Applaus durch den Theatersaal rauscht, steht der Junge, den Kopf in den Nacken gebeugt, vor einem Baum inmitten des Gebüsches. Unter

dem Balkon, auf dem die Damen und Herrn der Gesellschaft schattenhaft mit einem gelben Glas Sekt in der Hand stehen, hat der blonde Junge seine Arme um Konrads Nacken geschwungen. Sein Glied federt in Konrads Mund. Am Geschmack seines Samens erkennt Konrad, ob der Junge übermäßig Alkohol, Nikotin oder Rauschgifte konsumiert. Zerknittert sind die weizengelben Hoden des Jungen wie das Faltengesicht einer Frau in der Loge, die ihr Opernglas hochhebt. Würde doch jemand Kot und Blut auf der Bühne ausschütten und von den Qualen eines Mannes berichten, der seit Tagen durch den Park streift und einen Jungen sucht.
Konrad steht in der Discothek und konzentriert sich auf den blonden Jungen mit den lockigen Haaren, der weiß, daß er beobachtet wird, und sich an Konrads Lippen erinnert, die sich an seine Oberschenkel hefteten. Jetzt ist es ein Mädchen, dem der Junge die Kleider vom Leib streifen wird, mit einer ähnlichen Geste wie Konrad, der ihm unter den raschelnden Blättern des Baumes das Unterleibchen auszog und auf den Ast eines Baumes warf. Heiße Schneeflocken fallen in den Schoß des Mädchens, während ihre Hände auf den leicht behaarten Hinterbacken des Jungen liegen. Sie verdreht ihren Kopf und sieht das Zucken seiner Zehen. Ein Clown, dem Blut übers Gesicht rinnt, legt seinen Kopf auf die Hüften des Jungen. Er wagt es nicht dem Mädchen zu erzählen, daß er gestern im Theaterpark den Reißverschluß seiner Jesusjeans öffnen ließ. Er schläft wieder ein und träumt von einem Jungen, der mit einer Glückswaage Blut mißt, wacht erschrocken auf, steigt aus dem Bett, öffnet die Tür und tritt auf den Balkon hinaus. Die Stadt liegt im Nebel. Gänsehaut prickelt über seinen Körper.
Erschöpft lehnt sich der blonde Junge an den Baumstamm. Wie ein Blutegel heftet Konrad seine Lippen an die Oberschenkel des Jungen. Der Junge denkt an die feinen Messerstiche seines austretenden Samens, die winzigen embryonalen Plastikpuppen, die in den Mund Konrads flossen, denkt an die Fische im Aquarium, die ihren Mund auf und zu stoßen wie er im Augenblick seiner Lust. Er bricht einer Totenmaske die Zähne aus. Eine Hebamme, als Totenvogel verkleidet,

sammelt Reisig für das Totenbett eines Kindes. Die Fliegen seiner Kindheit wachsen auf dem Fensterbrett, bis ihre Körper die Mauern des Elternhauses sprengen. Der blonde Junge mit den Jesusjeans blickt auf die Fäden der Glühbirne einer Parklaterne, schließt die Augen und stellt sich vor, wie alle Glühbirnen dieser Stadt platzen. Gläserne Pferde bäumen sich in seinen Hoden auf und tänzeln auf Hinter- und Vorderbeinen. Sie sehen zwei andere Schwule den Parkweg entlangkommen. Ihre Geräusche werden leiser. Sie hören ein Geigensolo aus dem Stadttheater. Sie sehen die Theatergäste auf dem Balkon stehen, sekttrinkend und zigarettenrauchend. Zehn Meter weiter, im Dickicht des Parks, kniet einer vor den Füßen eines Jungen und bettelt um Liebe.

Zuerst verstand ich den jungen Mann nicht, der neben mir an der Discothekenbar stand, beugte mich näher zu ihm hin und bat ihn, seine Worte zu wiederholen. Geh weg von mir, Menschikow, schrie er in den Lärm der Discomusik hinein, geh weit weg von mir! Ohne ihm ins Gesicht zu sehen, trat ich näher an die Bar heran und bestellte noch ein Glas Bier. Er stand im Kreise von Jungen und Mädchen, die ein grünfärbiges Getränk konsumierten, prostete ihnen zu und verließ danach, mir noch einen verächtlichen Blick zuwerfend, die Dorfdiscothek. Die Apothekerstochter, deren Mutter sich erhängt hat, deren Vater nach einem Schlag- und Herzanfall im Rollstuhl sitzt und die selber Pharmazie studiert, aber die elterliche Apotheke verpachtet hat, saß mit einem Mann weintrinkend an einem Tisch. Ein schwarzhaariger Knabe, den ich in der Disco lange fixierte, wurde auf mich aufmerksam und begann, unter dem Gelächter seines dicken Freundes, tuntenhafte Bewegungen zu machen. Er verstellte seine Jünglingsstimme zu einer Frauenstimme und rief, Schwuli! Ich reagierte nicht darauf und blickte ihm weiter aufdringlich ins Gesicht. Er gab seinem Freund einen Deuter mit seinem Kopf und empfahl ihm, die Szene zu beobachten, trat nahe an mich heran und sagte, Gefällt dir mein Gesicht? Warum schaust du mich immer so an! Ich wollte den schwarzhaarigen Knaben fragen, ob ich ihn fotografieren dürfe, damit ich

wenigstens, wenn ich alleine im bäuerlichen Gefängnis sitze und meine Hüften entblöße, auf sein Bild starren kann. Fällt der Samen auf meinen warm werdenden Bauch, werfe ich das Bild des Knaben auf den Boden und zerreiße es.
Was? sagen die Mädchen zu einem Knaben in Paternion, du triffst dich mit Menschikow? Weißt du denn nicht, daß Menschikow ein Schwuler ist? Es hat sich, so erzählte mir ein Mädchen, bei den älteren Leuten in der Marktgemeinde herumgesprochen, daß ich, wie sie sich ausdrückte, ein schreibender Schwuler sein soll, der seine Komplexe – so das Mädchen wörtlich – öffentlich abreagieren möchte. Ich werde wieder nach Rom flüchten. Seit Monaten schmachte ich in der Dorfenge dahin, ohne die Haut eines Menschen berührt zu haben. Mit einem Knabenskelett in meinem Katzenmaul werde ich in Rom die Via Regina Margherita entlanglaufen.
Während ich im Gastgarten der Konditorei den Kaffee auf den Tisch stellen wollte, schoß hinter meinem Rücken der blonde Sohn des Konditors auf einem Skateboard vorbei. Ich blickte mich nach ihm um und erschrak dabei über seine Schönheit so sehr, daß ich die Hälfte des Kaffees auf die Zeitung schüttete, die vor mir auf dem Tisch lag. Der Konditor, sein Vater, kam mit dem Auto heran und beauftragte ihn, die leeren Gasflaschen in den Hof zu tragen. Der Knabe hob die torpedoartigen grauen Gasflaschen auf und trug sie unter den herabhängenden Ästen des Marillenbaumes hindurch in den Hinterhof. Als er das Auto in die Garage fahren wollte, schrie ihn sein Vater an, Bleib da mit dem Auto, ich brauch es noch! Mit hängendem Kopf ging der Knabe in die Backstube hinein und kam wieder zurück, um Waren aus dem Auto zu heben. Während er sich über den Kofferraum beugte, spannte sich seine Turnhose. Ein paar Minuten später hörte ich hinter meinem Rücken wieder das Rauschen des Skateboards, mit dem er die Straße vor der Dorfkirche auf und ab fuhr. Neugeborene Schwalben öffnen, unter seinen Achseln nach Futter schreiend, ihre Schnäbel, wenn er seine nackten Arme hebt, am Sprungbrett zu wippen beginnt, einen Salto schlägt und Fingerspitzen voran ins Schwimmbecken eintaucht. Während noch Wassertropfen auf seiner Haut glitzerten, saß er,

umgeben von Knaben und Mädchen mit auseinandergegabelten Beinen, auf einer Bank. An ein Eisengeländer preßte er seine nackten Fußsohlen und legte die auseinandergespreizten Finger auf seine Oberschenkel, während ein Mädchen mit einem blauen Plastikkamm ihm die nassen Haare kämmte. Vom Kopf bis zu den Zehenspitzen sollen seine kilometerlangen Samenfäden meine Gestalt mumifizieren.
Ich blickte auf die blonden, lockigen Haare des Knaben, der neben mir auf einem Fuhrwerk saß, hob die Zügel und ließ sie auf den glänzenden schwarzen Rücken der Pferde niederschnalzen. Die Pferde hoben die Köpfe und zogen die Kalesche vorwärts. Bremsen und Fliegen saugten sich an ihren Mäulern fest und umkränzten ihre Augen. Die Wasserlachen, in die wir hineinfuhren, vergrößerten sich immer mehr und färbten sich rot. Bei genauerem Hinsehen erkannte ich, daß die Pferde mit der Kalesche durch Blut fuhren. Das Blut drehte sich an den Rädern des Fuhrwerks im Kreis. Ich bekam Angst, daß ich mit dem blonden Knaben, der Kalesche und den Pferden in einem Blutsee versinken würde, aber wir fuhren weiter und weiter durchs Blut, bis ich aufwachte und die Zügel aus der Hand gab.

Das Gefühl, wenn ich einen Knaben berührte, etwas Schäbiges und Schreckliches getan zu haben – denn auch in meinem Kopf gingen damals, als ich noch achtzehn war, die moralischen Uhrzeiger des Volkes im Kreis –, verließ mich vollkommen, als ich *Notre-Dame-des-Fleurs* las. Wenn sich vor der Lektüre in meinem Kopf der Lebensüberdruß wie ein Blutgerinnsel breitmachte, dachte ich daran, daß ich wegen meiner homophilen Neigungen sterben müßte. Der Haß des Kärntner Dorfvolkes auf die Homosexualität war mir genauso geläufig wie ihr Haß auf die Juden, Russen und die Slowenen, die in Kärnten von Politik und Gesellschaft noch heute unterdrückt werden.
Wenn sich ein Knabe vor mir unter einem blühenden Lorbeerbaum ausstreckt, die Hände unter seinen Hinterkopf legt, so daß ich auf das dunkle Nest seiner Achseln blicken kann, beuge ich mich zuerst, mit meinen Händen unter seine

Hinterbacken fahrend, über seinen Schoß, um den Geschmack seiner Rute zu prüfen, und lasse den blutgefüllten Eisenkeil in meinem Mund aus und ein fahren, wie eine Lokomotive in einem schwarzen Tunnel verschwindet, der Film wird zurückgespult, die Lokomotive fährt zurück und jagt neuerlich in den dunklen Tunnel hinein, bis im Speisewagenabteil die Schlagsahne über zwei Schokoladeeiskugeln rinnt.

Oftmals, wenn ich meinen Kopf auf den Bauch eines Knaben lege und die Augen schließe, habe ich die Vorstellung, daß sich sein Brustkorb öffnet, damit ich darin verschwinden kann. Vielleicht würde ich mich zwischen seinen beiden Lungenflügeln verbarrikadieren oder hinter seiner Blutpumpe verstecken, vielleicht würde ich den Knaben von innen aufessen, und wenn ich mich mit seinem Fleisch und Blut verköstigt und in seinen Eingeweiden herumgewühlt hätte, würde ich wieder aus seinem offenen Brustkorb treten und ein neues Opfer suchen.

Stoße ich meine Rute in den Schoß eines Mädchens und patze ich über ihr zusammen wie eine reifgewordene Kastanienschale, die auf dem dampfenden Asphalt ihre Frucht entblößt, so springe ich von ihr weg, wenn meine Hüften die letzten Zuckungen machen und falle wie ein Holzklotz aus dem Bett. Winselnd bleibe ich am Boden liegen. Ich hasse es, gestreichelt und getröstet zu werden. Ich will mich nicht besänftigen lassen. Das Tier in mir geht solange im Kreis, bis die Spuren dieses Kreises Feuer fangen und sich zu einer Feuermauer aufstellen. Ich hechte durch den Feuerkreis, aber nicht ohne daß meine Haare Feuer fangen und ich schreiend, die Hände in den Haaren raufend, durch den tiefbeschneiten Fichtenwald laufe.

Gehe ich durch die Stadt und sehe ich einen schönen Knaben, der an mir vorbeigeht, so zucke ich jedesmal zusammen und drehe mich wie eine Marionette um. Oftmals kommt es vor, daß ich vom einen Zusammenzucken ins andere gerate. Ich blicke selten in einen Spiegel, ich will nicht sehen, daß ich älter werde. Betrachte ich längere Zeit das Gesicht und die Gestalt eines Knaben, bilde ich mir ein, daß seine Gesichtslarve über

mein Antlitz wächst, aber in einer spiegelnden Schaufensterscheibe erschrecke ich ein paar Minuten später wieder über mein eigenes Antlitz.
Als ich am Villacher Bahnhof vergeblich einen Jungen angesprochen hatte und wir einander eine halbe Stunde später in der Stadtmitte begegneten, deutete er auf mich. Das Mädchen trat auf mich zu, spuckte mir ins Gesicht und sagte, Schwule Sau! In einem gegen mich gerichteten Leserbrief schrieben Jakobs Eltern, Es sagt über ihn eigentlich schon alles aus, weil er vor laufender Fernsehkamera zugegeben hat, daß er ein Schwuler ist.
Die schwarzen Augenbrauen des Bauernjungen schwingen, als hockten Krähen mit ausgebreiteten Flügeln unterhalb seiner Stirn, wenn er durchs Weizenfeld geht und seinen Kopf bewegt. Während seine Hinterbacken zitterten und seine Knie schlotterten, stieß er unzählige Neumonde in meinen Mund hinein. Ich kraulte die lockigen Schädelhaare eines Schafes, dachte dabei an einen Knaben und zuckte erschrokken mit meiner Hand zurück. In meiner Kammer zeichnete ich mit meinem linken Zeigefinger den Kopf eines Knaben in die Luft und streichelte ihn.

In Motrias Kleiderkasten fand ich ein Krankheitsbuch, *Das goldene Familienbuch.* Unter dem *Stichwort* Onanie steht: »Bei noch unvernünftigen Kindern sehe man darauf, daß sie nachts die Hände immer auf der Bettdecke halten, daß sie nicht mit vollem Magen zu Bett gehen. Zuweilen ist es nötig, ihnen festgeschlossene Säcke aus durchlässigem Stoff anzuziehen, um direkte Berührung der Genitalien zu verhindern. Beifolgend sind auch zwei Apparate angegeben, welche ihnen zum gleichen Zweck angeschnallt werden. Sie haben aber auch ihre Nachteile und werden nur selten wirklich notwendig werden. Niemals schlage oder ängstige man onanierende Kinder, weil dadurch der Grund zu Nervenleiden gelegt werden kann. Es sind Verirrte, aber keine Verbrecher, oft leider schon sehr kranke Menschen, und müssen daher zwar ernst, aber durchaus milde behandelt werden... Ermüdung, bei schwachen Kindern bis zur Erschöpfung, große Reizbarkeit, die sich in Weinerlichkeit, Zorn, Unarten äußert, Zerstreutheit, Unfähigkeit zu gesammelter Arbeit, blaue tiefe Ringe unter den Augen, eine fahle, häßliche Gesichtsfarbe, schließlich ein abstoßender Gesichtsausdruck, dazu abgebissene Fingernägel und beim Mädchen oft ein schleimiger Ausfluß aus der Scheide oder auch entzündete Geschlechtsteile sind sichtbare Folgen der traurigen Verirrung ...«

Manchmal habe ich die Vorstellung, daß ich in Neapel in der Dunkelheit im Park der Villa Comunale vor einem Ragazzo niederknie und ihm den Hosenschlitz öffne. Während er seinen fleischlichen Auswuchs in meinem Mund aus und ein schiebt, zieht er ein Messer aus seiner Hosentasche und drückt mir die Klinge zwischen meine Rippen. Mit seinen Füßen stößt er meinen Körper zur Seite, nimmt meine Tasche und läuft davon. Noch ehe ich in der Dunkelheit verblute, mischt er sich, langsam gehend, unter die Passanten einer neapolitanischen Gasse. Heute mache ich vor den afrikanischen Strichjungen eine Kniebeuge wie damals vor dem Gekreuzigten. Ob ich eines Tages auch die tunesischen Strichjungen ans Kreuz nageln werde?

Bei den Keraki-Papuas in Neuguinea müssen sich Jungen der Zeremonie des Kalkessens unterziehen, das empfängnisverhütend wirken soll, da man glaubt, daß die Jungen durch den häufigen Sexualverkehr mit erwachsenen Männern schwanger werden könnten. Die Schale einer bestimmten Muschelart wird zu Kalk verbrannt. Der Junge setzt sich zwischen die Beine eines älteren Mannes. Sein Kopf wird nach hinten gebeugt und der Mund geöffnet. Eine Portion Kalk wird mittels eines Blattes in den geöffneten Schlund geschoben. Der Junge stürzt, halb ohnmächtig vor Schmerz, in den Busch und kehrt mit heftig schmerzenden Blasen in Hals und Mund erst ein paar Stunden später wieder.

Wenn ich in die Zelebrationsgewänder eines Erzministranten gekleidet über den Hof ging, wagte es der Ackermann nicht, mich zu züchtigen, sondern warf den blutbeschmierten Kalbstrick verächtlich vor meine Beine und ging seines Weges. Heimlich trat ich an den Sarg der aufgebahrten Enznoma heran, zog den schwarzen Schleier von ihrem Oberkörper und schlug ihr meine flache Hand ins Gesicht. Zur Entrüstung der Gläubigen nahm ich am Altar die große Hostie aus der Monstranz, hielt sie über meine Stirn und sprach, Sehet an, das ist mein Leib, nehmet und esset ihn! Mit meinem Filmkamerakopf hetzte ich im Schneetreiben einem Pferdeschlitten nach, auf dem ein totes Fohlen lag. Der Kopf des Fohlens war mit einem schwarzen Tuch umwunden, wie in der Kirche meines Heimatdorfes am Palmsonntag das Hauptkruzifix mit einem schwarzen Tuch abgedeckt wird. Erst am Karfreitag wird dem Gekreuzigten das schwarze Tuch wieder abgenommen. Bevor wir das tote Fohlen ins Grab legten, nahmen wir ihm das schwarze Kopftuch ab.

Wer war es, der, als ich ein Kind war, meinen Mund zuschraubte und die blutigen Löcher mit Schraubenmuttern belegte? Wer war es, der Heiligenbilder, so groß wie Lesezeichen, auf meine Lippen klebte? An den Geruch der Hände, die von hinten kamen und mir die Augen zuhielten, kann ich mich noch erinnern. Einmal schlug mir jemand mit einer zusammengefalteten Zeitung auf den Mund. Ich suchte die Buchstaben, die von der Wucht des Schlages aus der Zeitung auf den Boden gefallen sein mußten, fand sie aber nicht. Meine Lippen schwollen an und wurden breit wie die Lippen eines Negerkindes, als mir Motria ihren Handrücken heftig auf meinen Mund schlug. Mit ihrem goldenen, von Jahr zu Jahr dünner werdenden Ehering verletzte sie mein Zahnfleisch. In der Sakristei, vor dem Priester, zog ich mein Chorkleid an und trat, nachdem ich mit einer schrillen Glocke angekündigt hatte, daß die Meßfeier beginnen werde, vorbei am ewig brennenden Licht auf den Altar zu. Betete ich laut, neben dem ebenfalls eingekleideten Schoberulrich knieend, das Konfiteor, schmerzten meine Lippen. Mit Blutgeschmack im Mund betete ich das Konfiteor zuende. Wer hat mich, als ich nach meinem Faulenzerleben das Stalltor durchschritt, mit schwarzem Pech übergossen, anstatt mich mit Sterntalern zu überstreuen? Ich erinnere mich noch an den Eingeweidegeruch des Wolfs, der statt der Großmutter mich gefressen hat. Wie lange habe ich am Schwert geschmiedet, um mit wenigen Hieben die Dornen und Rosen am Schloß Dornröschens weghacken zu können. Ich weckte Dornröschen nicht aus seinem sanften Schlaf, onein, ich hob mein Schwert und trennte ihren Oberkörper vom Unterkörper. Ich schulterte den blutenden Oberkörper Dornröschens und hob ihn vor dem Schloßeingang auf eine brusthohe Steinsäule. Ihr Blut, das über die Steinsäule plätscherte, zirkuliert noch heute in den Adern meines Körpers. Die Meeresjungfrauen habe ich immer gehaßt, weil sie mir geschlechtslos vorkamen, einen Fischunterleib und keine Beine haben, die sie grätschen können. Ich war der Meereskönig mit der großen goldenen Gabel. Ich erhob mich von meinem Thron, der aus klarem Wasser gehauen war, und erstach die eine nach der anderen Meeresjungfrau. Schwarze Pferde, die Kinderleichenwagen zogen, und Meeresjünglinge, die gefüllte Netze auf ihren geschundenen Rücken trugen, stiegen aus dem Wasser und knieten vor mir nieder.

Tiere trampelten in unseren Köpfen herum, Hühner schrieen auf, das Wagenrad drehte sich auf dem Feldweg in einer Mulde immer wieder und solange in meinem Kopf, bis mich das Geräusch der an die Melkmaschine schlagenden Euterpfropfen weckte. Drei männliche Pfauen hoben im Kinderzimmer ihre diskusartigen Köpfe. Die, die leben wollten, schlugen ein Rad und blickten mit ihren hundert Pfaufederaugen auf das morgendliche Hofgeschehen. Der junge männliche Pfau, der lieber nicht aufgewacht wäre, drückte seine Flügel an den Körper und senkte seinen Kopf. Sein Schnabel berührte das warme Bettlaken. Auf dem Dachboden hängten der Peter und ich die schweren rostigen Ketten über unsere Schultern, nahmen die Kuhglocken in die Hände und spielten einander grimassenschneidend und laut brüllend den Luzifer vor, bis uns die Ketten in die Knie zwangen und wir heftig schnaufend mit den schweren rostigen Ketten auf unseren Schulterblättern auf dem Dachboden kauerten. Spärlich leuchtete das Glühbirnenlicht über unseren blonden Scheiteln. Trank der Ackermann am Abend Milch, gab er einen Löffel voll Butter in die Schüssel. Auf die gelben Fettaugen deutend, die auf der Oberfläche der rauchenden Milch schwammen, sagte er, Das sind die Spielleute! Manchmal wollte ich die Milch nicht auslöffeln, weil ich die Spielleute nicht zerstören wollte, manchmal aber rührten mein Bruder und ich mit dem Löffel in der Milch und ließen die Spielleute schwindelig werden, bis sich die Pupillen meiner Augen im Kreis drehten.
Im Sommer, wenn es heiß war, stiegen eklige weiße Würmer mit langen Schwänzen, die nur aus den Exkrementen des Ackermanns gewachsen sein konnten, aus dem Loch des

Plumpsklos. Wenn ich spürte, daß ein langschwänziger Wurm, der die Gesichtszüge des Ackermanns trug, an meinem schneeweißen Sitzfleisch entlangkroch, sprang ich sofort auf und wischte ihn ekelerfüllt mit meinem Handrücken ins schwarze Loch des Plumpsklos hinunter. Wenn man im Sommer dieses nach Kot und Urin stinkende Plumpsklo betrat, mußte man oft die Würmer, die scharenweise aus der Tiefe kamen, mit einer Zeitung ins Loch hinunterstoßen, ehe man sich auf den Abort setzen konnte. Oftmals ging ich, wenn ich mit meinem Geschlecht spielen wollte und mir der Kampf gegen die langschwänzigen Würmer auf dem Klo zuwider war, in den Heustadel, zur Pranta hinauf und vergrub mich in einem Heuhaufen. Manchmal verkroch ich mich im Kinderzimmer unter dem Bett. Wenn Natalija oder einer der Brüder eintrat, verhielt ich mich vollkommen ruhig und antwortete ihren Rufen nicht. Wenn mein Bauch und meine Hand feucht wurden, rutschte der Schlaf auf meinen glitschigen Augäpfeln aus und kroch ins Gehirn. Immer wieder hatte ich Angst, daß das Bettgestell über mir zusammenbrechen und mich im Kinderzimmer bei lebendigem Leib begraben könnte.
Ich habe wieder Sehnsucht, auf dem Erdboden zu liegen, während mein Peiniger den Hanfstrick auf meinen zusammengekrümmten Körper wirft und fortgeht. Immer wieder werden in den Kärntner Dörfern die Kalbstricke an den Trambäumen der Heustadel zucken und zwei Beine über dem Heustadelboden pendeln. Ich habe wieder Sehnsucht, mich vor dem Ackermann unter dem schwarz punktierten Schirm der Holunderstaude, die an der Friedhofsmauer stand und die Gräber beschattete, auf dem Kirchenfeld zu verstecken. Unter dieser Holunderstaude hockte, bereit zum Sprung über die Friedhofsmauer, ein alter, rostiger Pflug. Spatzen umklammerten seine hölzernen Haltegriffe, Feuersalamander liefen über seine rostigen Schare. Die Eisenräder, deren Speichen von den Schlingpflanzen verwachsen waren, bohrten sich nach jedem Regenguß tiefer in die Erde. Brennesseln ragten wie grüne Schwerter zum Schutz des alten Pfluges auf, an den noch die Pferde angespannt wurden, die gefolgt von Bauer und Knecht über die Äcker gingen, aber diese Holun-

derstaude und dieser Pflug wurden von der Friedhofsmauer geräumt, als von allen Bauernhänden des Dorfes die Friedhofsmauer niedergerissen und der Kirchhof erweitert wurde. Ich trauere aber auch dem alten Mesnergebäude und seinem Heustadel nach, das der neue Pfarrer abreißen ließ, als die beiden Bewohner, zwei verkalkte alte Frauen, gestorben waren.

Du bist ein Osterlammschokolademörder, ein Schokoladekruzifixmörder! hätten sie zu mir sagen sollen, damals, wann war das? Wann war das, als ich den Weihnachtsschokoladeengeln die Seidenhälse umdrehte, wann habe ich das letzte Mal ein kreuztragendes Schokoladeosterlamm vor mir her über das Gebein des kruzifixartig gebauten Dorfes gepeitscht? Wann ist mir die Mutter das letzte Mal nachgelaufen, nachdem ich vor ihr die Küchentür zugeschlagen hatte, hat mich am Ohr gezogen, so daß ich, brennrot im Gesicht, auf Zehenspitzen vor ihr stand und flehentlich sagte, Mame, ich werde nie wieder die Tür vor dir zuschlagen! Danach ging ich in den Heustadel und stocherte mit einer Gabel das Schwalbennest aus der Ecke. Das Nest fiel vor meinen Füßen zu Boden und zerbrach wie eine Schale. Die nackten Schwalben schrieen und bewegten sich mit ihren Beinen und Flügeln auf dem Tennboden vorwärts. Ich hob die Heugabel und nagelte die federlosen Schwalbenjungen in den Heustadelboden. Mit meinen Fingern löste ich die toten und sterbenden Schwalben von den Gabelspitzen, faßte sie an den Flügeln, die sich wie eine Ziehharmonika ausdehnten, und warf sie in einen Heustockwinkel. Du wirst nie wieder das Heustadeltor vor meiner Nase zuschlagen, nie wieder!

»I. Man lasse meinen Tod schweigend vorübergehen. An Freunde und Feinde die Bitte, nichts in den Zeitungen zu berichten, ihn nicht einmal zu erwähnen. Keine Anzeigen, keine Trauerbriefe.
II. Wenn ich tot bin, so kleide man mich nicht ein. Nackt hülle man mich in ein Leintuch. Und keine Blumen aufs Totenbett, keine brennenden Kerzen.
III. Wagen letzter Klasse, wie bei den Armen. Ohne Schmuck. Und keiner gebe mir das Geleit, weder Verwandte noch Freunde. Wagen, Pferde, Kutscher – das genügt.«

Im Kofferraum des Tierarztes sah ich einen milchkannenartigen Behälter, in dem in verschiedenfarbigen Plastikröhren der Samen der Stiere gekühlt aufbewahrt wird. Auf jeder Plastikröhre, die der Tierarzt aus dem Behälter nimmt, wenn eine Kuh künstlich besamt werden soll, steht der Name des Stiers. Viele Bauern, die sich in den Bauernzeitungen informieren, nennen dem Tierarzt den Namen des Stiers, von dem sie ihre Kühe künstlich befruchtet haben wollen. Oftmals, wenn der Tierarzt in die Küche ging, um seine Behandlungsweise aufzuschreiben und Geld zu kassieren, stand ich vor der geschlossenen, an manchen Stellen eisblumenbedeckten Scheibe seines Autos und blickte auf die verschiedenfarbigen Medikamente, die im Kofferraum lagen. Ich überlegte mir, ob ich den Kofferraum schnell öffnen und ein paar Präparate gegen meine winterlichen Fieberanfälle herausnehmen sollte, aber ich hatte Angst, daß er plötzlich an der hinteren Eingangstür des Hauses erscheinen und auf sein Auto zugehen könnte. Ich müßte sofort, während sich der Tierarzt in der Küche an den Tisch setzt, um seine Aufzeichnungen zu machen, den Kofferraum aufreißen, aber der Ackermann könnte vom Stallfenster aus beobachten, wie ich ein paar Präparate herausnehme. Vielleicht würde mich der Ackermann, der sich ja auch immer über die hohen Tierarztrechnungen beklagt, ermuntern, noch ein paar Präparate mehr herauszunehmen und in den Stall hineinzuwerfen, wo er sie schnell unter Stroh verstecken würde, vielleicht aber würde er mit hocherhobenem Zeigefinger auf mich zutreten und mich des Diebstahls bezichtigen. Ob er die Hostie seines Vaters aus der Monstranz nehmen, die Oblate wie ein Exorzist ein Kruzifix vor einem zurückweichenden Vampir hochhalten, auf mich zugehen und, Weiche Satan! rufen würde?
Der Tierarzt fragte Motria nach einem bestimmten Kalender, auf dem die Geburts- und Sterbedaten der Tiere eingetragen werden. Die Kuh, die künstlich besamt wurde, nennt der Ackermann *Zita* wie die österreichische Kaiserin, was mich

verwunderte, denn erst vor ein paar Tagen, als er auf dem Bildschirm die alte, noch lebende Kaiserin im Gespräch mit dem Papst sah, ballte er seine Hände zu Fäusten und rief, Die Zita, diese alte Kaiserhure! Ich hörte den Namen Zita, hörte den Tierarzt Natalija fragen, wie alt die Kuh ist und welche Tuberkulosenummer sie hat, aber die Worte Motrias flitzten über meinen Kopf hinweg, denn ich starrte ununterbrochen auf meinen geschwollenen Unterarm, drückte die Geschwulst, die hart geworden war, und überlegte mir, welche Worte ich verwenden sollte, um den Tierarzt zu fragen, ob ich mir nur eine vorübergehende Prellung zugezogen habe oder ob ich die Verletzung behandeln lassen müßte. Um mich zum Sprechen zu bringen, muß ich in mir zuerst einen Knoten lösen. Das Lösen dieses Knotens ist weitaus anstrengender und zeitraubender als das Sprechen selbst. Komme ich einmal in Fluß, wenn ich in mir über mich spreche, so werde ich lange getragen, fließe ruhig und dicht dahin, ehe ich merke, daß ich auf eine seichte Wasserstelle stoße, wo selbst die kleinen Buben mit hinaufgekrempelten Hosen durchs hochspritzende Wasser laufen können. Wie auf einem Filmband liefen die Worte in meinem Kopf im Kreis und wickelten sich um mein Gehirn, fielen aber nicht in den Trichter meines Rachens und gingen nicht an meiner Zunge entlang, um wenigstens wie Speichelblasen an meinen Lippen zu hängen. Wenn ich wie ein Frosch meine Wangen aufblasen könnte, bis die Fleischfetzen ringsum fliegen und der Filmstreifen, auf dem die Worte stehen, vom Tierarzt aus meinem Gehirn gezogen und gelesen werden könnte! Still und stumm saß ich mit aufgeknöpften und zurückgezogenen Ärmeln am Tisch, griff ruckartig nach einem auf dem Tisch stehenden Medikament, damit mein Ärmel noch weiter zurückrutschen konnte, aber es gelang mir nicht, den Tierarzt auf die Geschwulst an meinem rechten Unterarm aufmerksam zu machen. Vielleicht aber hatte er sie gesehen und schaute augenblicklich zur Seite, um nicht in Verlegenheit zu geraten, mir eine Behandlungsweise zu empfehlen, die er bei Tieren anwendet?

Nachdem die Schmerzen in meinem rechten Unterarm stärker wurden und ich weder ein Ackergerät aufheben noch an der Schreibmaschine arbeiten, aber auch keine Totenmasken und Lebendmasken modellieren konnte, fuhr ich in die Landeshauptstadt und ging ins Unfallkrankenhaus. Der Arzt attestierte eine Sehnenscheidenentzündung und empfahl mir, den Arm eingipsen zu lassen. Als ich meinen Unmut darüber äußerte, sagte er, Sie können mit Ihrem Arm machen, was Sie wollen, es ist Ihr Arm, ich sage Ihnen nur, wie Ihr Arm behandelt werden müßte. Es kann sein, daß die Entzündung noch stärker wird. Das ist ja entsetzlich, sagte ich. Entsetzlich ist nur der Krieg, antwortete der Arzt. Ich ließ mir nach längerem Hinundherüberlegen, nachdem mich die Assistentin des Arztes mehrere Male, ungeduldig an der Schreibmaschine wartend, scharf anblickte und sagte, Was wollen Sie jetzt? einen Gips anlegen. Die Assistentin fragte mich, welchen Beruf ich habe. – Sie zuckte zusammen und vertippte sich. Mit dem ausgefüllten und unterschriebenen Unfallformular trat ich in den Ambulanzsaal ein. Ein dicker glatzköpfiger Krankenhausgehilfe im weißen Mantel trat auf mich zu. Er wandte sich an eine hellblau gekleidete Krankenschwester und verlangte nach einer schwarzen intensiv riechenden Zugsalbe und nach Gipsbinden. Auch der Krankenhausgehilfe wollte wissen, welchen Beruf ich ausübe. Und was schreiben Sie? Sowas ähnliches wie Ganghofer? – Aber Ganghofer ist doch auch wild, ich habe kürzlich einen Ganghoferfilm gesehen, da hat es doch lauter Tote gegeben!
Wie ein ausgestopfter Totenvogel starre ich in meinen schlaflosen Nächten, während ich aufrecht im Bett sitze und am liebsten mit einer Rasierklinge meine eingegipste nutzlose rechte Hand zerfleischen möchte, auf die Tastatur meiner Schreibmaschine. Da meine rechte Hand arbeitsunfähig geworden ist, kann ich meine Sprache nicht versorgen. Wie ein Tier, das einen Käfig zerrissen hat, taucht sie in der Nacht auf, holt mich aus dem Schlaf oder läßt mich erst gar nicht einschlafen. Während des Tages laufe ich müde und verzweifelt mit heißem Rücken über die schneebedeckten Felder und lehne mich in den Auen erschöpft an einen Baumstamm. Mit

meiner invaliden Hand gestikuliere ich heftig und hadere mit dem Gott meiner Kindheit. Wenn auch meine linke Hand eingegipst werden sollte, so muß ich rechtzeitig, bevor mir unter Umständen meine Arme amputiert werden, die Kalbstrickschlinge machen, denn als Armloser könnte ich mich nicht einmal mehr aus eigener Kraft aufhängen, um Jakob und Robert zu meiner eigenen Verblüffung doch noch Gesellschaft zu leisten.

Wenn meine Hände gelähmt sind, werde ich in meiner Stallkleidung über die beschneite Dorfstraße gehen, vor der Friedhofsmauer niederknien und meine Stirn solange an die Friedhofsmauer schlagen, bis mein Blut über Gesicht und Brust fließt. Wenn Chirurgen meine kaputten Hände von meinem Körper schneiden und die Arme des siebenjahretoten Jakob an meine Schultern operieren würden, so müßte ich, da seine Arme zu Armen eines fünfmonatealten Embryos zusammengeschrumpft sind, vor der Schreibmaschine niederknieen, um mit seinen blauschwarzen Händen Buchstaben anschlagen zu können, vielleicht aber müßte ich wie ein Maultrommelspieler mit meiner Zungenspitze das Tastenfeld meiner elektrischen Schreibmaschine abfliegen. Wenn ich schreiben kann, glaube ich manchmal, daß mich nicht einmal der Tod umbringen kann. Wenn ich nicht schreiben kann, hocke ich in meiner Spinnwebecke und helfe der Kreuzspinne beim Flechten ihres Netzes und wickle die kilometerlangen Spinnfäden um meinen Kopf. Die Kreuzspinne verharrt ruhig auf meiner mumifizierten Stirn. Nach Ablauf einer Stunde läuft sie über meine rechte Augenbraue und beginnt mit dem Auffressen meines rechten Auges. Vielleicht rächt sie sich für die vielen Spinnerinnen, die ich als Kind gequält und umgebracht habe. Ihre ausgerissenen, losen, auf meinen feuchten Fingern klebenden langen hauchdünnen Beine zuckten noch lange, während sich die amputierte Spinnerin sterbend in einer Ecke verkroch. Manchmal zog ich meinen Schuh aus und schlug ihn an die Wand. Lange noch zappelten die dünnen Spinnenbeine am Leder meiner Schuhsohle.

Wer würde mir, wenn ich, die Pflege der Eltern verweigernd, mit eingegipsten Händen vollkommen hilflos im Kranken-

haus läge, den Rodion Raskolnikoff umblättern. Ich könnte mein Gesicht aufs Dünndruckpapier des Buches drücken, die Zunge herausstrecken, an der das Blatt kleben bliebe, und umblätternd meinen Kopf nach links schwenken. Vielleicht aber verfolgt der Bettnachbar Seite für Seite das Hinundherflitzen meiner Augen und blättert um, sobald ich die letzte Zeile gelesen habe und mit meinem Kopf nicke. Vielleicht aber möchte ich mit Rodion Raskolnikoff alleine sein, während er mit einem Hackbeil die beiden Schwestern Lisaweta und Aljona Iwanowna erschlägt. Der Kunstmaler Georg Rudesch würde in der Totenkammer, in der die Krankenhausleichname gewaschen, frisiert und angekleidet werden, eine Schreibmaschine auf einen Sargdeckel stellen und meinem Diktat folgen, während ich sehe, daß der Leichenheini den Arm eines toten Jünglings hebt, um mit einem essighaltigen Schwamm, mit dem auch der letzte Durst des Gekreuzigten gestillt wurde, die Achseln zu säubern. Wie gerne würde ich, der ich mit eingegipsten Armen auf einem Schemel hocke, den toten Jüngling waschen, frisieren und ankleiden! Wenn mir Chirurgen wenige Stunden vor seinem Ableben seine gesunden amputierten Hände angenäht hätten, würde ich ihm meine eingegipsten in den Sarg legen. Wenn ich mit seinen Händen an meiner Schreibmaschine sitze, meine Finger auf der Tastatur liegen, würde ich manchmal verwundert die neuen Formen meiner Fingernägel betrachten und Sehnsucht nach meinen alten haben. Manchmal würde ich seine an meinen Schultern angenähten gesunden Hände mit einer Nadel züchtigen. Der tote, längst begrabene Jüngling schreit bei jedem Nadelstich in seine Hände, die ich an meinem Körper trüge, schmerzhaft auf, so daß mit jedem Öffnen seines Mundes mehr und mehr Friedhofserde in seinen Rachen fällt und er eines Tages keinen Laut mehr von sich geben kann, da sein Mund mit Friedhofserde ausgestopft ist.
Von Gotteslästerern wurden dem lebensgroßen, immer noch leidenden Jesus, der noch heute im Flur des Pfarrhofes steht, die Arme abgeschlagen, indem sie den Gekreuzigten über einen Wasserfall hinunterwarfen. Ob sich jetzt der Jesus von Kamering, der seine Arme zurückholen will, meine Hände

auserwählt hat? Vielleicht fault jetzt meine Hand von meinem lebendigen Leib, weil ich ein Gottesmörder bin. Früher wurden die Mörder und Diebe enthauptet, und die Diebshand wurde ihnen mit einem Beil abgehackt. DER ACKERMANN *Aus seinem Mund beginnt dichter blutiger Schaum hervorzusprudeln; ein Priester mit Weihwasserwedel und Stola sprengt Weihwasser auf den Leichnam eines Krebses* Die Verbrecher müßten viel schlimmer behandelt werden. Sie sollen karges Essen bekommen und auf steinharten Pritschen schlafen. Nur ein kleines Fenster sollen sie in ihrer Zelle haben, damit sie nur ein kleines Stück Himmel sehen können. Wer einen Menschen umbringt, der soll auch durch Menschenhand hingerichtet werden.
Erschrocken wachte ich in der Nacht auf, als ich Einarmiger mit einer Peitsche die vierzehnjährige aus der Ukraine auf einen Kärntner Bergbauernhof verschleppte Warwara Wassiljewna bedrohte, die neben den beiden einen Pflug ziehenden Ochsen über den Acker ging. Die beiden Tiere blieben störrisch stehen, weil der Pflug eingebremst war.

Ich blieb einen Moment lang ängstlich und erwartungsvoll vor der Schlafzimmertür des Ackermanns stehen, da ich annahm, daß er vom Klirren der Badezimmertürscheibe erwachen und mich fragen würde, ob ich im Stall nach der trächtigen Kuh gesehen habe, aber ich hörte nichts und ging mit der rauchenden Teeschale auf Zehenspitzen auf meine Kammer zu. Ob mich die Totenmasken und Lebendmasken der Dorfleute, die in allen Himmelsrichtungen meines Zimmers herumhängen, wieder so impertinent anstarren werden, wenn ich mit meiner Teeschale eintrete? Wünschen sie heute zur Beleuchtung ihrer blassen Wangen das Kerzenlicht oder das Elektrolicht? Mein Befehl sei ihr Wunsch. Selbstbewußt trat ich in meine Kammer und war bereit, den Masken Paroli zu bieten, sollten sie sich über meinen Wunsch, drei Wachskerzen anzuzünden, aufregen. Als ich das Zündholz an der Zündholzschachtel anrieb, hörte ich das Knacken eines gebrochenen Engelflügels.
Wenn der Invalidenengel wiederkäme und über meinem hu-

stenden Kindskörper Wind machen würde, während er seine blaßrote Rute in mein After drängte! Immer wieder stieß ich an seine Flügel, wenn ich meine Hände auf seine Hinterbakken legte und mit den Fingern seine Wirbelsäule hochtrippelte. Es kam vor, daß er mir seine Rute, während meine Brüder neben mir lagen, in meinen Mund steckte und der Schaum seines Ergusses an meinen Lippen überging, übers Kinn rann und auf meine Brust tropfte. Winzige embryonale Totenköpfe aus seinem Glied drangen in meinen Körper ein. Morgens, wenn ich wieder erwachte, warf ich hastig meine Bettdecke zurück, um mich nach geburtsfeuchten, blutigen Kinderengelflügeln umzusehen, wie ich sie in Illustrierten, religiösen Büchern und auf den Heiligenbildern in den Schlafzimmern der Bauern sah, aber ich fand höchstens ein paar Strohhalme, die zu meinen Füßen lagen und die ich, wie der Briefträger den Tintenbleistift zwischen Kopf und Ohr, zwischen meinen Zehen getragen hatte. Ich schloß über der Brustwarze des Invalidenengels mein rechtes Auge und blickte mit dem linken, das schärfer ist als das rechte, in seine gläserne Brustwarze hinein und sah das eingeweidelose Innere seines Körpers, in dem viele blasse, blutlos gewordene Kinderherzen herumschwammen.
In dem Augenblick, als ich bereits im Bett saß, in der linken Hand die tropfende Wachskerze, in der rechten den Rodion Raskolnikoff hielt, lauschte ich gespannt auf das Öffnen der elterlichen Schlafzimmertür und hörte den Ackermann über die sechzehnstufige Stiege hinunterschlapfen. Von den unzähligen roten und weißen Wachstropfen, die Nacht für Nacht, während ich eine Kerze haltend zwischen den Laken sitze, auf mein Bett fallen, ist der Gulter schwer geworden wie ein zugefrorener Bach, auf dem die Schlittschuhschritte eingraviert sind, die ich lief, wenn ich lange nicht einschlafen konnte und mit dem Zeigefingernagel meiner rechten Hand Kruzifixe, Invalidenengel und Knabenphallen malte. Ich blies die Kerze aus. Ich hatte Angst, daß der Ackermann vom Stall aus auf die beiden Fenster meines Zimmers blicken und das Licht sehen könnte. Kehrte er wieder über die sechzehnstufige Stiege in sein Bett zurück, würde er einen Umweg ma-

chen, in meine Kammer eintreten und mit seinem zahnlosen Unterkiefer sagen, Es ist zwei Uhr in der Früh, warum bist du noch auf? Er würde die brennende Kerze in meiner linken, den Rodion Raskolnikoff in meiner rechten Hand, mein verworrenes, zu Berge stehendes Haar, meinen mit einem Lippenstift geschminkten Mund und meine eingefallenen Wangen sehen. Er würde mich fragen, warum ich statt meiner rotweißen Bischofssoutane und meiner Bischofsmütze nicht meinen Schlafanzug angezogen und meine Schlafmütze aufgesetzt habe. Vielleicht würde er auch auf die lackierten Zehennägel meines aus dem Leinen gestreckten Fußes sehen. Nachdem ich die Kerzen ausgeblasen hatte, blieb ich aufrecht im Bett sitzen und horchte auf die kommenden Geräusche und starrte auf das Fenster. Die Hoflaterne, die der Ackermann aufgedreht hatte, warf Licht auf Stalltür und Stallwand. Ich stellte das Tonband ab, aus dem ich die Vier Jahreszeiten von Vivaldi hörte. Der Regen und die sich kreuzenden Blitze, die ich aus dem Musikstück hörte, blieben in der Luft hängen. Die Totenmasken und die Lebendmasken der Dorfbewohner drängten sich ans Fenster, um die Hofszene zu beobachten, aber ich rief sie augenblicklich auf ihre Plätze an den vier Zimmerwänden zurück. Sie gehorchten mir. Sie hatten Angst, daß ich sie in eine Ecke lege, für ein paar Wochen in Watte einhülle oder gar unter dem Kasten in der weißgrauen Watte des dicken Staubes verkümmern lasse. Ich hörte das Öffnen der Stalltür. Ob der Ackermann mit der Monstranz auf seinem Kopf über den Neuschnee des Hofes eilen, in die Knechtstube gehen und den Homrgottfried aufwecken wird? Anklopfen würde er nicht. In seinem Haus klopft er an keine Tür. Jetzt, da meine rechte Hand eingegipst ist, wird er nicht mehr um drei Uhr morgens die Tür meiner Kammer öffnen und rufen, Aufstehn! Kalblziehn! Jetzt bin ich überflüssig geworden und werde in meiner Kammer zwischen den Totenmasken und Lebendmasken der Dorfbewohner vollkommen vereinsamen. Wie damals, als ich ein Kind war, werde ich wieder zu spüren bekommen, was es heißt, auf dem Hof zu leben und als nutzloser Fresser, als Taugenichts, als Arbeitsscheuer, Bettelstudent und Faulenzer beschimpft zu werden.

Ich könnte meinen Kopf in den Gipstrog stecken und erstikken, keine Tiere, weder die geborenen noch die ungeborenen, würden nach mir schreien. Aber ich könnte eines Nachts, wenn ich weiß, daß der Knecht betrunken und sein Schlaf tiefer ist als sonst, in seine Kammer schleichen und ihm einen in wenigen Sekunden erstarrenden Gips übers Gesicht schütten, damit er erstickt. Ich würde den Gips von unten auf sein Gesicht schütten, so daß augenblicklich, noch ehe er seine Augen aufreißen kann, seine Nasenlöcher mit Gips ausgestopft sind. An seinem Schlüsselbein würde ich ihn niederhalten, bis der Gips erstarrt und der Knecht tot ist. Gleichzeitig hätte ich seine Totenmaske angefertigt, die ich ihm nur mehr vom Gesicht reißen und in meiner Kammer an die Wand zwischen die anderen Totenmasken und Lebendmasken der Dorfbewohner hängen müßte. Seine Augenbrauen, wahrscheinlich auch Fetzen von seinen Lippen und von seiner Gesichtshaut würden an der Totenmaske hängen bleiben, da ich sein Gesicht vorher nicht eingefettet hätte.
Wenn Natalijas schwarze Werktagstrauerschleier irgendwo herumlägen, könnte ich sie aneinanderknüpfen, um meinen Hals schlingen und mich an der Türklinke oder auf dem Dachboden erhängen. Vielleicht würden sie mich erst finden, wenn der Fäulnisgeruch meines Leichnams durch die Ritzen der laut quietschenden Dachbodentür dringt? Weder Motria noch der Ackermann, noch der Knecht ahnen, daß ich die Festigkeit der aneinandergebundenen Schleier prüfe. Ob ich mich vor dem Freitod frisieren, schminken, meine Finger- und Zehennägel rot anstreichen sollte? Welche Reizwäsche soll der Erhängte tragen, welchen Büstenhalter, den schwarzen oder den gelben? Welche Seidenstrümpfe, die wein- oder die blutroten? Soll ich, bevor ich zehn Zentimeter über dem Erdboden in die Fußstapfen von Jakob trete, zwanzig oder dreißig Dorfbewohnerlebendmasken vor mein Gesicht spannen, damit es lange dauert, bis mich Motria, der Ackermann oder der Knecht auf dem Dachboden entlarven?
Gespannt, die kalt werdende Kerze in der Hand haltend, hockte ich im Bett, blickte auf das dunkle Fenster und wartete auf neue Lichtveränderungen und Geräusche im schneebe-

deckten Hof und Stall. Der Ackermann ließ das Licht im ehemaligen Pferdestall, in dem die trächtige Kuh angekettet war, brennen, drehte das Hoflicht ab und schlapfte wieder über die sechzehnstufige Stiege. Er öffnete seine Schlafzimmertür, drehte den Schlüssel um und blickte einen Moment lang, während er auf sein Bett zuging, auf die unter dem Heiligenbild schlafende Motria, deren Kopf wie der einer Toten mit einem weißen Tuch eingebunden war. Die weiße Lilie in der Hand der Muttergottes hinter dem kugelsicheren Glas des Heiligenbildes ist immer noch nicht verblüht. Wie immer, wenn der Ackermann seine Kleider auszog, fielen Strohhalme und Sägespäne aus seiner Hose und aus seinen Socken. Er legte sich ins Bett und zog die Bettdecke, die nach Stall roch, über seine Brust. Da ich nun keine Befürchtung mehr hatte, daß er in meine Kammer treten würde, entfachte ich eine Flamme für meine Kerze, richtete die Bischofsmütze auf meinem Kopf zurecht und las im Rodion Raskolnikoff weiter.

»Ein Schneider trug in einem schwarzen Tuch ein Leichenkleid. Eine alte Frau nebst ihrer jungen Tochter hielten den Mann auf der Straße neugierig an, taten das Tuch auseinander und schauten bewundernd hinein.«

Denen, die in einer Psychiatrie sterben, werden die Zähne ausgezogen, und längliche Antidepressivatabletten werden in die Zahnlücken gesetzt. Demjenigen, der bei einem Autounfall stirbt, wird der Sarg nicht mit Plastikblumen, sondern mit aufziehbaren Spielzeugautos gefüllt. Nicht mit einem Leichenauto, sondern mit einem vierspännigen Wagen, vor den trauerschmucktragende Pferde gespannt sind, werden seine sterblichen Überreste zum Friedhof gebracht. Wenn du einen Revolver nimmst und dir in den wassergefüllten Mund schießt, dein Gehirn aus deiner Schädeldecke fliegt und sich langsam wieder wie eine Krone auf dein Haupt setzt, werden die blasenschlagenden Sumpffrösche in ihre Hände klatschen. Springst du einen Berg hinunter, wird dich ein Fallschirm strangulieren, und deine Beine werden im Tal ein paar Zentimeter über der Erde schweben, während dein Kopf, dein Rumpf und deine Hände verstreut in den Wäldern herumliegen, bis die Fliegenpilzsammler kommen. Wenn dein Herz versagen sollte, werde ich dir Lebkuchenherzen, auf denen Liebessprüche stehen, um deinen Hals hängen. Fällst du vom Pferd und brichst du dir das Genick, so kannst du sicher sein, daß ich dich in einem gläsernen Kasten auf einem hölzernen Schaukelpferd begraben werde. Bist du das Opfer eines Selbstmörders, der zuerst dich, dann sich selber wegräumt, ist dir die Totenklage tausender Menschen sicher, die auf ähnliche Weise sterben wollen. Tötet dich ein Tier, so wirst du unter der Erde in der Hülle deines Sarges von den Würmern und Käfern verschont bleiben. Sie werden an deinen Leichnam herankriechen und sich vor Respekt wieder von dir abwenden, aber die fette Friedhofserde wird dein Fleisch verzehren. Hast du Sehnsucht, von mir getötet zu werden, so bringe den um, den du als deinen Mörder auserkoren hast. Ertrinkst du aber im Fluß, so werden die Wassermänner und Meeresnixen meiner Kindheit deinen Leichnam in die Berge zurücktragen und zur ewigen Konservierung in eine Gletscherspalte werfen. Nach Jahrhunderten werden die Menschen, die der Krieg verschont hat, deinen respektabel erhaltenen Leichnam finden und aller Welt als Sensation vorzeigen, aber wenige Stunden oder Tage nach deinem Ertrinkungstod wird dein aufgeblähter Leib nur ein paar wenige Schlagzeilen in einer Provinzzeitung wert sein. Solltest du an sauerstoffarmer Luft ersticken, über den Wolken oder auf Erden, werde ich dich mit einer umgebundenen Gasmaske in den Sarg betten. Auch dem Kruzifix, das auf dem Sargdeckel liegt, würde ich eine Gasmaske aufsetzen. Gasmaskentragende schwarzgekleidete Ministranten und Priester würden dir die letzte Ehre geben. Trifft dich der Blitz in den Bergen deiner Heimat, werden sich, während dein Sarg in die patzige Erde gelassen wird, über der Kirchturmspitze zwei kreuzende Blitze verknoten und in die Schädel der Heiligenfiguren hineindonnern. Schreiende, plitschnasse Totenvögel werden am Fußende deines Sarges sitzen und sich mit dir bei lebendigem Leib begraben lassen. Stirbst du an einem Schlangenbiß, werde ich zwei Kreuzotterskelette kreuzförmig auf deinen Sargdeckel binden und dir deine Giftzähne ausziehen. Wenn du am Feuer, dem ersten Element, sterben solltest, so werde ich deinen Sarg, in dem sich dein Aschehäuflein befindet, einem schwarzdekorierten Roß auf den Rücken binden und auf deinem Sargdeckel sitzend in einen brennenden Wald hineinreiten.

Was hast du für eine eigenartige Beziehung zum Tod! sagte ein Mann, als ich ihn bat, mit mir auf Klagenfurts St. Ruprechter Friedhof zu fahren und in der Leichenhalle den Sarg eines zwanzigjährigen Strichjungen öffnen zu lassen. Der Leichenwärter war nicht da. Sein Vertreter, der in der Nähe der Leichenhalle neben einer alten Frau auf einer Rasenbank saß, sagte, daß er außer Dienst nicht befugt sei, einen Sarg zu öffnen. Ich bestach ihn mit hundert Schilling. Während wir auf die bläulichen Fingerspitzen und auf das gelb wächserne Gesicht des Jungen blickten, hielt er, auf Zehenspitzen stehend, das Sargoberteil in die Höhe. Der Junge trug ein weißes Totenhemd und einen schwarzen Überrock. Seine Beine waren mit Sargtüchern zugedeckt. Sein Gesicht war schlampig hergerichtet. Niemand machte sich die Mühe, das Haar des jungen Toten zu shamponieren. Zu Lebzeiten trug er blonde, lockige Haare. Glatt nach hinten frisiert lagen sie auf seinem Totenschädel. Die Obduktion des Leichnams ergab, daß er in den frühen Morgenstunden an einer Verbindung von Alkohol und Schlaftabletten gestorben war. Ob es Selbstmord oder ein Unfall war, konnte nicht festgestellt werden. Gerüchte liefen kreuz und quer und kreisten um seine Totenkränze. Fest stand, daß er bereits starke Schlaftabletten schlucken mußte, um einschlafen zu können. Rund um das offene Erdloch, in dem der Sarg verschwand, standen totenkränze- und blumenbukettspendende Schwule, die mit weißen Tüchern ihre feuchten Augen trockneten, ehe der Totengräber den einen nach dem anderen Erdbrocken polternd auf den Sargdeckel warf und mit der spitzen Schaufel eine rote Nelke köpfte. Ich hasse die Geburtstags- und Totengeschenke von Nelken und Rosen. Schön ist das Unkraut. Schön sind die Sumpfdotterblumen, deren Stengel vom Fuß eines Frosches berührt werden. Schön ist die Sonnenblume, wenn Schnee auf ihre schwarzen Kerne fällt oder wenn sich ein Vogel an ihr festkrallt und einen vom Raureif überzuckerten Kern nach dem anderen herauspickt.

Ehe der verwesende Leichnam des Transvestiten, der sich im Wald an einer Fichte erhängt hatte, gefunden wurde, waren drei Monate vergangen. Zwei kleine Buben, so meldete die Tageszeitung, machten den grausamen Fund. Der Totenkopf des Transvestiten, über dessen Leichnam sich bereits die Käfer und Ameisen hergemacht hatten, war schon sichtbar geworden. Rotgefärbte Haarbüschel lagen unter seinen sich leicht bewegenden Fußsohlen. Buntspechte und Schwalben krallten sich an seinem lilafarbenen Frauenkleid fest und zogen Würmer und Käfer aus seinem Fleisch. Seine rotgefärbten Fingernägel waren verwittert. Seine Zunge, die er im Augenblick seiner Höllenfahrt dem Tod entgegenstreckte, war bereits vom Ungeziefer abgefressen. Seine rote Nylonstrumpfhose war zerrissen. Deutlich standen die blauen Adern seiner Beine hervor.

Vor dem Gesetz, der Richtervisage, dem Kruzifix und zwei brennenden Kerzen wurde er fünfmal für schuldig befunden, Unzucht mit Minderjährigen getrieben zu haben. Insgesamt verbrachte er vier Jahre seines Lebens hinter Gittern. Seinen letzten Prozeß hatte er, weil ihm nachgewiesen werden konnte, daß er einen vierzehnjährigen Knaben vergewaltigt und mit seinem Glied die Darmwand des Jungen verletzt hatte. Der Knabe mußte einer Notoperation unterzogen werden, sonst wäre er innerlich verblutet. In Männerkleidung hockte er mit übereinandergeschlagenen Beinen zwischen zwei Polizisten. Der Staatsanwalt, der in einschlägigen Kreisen *Vierklee* genannt wird, plädierte auf fünf Jahre Zuchthaus. Mit hocherhobenem Kopf verließ er zwischen den beiden grünen, mit Pistolen verstärkten Männern gehend den Gerichtssaal. Beim Gehen vermißte er sein gelb gestreiftes schwarzes Frauenkleid und den Glanz der hauchdünnen blauen Seidenstrümpfe. Er wollte die Handinnenflächen an seiner Brust entlangstreichen, die Fingerspitzen sollten sich, wie bei orientalischen Tänzerinnen, aufbiegen, aber seine Arme wurden von den Handschellen zusammengehalten. Gerne hätte er gesehen, daß man seine Hände mit einem Strick, mit dem schon Tiere auf die Welt gezogen wurden, zusammengebunden hätte. Das Ende des Stricks, in dem Blut und Schleim eingetrocknet wären, würde hinunterpendeln und bei jedem Schritt an seinen linken und rechten Oberschenkel schlagen. DER TRANSVESTIT *Ein Mundharmonika spielender, eine Bischofsmütze tragender Wetterfrosch hockt auf einer Leiter in einem mit Stacheldraht vergitterten Einrexglas* Wenn sie mich doch in ein Frauengefängnis stecken würden! Die mitleidlosen Beamten werden mir empfehlen, mir vom Anstaltsfriseur die Haare schneiden zu lassen, damit ich, kurzgeschoren und abgeurteilt, endlich wieder wie ein Mensch aussehe. Im Frauengefängnis käme ich zu Frauenkleidern, zu grauen Büstenhaltern und grauen Frauenunterhosen, die weibliche Sträflinge tragen. Ich werde die Fotos nackter Knaben betrachten, während meine Hand unter dem groben Leinen raschelt und meine Mithäftlinge schlafen. Selten kommt es vor, daß zwei Häftlinge gleichzeitig die Bett-

decke zurückwerfen, die Unterhose hinunterstülpen, den steifgewordenen fleischlichen Auswuchs umfassen und solange daran reiben, bis ihr Bett zu ranzen aufhört, das Rascheln des groben Leinens verstummt und der Bauch feucht geworden ist.
Das Allerschlimmste, so erzählte er mir in einer Schwulendisco, war für ihn, daß er während seiner monatelangen Haft zu keinen Frauenkleidern kam. Manchmal konnte ihm ein Freund während eines Besuchs im Gefängnis einen Lippenstift zustecken, manchmal einen hauchdünnen, in einem Taschentuch versteckten Nylonstrumpf. DER TRANSVESTIT *Ein Gefängniswärter, als Sträfling verkleidet, zermalmt mit einem Stein einen Kreuzottertotenkopf* Einmal zwangen mich zwei Wärter, meine rechte Hand in einen unruhigen Jutesack hineinzuhalten. Ich schrie sofort auf, denn ich fühlte eine Schlange, die sich um meinen Arm ringelte und mir in die Hand biß. Ich plauderte im Gefängnis meine Angst vor Schlangen aus und brachte offenbar dadurch die beiden sadistischen Wärter auf die Idee, eine Ringelnatter zu fangen und mit ins Gefängnis zu nehmen. Wenn ich in Frauenkleidern auf dem Barhocker einer Disco sitze, trage ich an der rechten Hand einen seidenen weißen Handschuh, um die Schlangenbißstelle zu verstecken. Unzählige Klapperschlangenköpfe liegen in einem weiß ausgelegten Kindersarg und werden von vier Priestern, die in lila Soutanen gekleidet sind, auf den Schultern zu Grabe getragen. In der Gefängniswerkstatt band ich Totenkränze und Totenbuketts. Ich schrieb die Namen meiner Feinde auf die Unterseite der Rosenblätter und zeichnete Totenköpfe in die Kelche weißer und gelber Tulpen. Während der halbfertige Totenkranz auf meinen Oberschenkeln lag, erinnerte ich mich an meine Chorknabenzeit, als ich mit einem schwarzen Ministrantenkleid neben dem Priester stand und vor dem offenen Sarg den Toten und die Kränze mit Weihwasser bespritzte.

Der Kongreß der Totenmaskenbildner und Lebendmaskenbildner wurde mit der von Arnulf Rainer übermalten Totenmaske Gustave Flauberts angekündigt. Helmut Ballhausen

erregte meine Aufmerksamkeit, als er mir seine Masken aus dem Libanon, Nicaragua und Venezuela zeigte und erzählte, daß er sich vor allem für ermordete Jünglinge interessiere. In Österreich, so Ballhausen, kommt es selten vor, daß ich an den Leichnam eines ermordeten Knaben gerufen werde. Bei Knabenselbstmorden habe ich in diesem Land weitaus mehr Glück. Als ich auf eine halbierte Totenmaske eines Knaben aus Nicaragua blickte, erzählte er, daß er nur mehr die eine Gesichtshälfte dieses Widerstandskämpfers, der von der Miliz zerstückelt wurde, gefunden, ihm aber sofort die Totenmaske abgenommen habe, ehe sich die Fliegenschwärme an seine blutverschmierte Gesichtshälfte heranmachten. Die Konturen dreier Fliegen, die er im Gips begrub und ertränkte, waren noch auf der Maske zu sehen. Der Tisch, auf dem meine Totenmasken und Lebendmasken aufgereiht wurden, war mit Immergrün umkränzt, wie der Sarg meiner Großmutter mütterlicherseits, die begraben wurde, als ich drei Jahre alt war.
Nachdem ich mich schon ein paar Stunden vor Mitternacht dem einarmigen Marion, der zum Kongreß gekommen war und dessen blasses, knabenhaftes Gesicht mir unter den anderen Grimassen aufgefallen war, genähert hatte, zeigte ich ihm die Totenmasken von Jakob und Robert, die sich gemeinsam an einem Kalbstrick, umgeben von mannsgroßen Ikonen, im Pfarrhofstadel meines Heimatdorfes erhängt hatten. Ich zeigte ihm die Lebendmaske Natalijas, die ich mit einem schwarzen Trauerschleier umhüllte. Auf das Haupt der Maske setzte ich eine kleine Erntedankkrone, deren Weizen- und Roggenähren ich in schwarze Tusche getaucht hatte. Ich zeigte ihm aber auch die Totenmasken von drei exhumierten, zwei-, drei- und vierjährigen Kindern aus der Umgebung meines Heimatdorfes, die vom Apothekergehilfen von Paternion umgebracht wurden. Die Kinder starben an einer Überdosis Strichnin, das der giftmischende Apotheker in fiebersenkende Zäpfchen gegeben hatte.
Nachdem mir Marion geholfen hatte, meine Masken in mehrere Koffer zu räumen, gingen wir, ich zwei, er einen Koffer tragend, den Lendkanal entlang nach Hause. Ich hätte am

liebsten die beiden Koffer zwischen die im Kanal schwimmenden, erschrocken auseinanderfliegenden Schwäne geworfen und wäre vor Marion niedergekniet und hätte ihm den einen nach dem anderen Hosenschlitzknopf abgebissen. Während wir abwechselnd ins grünschwarze Wasser des Lendkanals, auf unsere auf dem Asphalt – der an manchen Stellen von den Wurzeln der Bäume hochgewölbt und sogar aufgebrochen war – dahinschreitenden Beine, vorzuckenden Schuhspitzen und mitschwenkenden Koffer sahen, erzählte er mir den Hergang des Motorradunfalls, bei dem er seinen Arm verloren hatte. Als Marion und sein Freund siebzehn Jahre alt waren, fuhren sie mit einem Motorrad nach Italien und stürzten auf der Autobahn so schwer, daß beide ihren linken Arm verloren. Marions Arm, der nur mehr an ein paar Hautfetzen hing, konnte der Krankenhausarzt mit einer Schere von seinem Körper trennen. Der Arm seines Freundes wurde während des Unfalls ganz von seinem Körper getrennt und verlor sich am Rande der Autobahn im Haselnußgehölz. Begegnen sich Marion und sein Freund heute zufällig in der Stadt, gehen sie fremd grüßend aneinander vorbei, ohne ein weiteres Wort zu wechseln.

Die Wände meines kleinen Zimmers, in das Marion erstaunt eintrat, waren vollgepflastert mit Totenmasken und Lebendmasken. Da ich nur ein Bett in meiner Kammer hatte – das Bett eines Toten, dem ich eine Totenmaske abgenommen hatte, das mir seine Angehörigen schenkten, als ich erwähnte, daß ich in meiner Kammer auf Matratzen schlafe –, breitete ich neben dem Bett ein paar Matratzen aus und legte mich auf dem Boden schlafen, während sich Marion in mein Bett legte. Ich hatte das Licht bereits abgedreht, hockte, meinen Oberkörper an die Wand lehnend, auf den Matratzen, als Marion nach langem Zögern und immer wieder begleitet von den Worten, Ich muß dir etwas erzählen, aber ich getrau mich nicht! mit der Sprache herausrückte. Ich fühle mich zu Knaben hingezogen, sagte er mit gebrochener Stimme, ich träume immer wieder von ihnen, werde von ihrem Samen überschwemmt und schüttle, mitten in der Nacht aufwachend, meinen plitschnassen Kopf. Wenn ich durch die Straßen gehe, fallen mir nur schöne Knaben, keine Mädchen auf, aber ich habe bis heute noch keinen Knaben berührt, ich getrau mich nicht! Ich erschrak, als ich mit meiner Zunge die kalte Narbe seines Armstumpfes berührte. In embryonaler Haltung schlief ich mit seinem Samen im Bauch ein. Am nächsten Morgen, als Marion frühzeitig ins Bad ging und vergaß, die Badezimmertür abzusperren, trat ahnungslos der Vermieter meines Zimmers ein und erschrak vor dem einarmigen, nackten Knaben, der ebenfalls erstaunt seinen Kopf zur aufgehenden Tür verdrehte.

In einem Berliner Supermarkt sackte ein Mann zusammen und schlug mit seinem Kopf gegen eine Fleischvitrine. Verkrampft und rücklings lag er auf dem Boden. Seine Gesichtsnerven, Hände und Beine zuckten. Die Verkäufer traten erschrocken ein paar Schritte zurück, sie wollten, wie ich, mit dem Sterbenden nichts zu tun haben. Ich hätte am liebsten meinen Einkaufswagen stehen gelassen, um schnell aus dem Supermarkt laufen zu können. Während die Kassiererin die Preise in die Maschine tippte, blickte ich verstört auf die farbigen Waren und sah immer wieder das Zucken seiner Gesichtsnerven und seine neben seinem Kopf liegenden zersplitterten Augengläser vor mir. Habe ich ihn gestreift, während ich mit dem Einkaufswagen an der Fleischvitrine vorbeifuhr, und ist er deswegen zu Fall gekommen? Bin ich sein Mörder? Mit zitternden Händen und schlotternden Beinen stopfte ich die *Lebens*mittel in die Plastiktasche und verschwand aus dem Supermarkt. An der anderen Straßenseite sah ich wieder die Auslage des Sargverkäufers, stellte die Plastiksäcke an den Straßenrand, übergab mich und hörte auch schon das Zwitschern des Rettungswagens. Ich hatte Angst, daß aus dem Rettungswagen, in dem der Tote bereits aufgebahrt und von zwei brennenden Wachskerzen flankiert war, ein Polizist herausspringen und mich festnehmen würde. Oftmals ging ich, bepackt mit Plastiksäcken, die voller Lebensmittel waren, über die Straße und stand lange vor der Auslage des Särgeverkäufers, konnte mich aber für keinen Sarg entscheiden. Bei manchen Särgen gefiel mir die Innenausstattung, aber nicht die Außenausstattung. Bei denen mir die Außenausstattung gefiel, war mir die Innenausstattung zuwider. Auf einem Sargdeckel sah ich ein verkitschtes Kruzifix, das ich niemals, selbst als Toter nicht über mir aushalten würde.

»Da ich schon wegen Diebstahls vorbestraft bin, kann ich aufs neue verurteilt werden, ohne Beweise, auf eine einzige leichte Beschuldigung hin, auf Verdacht. Das Recht hält mich nun der Tat für fähig. Gefahr droht nicht mehr allein, wenn ich stehle, sondern in jedem Augenblick meines Lebens, weil ich gestohlen habe.«

Als mir Motria den Schlüssel ihres Schlafzimmers gab, in dem seit drei Jahrzehnten im Nachttisch die Geldbrieftasche des Ackermanns liegt, sah er mich, als ich wieder mit dem Schlüssel in der einen und ein frischgebügeltes Hemd in der anderen Hand in die Küche zurückkam, kontrollierend an und ließ mich nicht aus den Augen. Während sich unsere Blicke trafen, schaute das diebische Kind aus meinen Augen und verriet meine Vergangenheit.
Eine Zeitlang später sagte er, Geh in mein Schlafzimmer und hol meine Brieftasche! aber noch ehe ich mich einen Schritt vorwärts bewegen konnte, wandte er sich an Motria und beauftragte sie die Brieftasche zu holen. Ich weiß nicht, wieviel Geld ich in der Brieftasche habe ... !
In einer deutschen Zeitung, in der meine Bücher rezensiert wurden, las der Ackermann »... und er stahl Geld von seinem Vater, um sich Karlmaybücher kaufen zu können«. Er saß am Diwan, hielt den Zeitungsausschnitt in der Hand, wiederholte den Satz, runzelte seine Ackerfurchenstirn und blickte mich traurig und böse an. Ich nahm ihm den Zeitungsausschnitt aus der Hand, damit er nicht weiterlesen und auf andere aufgezählte Schandtaten stoßen konnte. Er sagte kein Wort, stand auf, ging mit einem Hackbeil in den tiefbeschneiten Fichtenwald und kehrte nach zwei Stunden wieder.
Er erträgt in seinem Haus keine fremden Menschen. Als ihm Natalija oder Motria erzählt hatten, daß in meinem Zimmer ein Knabe auf mich wartet, sagte er bei der Stallarbeit, Läßt du ihn in deiner Kammer allein? Hast du dein Geld wohl versteckt? Während ich die Stalltür schloß und auf die Mühle zuging, drehte ich mich so um, daß ich ihm, der melkend zwischen zwei Kühen saß, ins faltige, scharfkantige Gesicht sehen konnte. Seine Augen zeigten einen Blick des Mißtrauens, des Hasses, aber auch des Mitgefühls, als wollte er sagen, Warum läßt du dich nur auf wildfremde Menschen ein! Die getrockneten Stutennabelschnüre, die die Mon-

stranz auf seinem Kahlkopf festhielten, pendelten unter den weißen Bartstoppeln seines Kinns.
Er holte mit seiner Hand im Flur aus und sagte, während ich erschrocken einen Schritt zurückwich, Wenn ich nocheinmal sehe, daß du auf der Straße eine Zeitung aus der Plastiktasche stiehlst und kein Geld in die Büchse wirfst, dann ...

Fünf fremde Katzen kamen von den Nachbarhöfen und ernährten sich an seinem Futtertisch, aber der Ackermann wollte nicht, daß die fremden Katzen auf seinem Hof schmarotzen. Mit der Monstranz auf seinem Haupt schritt er mit dem Hackbeil auf eine Katze zu und köpfte sie. Der blutende Katzenschädel kollerte über den Hofboden. Die enthauptete Katze ging schwankend und an ihrem Hals heftig blutend auf die volle Freßschüssel zu. Als der Ackermann das Hackbeil noch einmal über ihren kopflosen Körper ziehen wollte, wachte ich auf. Es war früher Morgen. Ich hörte noch keine Stallgeräusche, aber bald würde er eine neue Oblate in die Lunula der Monstranz schieben, seinen Kopf mit dem Allerheiligsten krönen, zwischen den Kühen auf dem Melkerthron sitzen und mit sich und den Tieren sprechen.

Ähren steckten ihm hinter den Ohren, als er seine neugeborenen Kinder in die Höhe hob und den Umherstehenden zeigte. Butzele! Butzele! rief er und kraulte die weißbraunen Köpfe der neugeborenen Kälber. Butzele! Butzele! rief er auch, als Konstantin neugeboren in einem geflochtenen Korb lag. Zehn Jahre später drückte er dem Rotz und Wasser weinenden Kind am frühen Morgen die Mistgabel in die Hand.
Der Ackermann lachte, als in einem Fernsehfilm der kleine Bauernjunge zu seinem tyrannischen Vater, bevor er geschlagen wurde, sagen mußte, Vota, i bitt um die Schläg! Auf dem Diwan liegend, strampelte er entzückt mit den Beinen, als der Knabe nach der Züchtigung sagte, Vota, i donk für die Schläg!
Ob Natalija, die zwei Tage lang gierig an den Fleischstücken eines frischgeschlachteten Schafes herumschnitzelte, in ihrer Vorstellung männliches Menschenfleisch in Fetzen schnitt? Friedlich war der Ackermann, damals, als wir Kinder waren, wenn er zwei, drei Tage lang ein frischgeschlachtetes Schwein mit einem Hackbeil und mit einem Messer zerstückeln konnte.
Während der Ackermann am frühen Morgen sein Gebiß in seinen leeren Unterkiefer gesteckt, aber noch keinen Bissen Brot zu sich genommen, keinen Schluck Milch getrunken hat, während er im Stall die goldene Hostienmonstranz auf seinem Kopf befestigt, die dahinflitzenden Ratten verscheucht und den Futtertisch entlanggehend mit seinem Beinscherenschnitt den Atem der Tiere zerstückelt, dreht sich sein jüngster Sohn, den er sich als seinen Hoferben erhofft, in seinem Bett noch mehrere Male um.
Der Ackermann ging schnellen Schrittes über den schneebedeckten Hof und trat ins Haus ein. Vor der Stiege blieb er stehen, richtete das Allerheiligste auf seinem Kopf ein und schlug mehrere Male den Kalbstrick an die Tür, die den Flur vom Stiegenaufgang trennt, und schrie, Wird denn keiner aufstehn? Als ich noch ein Kind war, fuhren seine Stimme

und seine Worte wie Speere durch meinen Körper und durch meine Seele. Aber diesmal lag ich seelenruhig im Bett, blickte auf die eine, dann auf die andere an der Wand hängende Totenmaske und warf erst nach ein paar Minuten die Bettdecke zurück.
Ich schritt über den festgefrorenen Schnee des Hofes. Die Stallfenster waren voller Eiszapfen und Eisblumen. Die Hundekette und die Flügel der rostigen Pflugscharen glänzten vom Reif. In den Kannen bildete sich an der Milchoberfläche hauchdünnes Eis. Ich rüttelte heftig an der vereisten Stalltür, um sie zu öffnen. Deutlich sichtbar, als wäre es Nebel, strömte die kalte Hofluft in den warmen Stall hinein. Die Tiere verdrehten ihre Köpfe. Mit zusammengekniffenen Augenlidern ging ich den Futtertisch entlang. Die Mistgabel tanzte auf mich zu und faßte mich an. Die Entmistungsanlage schaltete sich von selber ein. Die Tiere traten bereitwillig zur Seite. Der Ackermann saß, erstaunt auf die marschierende, einen Stahlhelm und eine Militäruniform tragende Mistgabel blickend, zwischen den Kühen auf seinem Melkerthron und spielte unter seinem unrasierten Kinn mit den Stutennabelschnüren, während die Melkmaschine mit ihren Näpfen wie ein Vampir die weiße Milch aus den Eutern der Kühe saugte.
DER ACKERMANN *Zwei erfrorene Rehe faulen unter einem Reisigbündel; Krähen fliegen in Schwärmen über die rauchenden Schornsteine der Bauernhäuser; der Ackermann erhebt sich vom Melkerthron, wendet sich an Motria und schreit im Ton eines militärischen Befehls* Wenn Konstantin wirklich einmal den Hof übernehmen sollte, werde ich dieses Haus verlassen, ich werde mich von ihm nicht tyrannisieren lassen! Wenn einer überhaupt nichts arbeitet und uns nur ausnützt, aber schon alt genug ist, um auf seinen eigenen Beinen zu stehen, brauch ich ihn nicht im Haus, dann soll er verschwinden... Um halb fünf Uhr morgens kam der angekleidete Opa in meine Kammer und weckte mich auf. Noch bevor er die Tür wieder geschlossen hatte, stand ich mit bloßen Füßen auf dem Holzboden. Auf der Rasenbank schlüpften wir gemeinsam in unsere Arbeitsschuhe und schnürten sie zusammen! Einmal, als er noch zwischen zwei Kühen auf seinem Melker-

thron saß, den Leib seines Vaters zur Konsekration aber bereits gebrochen hatte, sagte er ein Sprichwort, Wenn die Kinder klein sind, treten sie ihren Eltern auf die Füße, sind sie groß, stechen sie ihren Eltern ins Herz! Aber der Ackermann dachte nicht daran, daß sich dieses Sprichwort umgekehrt hatte, denn damals – amarcord! – zückte die väterliche Hand eine Stecknadel, auf deren Kopf die Gesichtszüge Adolf Hitlers eingeprägt waren, und ging auf Kinderherzen, nicht auf Lebkuchenherzen los. Als der Ackermann vierzig Jahre alt war und den Hof übernahm, sagte sein Vater immer noch *Bub!* zu ihm. »Bis zu meinem dreißigsten Lebensjahr habe ich meinen Vater mit *Sie* angesprochen.«
An einem Samstagmorgen, als Konstantin nicht zur Stallarbeit aufgestanden war, schrie der Ackermann, Du hast zu arbeiten, wenn du zum Wochenende zu Hause bist. KONSTANTIN *Klammert sich an den Hals eines schaukelnden Holzpferdes; mit boshaftem Ausdruck* Dein Hof interessiert mich nicht mehr! Eine Viertelstunde später hörte ich die Maschine des Heuaufzugs. Konstantin und der Ackermann stachen, der eine vorne, der andere hinten, die beiden großen Heuaufzuggabelspitzen ins frische, warme Heu.
Von der Trauerschleier tragenden Natalija erfuhr ich, daß der Ackermann im vergangenen Sommer seinem Hofgehilfen Konstantin während eines Streits ein Glas voll schwarzen Holundersaft nachgeschüttet haben soll, als Konstantin zur Küchentür hinausfloh. Wenn ich nicht schnell mit dem Putzfetzen zur Stelle gewesen wäre, so Natalija, würde man noch heute die Flecken an der Wand sehen! Wäre doch schön, wenn man noch heute die Holundersaftflecken sehen und jedesmal, wenn man an der bekleckten Wand vorbeiginge, andachtsvoll an das Attentat denken könnte.
Nachdem er von einer Leberwurst, die er im Bauernsupermarkt kaufte, und von einem eiskalten Bier, das ihm im Schlachthof der Fleischhauer gab, dem er vier Ochsen verkauft hatte, sich seinen Magen verdorben hatte und sich schlecht fühlte, sagte er, während er zu Mittag im Stall einen Kontrollgang machte, in einem selten resignativen Tonfall, Wenn ich nur meine Augen endgültig zumachen könnte und

nichts mehr sehen müßte! Von Stunde zu Stunde spitzte sich sein Gesicht mehr und mehr zu, seine Wangen fielen ein, und seine Gesichtshaut wurde immer bleicher.
Schmutzige Tränen rannen dem alten Einsamen, dem alle fünf Söhne davongegangen waren, über das gegerbte Leder seiner Gesichtshaut. Er nahm die Hostie, in der die Gesichtszüge seines Vaters eingeprägt sind, aus dem Kristallzylinder der Monstranz und streichelte sie. Als ihn Motria fragte, was er nun vorhabe und was aus der Hube werden solle, sagte er, Das wird schon der Herrgott wissen!
Er grinste schadenfroh, als er hörte, daß der einzige Sohn des Unterkoflers nicht in die Landwirtschaftsschule gehen und Bauer werden möchte. Nachdem das erste Kind, eine Tochter, auf die Welt kam, besuchte der Unterkofler seine Frau und das neugeborene Kind noch im Krankenhaus. Die Enttäuschung vergrößerte sich, als die zweite Hoffnung auch nicht erfüllt wurde und seine Frau statt einem männlichen Hofnachfolger wieder ein Mädchen auf die Welt brachte, aber er besuchte seine Frau wieder im Krankenhaus. Ein paar Tage vor der Geburt des dritten Kindes soll die Frau aus Angst vor ihrem Mann furchtbar gezittert haben, und als auch das dritte Mal ein Mädchen im Säuglingszimmer des Krankenhauses lag, besuchte er seine Frau nicht mehr.
So wird die Enznhube einmal aussehen, sagte die Schweigermonika zu Motria und deutete mit ihrem Zeigefinger auf das gegenüberliegende aus dem sechzehnten Jahrhundert stammende und unter Denkmalschutz stehende verwahrloste Bauernhaus. Über dem Eingangstor dieses Bauernhauses rinnt aus mehreren Spalten roter Rost. Bevor der Besitzer dieses Hauses vierzigjährig an einem Kopftumor starb, übertünchte er die Roststellen mit weißem Kalk, aber immer wieder floß Rost nach und zog seine Blutfahne zu Boden.

»Am Palmsonntag sah ich zur Vesper in einer römischen Kirche ein Kind neben dem Altar auf einem Stuhl sitzen. Es war in ein großes Gewand aus neuer blauer Seide gekleidet, trug keine Kopfbedeckung, sondern nur einen Kranz aus Olivenzweigen, und hielt in der Hand eine brennende weiße Wachskerze. Es war ein etwa fünfzehnjähriger Knabe, der an diesem Tag auf Geheiß des Papstes, Gregor XIII., aus dem Gefängnis entlassen worden war. Er hatte einen anderen Knaben getötet.«

Manchmal, wenn ich in Rom auf der Piazza dei Cinquecento im Kreis gehe, aber auch wenn ich unter den rosarot blühenden Kirschbäumen in der Villa Borghese dahinschreite, denke ich daran, daß der Ackermann tot sein könnte und daß mich meine Geschwister nicht benachrichtigen, weil sie mich als Augenzeugen, der sein Begräbnis ausführlich beschreiben würde, nicht haben wollen. Motria sagte doch einmal zu mir, Du hast über uns schon genug geschrieben! Während der Ackermann am Karfreitag einsam und mit sich selber redend auf seinem Melkerthron zwischen zwei Kühen saß, die dornengekrönte, blutende Hostie aus der Lunula nahm und wie eine Spielkarte im Kreis drehte, fuhr ich mit dem Omnibus in ein Dorf, dreißig Kilometer von Rom entfernt, um an einem Passionsspiel teilzunehmen. Bei einer nahe der Kirche *Divino amore* auf einem Hügel angesiedelten Schafszucht sah ich drei junge Knechte, die dreihundert Schafe bewachen und ihre Nächte in einer unmenschlichen Behausung verbringen mußten. In einem rostigen alten Waggon, auf dem noch immer die Streifen der italienischen Fahne zu sehen sind – einem Lebensmittelkühlwagen der Fluggesellschaft Alitalia –, standen mehrere Pritschen und ein Gaskocher. Sechs Strutz harte Weißbrote lagen auf dem Boden. Während die beiden anderen Jungen schlafen, patroulliert einer durch das Gelände und weckt nach ein paar Stunden den anderen auf. Von diesem Hügel aus beobachteten im Finsterwerden die Knechte das Passionsspiel. Zwei nur mit einem weißen Lendenschurz bekleidete siebzehnjährige Knaben, die links und rechts vom bärtigen Jesusdarsteller ans Kreuz gebunden wurden, wandten, einen Schmerz imitierend, ihre Köpfe hin und her. Als ein Soldat mit einer Plastiklanze die rechte Brustseite des in der Mitte Gekreuzigten berührte, stieß der von Nazareth einen Schrei aus, den selbst die drei jungen Knechte auf dem Schafszuchtbauernhof hören mußten.
Während der Omnibusfahrt sah ich in den spiegelnden Fensterscheiben immer wieder zwei Eidechsen, die schwarze

Trauerschleier trugen. Kurz vor Mitternacht kam ich wieder an der Stazione Termini an. Auf der Piazza dei Cinquecento traf ich unter anderen Strichern einen achtzehnjährigen Deutschen, der mir erzählte, daß er mit einem Freund vor seinen Eltern aus Frankfurt geflohen ist, daß ihm und seinem Freund, während sie im Ubahngelände der Stazione Termini übernachteten, das Geld gestohlen wurde. Mit meiner Mutter verstehe ich mich besser als mit meinem Vater, der Rechtsanwalt ist, sagte er. Ich halte es nicht aus, Tag für Tag auf der Cinquecento auf den Strich zu gehen, die Schwulenarschlöcher mit meinem Sperma auszustopfen, da kehre ich lieber zu meinem tyrannischen Rechtsanwalt nach Deutschland zurück. Mein Freund muß entweder in Rom bleiben oder in eine andere italienische Stadt ziehen, er darf die deutsche Grenze nicht passieren, wenn er nicht festgenommen werden will, er steht auf der Fahndungsliste. Es war fast ein Uhr morgens, Karsamstag, als ich ihn verließ, über die Via Veneto und durch den Park der Villa Borghese nach Hause ging. Noch um ein Uhr morgens, als Jesus am Kreuz längst verblutet war und der Papst mit heftigen Rückenschmerzen in seinem Bett lag, lehnten an den Steinphallen des Piazzale Firdusi ein paar Strichjungen und warteten, daß eines der vorbeifahrenden Autos stehen blieb. Ich blickte den Strichjungen ins Gesicht, auf ihre tiefliegenden Augen und trippelte die Scala hinunter. Von der Lorbeerhecke des Japanischen Kulturinstitutes, hinter der mehrere rosarot blühende Kirschbäume standen, riß ich ein paar Blätter ab, zerknüllte und zerbröselte sie in meinen Händen und roch immer wieder daran, während ich unter den Ästen blühender Kastanienbäume die Via Gramsci hinauf auf die Via Barnaba Tortolini zuging.

Die Piazza dei Cinquecento, die Stazione Termini und die Piazza della Repubblica sind die Lagerplätze der Obdachlosen, der Strichjungen und Transvestiten, der Neger und Afrikaner in der Heiligen Stadt, auf die die ganze Welt blickt, wenn am Auferstehungstag des Gekreuzigten der oberste Kirchentransvestit, der statt einer Tiara die Plastikhaube eines Kondoms über seinen Schädel gezogen hat, den Pilgern am

Petersplatz den Segen spendet. Wenn ich einen besonders schönen afrikanischen Strichjungen auf der Cinquecento sah, gab ich ihm das Geld, das ich von einem Alten bekommen hatte, und kniete, den Hosenknopf aus der Öse seiner Jeans lösend, zwischen den Lorbeerhecken vor dem Knaben nieder. Selbst auf dem Totenbett will ich nicht, daß mir eine meiner unzähligen Sünden abgenommen wird. Ich bitte nicht um Vergebung. Es bereitet mir ein großes Vergnügen, von dieser Welt ausgestoßen und wie ein aussätziges Tier behandelt zu werden. In Neapel laufen unzählige Ragazzi durch die Straßen, die illegal Bic-Feuerzeuge und Zigaretten verkaufen. Wenn die Polizeiuniformen in Menschengestalt auftauchen, wickeln sie die Zigaretten sofort in ein Kopftuch ein und verschwinden in einem Haus. Ihre Augen sind voller Anklage wie die Augen des Streichholzverkäufers von Otto Dix, der neben einer Säule stehend heimlich in Hüfthöhe den Passanten eine Streichholzschachtel anbietet.

Vielleicht sollte ich im Speisesaal eines römischen Nobelrestaurants zu den Herrschaften hineilen und ihnen den Mund mit dem Schweißtuch Jesu säubern, denn in ihrem rechten Mundwinkel ist die Wirbelsäule eines Fischskeletts an der Oberkieferprothese hängengeblieben. Ich möchte die Tische umwerfen und das silberne Besteck auf die Bilder an den Wänden und die ringsum stehenden Weinflaschen werfen, den kriecherischen Ober von mir wegstoßen, der mir heimlich die Rechnung zusteckt, als wäre es ein Schwindelzettel, den der Lehrer nicht sehen darf, denn wir haben gerade Schularbeit, und an dieser Schularbeit wird hängen, ob wir in den nächsten Klassenzug aufsteigen können oder nicht. Ich fahre nach Trastevere in die Cucina Economica und nehme unter den Sandlern und Obdachlosen das Mittagessen ein. Unter den Außenseitern und Ausgestoßenen fühle ich mich wohl, aber ich weiß, daß ich es unter diesen Menschen auch deswegen aushalte, weil ich noch nicht ganz so heruntergekommen bin wie sie, weil ich doch noch ein Dach über dem Kopf habe, und sei es ein billiges Hoteldach. Wäre ich so vollkommen mittellos wie diese Menschen, würde ich versu-

chen, ihre Plätze zu meiden. Ich nütze meinen Vorteil aus. Ich sitze unter ihnen und esse Spaghetti, die in der Cucina Economica von einer Nonne gereicht werden. In der Cucina Economica muß ich auf der Hut sein. Heute bekomme ich die Freundlichkeit der Obdachlosen zu spüren, morgen ihre Brutalitäten. Heute reicht mir einer Orangenspalten, morgen muß ich vor seiner Faust zurückweichen. In einem Nobelrestaurant könnte ich über den hergerichteten Speisen einschlafen. Bitte ich, mit einem Geldschein winkend, einen Ober, daß er die Fleischstücke in seinem Mund vorkauen, mir die Lippen öffnen und die Speise hineinschieben soll, so wird er es tun.
In Neapel halte ich mich meistens im Armenviertel auf. Ich scheue die Gefahr nicht. Einem aufzuckenden Messer in den Händen der Ragazzi kann ich ausweichen, aber ich konnte lange dem Seelentod nicht entgehen, bis ich mit den Mitteln meiner Sprache in einem langwierigen und mühsamen Prozeß Waffen gegen mein Seelensterben gefunden hatte. Ich muß diese Waffen jeden Tag neu erfinden, sie neu schmieden und verzieren. Einerseits habe ich manchmal die Befürchtung, andererseits die Sehnsucht, von einem neapolitanischen Ragazzo abgestochen zu werden. Verführe ich einen Ragazzo nicht schon zu einer Gewalttat, wenn ich als Tourist durchs Armenviertel gehe und neugierig den Knaben, Mädchen und den Alten den Hunger aus ihren Augen lese? Ich habe Sehnsucht, das Elend zu sehen, möchte aber gleichzeitig kein Elender sein. Liebe ich die Rollstuhlkrüppel auch deshalb, weil ich eine verkrüppelte Seele habe und mein inneres Spiegelbild körperlich in ihrem Rollstuhl vor mir sehe? Einerseits habe ich mich gegen die erbärmliche Bauernwelt gewehrt, in der wir Kinder mit all ihren Häßlichkeiten, Gewalttätigkeiten, aber auch Zärtlichkeiten und Schönheiten leben mußten, andererseits suche ich diese Welt woanders und schrecklicherweise fasziniert sie mich mehr als das Luxuselend. Jedesmal, wenn ich um Mitternacht nach einem tagelangen Aufenthalt in Neapel nach Rom zurückkehre und die Via Veneto entlanggehe, die Reichen auf den Restaurantterrassen herumlungern sehe, ihre Trinksprüche höre und die Verbal-

freundlichkeiten an ihren Mündern Blasen schlagen, muß ich, das neapolitanische Elend und seine Schönheiten im Kopf, schnell weitergehen und mit meinen Händen meinen Schädel schützen, denn auf diejenigen, vor denen ich mich schützen wollte, wollte ich losschlagen.

Ob ich nicht jede Nacht im Excelsior auf der Via Veneto lieber wohnen möchte als mutterseelenallein in einer billigen römischen Hotelspelunke, wo ich mich ein paar Tage später mit Filz- und Kopfläusen herumschlagen muß? Ob ich nicht meinen Nadelstreifenanzug von einem Bediener ausziehen lassen möchte, der so dressiert ist, daß ich nur meinen Arm heben und mit dem kleinen Finger eine bestimmte Bewegung machen muß? Gangster habe ich angestellt, die mir die schönsten Knaben von Rom zusammenklauben. Ich mache mir nicht mehr die Mühe, die Cinquecento oder die Stazione Termini abzukrebsen, um einen Knaben anzuheuern. Die Zuhälter würde ich für die Ausführung meiner Aufträge bestrafen, indem ich sie dreimal hintereinander ins Restaurant hineinzwingen, dreimal in acht Gängen essen lassen würde, bis sie platzen und auf den Stiegen des Excelsior liegen bleiben. Nackte Knaben müßten im Excelsior meine Bettdecke zurückziehen, bevor ich rücklings meinen Kadaver hineinwerfe. Ich ziehe meine seidene Nachthose hinunter und tue so, als wüßte ich mich allein, aber ich erwarte von den Knaben, daß sie mir neugierig auf die Hüften schauen und die letzten Urintropfen zu den ersten dazuzählen, die in den goldenen Nachttopf fallen. Sie müßten mir griechische Weintrauben reichen, die ich an ihren leichtbehaarten, sanft parfümierten Achselhöhlen zerdrücke und verspeise. Sie müßten mich begatten, bis meine Augen sich in ihren Höhlen kugeln und neugeborene Feuersalamander aus meinem Mund laufen. Den Urin der Knaben zu trinken, erspart mir, den Wein zu beißen, wenn ich den Knabenurin genußvoll und langsam auf der Zunge auseinanderfließen lasse. Stiege ich aus Kleopatras Ölbad, würde ich mich von zwei schönen Knaben – sie sollen nicht jünger als fünfzehn, aber auch nicht älter als siebzehn sein – verführen lassen, bis mir die Geduld reißt und der Samen in einen Becher fließt, den ich einem leprakranken

Vierbeiner zu trinken gäbe, damit er so räudig wird, wie ich es bin. Will ich einen schönen Knaben töten, so nehme ich wie Gilles de Rais ein Messer ohne Klinge, dem der goldene Griff fehlt, und schlitze ihm den Bauch bis zum Hals auf. Gilles de Rais soll über tausend Knaben abgeschlachtet und verbrannt haben. Ich würde die Todeszuckungen des Knaben genau betrachten, vor allem die letzten, und mit einem Videorecorder aufnehmen, damit ich dann, wenn ich früher oder später ins Gefängnis komme, in meiner Zelle auf dem Bildschirm seine Lebenszucker noch ansehen könnte. Würde man mich vor meiner Hinrichtung fragen, ob ich noch einen Wunsch hätte, so würde ich nach keiner Speise verlangen. Ich würde darum bitten, daß man vor dem elektrischen Stuhl den Fernsehapparat aufstellt. Während es meinen Körper unter den Stromstößen schüttelt, möchte ich auf dem Bildschirm die Todeszuckungen des Knaben sehen, den ich getötet habe. Ich würde in der Zelle vor dem Priester niederfallen und für die Ermordeten um Vergebung bitten. Ich ertrage nur die Schönheit, die mein ist. Die Schönheit, die nicht mein ist, muß ich töten. Vom ausgelassenen Knabenblut würde ich trogweise Blutsuppe auftragen lassen, damit auch die Armen, die vor dem Tor dieser Welt stehen, ihren Hunger stillen können. Ich werde den Teufel aus mir herauslocken, an den Pranger stellen und ihm einen Heiligenschein aufsetzen. Ich lebe in einem Gefängnis, das ich mir selber errichtet habe und in dem die Sprache mein Wärter ist, der mich züchtigt, deshalb züchtige ich die, die ich liebe. Wäre ich der Schlafende und gleichzeitig einer der beiden Knaben, die mich nachts im Schlaf bewachen müßten, würde ich zuerst einen Negertanz aufführen, bevor ich mit gezücktem Messer auf mich losginge.

Als ich vor wenigen Tagen, ermüdet von meinem langen Marsch durch Rom, in Trastevere in der Vorhalle eines Kinos Platz nahm und die Kunstkarten, die ich an diesem Tag gekauft hatte, aus meiner Tasche zog und auf ein kitschiges Auferstehungsbild blickte, tauchte ein Traumbild aus meiner Kindheit auf. Auf der Osterkarte, auf deren rechten oberen Rand mit goldenen Lettern *Buona Pasqua* gedruckt ist, räumt ein halbnackter jünglinghafter Engel den Stein vom Grabmal des auferstandenen und nackt in den Himmel auffahrenden Jesus weg. Während ich als Kind, das meistens auf dem Rükken, selten auf dem Bauch einschlief, da mich meine kleinen Hörner – die mir, und das prophezeite mir meine Mutter, im Schlaf aus dem Kopf wachsen würden – am Schlaf hinderten, mit auseinandergebreiteten Beinen im Bett lag, spürte ich das Eindringen einer kleinen, von blonden Schamhaaren umgebenen Rute. Wenn der Engelknabe mit seinen Hüften in meinem Schoß auf und ab wippte, bewegte er seine weißen Engelsflügel, die mich an den Geruch toter kleiner Vögel erinnerten, die ich in den Wäldern und Auen gefunden und bestattet hatte. Die fleischige Seide der Lippen seines zahnlosen Mundes preßte er auf mein geschlossenes linkes Auge, während ich mit dem rechten in das Wirrwarr seiner über den Rücken fallenden blonden Haare blickte. Wenn ich nicht von meiner Mutter aufgesetzte kleine Luziferhörner am Kopf hätte tragen müssen, hätte ich den Engelknaben gefragt, ob ich in seinem Leib bestattet werden dürfe, aber ich hatte Angst, daß meine spitzen Hörner seine Eingeweide verletzen könnten. Wer weiß, wie viele Engel verbluten, dachte ich damals, wenn, wie es öfter in den Kärntner Bergen vorkommt, rötlicher Schnee fiel. Warwara Wassiljewna nennt diesen Niederschlag *Blutregen*. Nachdem der Engel – ich merkte es am Schweißgeruch seiner großen Flügel – seinen Samen in den Darm meines Knabenkörpers hineingepumpt hatte, zog er sich zurück und kehrte wochenlang nicht wieder. Manchmal, wenn ich schon eingeschlafen war, stieß jemand mit seinem weichen Ellbogen an meinen mageren Brustkorb, weckte mich aus dem Tiefschlaf und zog mich in einen Traum hinein.

»Plötzlich wird Zehetmayer, er ist vier Jahre alt, von seinem Onkel zum Nachtmahl gerufen, und er erschrickt und dreht sich um und erschrickt noch einmal und entdeckt auf einem Tram eine Männerleiche. Einen Aufgehängten, *sagt Zehetmayer. Er hat den Erhängten angerufen, ihm befohlen, von dem Tram herunterzuspringen, weil er, der Vierjährige, die Vorstellung gehabt hat, der Erhängte könne ohne weiteres von dem Tram herunterspringen.* Nachtmahl! *hat das Kind gerufen, immer wieder* Nachtmahl!«

Einmal, als wir Kinder waren, während seiner größten Existenzsorgen, schrie der Ackermann, I geh in Heustodl und häng mi auf! Oba wos soll aus den Kindern werdn! schrie Motria zurück.

»Ich war allein auf diesem Friedhof, der das Dorf beherrscht, als eine schwangere Frau ihn betrat. Ich machte mich sogleich davon, um diese Leichnamträgerin nicht von der Nähe zu sehen, um nicht über den Gegensatz zwischen einem aggressiven Bauch und verwitterten Gräbern zu sinnieren ...«

Ein speichelbenetztes Brotbröckchen fiel auf den Boden, und mein blaugewordenes Gesicht färbte sich allmählich wieder rot und wurde wieder blaß. Wäre meine Mutter in diesem Augenblick, als ich schon heftig keuchend nach Luft rang, nicht auf die Idee gekommen, mich bei den Füßen zu packen, auf den Kopf zu stellen und mich durchzurütteln, wäre ich an jenem Brotbröckchen erstickt, das schließlich speichelbenetzt auf den Holzboden der Küche fiel. Ein Jahr alt wäre ich geworden, gegen dreihundertsechzig Tage hätte ich dieses Tageslicht gesehen und meine Kinderaugen in der Dunkelheit aufgeschlagen und aus Angst vor der Finsternis zu schreien begonnen, bis mir der Speichel übers Kinn gelaufen wäre und sich das Gesichtsfleisch gehärtet hätte, als wäre es Marmor.

Ich klage mich an, weil ich Vater eines Totenkopfschmetterlings geworden bin. Ich klage den Tausendfüßler an, der in einem Rollstuhl sitzt. Während des Kniefalls vor dem Papst klage ich die Nonne in der Hure an. Jesus, der mich ans Kreuz geschlagen hat, klage ich an, weil ich für ihn und er für mich im selben Augenblick gestorben ist. Den Priester klage ich an, der eine geweihte, mühlsteingroße Hostie mit Zugpferden vierteilen ließ. Das Luftschloß der Gespenster klage ich an. Lasset uns beten. Ogott der in aller Frühe krähenden Hähne. Zwitter mit dem gebrochenen Heiligenschein. Ich klage meine Innereien an, weil sie mir aus Mund, Arsch, Augen und Ohren hängen und keiner sie sieht. Kruzifix aus Sargnägeln. Dorf der gesenkten Häupter. Mit der Sichel habe ich in meinen schlaflosen Nächten auf mich zufliegende Särge auseinandergespalten. Der eine Sargteil flog nach Rußland, der andere nach Afrika, und irgendwo am Firmament fügten sich zwei von meiner Sichel auseinandergespaltene Sargteile wieder zusammen und kamen als Geschoß auf mich zu. Nachts habe ich Geigen geboren, deren Saiten aus Nabelschnüren bestanden. Blut ist kein besonderer Saft. Flogen zehn Schreibmaschinen nachts auf mich zu, trug ich zwanzig Kugelköpfe wie die Drachen aus der Sagenwelt. Jungsiegfried beschmiert seine Lenden mit meinem Drachenblut und zeugt Schwerter, die einschließlich der Erdkugel alles auseinanderspalten. Kriemhild hält den Kugelkopf meiner Schreibmaschine am Schopf, ihn anklagend, denn er hat Hagen erfunden, der Jungsiegfried getötet. Blutweißblut sind die Farbbänder meiner Schreibmaschine. Eines Tages werde ich das rotweißrote Farbband durch ganz Österreich spannen. Minister werden mit den Scheren ihrer gespaltenen Zungen kommen und es zerschneiden. Die weißen Blutkörperchen sind die Polizisten unseres Leibes, sagte der Volksschullehrer, und wenn diese Polizisten unter unserer Haut in die Hocke gehen, gleichzeitig die Pistole ziehen und auf die roten Blutkörperchen schießen, platzt die Halsschlagader. Einmal eins wird eins bleiben, solange die Welt noch auf dem Kopf steht. Ich habe kein Interesse, die Welt in Ordnung zu bringen, die Unordnung, vom Papst selig gesprochen, ist mir heilig. Auch die Plastikrollstühle, die auf leeren Pulverfässern dahinrollen, können uns nicht helfen. Nehmt euch in acht vor Mariä Geburt, der Frucht ihres Leibes, der Gottesgebärerin blutiger Kruzifixe. Lasset uns beten. Herr über die Nabelschnüre von Mensch und Tier. Jungfraumaria, Allerweltshure von Gottesgnaden. Ich leide am Kreuz eine Stunde lang fürs ganze Volk und sterbe in Reue und Demut, während andere jahrelang an der Krankheit des Krebses dahinsiechen und Morphium speisen müssen, um meine Schmerzen zu ertragen. Mein Stellvertreter auf Erden ist Johannes Paul der Zweite, nachdem ich den ersten Johannes Paul nach dreiunddreißig Tagen auf meinen Schoß genommen habe, dessen Leichnam freigegeben wurde zur Besichtigung für alle Nekrophilen, die noch Jungfrauen sind. Ich will keine Taten sehen. Ich will nur Worte sehen. Wenn mir ein Stern in den Schoß fällt, bleibt von meinem fleischlichen Auswuchs ein niedergebranntes Zündholz zurück. Alle Kinder Gottes laufen auf mich zu. Ich öffne meine Arme und erwürge sie. Die Leichen decke ich mit Leichen zu, damit man die Leichen nicht sieht. Ich werfe eine Pferdedecke über die Leichen, reite und ziehe links und rechts an den Ohren der Toten. Kürzlich hörte ich, daß irgendwo in Italien eine Frau in einem riesigen Paradeiser einen kleinen Paradeiser gefunden habe und nun diesen als das Herz Jesu verehre. Seither pilgern unzählige Gläubige zu dieser Paradeiserfrau und beten das Paradeiserherzjesu an. Kinder legen ihr Ohr an die Paradeiser und lauschen dem Herzschlag des Jesukindes. Die Priester des Ortes schäumen vor Wut und wollen gegen die Pilger Schranken vor den Toren des Paradeisergartens machen. Die Lügner reagieren auf mich mit Empörung, weil ich die Unwahrheit sage. Rotzfrech mußt du erzählen, das ist alles und nichts, und du kommst in rostige Ketten, die du lieber haben wirst als die, die dich in Ketten legen. Auch Hunde lecken an ihren Ketten. Ich sterbe, also bin ich. Ich habe vor dem Kruzifix geschworen, das zwischen zwei lichterloh brennenden Soldaten stand, und vor dem robentragenden Gesetzesvertreter, der sich vorsichtshalber in den Schatten des hostienerbrechenden Kruzifixes zurückgezogen hatte, daß ich schweigen werde bis zum jüngsten Tag. Mitten in einer Schneelandschaft, wo Trauerweiden stehen, die voller Schneekristalle sind, zerreißen weiße Wölfe Nijinskys weiße Tanzschuhe. Ob die Würmer auch Würmer in ihren Eingeweiden tragen? Ich bin erwachsen geworden, damit die Drohung eines Schulfeindes, Ich werde dich zertreten wie einen Wurm! nicht wahrgeworden ist. Aus Millionen Würmern zusammengesetzt, stehe ich jetzt vor dem Mann dieser großen Worte, den ich wie einen Wurm zertreten werde. Ich stand vor der Leiche eines toten Priesters, dem ich jahrelang als Ministrant zu Diensten stand, öffnete seinen Mund, ließ einen Rosenkranz in seinen Rachen gleiten und zog ein Bibelzitat nach dem anderen hervor. Ich habe Rechnungen gefälscht, weil mich die Zahlen nicht leiden können. Der goldene Ball des Froschkönigs, dessen Pupillen ich damals mit Rattenblut poliert habe, umkreist wie ein Satellit meine Blutpumpe, an der die Lebkuchenherzen meiner Geschwister hängen. Die Fäden meiner zerrissenen Stimmbänder hängen über meine Lungenflügel hinunter und zittern. Gottes faul gewordener Atem erfrischt nur der Nordwind, der kommen wird, um uns alle in den äußersten Süden hinunterzufegen. Seit ich nicht nur einmal unzählige Hostien auf einmal gemahlzeitet habe, trage ich so viele Leiber Christi in mir, daß mein Leib aus Fleisch und Blut ganz weit hinten ansteht, am Ende der Schlange der wasserzeichentragenden Hostien. Ich bete zur Sichelfrau und zum Sichelmann, zum Tod und zur Tödin, daß sie kommen und mir helfen, die Gebeine der vielen Leiber Christi wegzuräumen. Berühr mich mit deinem Staub, und ich zerfalle zu einem Menschen. Führe uns in Versuchung und erlöse uns von dir, dem größten aller Übel. Meerstern ich dich grüße, Omaria hilf, Gottesmutter süße, Omaria hilf! sangen wir in der kühlen Kirche im Chor, während draußen die Hähne schrieen und das dumpfe Läuten der Kuhglocken aus der saftigen Friedhofserde zu hören war. Schon damals, als ich ein Kind war, legte ich Fröschen, die in Einrexgläsern auf Leitern standen und

Schönwetterperioden ankündigten, Hostiensplitter auf ihre breiten Lippen. Ich zog stundenlang einen Filmstreifen aus meinen Augen, auf dem abertausende Male ein über dem Holzboden schwebender Invalidenengel abgebildet war, der ein Kind über die Brücke führte, das meine Gesichtszüge hatte. Im Holzkörbchen, das ich bei mir trug, lagen die Totenmasken meiner Eltern. Nachdem meine Großmutter gestorben war, habe ich mit meinem Bruder in einem Bestattungsinstitut eine Totenpolsterschlacht gemacht. Erschrocken wachte ich auf, als ich das Knacken eines Knochens hörte. Eine Wassernixe hatte sich an mein Glied herangemacht und es bereits zur Hälfte abgefressen. Wenn ich zu Silvester Blei vom Eiffelturm gieße, so nur, um mit den Glücksbringerkugeln die Passanten zu erschlagen. Als Zierde trage ich die Kugelköpfe meiner elektrischen Schreibmaschine um mein Handgelenk. Näht zehn Katzenzungen an meine Menschenzunge und laßt zehn Fische mit geöffneten Mäulern an meine Zehenspitzen heranschwimmen. Daß mich nur nicht der radschlagende Pfau im Schneetreiben aus den Augen läßt! Wenn ich gestern nicht geträumt hätte, daß mir der Erdball auf den Bauch fällt, wäre die Weltkugel nicht aufgeplatzt und es wären ihr nicht viele rote Riesenameisen entlaufen, die in Militäruniform gekleidete Sumpffrösche in ihren Mäulern trugen. Ich werde fünf Kinderzungen zu einem unglücksbringenden Kleeblatt zusammennähen. Die Mumien werden aussterben. Die Toten gehen zwischen den Gräbern umher und suchen den Friedhof nach duftenden Fleischblumen und sterbenden Gottesanbetern ab. Embryos hocken sprungbereit im Tabernakel und warten darauf, bis der Priester das kleine vergoldete Tabernakeltor aufsperrt, um den Leib Christi dem Volk zu zeigen. Bis zu meinem Grab hin werden brennende Erstkommunionkerzen meine Weggefährten bleiben. Als Wegzehrung nehme ich mein eigenes Fleisch mit.

»Drumb thus als auff das best beschreiben!
So wöll wir es noch heut bezeugen.
Ich bin doch des todes leibeigen
Und es kan anders werden nicht.«

Zitiert werden Juan Rulfo (Seite 23), Edgar Allan Poe (Seite 37), Jean Genet (Seite 103 und Seite 287), Gustave Flaubert (Seite 185), Friedrich Hebbel (Seite 219 und Seite 277), Rainer Maria Rilke (Seite 235), Luigi Pirandello (Seite 265), Michel de Montaigne (Seite 297), Thomas Bernhard (Seite 305), E. M. Cioran (Seite 307), Jakob Ayrer (Seite 313).

Der Autor dankt dem Berliner Künstlerprogramm des Deutschen Akademischen Austauschdienstes für die Förderung dieser Arbeit.